HEYNE BÜCHER

Im Wilhelm Heyne Verlag sind bereits die folgenden STAR WARS-Romane erschienen:

Steve Perry, »Schatten des Imperiums« (01/10205)
spielt zwischen den Filmen »Das Imperium schlägt zurück« und »Die Rückkehr der Jedi-Ritter«

Kathy Tyers, »Der Pakt von Bakura« (01/9372)
spielt unmittelbar nach »Die Rückkehr der Jedi-Ritter«

Dave Wolverton, »Entführung nach Dathomir« (01/9374)
spielt vier Jahre nach »Die Rückkehr der Jedi-Ritter«

Kevin J. Anderson, »Flucht ins Ungewisse« (01/9373), »Der Geist des dunklen Lords« (01/9375), »Die Meister der Macht« (01/9376)
spielen in dieser Reihenfolge sieben Jahre nach »Die Rückkehr der Jedi-Ritter«

Barbara Hambly, »Palpatines Auge« (01/10204)
spielt acht Jahre nach »Die Rückkehr der Jedi-Ritter«

Vonda McIntyre, »Der Kristallstern« (01/9970)
spielt zehn Jahre nach »Die Rückkehr der Jedi-Ritter«

Roger MacBride Allen, »Der Hinterhalt« (01/10201), »Angriff auf Selonia« (01/10202), »Showdown auf Centerpoint« (01/10203)«
spielen in dieser Reihenfolge vierzehn Jahre nach »Die Rückkehr der Jedi-Ritter«

MICHAEL P. KUBE-MCDOWELL

STAR WARS™

DIE SCHWARZE FLOTTE ②

AUFMARSCH DER YEVETHANER

Aus dem Amerikanischen
von Heinz Nagel

WILHELM HEYNE VERLAG
MÜNCHEN

HEYNE ALLGEMEINE REIHE
Nr. 01/10208

Titel der Originalausgabe
STAR WARS: SHIELD OF LIES
Book 2 of The Black Fleet Crises
erschien 1996 bei Spectra,
a trademark of Bantam Books,
a division of Bantam Doubleday Dell Publishing Group, Inc.

Umwelthinweis:
Dieses Buch wurde auf
chlor- und säurefreiem Papier gedruckt.

Band 1 »Vor dem Sturm« ist bereits in der
Allgemeinen Reihe erschienen (01/10207).

2.Auflage

http://www.heyne.de
Printed in Germany 1999
Umschlagillustration: Drew Struzan
Umschlaggestaltung: Atelier Ingrid Schütz, München
Satz: Buch-Werkstatt GmbH, Bad Aibling
Druck und Bindung: Elsnerdruck, Berlin

ISBN 3-453-13673-X

Für Matt, Amanda und Gwen in Dankbarkeit für ihre Liebe, Unterstützung und ihr Verständnis.

Und für all die Zwölfjährigen überall und jederzeit, die wie ich daran geglaubt haben, dass sie eines Tages in den Weltraum reisen würden – ganz besonders für diejenigen, die es wirklich getan haben, und für die, die *immer noch* daran glauben.

Danksagung

In den Jahren seit *Die Rückkehr der Jedi-Ritter* ist das Star Wars-Universum in so gewaltigem Maße erweitert worden, dass niemand, auch nicht mit den besten Absichten, sich der Hoffnung hingeben kann, er könne ohne Hilfe mit all den vielen Einzelheiten zurechtkommen.

Ich bedanke mich deshalb für die Unterstützung der vielen Autoren und Fans in der großen Star Wars-Gemeinde online – bei GEnie, CompuServe und im Internet –, die sich die Zeit genommen haben, meine Fragen zu beantworten, und dafür teilweise eigene Recherchen angestellt haben. Dieser Dank gilt ganz besonders Kevin J. Anderson, Roger MacBride Allen, Matt Hart, Robert A. Cashman, Laurie Burns, Jim Fisher, Cathy Bowden, Tim O'Brien, William Paul Sudlow und Steve Ozmanski – jedem einzelnen von ihnen verdanke ich mindestens eine Seite mit hilfreichen Fakten, die ich meinem Archiv hinzugefügt habe.

Als ungemein wertvolle Nachschlagewerke erwiesen sich Bill Slavicseks *A Guide to the Star Wars Universe*, Shane Johnsons *Star Wars Technical Journal*, Dan Wallaces Planetenforschung sowie die verschiedenen Zeittafeln, Lexika und Nachschlagewerke, die mir Sue Rostoni von Lucasfilm, Ltd., und Tom Dupree von Bantam zur Verfügung gestellt haben.

Ganz besonderen Dank schulde ich meiner Familie, denen, die mein Manuskript vorab gelesen haben, und die kein Opfer gescheut haben, um es mir zu ermöglichen, diesem Projekt meine ganze Aufmerksamkeit zu widmen. Ohne Gwen, Matt, Amanda, Arlyn und Rods Unterstützung hätte ich dieses Buch niemals fertigstellen können, und mein Lektor und mein Agent würden noch mehr graue Haare haben, als ihnen meinetwegen bereits gewachsen sind.

Schließlich bin ich nach wie vor George Lucas dafür dankbar, dass er mir die Chance gegeben hat, der wachsenden Chronik des Star Wars-Universum ein paar Seiten hinzuzufügen. Es war mir zugleich ein Vergnügen und eine Ehre, quasi als Historiker für die langsam heranreifende Neue Republik und als Biograph für einige ihrer legendären Gestalten tätig sein zu dürfen.

Michael Paul McDowell
6. Februar 1996
Okemos, Michigan

Hauptpersonen

Auf Coruscant, Hauptwelt der Neuen Republik:

Prinzessin Leia Organa Solo, Senatspräsidentin und Staatsoberhaupt der Neuen Republik
Alole, Adjutantin Leias
General Han Solo, abkommandiert zu Sondereinsatz
Admiral Hiram Drayson, Chef von Alpha Blue
General Carlist Rieekan, Leiter der Nachrichtendienste der Neuen Republik
Erster Administrator Nanaod Engh, administrativer Direktor der Neuen Republik
Senator Behn-Kihl-nahm, Vorsitzender des Verteidigungsrates und Freund und Mentor Leias
Senator Tolik Yar von Oolidi
Senator Tig Peramis von Walalla
Senator Cion Marook von Hrasskis
Ayddar Nylykerka, Chefanalytiker des Büros für Anlagenkatalogisierung, Flottennachrichtendienst
Plat Mallar, einziger Überlebender des yevethanischen Überfalls auf Polneye
Belezaboth Ourn, außerordentlicher Konsul der Paqwepori

Beim Fünften Schlachtgeschwader der Flotte der Neuen Republik im Farlax-Sektor:

General Etahn A'baht, Flottenkommandeur
Captain Morano, Kommandant des Flaggschiffs *Intrepid* der Fünften Flotte
Esege »Tuke« Tuketu, Pilot eines K-Flüglers

Beim Einsatzkommando Teljkon:

General Lando Calrissian, Verbindungsoffizier der Flotte
Lobot, Chefadministrator von Cloud City, beurlaubt

C-3PO, Protokolldroide
R2-D2, Astromechdroide
Oberst Pakkpekatt, Expeditionskommandant, Nachrichtendienst der Neuen Republik
Captain Bijo Hammax, Leiter des Außenkommandos

Auf N'zoth, Brutwelt der Yevetha, im Koornacht-Sternhaufen, Sektor Farlax:

Nil Spaar, Vizekönig des Yevetha-Protektorats
Eri Palle, Adjutant von Nil Spaar
Vor Duull, Bevollmächtigter für Informationswissenschaften des Vizekönigs

Im Skiff Schlammfaultier von Lucazec im Weltraum unterwegs:

Luke Skywalker, Jedi-Meister
Akanah, eine Adeptin des Weißen Stroms

Auf Kashyyyk, Heimatwelt der Wookiees:

Chewbacca, der dort an den Feiern zur Großjährigkeit seines Sohnes Lumpawarump teilnimmt

I

LANDO

1

Der Teljkon-Vagabund hatte wieder Fahrt aufgenommen. Nur dass er diesmal blinde Passagiere an Bord hatte.

»Hyperraum?«, wiederholte C-3PO ungehalten, während er noch damit beschäftigt war sich freizustrampeln. Die Gliedmaßen des Droiden waren in einer Ecke der Luftschleuse des Vagabunden mit Lobot, R2-D2 und dem Geräteschlitten verstrickt – in einem Raum, der sich plötzlich in eine Art Gefängnis im Weltraum verwandelt hatte. »Sie müssen sich täuschen, Master Lobot.«

»Ich täusche mich nicht«, sagte Lobot und schob 3POs zuckendes goldenes Bein von seinem Visier weg. »Meine sämtlichen Datenverbindungen sind im gleichen Augenblick abgerissen, und zwar auf genau die Weise, wie ich es von Hyperraumsprüngen kenne.«

»Ein Kurswechsel hat während der Beschleunigungsphase ebenfalls stattgefunden«, sagte Lando aus der anderen Ecke der Schleuse. Er bewegte die Finger seiner rechten Hand, die jetzt kein Handschuh mehr schützte, und versuchte auf diese Art, die eisige Kälte aus seinen schmerzenden Fingern zu vertreiben.

»Master Lando!«, rief 3PO mit kläglicher Stimme. »Können Sie es nicht zum Halten bringen?«

»Ich habe es ja auch nicht in Gang gesetzt, 3PO«, herrschte Lando ihn an.

»Mit allem Respekt, Master Lando, das haben Sie ganz sicherlich«, greinte 3PO gekränkt. »Jetzt greifen Sie einfach wieder in dieses Loch hinein und machen das rückgängig, was Sie getan haben, und zwar schnell. Oberst Pakkpekatt wird *höchst* verstimmt darüber sein, dass wir mit seinem Sternenschiff wegfliegen.«

»Oberst Pakkpekatt ist im Augenblick wahrscheinlich dabei, neue hortekische Wörter zu erfinden«, sagte Lando. »Aber er befindet sich zumindest auf einem Schiff, wo er den

Chef spielen kann. Das trifft für uns nicht zu. Irgendwelche Beschädigungen dort drüben? Lobot? R2-D2?«

Der kleine Astromechdroide arbeitete sich aus dem Durcheinander von Gliedmaßen und Körpern heraus und gab einen zirpenden Laut von sich.

»R2-D2 meldet, dass seine sämtlichen Systeme einsatzfähig sind«, dolmetschte 3PO.

»Ich bin unverletzt«, sagte Lobot. »Mein Raumanzug hat mich vor dem Aufprall des Geräteschlittens geschützt. Aber meine Datenverbindungen sind immer noch abgerissen und das empfinde ich als große Beeinträchtigung.«

Lando nickte. »R2, kannst du Lobot da behilflich sein?«

Der Droide vollführte unter Einsatz seiner Mikroschubaggregate eine Drehung in der Luft und gab ein unfreundlich klingendes Schnattern von sich.

»Sei nicht so ordinär«, tadelte ihn 3PO.

»Was ist denn los?«

»Master Lando, R2 sagt, er zieht es vor, seine Systeme für sich zu behalten.«

»Nun, ich mag Telepathen auch nicht, R2«, sagte Lando. »Aber im Augenblick hätte ich wirklich nichts dagegen, mit dem Oberst auf diese Art Kontakt aufnehmen zu können. Du solltest Lobot eine Verbindung mit deinem Ereignisspeicher herstellen lassen. Vielleicht ist da etwas, wodurch wir uns zusammenreimen können, was da gerade passiert ist. Hat jemand meinen rechten Handschuh gesehen?«

Lobot klammerte sich mit einer Hand an den Geräteschlitten. »Ich glaube, Ihr Handschuh ist bei der Dekompression zur Schleuse hinausgeweht worden.«

»Ist ja großartig.« Lando warf einen Blick auf seine inzwischen purpurfarben angelaufene Hand und dann auf die aufgeblähte Manschette seines Druckanzugs. »Welchen Druck haben wir denn im Augenblick hier drinnen?«

»Sechshundertvierzig Millibar«, sagte Lobot. »Der Druckaufbau hat gleich nach Abschließen des Eingangs wieder begonnen.«

»Druckaufbau? Ist ja interessant. Von wo denn?« Lando sah sich um und musterte die glatten Wände, die sie umgaben. »R2, kannst du hier irgendwelche Luftschlitze entdecken?«

Der Droide bestätigte die Anweisung mit einem Piepen, stieg dann in die Höhe und flog dicht an den Wandplatten entlang.

»Schön – ich habe mir das so zurechtgelegt«, meinte Lando dann. »Wir sind nicht länger geladene Gäste und willkommene Besucher. Das Ding hier hat die *Glücksdame* abgeschüttelt und versucht uns auszuspucken. Das wäre ihm wahrscheinlich auch gelungen, wenn es nicht gleichzeitig versucht hätte dem Einsatzkommando zu entkommen.«

»Und das wirft die nächste Frage auf«, sagte Lobot. »Warum hat es das nicht gewusst?«

»Ich höre.«

»Mir scheint hier ein Fehlschluss vorzuliegen. Zwei Abwehrprozeduren wurden eingesetzt, ohne dabei die Auswirkungen zu bedenken, die durch die Kombination der beiden Maßnahmen entstehen könnten. Und dass dieser Raum hier wieder mit Luft versorgt wird, scheint mir ebenfalls inkonsequent.«

»Haben Sie eine Erklärung?«

»Diese Vorgänge deuten für mich darauf hin, dass das Schiff entweder von nur beschränkt intelligenten Systemen oder von Lebewesen mit beschränkter Intelligenz kontrolliert wird.« Als Lobot sah, wie Lando bei seiner Formulierung das Gesicht verzog, fügte er hinzu: »Im Augenblick ist es mir nicht möglich, zwischen diesen beiden Möglichkeiten zu unterscheiden.«

»Falls es uns gelingen sollte, das herauszufinden, kommen wir vielleicht auch dahinter, wie wir es schaffen, hier das Heft in die Hand zu bekommen«, sagte Lando. »Eines steht für mich fest – diese Schleuse hat sich wegen des Sprungs geschlossen und nicht, um uns gefällig zu sein. Wir sind hier unerwünscht. Und wenn wir aus dieser Kammer nicht raus sind, wenn der Vagabund den Hyperraum verlässt, dann glaube ich nicht, dass wir noch große Chancen haben.«

»Master Lando, ich bin sicher, Oberst Pakkpekatt und die Armada haben bereits unsere Verfolgung aufgenommen«, sagte 3PO. »Je früher wir den Hyperraum verlassen, desto früher können sie uns retten.«

»Yeah, die suchen uns ganz bestimmt«, sagte Lando. »Die Frage ist nur, ob sie uns auch finden – wir könnten ebenso gut fünf Lichtjahre oder fünfzig oder fünfhundert vom Eintauchpunkt entfernt wieder rauskommen. Und bei Ausweichmanövern wechselt man normalerweise sofort den Kurs und setzt dann den nächsten Sprung an. Und sobald *das* einmal passiert ist, ist es genauso, als ob man mit den Ewoks auf Endor Verstecken spielt.«

»Aber Master Lando – *irgendwie* müssen die uns doch retten können. Die würden uns doch ganz bestimmt nicht einfach aufgeben. Wenn sie uns nicht folgen, sind wir dem Untergang geweiht, im Weltraum verloren …«

»3PO, wir können es uns einfach nicht leisten, solange zu warten, bis sie da sind.« Lando tippte an sein Visier, um den Droiden daran zu erinnern, weshalb er das gesagt hatte. »Das Chrono läuft bereits. Lobot und ich könnten bereits tot sein, ehe dieses Schiff beschließt, den Hyperraum zu verlassen. Deshalb müssen wir jetzt schnell handeln. Wir dürfen einfach nicht auf Hilfe seitens der Armada rechnen, wenn uns nicht vorher etwas einfällt, wie wir denen dabei helfen können, uns zu finden. Und bis zu dem Punkt stehen wir auf eigenen Beinen.«

3PO hob in einer Geste der Verzweiflung die Arme und seine Stimme wurde schrill. »Wir *bitten um Entschuldigung*«, rief er dem Schiff zu. »Bitte, glaub mir, ich wollte nie jemandem einen Schaden zufügen …«

»Halt den Mund, 3PO.«

»Ja, Sir.«

»Lando«, sagte Lobot.

»Was ist denn?«

»Vielleicht schadet es gar nichts«, meinte Lobot. »Es könnte ja *sein*, dass jemand zuhört.«

Lando runzelte die Stirn. »Soweit es dieses Schiff betrifft, sind wir Piraten, Einbrecher, Grabräuber oder noch etwas Schlimmeres. Es ist wirklich höchst unwahrscheinlich, dass die das vergessen, bloß weil wir plötzlich, nachdem wir zuerst die Tür eingeschlagen haben, angefangen haben, bessere Manieren an den Tag zu legen.«

»Die Erfolgsaussicht mag gering sein«, sagte Lobot. »Aber immerhin ist 3PO dafür ausgebildet, sich diplomatisch auszudrücken. Und möglicherweise ist eine Entschuldigung tatsächlich der Schlüssel, der uns die nächste Tür öffnet.«

Lando seufzte tief und machte mit seiner behandschuhten Hand eine Geste, die C-3PO als Aufforderung deuten konnte. »Na schön. Aber 3PO, mit etwas Würde, wenn ich bitten darf.«

»Selbstverständlich, Master Lando«, erwiderte der Droide in leicht pikiertem Tonfall. »Ich bin darauf programmiert, mich jederzeit würdevoll zu verhalten. Tatsächlich ist das sogar eines der Grundprinzipien der Etikette und des Protokolls ...«

»Stimmt«, fiel Lando ihm ins Wort, um seinen Redeschwall abzukürzen. »Dann fang schon an damit. Wir haben schließlich keine Ahnung, wieviel Zeit wir eigentlich haben. Und nimm den zweiten Kommkanal, damit Lobot und ich einander hören können.«

»Sehr wohl, Master Lando«, sagte 3PO und verstummte dann scheinbar.

»Lobot, haben Sie Zugang zu R2s Ereignisspeicher?«

»Ja, Lando.«

»Versuchen Sie, ob Sie unseren neuen Kurs aus den Daten seines Kreiselsystems und seines Beschleunigungsmessers unmittelbar vor dem Sprung herausfinden können. Vielleicht können wir daraus im Verein mit R2s astrographischer Datenbank etwas darüber in Erfahrung bringen, wieviel Zeit wir noch haben.«

Scout *IX-26* der Neuen Republik tauchte so dicht bei seinem Zielort aus dem Hyperraum auf, dass der Planet den größten Teil des vorderen Sichtschirms ausfüllte.

»Koordinaten überprüfen«, befahl Kroddok Stopa mit gerunzelter Stirn. »Absolutreferenz.«

»Der Astrogator sagt vierundvierzig, eins-neun-sechs, zwei-eins-null.« Der Pilot drehte mit einer gekonnten Handbewegung die Indexscheibe des Schifflogs. »Ja, stimmt mit denen überein, die Sie mir gegeben haben.«

»Diese Daten stammen direkt aus der dritten Großen Inspektion.« Stopa deutete auf das Astrogationsdisplay. »Aber wenn ich Ihre Anzeige richtig lese, dann steht dort, dass dieser Planet Maltha Obex heißt. Das ist ein tobekischer Name.«

Der Pilot sah halb zum Astrogator hinüber. »Maltha Obex, ganz richtig.«

Stopa, Leiter der Expedition des Obroanischen Instituts nach Qella, studierte die Daten, die von den Sensoren der *IX-26* hereinkamen, und schüttelte dann den Kopf. »Bei allen Sternen. Was ist denn hier passiert?«

Der Pilot warf einen Blick auf den Sichtschirm. »Wieso, was ist denn? Sieht doch aus, wie zehntausend andere Eisbälle, die wir schon gesehen haben.«

Josala Krenn, die andere Hälfte der obroanischen Expedition stand auf und kam nach vorne. »Das ist es ja gerade. Die dritte GI hat diese Welt als gemäßigt gemeldet. Sie hatte damals eine Bevölkerung von sieben Millionen und ein Primärökosystem, das die Leute von der GI provisorisch mit Komplexitätsgrad Zwei eingestuft hatten.«

Der Pilot schüttelte den Kopf. »Dann haben wir allem Anschein nach den Sommer hier verpasst«, meinte er trocken.

»Das entsprach den Erwartungen«, sagte Stopa. »Als die Kontaktmission der dritten GI hierherkam, stellten sie fest, dass ein Drittel der Landfläche vergletschert war.« Dass das Kontaktteam den Planeten tot vorgefunden hatte, bedeckt nur noch von Ruinen der Qellazivilisation, ließ er unausgesprochen.

»Als die Tobek kamen, dachten sie wahrscheinlich, sie bräuchten nur zuzugreifen, und haben dem Planeten einen Namen verpasst«, sagte Josala.

»Was hat der Name schon zu sagen? Sie wollten doch hierher, oder? Habe ich irgendetwas nicht mitgekriegt?«

»Der letzte Kontakt der dritten GI liegt hundertachtundfünfzig Jahre zurück«, sagte Stopa. »Der Planet hätte bereits wieder anfangen müssen, sich zu erholen.«

»Ich sehe immer noch nicht, wo das Problem liegt.«

»Doch, das tun Sie schon«, widersprach Josala. »Das Problem ist *alles,* was wir hier sehen können. Das Problem ist das Eis.«

»Ich hab's immer noch nicht kapiert.«

Josala seufzte. »Wo haben Sie uns abgeholt?«

»Babali«, erwiderte der Pilot. »Warten Sie – Sie haben keine Eisbohrer? Keine Schutzunterstände? Kälteanzüge?«

»Babali ist eine Tropenwelt. Aus irgendeinem Grund waren auf der Geräteliste keine Eisbohrer vorgesehen«, antwortete Josala mit einem schiefen Grinsen. »Unser Rover hat nicht einmal eine Klassifizierung für diese Art Wetter.«

Der Pilot stieß einen mitfühlenden Pfiff aus. »Jetzt sehe ich Ihr Problem. Aber warum hat man dann ausgerechnet *Sie* geschickt?«

»Weil wir die beste Lösung für eine Gleichung mit zwei Variablen waren«, antwortete Josala. »Der nächste verfügbare Bioarchäologe und das schnellste verfügbare Transportmittel.«

»Allzu schlimm ist es ja auch nicht«, meinte Stopa nachdenklich. »Man hat uns hierher geschickt, um biologische Proben zu beschaffen. Die Gletscherdecke stellt immerhin sicher, dass es noch Proben gibt, die man entnehmen kann.«

»Es sei denn, dieser Klimasturz wurde von einem schmutzigen Krieg ausgelöst – mit Brandbomben oder gesteinsbrechenden Waffen«, wandte Josala ein.

»Viel Atmosphäre ist nicht mehr übrig, aber ich kann ja eine Sonde absetzen und schnüffeln«, sagte der Pilot. »Damit läßt sich diese Frage schnell beantworten.«

»Nein«, widersprach Stopa. »Bringen Sie uns auf Kartographieorbit. Sehen wir uns einmal die andere Seite an. Wir brauchen nur eine Landestelle – ein paar Gramm Material. Es könnte ja ein geothermisches Feld geben oder jedenfalls irgendeine heiße Stelle – eine warme Strömung vielleicht aus einer besonders tiefen Bodenspalte, die bewirkt hat, dass irgendwo an einer Meeresküste ein Stück eisfrei geblieben ist. In dem Fall wären die Qella ganz sicherlich vor dem Ende dorthin geflohen.«

»Sie erwarten aber doch nicht, hier noch irgendwelches

Leben vorzufinden, oder? Sehen Sie sich doch die Werte für die Oberflächentemperatur an.«

»Nein, Leben nicht«, meinte Stopa. »Aber ich wäre schon dankbar, wenn wir auch nur eine einzige Leiche finden würden, die nicht unter dreihundert Meter Eis begraben ist.«

»Also gut, Kartographieorbit«, sagte der Pilot und griff nach den Kontrollen. »Maltha Obex, wir kommen.«

»Qella«, korrigierte ihn Josala ruhig. »Wenn wir hier nicht feststellen, dass wenigstens noch ein winziges Stückchen von diesem Planeten den Qella gehört, werden wir die Leute, die uns hierher geschickt haben, mächtig enttäuschen.«

Aus der Perspektive des für kartographische Zwecke üblichen Orbits bot Qella nicht gerade einen einladenden Anblick. Die Landfläche war mit einer bis zu einem Kilometer dicken Eisschicht überzogen, während die eingeschrumpften Meere, die zu salzig waren, um zuzufrieren, Eisberge jeder Größenordnung zeigten.

»Das wär's«, sagte Stopa, nachdem er sich die Daten der letzten Überfliegung gründlich angesehen hatte. »Möglicherweise haben einige der Qella versucht, auf dem Eis zu überleben – wenn wir Glück haben, finden wir ihre Überreste in fünfzig oder hundert Meter Tiefe. Damit können wir uns ja beschäftigen, während wir auf Verstärkung warten. Aber wir müssen auf jeden Fall das Schlimmste annehmen und Hilfe anfordern.«

»Vielleicht können wir Dr. Eckels' Team kriegen«, sagte Josala. »Die sollten ja eigentlich inzwischen mit den Ausgrabungen auf Hoth fertig sein.«

»Versuchen können wir es immerhin. Stellen Sie eine Hyperkommverbindung mit dem obroanischen Institut her«, bat Stopa.

»Fertig«, meldete der Pilot.

»Hier spricht Dr. Kroddok Stopa, Bestätigungscode Alpha-Echo-vier-vier-zwo. Bitte schalten Sie die Geräteabteilung zu.«

»Ist erledigt. Bitte sprechen Sie, Doktor.«

»Ich habe eine dringende Anforderung für zusätzliche Geräte und Personal für meinen augenblicklichen Einsatz.« Stopa rasselte die detaillierte Liste herunter, die er aufgestellt hatte. »Haben Sie das alles?«

»Hier Geräteabteilung – ja, haben wir. Wir nehmen das sofort in Angriff.«

»Außerdem brauchen wir ein Spitzenteam für Kälteeinsatz. Ist die Hoth-Crew von Dr. Eckels verfügbar?«

»Die haben sich gestern zurückgemeldet. Ich weiß nicht, wofür sie gerade eingeteilt sind«, sagte die Stimme am anderen Ende. »Aber ich gebe das sofort an den Ausschuss weiter und sorge dafür, dass Sie schnell Antwort bekommen.«

»Angenommen, Sie *sind* verfügbar, was schätzen Sie dann, wie lange es dauern wird, bis wir sie und das Material hier draußen zu sehen bekommen?«

»Wenn wir die *Penga Rift* bevorzugt abfertigen und das Team und die Geräte bis Mitternacht an Bord bekommen – sagen wir sechzehn Standardtage.«

»Gibt es etwas Schnelleres als die *Penga Rift*?«

»Nicht im Institutsregister – tut mir leid.«

»Dann prüfen Sie, was es für andere Möglichkeiten gibt«, erwiderte Stopa kurz angebunden. »Das hat höchste Priorität. Stopa Ende.« Er bedeutete dem Piloten, die Verbindung abzubrechen. »Und jetzt verbinden Sie mich mit Krenjsh vom Nachrichtendienst der Neuen Republik. Die müssen erfahren, dass sich die geforderten Ergebnisse etwas verzögern werden.«

Die vier Gefangenen in der Schleuse des Vagabunden waren zu beschäftigt, um viel miteinander zu reden.

R2 suchte nach Lüftungsöffnungen, während 3PO die unsichtbaren Herren des Vagabunden zu bezirzen versuchte. Lobot analysierte die Beschleunigungs- und Astrographiedaten und stellte eine Liste ihrer Gerätschaften auf dem Schlitten auf. Lando befasste sich mit dem Kontrollgriff in der Ecke der Kammer, um herauszufinden, ob dieser auf ihn reagieren würde.

Doch der Griff blieb unbeweglich, und Landos Berührung führte zu keiner erkennbaren Reaktion. Aber bei diesen fruchtlosen Bemühungen merkte er, dass seine unbedeckte Hand steif und angeschwollen war und zu schmerzen begann – der Druck, den die Manschette seines Schutzanzuges ausübte, verstärkte den Schaden noch, der durch die Dekompression aufgetreten war.

»Haben wir irgendwelche Musterbeutel?«, fragte Lando und trat neben Lobot, der immer noch mit dem vor ihm schwebenden Geräteschlitten beschäftigt war.

»Ja. Sechs kleine, sechs große und zwei Kapseln mit selbstformendem Gel.«

»Die Beutel – die schließen doch selbsttätig, nicht wahr?«

»Ja, Lando.« Er hielt inne. »Tut mir leid – ich habe nicht mehr herausgefunden. Wissen Amnesiepatienten, dass es Dinge gibt, an die sie sich nicht erinnern können? Wenn ja, dann weiß ich jetzt, wie man sich in einem solchen Zustand fühlt. Meine Spezialität ist es, Verbindungen herzustellen und Informationen ausfindig zu machen. Sonst habe ich eigentlich nichts gelernt.«

»Sparen Sie sich die Selbsterforschung für ein anderes Mal auf«, sagte Lando. »Holen Sie sich einen von diesen kleinen Musterbeuteln, und sehen Sie zu, ob sich daraus so etwas wie ein Handschuh für mich improvisieren lässt.«

Wenig später hatten sie die Öffnung des Beutels an der Manschette des Druckanzugs befestigt, und Lando drehte ein wenig an den Stellschrauben herum, bis sie sich etwas lockerten. Kurz darauf stellte er erleichtert fest, dass die Schwellung in seinen Fingern nachließ.

»Ich weiß nicht, ob der Beutel oder der Kleber stark genug ist, um einen nochmaligen Druckverlust auszuhalten«, sagte Lobot.

»Darauf verlasse ich mich auch nicht«, sagte Lando. »Ich habe bloß keine Lust, meine Hand zu verlieren. Es sieht ohnehin schon schlimm genug aus. Haben Sie mit R2s Daten etwas anfangen können?«

»Ich glaube, ich habe unsere Flugrichtung vor dem Sprung auf ein halbes Grad genau«, sagte Lobot und rasselte dann die Koordinaten herunter. »Tut mir leid, aber genauer geht es nicht.«

»Das würde einen Kurs in Richtung auf Sektor eins-fünf-eins bedeuten«, sagte Lando.

»Ja. Die Grenze ist acht Lichtjahre von unserer ursprünglichen Position entfernt.«

»Gibt es in Einundfünfzig jemanden, der uns vielleicht helfen könnte?«

»Tut mir leid«, sagte Lobot. »R2 hat lediglich Navigationsdaten. Geopolitische oder soziologische Daten stehen nicht zur Verfügung.«

Lando nickte. »Sie brauchen sich nicht für Dinge entschuldigen, die Sie mir nicht geben können. Dafür haben wir keine Zeit. Wie weit ist diese Straße geöffnet?«

»Die Ungenauigkeit des Vektors wird natürlich mit zunehmender Entfernung immer größer«, sagte Lobot. »Der der Zentralachse am nächsten liegende Himmelskörper mit einem genügend ausgeprägten Gravitationsschatten, um ein Schiff aus dem Hyperraum ziehen zu können, ist einundvierzig Komma fünf drei Lichtjahre entfernt.«

Lando runzelte die Stirn und meinte dann: »Das ist nicht besonders hilfreich. Drehen wir die Frage um – wie weit ist es bis zu dem Punkt auf dieser Flugbahn, der von allen anderen am weitesten entfernt ist?«

Lobot schloss die Augen und konzentrierte sich. Aber R2-D2 kam ihm mit einer langen Folge piepender und zirpender Laute zuvor.

»R2 sagt, dass dieses Schiff in zwölf Komma neun Lichtjahren die isolierteste Region auf dieser Flugbahn erreichen wird«, teilte 3PO mit. »An jenem Punkt gibt es im Umkreis von beinahe neun Lichtjahren keine erfassten Körper von einem Durchmesser oberhalb eines Kometen der Klasse fünf.«

»Ein guter Punkt für einen Kurswechsel«, sagte Lando. »Und weit genug entfernt, um uns ein wenig Zeit zu lassen.«

»Aber wir wissen nicht, wie schnell dieses Schiff sich im Hyperraum bewegen kann«, wandte Lobot ein. »Jene Region könnte zwölf Stunden entfernt sein oder acht oder sechs – oder vielleicht noch weniger. Die konventionelle Obergrenze für Hyperraumgeschwindigkeit ist möglicherweise technischer und nicht theoretischer Natur. Und dann ist da noch etwas ...«

»Was?«

»Falls wir jenen Schwerkraftschatten in einundvierzig Lichtjahren Entfernung tatsächlich passieren, führt uns der weitere Kurs geradewegs zur Grenze der Neuen Republik in der allgemeinen Richtung von Phracas, in den Kernwelten.«

»Ein Grund mehr, hier nicht untätig rumzustehen und Zeit zu vergeuden«, sagte Lando. »R2, was hast du festgestellt?«

R2 piepte und 3PO übersetzte: »Master Lando, R2 sagt, dass es in diesem Raum nirgends Lüftungsöffnungen gibt.«

»Was? Wie ist dieser Raum dann wieder unter Druck gesetzt worden?«

»R2 meint, dass die atmosphärischen Gase Molekül für Molekül durch die Wände kommen. Er sagt, das gelte für den größten Teil der Oberfläche dieses Raums.«

»Damit ich das nicht falsch verstehe – diese Wände sind also porös?«

R2 zirpte und 3PO übersetzte erneut: »Nein, Master Lando. R2 sagt, dass die ganzen Moleküle einfach auf der Oberfläche erscheinen.«

»Äußerst seltsam«, sagte Lobot. »Ich frage mich, ob es wohl sein kann, dass die Wände das Gas tatsächlich *produzieren.*«

»R2, gibt es einen Bereich, an dem dieser Vorgang stärker ausgeprägt ist als anderswo?«, fragte Lando.

Der kleine Droide düste in die Mitte des Raums und sandte einen orangefarbenen Lichtstrahl aus seinem Holographieprojektor zu der inneren Wand.

»In Ordnung. 3PO, Zustandsbericht.«

Der goldene Droide neigte den Kopf etwas zur Seite. »Sir, bis jetzt habe ich die Herren dieses Fahrzeugs in elftausendvierhundertunddreiundsechzig Sprachen angerufen und eindringlich um Nachsicht und Unterstützung gebeten. Bis jetzt gab es darauf auf keinem mir zugänglichen Wellenbereich eine Antwort.«

»Gehört zu diesen sechs Millionen Sprachen, die du beherrschst, auch die der Qella?«

»Ich bedauere außerordentlich, Master Lando, aber das ist nicht der Fall.«

»Hast du *irgendwelche* Informationen über die Qella-Sprache? Vielleicht ist sie mit irgendeiner anderen Sprache verwandt, die du fließend beherrschst – so wie man Torock beherrscht, wenn man sich einigermaßen in Thobek oder Wehttam verständigen kann.«

»Ich bedauere sehr, Master Lando, aber mir ist wirklich überhaupt nichts bekannt.«

»Wie wär's mit einem Versuch mit geographisch benachbarten Sprachfamilien?«

»Sir, die übliche Vorgehensweise bei Erstkontakten besteht darin, es mit regionalen Sprachen zu versuchen, falls die Sprache der Eingeborenen unbekannt ist«, erwiderte 3PO leicht indigniert. »Ich habe natürlich mit den achthundertdreiundsiebzig Sprachen angefangen, die in dem Sektor gesprochen werden, in dem sich Qella befindet, und habe es anschließend mit den dreitausendzweihundertsieben Sprachen probiert, bei denen es eine direkte Verbindung mit jenen Sprachfamilien gibt.«

»Und jetzt gehst du einfach von A bis Z vor?«

»Ich gehe weiterhin nach astrographischer Nähe vor.«

»Wie lange wirst du brauchen, um sie alle auszuprobieren?«

»Master Lando, wenn ich die Wartezeit auf das von meinem Protokoll festgesetzte Mindestmaß reduziere, werde ich die erste Folge in vier Komma zwei Standardtagen abschließen können.«

»Das habe ich befürchtet«, sagte Lando. »Lobot, holen Sie den Schneidblaster raus. Wir werden uns selbst eine Tür machen müssen.«

Admiral Hiram Drayson saß mit finsterer Miene auf seiner Schreibtischkante und studierte den letzten Kontaktbericht von Oberst Pakkpekatt bei Gmir Askilon.

Die Aufzeichnungen der Beobachtungsschiffe waren dramatisch und zugleich beunruhigend. Wenige Augenblicke bevor der Vagabund sich in Bewegung gesetzt hatte, waren am vorderen Ende des Schiffes sechs höckerartige Ausbuchtungen – Akkumulatorknoten oder Radiatoren, dachte Drayson – in ringförmiger Anordnung erschienen. Anschließend war der ganze Bug in grelles blaues Licht getaucht worden.

Kurz darauf schossen aus zwei der Ausbuchtungen je zwei grellweiße Energiestrahlen, die sich wie eine Schere durch die Lücke zwischen dem Vagabunden und der *Glücksdame* bewegten und sie trennten. Ein weiteres Strahlenpaar schoss aus zwei anderen Ausbuchtungen und schnitt durch den Interdiktionsgenerator an der unteren Rumpfseite des Sperrschiffes *Kauri*. Die Energieflut aus dem vollgeladenen Generator zerstörte die Kraftanlage der *Kauri*, die gleich darauf zu einem Feuerball wurde.

Sobald die *Kauri* neutralisiert war, begann der Vagabund sich in Bewegung zu setzen, löste sich von der *Glücksdame* und beschleunigte an dem gefechtsunfähigen Sperrschiff vorbei und war gleich darauf außer Reichweite der restlichen Sperren. Zweiundvierzig Sekunden nachdem es angefangen hatte, war es vorbei, und der Vagabund verschwand im Zentrum eines Hyperraumkegels.

Abschlussstatistik des Kontakts:

Eine Suchdrohne zerstört.

Ein Sperrschiff funktionsunfähig und verlassen mit sechsundzwanzig Todesfällen, darunter sechs in der Energiezentrale.

Eine Yacht geborgen und zu einem Anlegepunkt am Rumpf der *Glorious* zurückgebracht, unbeschädigt mit Ausnahme der Hauptschleuse.

Ein erfolgreicher Bordkontakt des Zielobjekts.

Eine erfolgreiche Flucht des Zielobjekts.

Eine Expeditionsarmada durch den ganzen Weltraum verteilt, mit vier Schiffen, die mit der Verfolgung des Zielobjekts befasst waren, während die restlichen Ambulanz- oder Bergungsdienste verrichteten.

Und, was Drayson am meisten beunruhigte, der Handschuh eines Kontaktanzuges, den man unter den Überresten geborgen hatte – rechte Hand, Landos Größe.

Der Bericht enthielt auch einige positive Informationen. Es

stand jetzt zweifelsfrei fest, dass die Waffen des Vagabunden komplementär wirkten – zwei oder mehr sich schneidende Strahlen wirkten vermutlich in Resonanz. Falls es nicht mittschiffs weitere verborgene Waffenpositionen gab, war anzunehmen, dass der Vagabund maximal sechs Ziele unter Beschuss nehmen konnte. Möglicherweise würden daher bereits vier richtig zueinander positionierte Schiffe seine Verteidigungseinrichtungen überwältigen können.

Aber zuerst würde Pakkpekatt den Vagabunden wieder finden müssen – etwas, was beim letzten Mal zwei Jahre in Anspruch genommen hatte.

Drayson rief die Karte auf, die die Verfolgung zeigte, und studierte sie. Drei Schiffe waren mit Höchstgeschwindigkeit auf dem letzten Vektor des Vagabunden unterwegs: die *Lightning* auf zehn Lichtjahren Distanz, die *Glorious* auf zwanzig und die *Marauder* auf dreißig. Der improvisierte Plan sah vor, dass sie an jenen Eintrittspunkten Sensorbojen mit Hyperkommrepetierern aussetzten und dann in kurzen Sprüngen bis an die Grenze der jeweiligen Sensorreichweite versuchten, Spuren des Zielobjekts aufzunehmen.

Die Präzision des Planes konnte seine Schwächen nicht verbergen – er hatte nur dann eine Chance, wenn der Vagabund lediglich einen einzigen kurzen Sprung vollführte. Wenn er hingegen nach dem kurzen Sprung an einem Punkt, wo es keine Augen und keine Sensoren gab, die ihn scannen konnten, einen zweiten Sprung mit geändertem Vektor ansetzte, oder wenn der erste Sprung fünfzig, hundert oder fünfhundert Lichtjahre betrug, über die Grenzen der Neuen Republik hinaus ins Chaos der Kernwelten …

Drayson wusste, dass Oberst Pakkpekatt vor dem Sprung der *Glorious* sowohl beim Nachrichtendienst als auch beim Flottenamt der Neuen Republik dringend weitere Schiffe angefordert hatte. Er wusste auch, wie aller Wahrscheinlichkeit nach die Antwort darauf lauten würde.

»Die einzige Chance, sie zu schnappen, liegt bei Ihnen, Lando«, sagte Drayson leise im Selbstgespräch. »Sie müssen uns helfen.«

Aber es war nicht Draysons Art, jemanden, den er mit einer

gefährlichen Aufgabe betraut hatte, im Stich zu lassen. Seine Finger flogen über die Tastatur und ließen eine Liste der Anlagen von Alpha Blue im Sektor 151 auf dem Bildschirm erscheinen. Seine Möglichkeiten mochten beschränkt sein, aber er würde tun, was in seiner Macht stand. Und es gab immer Möglichkeiten, Einfluss auf die Chancen zu nehmen.

Die Gewohnheiten des Senatsausschusses für Sicherheit und Nachrichtendienste unterschieden sich kaum von denen der Institutionen, deren Tätigkeit er überwachte. Der Ausschuss gab keine Berichte an die Öffentlichkeit ab, meldete seine Sitzungen nicht und traf sich nur in geschlossener Sitzung in dem abgeschirmten Saal Nummer 030 tief in den Untergeschossen des alten imperialen Palastes.

Die sieben ständigen Mitglieder des Ausschusses nahmen es mit der Geheimhaltung so ernst, dass »SSN Tagesordnung« zu einer Art Synonym für das Unerreichbare und das Unmögliche geworden war. Jemand, dem eine besonders schwere Aufgabe gestellt worden war, pflegte zu sagen *es hätte ja noch schlimmer kommen können – er hätte auch verlangen können, dass ich ihm die SSN Tagesordnung bringe,* und so manch unglücklich Verliebter tröstete sich mit dem Gedanken, dass das Ziel seiner Wünsche ebenso unerreichbar war wie der Zugang zu einer SSN-Sitzung.

Selbst Drayson kostete es Mühe herauszubekommen, wann der SSN sich mit Pakkpekatts Anforderung befassen würde. Und als er es schließlich erfuhr, war es zu spät, um noch aktiven Einfluss nehmen zu können.

»Der letzte Tagesordnungspunkt ist die Teljkon-Expedition«, sagte General Carlist Rieekan. »Kann ich davon ausgehen, dass Sie alle über Kopien des Berichtes verfügen?« Er wartete einen Augenblick und fuhr dann, als niemand sich zu Wort meldete, fort: »Ich bitte um Diskussion.«

Senator Krall Praget von Edatha, der Vorsitzende des SSN, lehnte sich in seinem Sessel zurück und strich sich mit den Fingern durch den Flaum, der seinen Schädel bedeckte. »Was gibt es da zu entscheiden? Der Einsatz ist gescheitert. Wir schließen die Bücher.«

»Lando Calrissian und sein Team befinden sich noch an Bord des Vagabunden«, erinnerte ihn Rieekan mit sanfter Stimme.

»Was veranlasst Sie zu der Annahme, dass sie noch am Leben sind?«, fragte Praget. »Weshalb sollte ein Kapitän, der so entschlossen und bestimmt handelt, wie das der Kapitän des Vagabunden getan hat, den Fehler machen, nicht ebenso entschlossen und konsequent gegen Eindringlinge vorzugehen?«

»Es ist möglich, dass man sie gefangen genommen hat«, sagte Rieekan. »Es besteht sogar die Möglichkeit, dass sie sich der Gefangennahme entziehen konnten.«

Praget griff nach seinem Datapad. »Welche Erklärung haben Sie dann für den Handschuh, den die Bergungsteams gefunden haben? Der hat doch Calrissian gehört, nehme ich an.«

»Ich habe keine Erklärung«, räumte Rieekan ein.

»General Rieekan«, wollte Senator Cair Tok Noimm wissen, »habe ich richtig verstanden, dass der Handschuh unbeschädigt ist und keine Blutspuren trägt?«

»Das ist richtig.«

Sie nickte. »In diesem Fall scheint mir dieser Handschuh kein ausreichender Grund zu sein, diese Leute ihrem Schicksal zu überlassen.«

»Ich kann nur nicht erkennen, was wir für sie tun können«, sagte Senator Amamanam, der die Bdas auf Coruscant vertrat. »Es sei denn, Senator Noimm hat vor, mit uns zur Sternenmutter zu beten ...«

Das Gelächter am Konferenztisch war gedämpft und kühl, aber Noimms Blick war noch kühler, geradezu eisig. »Hier stehen zwei Leben auf dem Spiel – das Leben von zwei hoch geschätzten Freunden der Neuen Republik. Und erinnern Sie sich bitte auch daran, dass die Droiden einen beträchtlichen Wert darstellen – wenn es heute eine Neue Republik gibt, so ist das nicht zuletzt auch ihnen zu verdanken. Ich bezweifle, dass es irgendwo zwei Droiden gibt, die bekannter sind als diese beiden – oder die man mehr liebt.«

»Wenn sie für die Neue Republik so wichtig sind, sollte

man sie vielleicht mit all den anderen Symbolen in einem Museum aufbewahren«, meinte Praget ungerührt.

»Neben Luke Skywalker, dem sie gehören?«, fragte Senator Lillald. »Ich muss mich der Ansicht von Cair Tok anschließen. Ich möchte mich nicht den Fragen ausgesetzt sehen, zu denen es sicher kommen würde, falls diese vier in unseren Diensten verschwinden sollten und wir keinerlei Anstalten unternehmen, um sie zurückzuholen.«

»In unseren Diensten? Haben Sie gelesen, wie sie auf dieses Schiff gelangt sind? Man kann wohl kaum behaupten, dass sie sich in unserem Dienst befanden«, wandte Senator Amamanam ein. »General, würden Sie uns freundlicherweise erklären, wie es dazu kam, dass Baron Calrissian und die anderen überhaupt in diese ganze Sache verwickelt wurden? Ich kann mich nicht erinnern, dass sie in dem Expeditionsplan, den Sie uns vorgelegt haben, überhaupt erwähnt waren.«

»*General* Calrissian hat auf Wunsch des Flottenamtes die Flotte bei diesem Einsatz vertreten«, erklärte Rieekan betont. »Bei den anderen handelt es sich um seinen Stab. Er hat sie allem Anschein speziell für diesen Einsatz zusammengeholt.«

»Das ist alles so absurd«, erregte sich Praget. »Falls Hammax und seine Männer sich an Bord des Vagabunden befänden, wie es hätte sein sollen, dann bräuchten wir diese Diskussion jetzt nicht zu führen. Entweder hätten sie das Vagabundenschiff funktionsunfähig gemacht, oder wir würden jetzt Kondolenzbriefe an die Familien der im Einsatz Vermissten schicken.«

»Senator ...«

»Aber Pakkpekatt hat zugelassen, dass diese Störenfriede, diese Außenseiter, diese *Amateure* sich einmischten, und plötzlich wird es uns unmöglich, unsere Verluste auf professionelle Art abzuschreiben.«

Rieekan versuchte es erneut. »Senator, hatten die Berichte von Oberst Pakkpekatt Sie nicht dazu veranlasst, die Vorteile noch einmal neu zu bewerten, die uns daraus erwachsen könnten, wenn wir das Qellaschiff bergen?«

»Nein, General«, sagte Praget, und sein Tonfall ließ keinen Zweifel daran, dass er diesen Manipulationsversuch nicht zu schätzen wusste. »Ich bin immer noch davon überzeugt, dass dieses Artefakt unser Interesse verdient. Aber ich kann nicht erkennen, dass die Umstände es rechtfertigen, dass wir eine zweite Armada aussenden, die auch nichts anderes tun könnte, als vergeblich tausend Kubiklichtjahre zu durchsuchen.«

»Bei all den Ungewissheiten in Farlax gibt es sicherlich bessere Einsatzmöglichkeiten für diese Schiffe als die, einem Phantom nachzujagen«, sagte Amamanam. »Der Vagabund wird mit Sicherheit wieder auftauchen.«

»Dann wollen sicherlich Sie selbst es übernehmen, Luke Skywalker unser Beileid auszusprechen?«, fragte Senator Noimm mit schneidender Stimme. »Und den Medien wird sich ja dann vermutlich unser Vorsitzender stellen, um ihnen genau zu erklären, unter welchen Umständen diese prominenten Persönlichkeiten verschwunden sind?«

»Wenn ich vielleicht einen Vorschlag machen darf …«, setzte Rieekan an.

»Ja, ich bitte darum«, sagte Praget.

»Ein Kontaktanzug ist nicht für Langzeiteinsatz gebaut. Seine Recyclingsysteme sind einfach und relativ wenig effizient. Bei richtigem Einsatz hält er den Träger vielleicht zweihundert Stunden am Leben – aber ganz sicher nicht mehr als zweihundertzwanzig«, sagte der Direktor des Nachrichtendienstes.

»Wir warten also einfach ein paar Tage, ehe wir sie für tot erklären, wollen Sie darauf hinaus?«

»Nicht ganz«, widersprach Rieekan. »*Falls* sie noch leben, werden der General und sein Team hochmotiviert sein, schnell zu handeln. Sie werden, was immer sie tun *können*, um den Flug des Qellaschiffes zu behindern, in den nächsten paar Tagen unternehmen. Mir scheint es daher nur klug, Pakkpekatt die Fortsetzung der Suche für mindestens fünfzehn Tage zu gestatten.«

»Das würde wenigstens den Vorwürfen die Spitze nehmen, dass wir den Baron seinem Schicksal überlassen haben«, sagte Senator Amamanam und warf Senator Noimm einen erwartungsvollen Blick zu.

»Falls Sie sich wirklich schützen wollen, würde ich vorschlagen, noch einen Schritt weiter zu gehen, und empfehle daher, dass wir Pakkpekatt die zusätzlichen Schiffe schicken, die er angefordert hat«, sagte Noimm. »Andernfalls könnte man die Suchaktion leicht als die symbolische Maßnahme erkennen, die sie ja eigentlich darstellt.«

»Nein, nein und noch mal nein«, widersprach Praget. »Pakkpekatt bekommt keine weiteren Schiffe. Dieser unfähige Hortek – man sollte ihn vor einen Untersuchungsausschuss stellen und ihn unehrenhaft aus der Marine ausstoßen. Aber wahrscheinlich werde ich mich damit begnügen müssen, dass der General ein tiefes finsteres Loch findet, in das man ihn stürzen kann, wenn das alles einmal vorbei ist.«

»Ich bin auch dafür, dass zusätzliche Schiffe ausgesandt werden«, sagte Rieekan, ohne auf Pragets Bemerkung einzugehen. »Nach meiner Einschätzung verändert die Anwesenheit unserer Leute auf dem Zielschiff die taktische Lage ganz entscheidend. Wir werden also nicht versuchen, es in ein Interdiktionsnetz zu jagen oder darauf zu feuern. Wir müssen es lediglich finden und dann bereit sein unsere Leute herunterzuholen.«

»Wie ich sehe, verfügt Pakkpekatt lediglich über vier Schiffe, die im Augenblick aktiv mit der Suche befasst sind.«

»Das ist richtig«, sagte Rieekan. »Ich bin daher der Ansicht, dass wir durchaus darüber reden können, unseren Einsatz bei diesem Projekt zu reduzieren. Wenn ich Sie vielleicht bitten darf, auf Seite fünfzehn der Einsatzbeschreibung nachzulesen, wo über die Schiffseinteilung …«

2

»Haben Sie schon einmal einen Schneidblaster benutzt, Lando?«, fragte Lobot besorgt.

»Ja, oft«, sagte Lando und stemmte sich zwischen die innere Wand und den Geräteschlitten. »Aber jetzt verlangen Sie bloß keine detaillierte Liste von mir. Das ist nämlich noch nicht alles verjährt. R2, ich hätte gerne ein bisschen mehr Licht hier, hier, vor mir.«

Der Droide löste sich vom Boden und bewegte sich mit kleinen Stößen seiner Gastriebwerke, bis Lando mit dem Einfallwinkel des Lichts einverstanden war.

»So ist's gut, R2 – bleib, wo du bist.«

»Passen Sie auf, dass Sie nicht zu tief schneiden«, warnte Lobot. »In der Wand könnten irgendwelche Mechanismen sein ...«

»Wenn R2 Recht hat, ist hinter diesem Wandstück nichts. Das Sonogramm hat nur eine dünne Wandplatte und dahinter eine weitere Kammer erkennen lassen, Durchmesser etwa fünf Meter.«

»Ich weiß. Aber ein Schiff dieser Größe könnte Abfallluken mit fünf Meter Durchmesser haben. Oder Treibstoffleitungen.«

»Wissen Sie, Lobot, wenn man Sie von Ihren Datenspeichern abschneidet, sind Sie ein richtiges altes Weib, fast so wie 3PO«, meinte Lando, aber nicht unfreundlich. »3PO, irgendetwas Neues?«

»Nein, Master Lando. Bisher keine Reaktion auf meine ersten neunhunderteinundsechzigtausendacht ...«

»Spar dir das fürs Logbuch«, fiel Lando ihm ins Wort. »Lobot, 3PO, ich weiß, dass ihr mir beide gern über die Schulter sehen wollt, aber ich würde doch vorschlagen, ein wenig zurückzutreten, so dass mein Kontaktanzug zwischen euch und dem Blaster ist. Auf die Weise könnte es sein, dass ihr noch da seid, wenn ich einen Fehler mache, und ihr könnt dann daraus lernen.«

»Wenn R2 mir Zugang zu seinem Videoprozessor geben könnte …«, sagte Lobot.

»Tu das, R2.« Lando hob den Schneidblaster mit der rechten Hand hoch und drehte mit der linken den Wählschalter auf minimale Schnittbreite und Eintauchtiefe. »Vielleicht ist *das* eine Botschaft, auf die wir Antwort bekommen«, sagte er und schaltete das Gerät ein.

Von Lando mit ruhiger Hand geführt, zog der blauweiße Energiestrahl eine gerade Linie senkrecht die Wand hinunter. Aber als Lando dann den Blaster ausschaltete, um sein Werk zu inspizieren, stellte er fest, dass der Strahl keine Spur hinterlassen hatte – die Wand war unversehrt.

»Da war ich wohl ein wenig zu vorsichtig«, meinte er und runzelte die Stirn. »Schieben Sie mir den Schlitten ein wenig näher ran, Lobot.«

Als er wieder Stellung bezogen und das Gerät neu eingestellt hatte, beugte Lando sich vor und zog den Energiestrahl erneut über die Wand.

»Was zum …«

»Was ist?«, fragte 3PO besorgt. Er richtete sich hinter Lando auf und musterte die Wand über seine Schulter hinweg.

»Überhaupt nichts«, erklärte Lando verstimmt. »Der Strahl hinterlässt nicht einmal eine Spur.«

»Ich glaube, da täuschen Sie sich, Lando«, sagte Lobot. »Bitte versuchen Sie es noch einmal. Aber bewegen Sie den Blaster etwas schneller.«

Lando zog den Blaster zügig über die Wand. Diesmal hinterließ der grelle Energiestrahl eine dünne schwarze Linie – einen sauberen geraden Schnitt, der sich den Bruchteil einer Sekunde später wieder schloss und gleich darauf verschwunden war.

»Selbstabdichtende Schotten?«

»So sieht es aus«, nickte Lobot.

»Also, ich muss schon sagen, das ist wirklich Klasse«, sagte Lando und schaltete den Schneidblaster ab. »Ich kann uns keine Tür in die Wand schneiden, weil sie nicht so viel Anstand hat, offen zu bleiben.«

Lobot tippte Lando an den Helm und deutete dann auf den Blaster. »Darf ich es versuchen?«

»Aber mit dem größten Vergnügen.« Lando reichte ihm den Blaster und trat zur Seite und zog sich dann Hand über Hand zum hinteren Ende des Geräteschlittens.

Lobot betrachtete die verschiedenen Einstellrädchen des Blasters ein paar Augenblicke lang und entschied sich dann für mittlere Bohrgeschwindigkeit. Diesmal hatte der Strahl die Form eines zugespitzten Kegels, den Lobot jetzt gegen die Wand drückte, bis er zur Hälfte verschwunden war. Als er den Blaster zurückzog, zeigte die Schottenwand ein Loch von ein paar Zentimetern Durchmesser.

Das Loch begann sich sofort wieder zu schließen, brauchte aber merkbar länger als der Schnitt, bis es ganz verschwunden war – lang genug, dass Lobot einen schnellen Blick durch die Öffnung werfen konnte.

»Sehr geschickt, Lobot. Sehr interessant. Zwischen ein und zwei Sekunden würde ich sagen«, meinte Lando.

»Das hatte ich gehofft«, sagte Lobot und drehte sich zu Lando um. »Egal, wie das bewerkstelligt wird, jedenfalls muss wesentlich mehr Material transportiert oder ersetzt werden, um ein Loch auszufüllen, als um einen Schnitt abzudichten.«

»Haben Sie etwas gesehen?«

»Nichts, was uns nützen könnte. Einen offenen Raum, schwach beleuchtet. Alles wirkte irgendwie gelblich.«

»Versuchen wir es mit einem größeren Loch«, schlug Lando vor. »R2, hast du irgendeinen Fernsensor, den wir diesmal durchstecken können?«

»Die Klette«, schlug Lobot vor. »Wir könnten durch das Loch greifen und die Klette auf der anderen Seite des Schotts befestigen. R2 und ich können die Sensordaten empfangen.«

»Ein so großes Loch möchte ich eigentlich nicht machen«, sagte Lando. »Wenigstens diesmal nicht. Jedes Mal, wenn wir dieses Schott anschneiden, erinnern wir dieses Schiff daran, dass wir hier sind. Ich weiß nicht, wie oft wir hier zubeißen dürfen, ehe man etwas dagegen unternimmt. R2, wie steht's?«

R2 trillerte voller Stolz, als sich eine kleine Klappe an ihm öffnete und sich ein dünner Stab mit einem kleinen silbernen Ball am vorderen Ende herausschob.

»Brauchst nicht so schnippisch zu sein«, verwies ihn 3PO.

R2s Antwort klang entschieden unflätig.

»Also, ich muss schon sagen, um diese Einzelheiten braucht er sich doch wirklich nicht zu kümmern«, erregte sich 3PO. »Ich bin jetzt länger mit dir zusammen, als mir eigentlich lieb ist, und kann mir nun wirklich nicht jedes kleine Spielzeug in diesem hässlichen Chassis merken …«

Lando stieß einen scharfen Pfiff aus. »Ruhe, ihr beiden – spart euch das für später auf. 3PO, hat er irgendetwas gesagt, was ich wissen muss?«

»Master Lando, R2 sagt, dass Astromechdroiden häufig Systeme inspizieren müssen, die an schwer zugänglichen Orten untergebracht sind«, erklärte 3PO immer noch beleidigt. »Allem Anschein nach glaubt er, dass R2-Einheiten so wichtig sind, dass jeder das wissen müsste. Er ist ganz schön überspannt, wissen Sie.«

»Nun, ich hab mir schon oft gedacht, dass es wirklich jammerschade ist, dass er nicht so bescheiden ist wie du, 3PO«, sagte Lando, flog zur Mitte des Geräteschlittens zurück und nahm Lobot den Schneidblaster weg. »Irgendwelche neuen Kontakte, seit wir mit dem Schneiden angefangen haben?«

»Seit ich angefangen habe, die Meister dieses Schiffes anzurufen, habe ich noch keinerlei Reaktion bekommen«, erklärte 3PO. »Ich schlage vor, Sie machen weiter.«

Lando schaltete auf mittlere Bohrstärke und aktivierte den Blaster. »R2, komm hierher – ich möchte den Sensor so schnell wie möglich durch das Loch befördern. Aber pass auf, dass du nicht eingezwickt wirst, wenn es sich schließt. Und Lobot, R2, ich möchte ganz genau wissen, wie groß das Loch ist, das ich mache, und auch ganz genau, wie lange es dauert, bis es sich wieder schließt. Sind alle fertig? Gut, dann wollen wir mal.«

Diesmal brachte Lando eine Öffnung zustande, die groß genug war, um eine geballte Männerfaust durchzuschieben. Er schaltete den Blaster ab, stieß sich von der Wand ab, vollführte einen Salto rückwärts in der Luft und machte damit R2 Platz. Der Droide glitt zielsicher auf die Wand zu, schob die Sonde durch die Öffnung und zog sie im letzten Augenblick ruckartig zurück, als das Loch wieder verschwand.

»Zeig es uns, R2. Holoprojektor«, befahl Lando. Der Droide zirpte zustimmend und lieferte die Fischaugenperspektive eines Ganges mit gerundeten Wänden, der, wie es den Anschein hatte, in beide Richtungen um das Schiff herum oder quer hindurch verlief. Es waren keinerlei Anzeichen von Leben oder irgendwelchen Maschinen wahrzunehmen, und es gab auch keine Reaktion auf die erneute Bohrung oder darauf, dass R2 die Scansonde eingeführt hatte.

»Sieht recht vielversprechend aus«, meinte Lando. »Was auch immer das für ein Gang ist, er sollte uns wenigstens zu einem Teil des Schiffes Zugang verschaffen. R2, Lobot, wie sieht es aus? Wie groß muss ich das Loch schneiden, damit wir alle durchkommen?«

»Ich fürchte, es gibt da ein Problem, Lando«, sagte Lobot. »R2s Messungen zeigen, dass das größere Loch sich auf die Fläche bezogen schneller geschlossen hat als das kleinere.«

»Den Eindruck hatte ich auch«, pflichtete Lando ihm bei. »Größere Löcher bekommen wahrscheinlich von den Systemen des Schiffes höhere Priorität. Sie glauben also nicht, dass wir durchkommen können?«

»Die gemeinsame Wand zwischen dem Gang und diesem Raum hier ist an der kürzesten Stelle meiner Schätzung nach etwa 1,7 m lang«, sagte Lobot und zeigte darauf. »Ein Loch dieser Größe braucht nach meiner Schätzung nur sechs oder sieben Sekunden, bis es sich so weit geschlossen hat, dass keiner von uns durchkann. Und das reicht für den Schlitten und uns vier nicht.«

»Das sollte es aber eigentlich. Luftlandeeinheiten springen in Abständen von einer Sekunde durch die Fallrohre.«

»Luftlandeeinheiten sind auch ausgebildet und haben den Vorteil der Schwerkraft auf ihrer Seite. Ich habe das auf R2s Navrechner bereits simuliert. Das würde bestenfalls einer von uns schaffen.«

»Nun – das ist *tatsächlich* ein Problem«, sagte Lando. »Ich habe nämlich den Verdacht, dass das Schiff, wenn wir ein Loch dieser Größe schneiden, böse werden und versuchen könnte, uns wieder auszuspucken. Ich glaube nicht, dass wir die Chance für einen zweiten Versuch bekommen.« Er überlegte einen Augenblick lang und fuchtelte dann mit dem Blaster herum. »Alle runter vom Schlitten. Ich muss ein paar Änderungen vornehmen.«

Der Geräteschlitten war von recht unkomplizierter Bauweise. Er war im Wesentlichen kastenförmig und enthielt die Kreiselsysteme, Treibstoffzellen und Systeme für die Schubstabilisierung, und war in regelmäßigen Abständen mit Handgriffen versehen. An der Oberseite bot ein rautenförmiges Metallgitter reichlich Befestigungsmöglichkeiten für Werkzeuge und Hilfsaggregate.

»Änderungen?«

»Yeah«, sagte Lando. »Ich glaube, wir brauchen einen Rahmen für unsere Tür.«

Mit einer Hand hielt sich Lando am Schlitten fest, während er mit dem Blaster das Gitter vom eigentlichen Rahmen des Schlittens trennte. Als er fertig war, schob Lando das schwerbeladene Gitter R2 zu. »Du ziehst das auf die andere Seite.«

Die Halteklauen des Droiden fuhren aus und klammerten sich an das Gitter.

»Würden Sie mir mal kurz zur Hand gehen, Lobot?«

Lobot stieß sich von der Wand ab und packte den jetzt leeren Schlittenrahmen an der anderen Seite. »Ich erinnere mich gerade an etwas, was ich vorher in meinem Speicher gelesen habe«, sagte er. »Der Chefkonstrukteur der Begräbnistempel von Ma'aood hat seine Konstrukteure angewiesen, alle offenkundigen Durchgänge mit Fallen zu versehen, und dafür zu sorgen, dass diese möglichst einladend wirken.«

»Wirklich ein aufmunternder Gedanke, vielen Dank«, sagte Lando. »Wenn wir das hier überleben, sollten Sie einmal daran denken, ob Sie nicht eine neue Laufbahn einschlagen. Als Beauftragter für Kampfmoral. Ist alles bereit?«

»Master Lando, was soll ich tun?«

Lando vergewisserte sich, dass sein Kampfblaster sicher

im Halfter steckte, und schaltete den Schneidblaster auf WEIT. »Füg das mit in unsere Entschuldigung ein«, sagte er und deutete auf die Wand. »So, und jetzt geht's los.«

Der grelle Energiestrahl blendete Lando einen Augenblick lang, dann stand das verdampfende Material von zweieinhalb Quadratmetern Wand wie eine graue Wolke in der Luft. Dann – noch ehe Lando wieder richtig sehen konnte – fing die Öffnung an, sich wieder zu schließen.

»Los, los – keine Müdigkeit vorschützen!«, rief Lando. Die beiden Männer schoben den Rahmen zurecht, und das Schott schloss sich um ihn herum, als wäre es nach Maß dafür gefertigt.

Im gleichen Augenblick ertönte aus dem Inneren des Schiffes ein tiefes Grollen, ein Geräusch, das von allen Seiten zu kommen schien. Obwohl die Umgebung für sie völlig fremd war, war ihnen das Geräusch wohl vertraut – die Signatur einer Art von Belastung, die den Rumpf großer Schiffe zum Altern veranlasste und die im Extremfall zu jener spektakulären Art der Selbstzerstörung führte, die man als Austrittsbruch bezeichnete. Es war das Austrittsbrummen, jenes charakteristische Geräusch, das dadurch verursacht wurde, dass Teile des Schiffes Nanosekunden vor dem Kollabieren des restlichen Sprungfeldes aus dem Hyperraum auftauchten.

»Ich kann es nicht leiden, wenn ich Recht habe«, sagte Lando und winkte mit der freien Hand R2 zu. »Los jetzt, R2. Schnell!«

Der kleine Droide düste flink auf die Öffnung zu und zog dabei das schwer beladene Gitter hinter sich her. Einen Augenblick lang dachte Lando, der Rahmen könnte zu klein sein, um R2 durchzulassen. Aber der Droide zog seine Gleisketten, so gut es ging, ein, drehte sich halb zur Seite und schaffte es mit wenigen Zentimetern Luft. Das Gitter mit den Geräten passierte die Öffnung hinter ihm mühelos.

»Warte auf mich, R2«, rief 3PO und fuchtelte mit Armen und Beinen.

»Jetzt Sie«, sagte Lando zu Lobot und reichte ihm den Schneidblaster. »Ich kümmere mich um 3PO.«

Lobot ließ sich das nicht zweimal sagen und schwang sich mit den Füßen voran so elegant wie ein Turner auf dem Barren durch die improvisierte Türöffnung. Lando hatte inzwischen die Sicherheitsleine vom Gürtel seines Kontaktanzugs an einem der Handgriffe des Rahmens befestigt und sprang jetzt auf den Droiden zu, wobei er ihm seine behandschuhte Hand entgegenstreckte.

»Oh, *vielen Dank,* Master Lando«, sagte der Droide erleichtert und klammerte sich an Landos Arm fest. Dann sah er, wie dessen Augen sich plötzlich erschreckt weiteten. »Was ist denn, Sir?«

Lobot, der von der anderen Seite der Türöffnung aus zusah, sah es auch: In der äußeren Wand tat sich eine kleine Öffnung auf und weitete sich schnell blendenförmig zu einer Luftschleuse, die die sternenübersäte Schwärze des Alls dahinter erkennen ließ. Augenblicke später nahmen die Außenmikrophone ihrer Anzüge das Zischen entweichender Luft auf.

Lando nahm sich nicht die Zeit, 3POs besorgte Frage zu beantworten: »Kopf hoch – wir kommen!«, schrie er und riss 3PO an den Armen auf die innere Tür zu. Lobot stemmte sich am Rahmen fest, streckte beide Arme aus, packte 3POs rechten Fuß und zerrte ihn in den inneren Gang.

Aber der Schwall der ausströmenden Luft wurde immer stärker, und Lobot hatte alle Mühe, nicht wieder nach draußen gezogen zu werden.

Aber er war nicht der Einzige, der Schwierigkeiten hatte. R2s Schubaggregate waren dem plötzlichen Sturm nicht gewachsen, und er quäkte laut, als er hilflos und sich immer noch entschlossen an dem Gerätegitter festhaltend durch den inneren Gang auf die Öffnung zugetrieben wurde.

Unterdessen baumelte Lando hilflos am Ende seiner Sicherheitsleine, und seine Füße krachten gegen den Rand der Außenschleuse, während der Luftstrom versuchte, ihn nach draußen zu blasen.

Nur 3PO war relativ sicher im Rahmen des Schlittens verklemmt, fuchtelte aber wie ein Schlammkriecher, den man auf den Rücken gedreht hat, wie wild mit den Armen. »Oh,

R2, wir sind verloren!«, schrie er. »Ich habe die Raumfahrt noch nie gemocht. Da siehst du wieder einmal, wohin uns deine blöde Abenteuerlust geführt hat!«

»Sie müssen den Rahmen aufschneiden«, rief Lando in sein Komm. »Schneiden Sie den Rahmen auseinander, dann wird er hinausgezogen – und dann schließt sich der Rest des Loches. Los, tun Sie's!«

»Aber nicht, solange Sie auf der anderen Seite sind«, sagte Lobot und kletterte über 3PO zu der Stelle, wo die Sicherheitsleine befestigt war. »Die Leine ist mit Ratschen versehen. Versuchen Sie, sich hierherzuziehen.«

»Geht nicht«, sagte Lando. »Zu starke Belastung. Schneiden Sie den Rahmen auf. Ich sag's noch einmal!«

Lobot warf einen Blick in den Korridor, um zu prüfen, ob er und 3PO in Gefahr waren, von einem außer Kontrolle geratenen R2 mit seiner Last durch das Loch gestoßen zu werden. Aber zu seiner großen Erleichterung sah er, dass R2 sich inzwischen bis an den Rand des Ganges vorgearbeitet und dort mit seinem Bogenschweißer ein kleines Loch gebrannt und das Loch sich dann wieder um einen Reparaturarm hatte schließen lassen. Bis jetzt hielt diese provisorische Verankerung dem Luftstrom stand – einem Luftstrom, von dem Lobot den Eindruck hatte, dass er bereits anfing schwächer zu werden.

»Vergessen Sie's«, empfahl Lobot und griff zwischen seinen Beinen nach der dünnen Sicherheitsleine. Dann fing er an, die Leine und den wie einen großen Fisch an ihrem Ende hängenden Lando zu sich heranzuziehen. In dem drahtigen Körper des Cyborg steckten erstaunliche Kräfte, und es dauerte nicht lange, bis er den Ring an der hinteren Halspartie von Landos Anzug zu fassen bekam. »Jetzt die Schubaggregate einschalten – voll auf vertikal.«

»Voll auf vertikal«, wiederholte Lando.

Mit einem kräftigen Schwung zog Lobot Lando zwischen seinen weitgespreizten Knien durch, lehnte sich beinahe senkrecht nach hinten, bis Landos Beine ganz durch waren und schleuderte ihn dann den Korridor hinunter.

Dann richtete Lobot sich schnell auf, zog den Schneidblaster heraus und durchschnitt den Rahmen an zwei Stellen. Beide Male sprühten Funken auf, aus den abgerissenen Leitungen entwich zischend Treibgas. Er trat die beiden Stücke zwischen den Schnittstellen los, worauf die Luftströmung sie sofort erfasste und sie durch die Schleuse nach draußen ins All fegte.

Die Wand ächzte unter Lobot, und der Rest des Rahmens brach in sich zusammen, wurde dabei seitlich verdreht und ebenfalls davongerissen. Sekunden später hatte das Loch sich hinter ihnen geschlossen, und das Pfeifen der entweichenden Luft wurde schrill, bis es schließlich verstummte. Dann legte sich Schweigen über sie.

»Ich schätze, der Trick mit der Tür funktioniert bloß einmal«, sagte Lando. Die Innenseite seines Visiers war mit Schweiß beschlagen. »Wo haben Sie das gelernt?«

»Das habe ich auf einem Wildwasserfloß auf Oko E gelernt«, erklärte Lobot. »Das gilt dort als die beste Methode, um jemanden aus dem Fluss zu holen, ehe das Schwefeleis ihn in die Tiefe zieht. Das war mein *letzter* Urlaub«, fügte er hinzu.

»Ich muss manchmal über Sie staunen, Lobot«, sagte Lando. »Sind alle unversehrt?«

»Ich bin sicher, dass einige meiner Schaltkreise sich überhitzt haben«, verkündete 3PO. »Wenn Sie gestatten, Master Lando, möchte ich gerne eine Selbstdiagnose durchführen.«

»Nur zu«, sagte Lando. »Unterdessen wollen wir zusehen, dass wir R2 freibekommen. Und dann können wir ja überlegen, was wir als nächstes tun.«

»Das sollte nicht sonderlich schwierig sein«, meinte Lobot. »Unsere Wahlmöglichkeiten beschränken sich darauf, in *diese* Richtung zu gehen« – er kreuzte die Arme über der Brust und deutete mit den beiden Zeigefingern in entgegengesetzte Richtungen – »oder in jene.«

»Pst«, sagte Lando und legte den Kopf etwas zur Seite. »Warten Sie. Hören Sie doch.«

Sie lauschten schweigend und Lando und Lobot hatten das Gefühl, ihr Herzschlag würde aussetzen. In den geheimnisvollen hohlen Räumen des Vagabunden hallte das Dröhnen des Eintrittsbrummens lange Zeit nach.

»Verdammt«, seufzte Lando. »Das war wieder ein Sprung.«

»Hier ist etwas Interessantes«, sagte Josala Krenn.

Kroddok Stopa beugte sich über den Oberflächenscanner. Das Falschfarbenbild zeigte die wellenförmige Bewegung eines großen Gletschers, der sich durch ein Tal mit steilen Begrenzungshängen auf ein zugefrorenes Meer zu bewegte. »Wo?«

»Hier«, sagte Josala und wies auf eine Folge kleiner blauer Flecken entlang der Nordostflanke des Gletschers. »Das Seitenradar hat sie erfasst – sie befinden sich zwischen elf und neunzehn Meter unter der Eisfläche.«

»Felsgestein von der Seitenmoräne?«

»Nein, und zwar aus zwei Gründen. Zum einen sind sie mir dazu zu regelmäßig geformt, rechteckig, zwischen eineinhalb und zwei Meter lang. Und zum zweiten – wissen Sie über Flusslinien in der Akkumulationszone eines Gletschers Bescheid?«

»Keine Ahnung.«

»Etwas, das auf die Oberfläche eines Gletschers fällt, bewegt sich mit dem Eis talabwärts und dringt in das Gletschereis ein, wenn Schnee darauf fällt«, erklärte Josala. »Die Seitenmoräne an jener Gletscherpartie besteht aus Felsgestein von dieser Klippe.« Sie zeigte auf ein Seitental, das ein gutes Stück hinter der Bahn des Gletschers lag.

»Bis solche Felsen also hierherkommen …«

»Sind sie bereits fünfzig Meter tief unter der Eisfläche. Diese anderen Gegenstände hier befinden sich noch nicht so lange im Eis wie jene Felsbrocken darunter. Und sie müssen irgendwo hier ins Eis gekommen sein.« Josala beschrieb mit der Fingerspitze einen kleinen Kreis über einer ebenen Fläche, die ein Stück talaufwärts lag.

»Das ist doch mitten im Niemandsland«, sagte Stopa.

»Stimmt.« Sie runzelte nachdenklich die Stirn. »Bei so plötzlichen katastrophalen Klimaveränderungen tut man sich mit der Zeitbestimmung immer schwer, aber ich würde annehmen, dass diese Dinger hier, was auch immer sie sein mögen, allerhöchstens fünfzig bis hundert Jahre hier im Eis liegen.«

»Das denke ich auch.«

»Das leuchtet ein. Nomadengruppen oder vielleicht Höhlen in der Nähe – Eishöhlen vielleicht ...«

»Es ist egal, wo sie gelebt haben, solange wir nur herausbekommen, wo sie gestorben sind.«

»Wie tief liegt der nächste dieser Körper? Elf Meter?« Als Josala nickte, drehte Stopa sich zu dem Piloten herum. »Wir brauchen unseren Rover.«

»Kroddok ...«

»Ich weiß, ich weiß. Aber ich würde gerne zu Ende sprechen – wir warten, bis sich das Wetter gebessert hat«, sagte Stopa mit einem erwartungsvollen Funkeln in den Augen. »Anschließend setzen wir den Rover dort ab. Wir lassen den Motor laufen, damit nichts einfriert. Dann arbeiten wir vom Geräteabteil aus, weil wir ja schließlich nur einen Kern entnehmen müssen. Das sollten wir mit unseren Geräten schaffen.«

»Sie wollen eine Kernbohrung vornehmen?«, fragte Josala entsetzt. »Dabei wird ja alles zerfetzt.«

»Ja«, sagte Stopa. »Ich weiß, dass das der üblichen Vorgehensweise widerspricht. Aber man hat uns nicht hierher geschickt, um Leichen zu bergen. Man hat uns hergeschickt, um biologisches Material zu bergen. Wenn unsere Verstärkung kommt, kann die ja dort aussteigen und die anderen Fundstellen ausgraben. Aber wir haben in der Zwischenzeit schon etwas, das wir analysieren und über das wir nach Hause berichten können.«

Josala schüttelte den Kopf. »Ich würde lieber warten, bis Fachleute da sind, die wissen, was sie tun.«

»Aber wir wissen doch, wie man eine Kernbohrung macht«, widersprach Stopa. »Krenn, eine Auszubildende im ersten Lehrjahr weiß, wie man Kernbohrungen macht. Wir haben das in einer halben Stunde erledigt. In zwanzig Minuten.«

Josalas Gesichtsausdruck ließ erkennen, dass sie immer noch Vorbehalte hatte.

Kroddok trat einen Schritt auf sie zu und seine Stimme wurde leiser: »Die Prämie vom NRN würde die Kosten der Expedition nach Stovax decken«, sagte er. »Aber wenn wir warten, bis die *Penga Rift* eintrifft, müssen wir mit denen teilen. Am Ende gehen wir vielleicht ganz leer aus.«

Er wartete, ob sie das umstimmte, und fügte dann hinzu: »Ich verspreche Ihnen, dass wir beim ersten Anzeichen von irgendwelchen Schwierigkeiten abbrechen. Nein, besser noch, ich mache Sie zum Chef der Expedition. Wenn Sie abzubrechen beschließen, dann brechen wir auch ab.«

Josala blickte mit gerunzelter Stirn zu ihm auf, und dann wanderte ihr Blick an ihm vorbei zum Piloten. »Wie Dr. Stopa schon sagte – wir brauchen unseren Rover.«

Der kleine Mark II World Rover der Archäologen glitt über die schneebedeckten Bergspitzen hinweg und begann seinen Anflug auf das Gletschertal.

»Sie sind auf Kurs, achthundertfünfzig Meter Distanz«, sagte die Stimme des Piloten und fuhr fort, Stopa und Krenn zu ihrem Ziel zu leiten. Die Navigations- und Sensoreinrichtungen des Rovers waren denen des Scoutbootes weit unterlegen.

»Verstanden«, sagte Stopa, der am Steuer saß. »Ich schalte jetzt von Marschflug auf Schweben.«

»Siebenhundert. Sechshundert. Fünffünfzig …«

Ein paar kleine Klappen im Leitwerk und an den Deltaflügeln des Rovers öffneten sich und gaben den Blick auf darunter angeordnete, senkrecht nach unten gerichtete Schubdüsen frei. Das kleine Fahrzeug verlor schnell an Fahrt und begann sich zu senken.

Josala spähte an der Steuerbordseite durch die Sichtluke hinaus und studierte die Bodenbeschaffenheit. Der steile innere Hang der Südwestkette war mit einer dichten Schneedecke überzogen, während die eigentliche Gletscheroberfläche alles andere als glatt und mit Eisbrocken übersät war, von denen mancher ebenso groß wie der Rover selbst war.

»Auf dem Bildschirm hat das viel glatter ausgesehen«, meinte sie.

»Der Rover schafft vierzig Grad Unebenheit«, meinte Stopa. »Wir kommen schon zurecht.«

»Das wird genauso sein, als ob man in Felsen bohrt.«

»Nur nutzt das Eis die Schneideflächen nicht so ab«, sagte Stopa. »Wir kommen schon durch.«

»Zweihundertzwanzig«, meldete der Pilot in Stopas Kopfhörern. »Korrigieren Sie um eine Idee nach backbord.«

»Verstanden«, bestätigte Stopa. »Krenn, wir müssen es wenigstens versuchen ...«

In dem Augenblick hüllte eine Wolke wirbelnder weißer Partikel den Rover von unten ein und reduzierte die Sicht fast auf Null.

»Das ist der Rückstau von unserem Düsenstrahl«, sagte Stopa schnell und hob den Knüppel etwas an, worauf der Rover aus der Wolke auftauchte, die sich gleich darauf wieder auf den Boden senkte. »Kein Problem.«

»Einsfünfzig.«

»Bei der Sicht können Sie nicht landen«, sagte Josala. »Wenn Sie am Rand eines dieser Eisbrocken aufsetzen, kippen wir um, ehe die Kreiselsysteme eine Chance haben.«

»Fünfundneunzig.«

»Ich werde einfach in zehn Meter Höhe stehen bleiben, bis die Schubdüsen die Landestelle freigefegt haben«, meinte Stopa zuversichtlich. »Und wenn mir die Holokamera am Bauch keine ordentliche Auflösung liefert, verzichte ich auf den Landeversuch. Einverstanden?«

»Einverstanden«, seufzte Josala erleichtert.

»Sechzig«, meldete der Pilot. »Langsam jetzt, sonst überfliegen Sie den Punkt.«

Stopa tippte leicht an die Bremsen und zog den Knüppel etwas zu sich heran. Als der Rover sich auf den Gletscher hinabsenkte, hüllte ihn erneut von den Düsen aufgewirbelter Schnee ein. Aber es dauerte nicht lange, bis die Schneewolke dünner wurde und der Horizont wieder auftauchte.

»Fünfundzwanzig.«

Josala spähte nach vorne. »Ohne Bezugspunkt kann ich die Entfernung nicht abschätzen. Dieser große Eisblock …«

Er tätschelte ihren Arm. »Der ist größer und weiter entfernt, als Sie glauben.«

»Zehn. Acht. Fünf. Langsam jetzt …«

»Bringen Sie mich bis plus-sechzehn. Ich möchte den Rover mit dem Schwanz genau aufsetzen.«

»Jetzt ist es unter ihnen. Plus-sechs. Plus-neun. Plus-vierzehn …«

Stopa drückte den Knüppel scharf nach unten und der Rover sackte in die Tiefe, zitterte unter dem Aufprall, dann senkte sich die Bugpartie und rutschte etwas zur Seite. Gleich darauf waren sie mit einem kleinen Ruck zum Stillstand gekommen.

»So«, sagte er und schaltete schnell von einem der Scanner am Bauch des kleinen Fahrzeugs auf den nächsten und studierte das Bild, das sich ihnen bot.

Die am nächsten bei den Schubdüsen angeordneten Scanner waren zugefroren, aber die ganz vorne und achtern lieferten ein sauberes Bild. Die vordere Landekufe hatte sich allem Anschein nach in einer kleinen Bodenspalte verklemmt, war aber offensichtlich nicht beschädigt. Achtern lag der Rumpf des Rovers sauber auf der Eisfläche.

»War gar nicht so schlecht«, sagte er und schaltete die Systeme grinsend auf STANDBY.

»Also bringen wir es hinter uns«, meinte Josala mürrisch.

Sie krochen durch den engen Tunnel über den Maschinenraum hinweg in den Laderaum, wo sie sich gegenseitig beim Anlegen der improvisierten Schneeausrüstung behilflich waren. Für sie war das der einzige für Notfälle vorgesehene Raumanzug des Scout, für ihn ein Isolieranzug, wie er für Ausgrabungsarbeiten benutzt wurde, und dazu das Handschuhfutter aus dem Raumanzug des Piloten.

Auf das grelle Weiß des Gletschers, das sie beim Aufklappen der Türen des Laderaums blendete, waren sie beide nicht vorbereitet. Der Himmel war klar, und die blauweiße Sonne tauchte die Landschaft in kaltes kristallklares Feuer, das ebenso schwer zu ertragen war wie der Blick in die Sonne selbst. Josalas Helmscheibe passte sich dem Licht an, aber Stopa musste die Augen abwenden und sie zusammenkneifen, um nicht geblendet zu werden.

»Umwerfend!«, rief er aus.

»Die Landschaft können wir bewundern, wenn wir fertig sind«, schimpfte Josala.

Alles dauerte länger, als sie geplant hatten. Zuerst ließ sich der Kernbohrer nicht richtig verankern, so dass Josala sich Sorgen machte, ob sie es wohl schaffen würden, die Türen der Ladebucht zum Abflug wieder richtig zu schließen. Die Handschuhe, die sie trugen, erwiesen sich ebenfalls als Problem und behinderten sie beim Montieren der Bohrstange. Als Josala dann die Körper unter dem Eis mit Schallsonden zu erfassen versuchte, störten sie dabei irgendwelche verrückten Echoeffekte. Die kardanische Halterung des Bohrers fror ein, ehe sie den Motor einschalten konnten, und trug damit ebenfalls dazu bei, Josala bei ihren Sondierungen zu behindern.

Aber dann fraß sich die Spitze des Kernbohrers endlich in die Gletscheroberfläche und tauchte in die Tiefen der Eismassen ab.

»Sieben Abschnitte!«, schrie Stopa, um sich bei dem Poltern des Bohraggregates Gehör zu verschaffen. »Bei diesem Winkel brauchen wir sieben Sektionen.«

Josala gab ihm durch ein Handzeichen zu verstehen, dass sie verstanden hatte, und drehte sich um, um die nächste Sektion aus dem Regal zu holen. Sie bewegte sich, als sie sie berührte, und Josala zog die Hand zurück. Als sie sich an die Wand des engen Raums stützte, spürte sie, wie sie bebte. Und in dem Augenblick wurde ihr bewusst, dass nicht etwa sie zitterte, sondern der Boden des Rovers unter ihren Füßen. Der Bohrer vollführte jetzt einen Höllenlärm, als hätten sich seine Lager aufgelöst und die Schmiermittel in Kies verwandelt.

»Schalten Sie ab!«, schrie sie und arbeitete sich zu Stopa hinüber, der sich nach draußen gelehnt hatte und zusah, wie der Bohrer sich ins Eis fraß. »Abschalten!« Er blickte wie benommen zu ihr auf, und sie griff an ihm vorbei nach dem Schalter.

Der Zylinder kam zum Stillstand, aber weder die Vibrationen noch der Lärm hörten auf. Im Gegenteil – das Poltern wurde lauter, und das Zittern verstärkte sich.

Mit vor Angst geweiteten Augen blickten sie auf die hinter ihnen liegende Bergkette, die sie vor wenigen Minuten überflogen hatten, und die wie von der Sonne beschienene Watte ausgesehen hatte. Die Mitte der Bergkette war jetzt unter einer auf sie zurasenden Wand aus Schnee und Eis verborgen, die sich immer weiter ausbreitete, und, während sie auf sie zuraste, dem Himmel entgegenstrebte.

Aber sie hatten keine Chance in jenen Himmel zu entkommen. Die Lawine war über ihnen, ehe ihnen das Wort dafür eingefallen war. Sie packte den Rover und riss ihn wie ein Spielzeug mit, überflutete ihn mit Schnee und hüllte das ganze Fahrzeug mit der Wut eines eisigen Mahlstroms ein.

Als die Elemente schließlich wieder zur Ruhe gekommen waren und die Lawine fast das halbe Tal ausgefüllt hatte, gab es zwei weitere Leichen, die unter dem Eis begraben waren und darauf warteten, dass die *Penga Rift* sie barg.

»Zuerst müssen wir dafür sorgen, dass wir diese Stelle wieder finden, und in diesem Gang habe ich bis jetzt zumindest keine auffälligen Markierungen feststellen können«, sagte Lando. Er schnitt mit Hilfe des Schneidblasters ein kleines dreiecksförmiges Stück aus dem Gerätegitter. »Wo war unsere Tür? Hier?«

»Weiter unten«, sagte Lobot. »Da.«

»Freut mich, dass Sie sich Ihrer Sache so sicher sind«, sagte Lando. »Ich bin völlig durcheinander.« Er schnitt einen Schlitz in die Wand, schob das dreieckige Metallstück mit einer Seite hinein und hielt es fest, bis die Wand sich wieder um das Metall herum geschlossen hatte. Dann stemmte er sich mit einer Hand gegen die Wand und versuchte, mit der anderen das Metallstück wieder herauszuziehen. »So, das sollte genügen.«

Lobot kam mit einem kurzen Stück Leine in der Hand angeschwebt. »Ich kann mir gut vorstellen, dass wir am Ende mehr als eine Markierung brauchen können«, sagte er und schlang die Leine durch eine der rautenförmigen Öffnungen des Gitterstücks und band die beiden Enden dann mit einem Knoten zusammen. »Ein Knoten – das ist die erste Markierung. Beim nächsten Mal machen wir zwei Knoten.«

»Okay«, sagte Lando und wandte sich ab. »Eines haben wir zuerst übersehen, als wir Bestandsaufnahme gemacht haben. Ich habe etwa sechzig Prozent des Treibstoffs meiner Schubaggregate verbrannt.«

»Mir bleiben noch einundneunzig Prozent«, sagte Lobot. »Ich weiß bloß leider nicht, wie ich meinen Vorrat mit Ihnen teilen könnte.«

»Am Ende vielleicht damit, dass Sie mich huckepack tragen«, meinte Lando. »3PO, wie sieht's bei dir mit Schubmasse aus?«

R2 plapperte, 3PO lieferte die Übersetzung: »R2 sagt, sein Vorrat sei ausreichend, aber er möchte gerne informiert werden, wenn jemand von uns einen Energieanschluss entdeckt.«

»Wenn wir Glück haben, ist gleich daneben ein Sauerstoffventil«, meinte Lando mit einem grimmigen Lächeln. »Also schön – wir befinden uns in einer Überlebenssituation, wie man das nennt. Dieses Schiff ist jetzt zweimal gesprungen, und wir müssen deshalb davon ausgehen, dass es mit diesem zweiten Sprung alle etwaigen Verfolger abgeschüttelt hat. Und das bedeutet, dass wir jetzt mit erster Priorität daran gehen müssen, den Hyperantrieb zu finden und funktionsunfähig zu machen, um damit dieses Schiff zum Stillstand zu bringen.«

»Aber Master Lando, wenn wir den Hyperantrieb funktionsunfähig machen, wären wir doch gestrandet«, protestierte 3PO.

»Wir wissen nicht, wie lange der Vagabund im Hyperraum bleibt – Wochen, Monate oder Jahre. Die Galaxis misst von einem Ende zum anderen hundertzwanzigtausend Lichtjahre. Ich finde, wenn wir stranden, sind unsere Chancen wesentlich besser.«

»Master Lando, wäre es nicht klüger, die Herren dieses Schiffes zu finden und sie darum zu bitten, uns nach Coruscant zurückzubringen?«

»3PO, ich denke, die Herren dieses Schiffes sind jetzt wir«, sagte Lando. »Das müssen wir sein, wenn wir überleben wollen.« Er zählte die Prioritäten an den Fingern ab: »Nummer eins, wir finden eine Möglichkeit, dieses Schiff anzuhalten. Nummer zwei, wir finden heraus, wo wir uns dann befinden. Nummer drei, wir finden heraus, wo unser nächstgelegener Freund ist. Nummer vier, wir finden irgendeine Möglichkeit, ein Signal dorthin abzusetzen. Wenn wir das alles geschafft haben, ehe Lobot und mir die Luft ausgeht und den Droiden die Energie, ist immer noch Zeit, uns den Kopf darüber zu zerbrechen, wer den Vagabunden gebaut hat, und warum er das getan hat.«

»Es könnte aber sein, dass wir diese Fragen bereits stellen müssen, um unsere Ziele zu erreichen«, sagte Lobot.

»Mag schon sein«, sagte Lando. »Aber nach meiner Erfahrung braucht man in Wirklichkeit gar nicht so viel über eine Präzisionsmaschine zu wissen, um sie kaputt zu machen.« Er deutete mit ausgestreckten Fingern nach links und dann nach rechts. »Vorschläge bitte – Hyperantrieb achtern oder vorne?«

»Am effizientesten ist er im Massezentrum«, sagte Lobot. »Vorne.«

Lando nickte. »Dann wollen wir uns in Bewegung setzen.«

Oberst Pakkpekatt hielt sich in der Nähe der Kommstation auf, als der Kreuzer *Glorious* aus dem Hyperraum fiel. Die für die Verfolgung des Vagabunden eingesetzte Armada war wie eine Perlenkette über eine Strecke von vierzig Lichtjahren verteilt, und die *Glorious* war die zweite Perle in der Kette. »Ich will sie sofort haben, wenn sie hereinkommen«, sagte er zu dem wachhabenden Techniker.

»Ja, Sir. Ich sehe sechs Meldungen – eine dringende Anweisung des Flottenamts mit Kopie an Captain Garch. Einen blauen Brief vom NRN mit Kopie an Captain Hammax. Eine mit ›dringend‹ bezeichnete Meldung vom obroanischen Institut. Berichte von der *Lightning*, der *Pran* und der *Nagwa*.«

»Die drei Schiffe hinter uns«, sagte Pakkpekatt. »Sehr gut. Geben Sie die Meldungen auf meine Station.«

Pakkpekatt ging mit langen Schritten durch die Brückenzentrale, ließ sich auf seinem Sessel nieder und aktivierte seinen Bildschirm. Während er die Meldungen nacheinander las, ließen weder sein Gesichtsausdruck noch seine Haltung irgendwelche Empfindungen erkennen. Als er fertig war, schob er den Bildschirm beiseite und pfiff leise durch die Zähne.

»Major Legorburu.«

Ixidro Legorburu, ein Nachrichtenoffizier von M'haeli, der Pakkpekatt als taktischer Adjutant zugeteilt war, begab sich eilig an seine Station. »Oberst.«

»Wir haben soeben Flottenalarm Stufe Eins erhalten«, sagte Pakkpekatt und kippte seinen Bildschirm nach oben, so dass der Major die Anweisung lesen konnte. »Mein Ersuchen, uns zusätzliche Schiffe für die Suche zur Verfügung zu stellen, ist abgelehnt worden. Ich habe Anweisung, die *Marauder*, die *Pran* und die *Nagwa* hier von ihren Pflichten zu entbinden, damit sie mit Höchstgeschwindigkeit zu ihren jeweiligen Einheiten zurückkehren können.«

»Das ist fast die Hälfte unserer noch verbliebenen Kräfte, Sir«, sagte Legorburu und schüttelte den Kopf. »Was erwarten die denn von uns?«

»Dass wir scheitern, wie es den Anschein hat«, erwiderte Pakkpekatt kurz angebunden. »Man lässt mich darüber hinaus wissen, dass die *Glorious* möglicherweise ebenfalls zurückbeordert werden könnte. Wir sollen in Alarmbereitschaft bleiben und uns auf Reaktionsbereitschaft innerhalb einer Stunde einstellen, und das bedeutet, keine größeren Sprünge als ein halbes Lichtjahr.«

»Das erlaubt uns wenigstens, die Suche fortzusetzen«, sagte Legorburu. »Aber wir sollten die *Kettemoor* nach vorne ziehen, um die Lücke zu schließen, wenn die *Marauder* uns verlässt. Die Bergungsarbeiten sollten inzwischen ohnehin abgeschlossen sein.«

»Die *Kettemoor* ist bereits mit den Toten und Verwundeten der *Kauri* nach Nichen gesprungen«, erklärte Pakk-pekatt. »Es dauert wenigstens einen Tag, bis sie zurückkommt – falls die ihr überhaupt erlauben, sich uns wieder anzuschließen.«

Legorburu sah mit zusammengekniffenen Augen auf den Bildschirm. »Ich verstehe das einfach nicht, Oberst. Weshalb diese plötzliche Änderung? Was ist denn da bloß los? Das muss eine ganz große Sache sein, wenn die nicht einmal ein dreißig Jahre altes Kanonenboot und zwei Interdiktionsschildträger erübrigen können.«

»Darüber hat man mich nicht informiert«, sagte Pakkpekatt. Seine finstere Miene ließ keine Zweifel, was er davon hielt.

»Vielleicht kann ich unter der Hand etwas in Erfahrung bringen«, sagte Legorburu. »Möchten Sie, dass ich es versuche?«

Pakkpekatt nickte. »Ja, bitte«, sagte er. »Ich würde wirklich gern wissen, mit wem ich mich anlegen muss, um diesen Einsatz fortzusetzen.«

3

Mit schussbereitem Blaster in der Hand führte Lando Calrissian die kleine Gruppe durch den Gang des Teljkon-Vagabunden. R2, der den Geräteschlitten hinter sich her zog, folgte ihm auf dem Fuße. Die Nachhut bildete Lobot, der 3PO wie ein Kind auf dem Rücken trug.

»Das ist meine Schuld«, sagte Lando, nachdem er einen Blick nach hinten geworfen hatte. »Ich hätte einen Schubgürtel für 3PO mitnehmen sollen, vielleicht sogar ein komplettes Schubgeschirr mit Energieversorgung. Und Nachfüllpackungen für die Kontaktanzüge auch.«

»Die hatten wir – auf der *Glücksdame*«, sagte Lobot. »Wir konnten ja nicht alles auf einen einzigen Schlitten packen.«

»Trotzdem würde ich das meiste Zeug, das auf diesem Gitter festgeschnallt ist, für ein paar Nachfüllpackungen eintauschen. Ich hatte nie erwartet, dass wir so lange in Null-G sein müssten, wie es jetzt aussieht.« *Vielleicht für immer*, dachte Lando finster.

»Interessant, dass die sich für eine solche Konstruktion entschieden haben«, meinte Lobot. »Allem Anschein nach haben sich die Qella alle Mühe gegeben, es uns möglichst schwer zu machen, uns hier zu bewegen. Es gibt keine künstliche Schwerkraft, nicht einmal durch Rotation. Die Wände sind nicht magnetisch und haben weder Friktionsbänder noch Handgriffe oder irgendwelche Klettpunkte.«

»Was ist daran so interessant?«

»Die Qella waren Planetenbewohner«, sagte Lobot, den die Frage sichtlich überraschte. »Wie sollten *die* sich denn in diesem Schiff bewegen?«

Lando überlegte kurz. »Vielleicht sind die Qella riesige Schnecken, so dick wie dieser Tunnel«, meinte er dann.

»Kann sein«, sagte Lobot. »Aber selbst Riesenschnecken fühlen sich wahrscheinlich in einem Schwerkraftfeld wohler.

Ich komme einfach von dem Gedanken nicht los, dass es irgendwo in diesem Schiff einen Schalter geben muss, der uns all das viel leichter machen würde.«

Der Gang schien kein Ende zu nehmen. Er senkte sich vor Lando wie ein stets vor ihnen zurückweichender Horizont und lockte ihn mit einem Versprechen, das er nie erfüllte. »Wie lange sind wir jetzt schon unterwegs?«

»R2s Rekorder sagen, dass wir den Vagabunden vor drei Stunden und acht Minuten betreten haben. Unseren Eintrittspunkt haben wir vor siebenundvierzig Minuten verlassen«, antwortete Lobot.

»Mir kommt es wesentlich länger vor«, sagte Lando. »Bin ich etwa der einzige, der das bemerkt hat? Wir müssten doch inzwischen schon längst ans Ende des Schiffes gekommen sein.«

»Das ist aber offensichtlich nicht der Fall.«

»Offensichtlich ist hier gar nichts«, widersprach Lando. »Wir bewegen uns mit einem Meter pro Sekunde. Davon müssen wir eine Kleinigkeit abziehen, weil wir ein paar Mal angehalten haben. Fünfundvierzig Minuten, das sind zweitausendsiebenhundert Sekunden. Und dieses Schiff ist nur fünfzehnhundert Meter lang. Wir sollten uns also inzwischen bereits einen Kilometer vor seinem Bug befinden.«

»Die Leitungen, die wir an der Oberfläche des Vagabunden gesehen haben, sind ziemlich kompliziert ineinander verschlungen«, sagte Lobot. »Falls wir uns im Inneren einer dieser Leitungen befinden, und das halte ich für höchstwahrscheinlich, dann würde das die Länge des Weges erklären.«

»Nein, das würde es nicht, weil wir immer noch nach vorne unterwegs sind. Oder nicht? Wenn dieser Gang kehrtgemacht hätte, dann hätten wir das doch bemerkt.«

»Ja, wirklich?«, fragte Lobot. »Ohne Bezugspunkte möchte ich das gar nicht so bestimmt sagen.«

»Da haben Sie Recht. Ich schaffe es einfach nicht, mir eine räumliche Vorstellung von diesem Ding hier zu machen, auch wenn ich mir noch so große Mühe gebe«, beklagte sich

Lando und drehte sich zu den anderen um. »R2, zeig mir noch einmal deine Karte.«

R2s Holoprojektor erwachte flackernd zum Leben. Auf der Karte waren die Daten von R2s Bewegungssensoren als hellrote Linie dargestellt, die die von Pakkpekatts Technikern gelieferten Scanbilder des Vagabunden überlagerte. Die Linie schlängelte sich wie eine niederfrequente Sinuswelle quer über den Rumpf des Schiffes und führte darüber hinaus.

»Da, seht ihr?«, sagte Lando. »Wir sind tatsächlich vor dem Schiff.«

»R2, funktionieren deine Kreiselsysteme normal?«, fragte Lobot.

Die bejahende Antwort des Droiden klang indigniert.

»Wie erklärst du dann diese Daten?«

R2 zirpte ein paar kurze Töne. »Das Schiff ist jetzt länger?«, übersetzte 3PO ungläubig. »Das ist absurd. *So* töricht kannst nicht einmal du sein. Du bist ganz offensichtlich funktionsgestört.«

Lando seufzte und musterte die Gangoberfläche – die Begriffe »Wand« und »Schott« hatten sie bereits vor einer Weile als unpassend abgetan. »Das ergibt ebenso viel Sinn wie alles andere auch«, sagte er müde. »Wir haben ja schon einige der Tricks zu sehen bekommen, zu denen die Technik dieser Leute fähig ist. Vielleicht ist an diesem Schiff nichts unveränderlich, nicht einmal seine Dimensionen. Vielleicht spielen die Qella nicht fair.«

»Sie haben in der Vergangenheit auch gegen Falschspieler gewonnen«, sagte Lobot.

»Yeah – das habe ich wohl«, sagte Lando. »Aber es ist doch recht hilfreich, wenn man den Tisch zuerst eine Weile beobachten kann. Du kannst die Karte abschalten, R2. Aber nimm weiterhin Daten auf, so gut du kannst. Wir werden uns jetzt ein bisschen beeilen. Zwei Meter pro Sekunde. Los geht's!«

Es verging fast eine weitere Stunde, bis R2 eine Entdekkung machte, die ihn aufgeregt piepen ließ.

»Was ist denn?«, wollte Lando wissen.

»R2 sagt, vor uns ist eine Irregularität«, erklärte 3PO. »Möglicherweise irgendein Artefakt.«

Lando düste voraus und musterte die Gangwand hoffnungsvoll. »Auf welcher Seite?«

»Vor uns, links oben, Master Lando«, sagte 3PO.

»Jetzt sehe ich es«, meinte Lando. »Verdammt, das ist ja winzig. Wartet mal – o nein.«

»Was ist es denn? Lando?«

Lando gab keine Antwort, aber als die anderen dann aufgeholt hatten, sahen sie es selbst. Ein Stück Metallgitter, an dem ein kurzes Stück Leine mit einem Knoten hing, ragte aus der Gangwand.

3PO sprach aus, was die anderen dachten. »Aber – wir sind wieder da, wo wir angefangen haben.«

»Das ist unmöglich«, sagte Lobot mit einem Anflug von Gereiztheit.

»Yeah, das möchte man meinen. Aber wie erklären Sie das sonst?«, sagte Lando und deutete auf die Leine.

»Das weiß ich nicht«, sagte Lobot. »Das könnte auch eine Kopie unserer Markierung sein, ein Täuschungsmanöver. R2s Sensoren zeigen immer noch an, dass wir in Richtung auf den Bug unterwegs sind.«

»Oh, das sind wir auch – zum zweiten Mal höchstwahrscheinlich. Auf was für einem verrückten Schiff sind wir denn? Dieser Gang führt nirgendwo hin und tut auch nichts.«

»Er hat uns zwei Stunden lang beschäftigt«, wandte Lobot ein.

»Ja, das hat er allerdings. Und wir haben diese zwei Stunden vergeudet und« – Lando warf einen Blick auf die Skalen an seinem Anzug – »etwa neun Prozent meiner Schubmasse. Und das gilt auch für die anderen.«

»Das ist höchst bedrückend. Was tun wir jetzt?«, fragte 3PO.

»Wir packen es diesmal ein wenig schlauer an«, sagte Lando. »Wie viel Kohlefaserleine haben wir?«

Lobot kannte die Antwort, ohne nachsehen zu müssen. »Zwei Spulen, je fünftausend Meter. Warum?«

»Wenn wir uns weiterhin im Kreis bewegen, könnte es dazu kommen, dass wir uns mangels Schubmasse überhaupt nicht mehr bewegen können. Wir haben nicht genug Gitter übrig, um für die ganze Ganglänge Markierungsstücke zu machen. Aber es sollte eigentlich für Verankerungen der Leine ausreichen. Ich denke, wir sollten jetzt darangehen, ein paar Halteleinen zu spannen«, sagte Lando. »Damit können wir außerdem auch verhindern, dass wir noch einmal getäuscht werden.«

»Ja – wir können eine topologische Karte herstellen anstelle einer analogen«, nickte Lobot. »Auf die Weise erkennen wir zumindest die Beziehung zwischen den Stellen, an denen wir bereits gewesen sind, selbst wenn uns die genaue Geometrie verschlossen bleibt.«

Lando nickte. »Ich hoffe jedenfalls, dass bald *irgendetwas* passiert. Sonst fange ich an, ernsthaft ungehalten zu werden.«

Der Zähler zeigte an, dass sie 884 Meter Leine im Gang ausgelegt hatten, wobei sie vier improvisierte Verankerungen angebracht hatten, als sie den Quergang erreichten.

»Das ist doch verrückt«, sagte Lando, der zwischen den beiden Öffnungen in der Luft schwebte. »Als wir das letzte Mal hier durchkamen, war hier keine Abzweigung.«

»Falls wir hier durchgekommen sind.«

»Jetzt fangen Sie bloß nicht so an«, sagte Lando und drehte sich um.

»Das sollte kein Witz sein«, wehrte sich Lobot. »Wir müssen mit der Möglichkeit rechnen, dass diese Gänge Kanäle oder Leitungen sind und in irgendeiner Weise mit der Funktion des Schiffes zusammenhängen. Was wir hier drinnen gesehen haben, hat möglicherweise überhaupt nichts mit uns zu tun.«

»Leitungen für was? Die sind doch strohtrocken.«

»Es braucht ja keine Leitung für eine Flüssigkeit zu sein – es gibt auch Gase, Plasma, elektrische Ladungen«, meinte Lobot. »Und Leitungen benötigen gewöhnlich Klappen, Ventile und irgendwelche Weichen. Mit so etwas haben wir es wahrscheinlich hier zu tun. Möglicherweise ist irgendwo hinter uns auch so eine Klappe, die uns auf diesen Weg gelenkt hat.«

Lando vollführte eine Drehung um hundertachtzig Grad und sah nach hinten. »Ach hätt ich einen dicken, einen kurzen, einen schwarzen und einen neuen Zeh, dann wüsste ich, wohin ich geh«, sang er vor sich hin.

»Was?«

»Das ist ein Kinder-Abzählreim von Basarais«, erklärte 3PO. »Master Lando, darf ich einen Vorschlag machen?«

»Jederzeit, 3PO. Ich möchte ja nicht hören, dass irgendwann einmal einer sagt: ›Wissen Sie, das habe ich mir gleich gedacht – wenn ich nur etwas gesagt hätte.‹«

»Sehr wohl, Master Lando. Mein Vorschlag ist, dass wir uns in zwei Gruppen teilen und die beiden Gänge gleichzeitig erkunden. Das wäre die wirksamste Methode. Wenn jede Gruppe aus einem Menschen und einem Droiden besteht, sollte es meiner Ansicht nach möglich sein, die Verbindung aufrechtzuerhalten, selbst wenn wir weiter voneinander entfernt sein sollten.«

»Nicht schlecht, 3PO«, lobte Lando. »Wir haben zwei Spulen – wir könnten in beiden Gängen Leinen auslegen. Lobot?«

»Ich rate dringend von einer Trennung ab«, sagte Lobot. »Klappen und Ventile, die sich scheinbar willkürlich öffnen, können sich ebenso leicht wieder schließen. Außerdem hat man uns möglicherweise absichtlich vor diese Wahl gestellt – um uns zu trennen.«

Lando runzelte die Stirn. »Wenn wir uns nicht trennen – welchen Gang nehmen wir dann?«

Lobot schüttelte den Kopf. »Das ist gleichgültig, Lando. Wählen Sie einfach einen aus.«

Es war gleichgültig. Der von Lando ausgewählte Gang endete dreihundert Meter später, nachdem er fast in einem Winkel von neunzig Grad nach unten – nach innen? – abgeknickt war. Als sie umkehrten, führte sie der andere Gang zu einer weiteren Kreuzung, und von dort aus zu einem weiteren kurzen Gang, der eine scharfe Biegung machte, ehe er abrupt endete.

»Dort unten ist irgendetwas«, sagte Lando und verweilte noch kurz, als die anderen bereits kehrtgemacht hatten. »Beide Sackgassen führen in dieselbe Richtung. Dort unten könnte der Hyperantrieb sein.«

Lobot spürte, dass der Baron einer starken Versuchung unterlag, seine Theorie auf die Probe zu stellen, indem er ein Loch in die Wand brannte, und tippte ihm mit der ausgestreckten Hand auf die Schulter. »Kommen Sie«, sagte der Cyborg.

»Ich bin das jetzt langsam leid.«

»Ich weiß«, sagte Lobot. »Aber niemand weiß besser als Sie, dass es nicht dasselbe ist, ob man einen Hyperantrieb funktionsunfähig macht oder ihn destabilisiert. Wir finden bestimmt eine bessere Möglichkeit.«

Lando sah auf die Anzeigegeräte seines Anzugs. »Also gut«, räumte er ein. »Aber wenn wir ihn nicht gefunden haben, bis diese Werte hier einstellig geworden sind, komme ich hierher zurück. Ich werde nicht einfach auf den Tod warten, Lobot.«

»Das würde ich auch von Ihnen nie erwarten«, sagte Lobot. »Aber so weit ist es noch nicht, mein Freund.«

Sie düsten Seite an Seite zurück.

Die Verzweiflung machte sie erfinderisch, und so gelang es Lando und Lobot einundvierzig Verankerungen für ihre Leine aus dem Gerätegitter und den darauf befestigten Gerätschaften zu improvisieren. Diese im Abstand von zweihundert Metern angebrachten Verankerungen sicherten mehr als acht Kilometer Leine in drei größeren Gängen und mehr als fünfzehn Abzweigungen.

Im Laufe ihrer Erkundungen katalogisierte das Team elf Klappen, achtzehn Ventile und drei unterschiedliche Routen, die alle zu der ersten Markierung zurückführten. Der Zweck dieser Mechanismen und die ihnen zugrunde liegenden Bewegungsmuster blieben ihnen ein Rätsel. Aber R2-D2s holographische Karte nahm immer brauchbarere Formen an und bildete einen Rahmen des Bekannten innerhalb des Unbekannten.

Während der ganzen Zeit zog der Vagabund seine Bahn durch den Hyperraum, ohne, wie es schien, seine Passagiere in irgendeiner Weise zur Kenntnis zu nehmen. Allmählich legten sich ihre ursprünglichen Ängste. Das Schiff blieb geheimnisvoll und gab nur wenige seiner Rätsel preis, aber zumindest hörte es auf, von seinem Wesen her eine Bedrohung darzustellen. Die Gefahr für ihr Leben war so unpersönlich wie die graphische Darstellung einer Gleichung – einer Gleichung, in der sie keine der Variablen kontrollierten.

Als wieder ein unerforschter Gang sie dadurch enttäuscht hatte, dass er sie zu einer bereits mit Leinen versehenen Passage führte, machten sie in stummer Übereinkunft Halt – um auszuruhen und neuen Mut zu schöpfen.

Lando schlang sich ein freies Stück Leine um das Handgelenk, um damit zu verhindern, dass er abgetrieben wurde. »Wie lange dauert dieser Sprung jetzt schon?«

»Etwas mehr als siebenunddreißig Stunden«, sagte Lobot.

»Und wir wissen nicht, wohin er führt«, seufzte Lando. »Mal sehen – vier mal drei Komma eins vier mal neununddreißig geteilt durch drei -, wir könnten uns jetzt irgendwo in einer Viertelmillion Kubiklichtjahren Weltraum befinden. Um uns da zu finden, würden die wirklich einen Telepathen brauchen.«

»Sie und ich, wir beide sollten schlafen«, sagte Lobot.

»Warum?«

»Weil wir damit Sauerstoff und Energie sparen. Und Menschen sind in ermüdetem Zustand nicht zu Höchstleistungen fähig.«

»Wenn wir tot sind, leisten wir auch nicht gerade viel«, wandte Lando ein. »Die fünf Stunden, die wir verschlafen, könnten genau die fünf Stunden sein, die wir brauchen, um aus diesem Schlamassel rauszukommen.«

»Und die fünf Stunden, die wir nicht mit Schlafen verbringen, könnten dazu führen, dass einer von uns einen nicht wieder gutzumachenden Fehler macht.«

»Wir haben ja die Droiden, die uns davor bewahren sollen.

Die werden nicht müde«, sagte Lando. »Und außerdem – ich habe Hunger. Ich habe die Hoffnung noch nicht aufgegeben, dass wir hier irgendwo in der Gegend ein durchgehend geöffnetes Café finden.«

»Das ist aber keine rationale Erwartung, Lando.«

Lando schmunzelte. »Ich weiß auch, wann ich albern bin«, sagte er. »Wissen Sie, wann Sie stur sind?«

»Master Lando …«

»Was ist, 3PO?«

»Ist es möglich, dass dieses Schiff den Hyperraum bereits verlassen hat, ohne dass wir es gemerkt haben? Vielleicht waren wir von unseren anderen Aktivitäten abgelenkt. Vielleicht sind wir gar nicht so weit geflogen, wie Sie befürchten.«

»Nein«, widersprach Lando knapp. »Ich habe noch nie ein Schiff beim Ein- und Austritt so wie dieses brummen gehört. Das können wir unmöglich überhört haben. Ich jedenfalls nicht. Darüber habe ich auch die ganze Zeit nachgedacht. Ich meine, darüber, wie lange dieses Schiff schon bei jedem Schatten, der ihm in den Weg gekommen ist, in den Hyperraum ein- und wieder daraus aufgetaucht ist. Wie lange es schon her ist, seit es die letzte Strukturinspektion und Überholung absolviert hat.

Ich hatte einmal einen Freund in den Docks von Atzerri, der mir Scanholos der Schiffe gezeigt hat, die dort durchgekommen sind – Mikrofrakturen im Gehäuse des Hyperantriebs, den Innensparren und sogar dem Kiel eines Dreadnaughts.

Nein, selbst wenn wir Sauerstoff und Wasser im Überfluss hätten, und genug zu essen und alle Zeit der Welt, denke ich doch nicht, dass ich scharf darauf wäre, so lange hier herumzuhängen, um dieses Brummen noch oft zu hören. Denn irgendwann einmal in naher Zukunft, ganz gleich, wie fest die Qella auch ihre Schrauben angezogen haben, wird diese alte Kiste zum Tiefraumschrottplatz werden.«

R2 gab ein besorgtes Trillern von sich.

»Ich würde gern wissen, wo die *Glorious* jetzt ist«, sagte 3PO.

»*Darüber* will ich gar nicht nachdenken«, sagte Lando und lachte. »Ich habe schließlich keine Lust, mir Depressionen einzuhandeln.« Er ließ die Leine los und schwebte wieder frei in der Luft. »Sie können sich ja ausruhen, wenn Sie wollen, Lobot. Zeig mir die Karte, R2. Wir haben noch einiges zu erkunden.«

Sie fanden die Deckplatte in der einundsiebzigsten Stunde ihrer Gefangenschaft. Das war ein reiner Zufall, da sie in einem Abschnitt auftauchte, den sie bereits zweimal passiert hatten, und in den sie nicht zurückgekehrt wären, wenn sie nicht ein neuer Gang dorthin zurückgeführt hätte.

Die Platte war beinahe zwei Meter lang und etwas mehr als einen Meter breit, hatte abgerundete Ecken und war bündig in die »Decke« der Passage eingesetzt. (Lando hatte entschieden, dass die von ihnen gespannten Leinen die rechte Wand der Passage darstellten, und davon alle anderen Richtungen abgeleitet.) Die Deckplatte war reichlich mit Rohransätzen, Steckdosen und Vorsprüngen von unterschiedlicher Höhe, Tiefe und Durchmesser versehen, wobei die Steckdosen symmetrisch in der Mitte angeordnet waren, während die Vorsprünge sie in den Außenbereichen umgaben.

»Master Lando, was ist das Ihrer Ansicht nach?«

»Vielleicht eine Art Intelligenztest«, sagte Lando und versuchte, durch einen der Rohransätze zu sehen. »Hat jemand Lust, den Test abzulegen?«

»Nun, es hat tatsächlich eine gewisse Ähnlichkeit mit dem Spiel, das Botschafter Nugek Anakin Solo gegeben hat«, sagte 3PO. »Der Kleine hatte einen Riesenspaß daran, die Räder zu drehen und Bausteine durch die Löcher zu schieben …«

»Halt den Mund, 3PO.«

»Ja, Sir.«

Lobot untersuchte das Artefakt auf seine Art. »Vierundzwanzig Rohransätze in zwei Größen. Achtzehn Vorsprünge. Keine beweglichen Teile festzustellen. Das Metall glänzt, reflektiert stark und trägt keine Schutzschicht. Trotzdem sind keinerlei Kratzer oder sonstige Beschädigungen festzustellen, auch nicht an den Rohransätzen.«

»Sieht für mich aus wie eine Art Steckverbindung«, meinte Lando. »So wie der Diagnosestecker auf dem *Falken* oder der Wartungskasten auf der *Glücksdame*. Zugang zu den Schiffssystemen also.«

»So etwas haben Sie doch gesucht«, meinte Lobot. »Wie groß ist die Wahrscheinlichkeit, dass Sie es finden würden?«

»Jedenfalls ist es der einzige Mechanismus, den wir in neun Kilometer Gängen gefunden haben.«

»Der einzige Mechanismus, den wir als solchen erkennen konnten«, korrigierte Lobot. »Aber allem Anschein nach ist dieses Schiff so gebaut, dass die Mechanismen verborgen bleiben, bis man sie braucht. Sie sollten darüber nachdenken, weshalb dieser Mechanismus gerade jetzt zum Vorschein gekommen ist.«

»Sagen Sie es mir doch.«

»Höchstwahrscheinlich weil das Schiff in Kürze die Funktion benötigen wird, für die dieser Mechanismus vorgesehen ist ...«

»Und das gibt uns die Gelegenheit hineinzuschlüpfen und unseren Plänen nachzugehen«, sagte Lando. »Diese Anschlüsse hier sind ganz bestimmt nicht für uns gebaut worden, aber vielleicht können wir sie trotzdem nutzen. Energie ist Energie – R2 kommt mit thermischen oder elektrischen Anschlüssen ebenso klar wie mit solchen für Plasma. Und Daten sind Daten – wenn R2 sie lesen kann, kann 3PO sie interpretieren.«

»Lando, für den Schluss, dass das hier ein Systemzugang ist, gibt es keine Grundlage«, behauptete Lobot. »Viel wahrscheinlicher ist, dass die Funktion dieses Mechanismus irgendwie mit der Funktion dieser Gänge zu tun hat.«

»Und worin besteht die?«, brauste Lando auf. »Ist das eine Ausnüchterungszelle? Ein Ventilator? Ein Labyrinth für Mäuse und Ratten? Eine Pilzzucht? Wollen Sie sagen, dass wir das hier auch nicht berühren sollen? Verdammt noch mal, wie lange sollen wir denn noch warten, bis wir irgendetwas *tun*?«

»Sie haben in mehr als drei Tagen nicht einmal zwei Stunden Schlaf bekommen«, erinnerte ihn Lobot. »Das macht Sie ungeduldig ...«

»Das stimmt«, fiel Lando ihm ins Wort. »Ich habe schon so lange nichts mehr zu essen bekommen, dass mir langsam danach ist, meinen besten Freund anzufallen. Meine Wasserversorgung schmeckt so, als hätte sie ein halbes Dutzend Kreisläufe hinter sich. Sind Sie denn schon mehr Maschine als Mensch? Macht *Ihnen* das alles denn überhaupt nichts aus?«

»Ich bin genauso Mensch wie Sie«, sagte Lobot. »Ich zweifle, dass Sie hungriger sein können als ich. Und meine Wasserversorgung schmeckt genauso widerlich wie die Ihre. Aber ich verstehe die Entdeckungen, die wir bisher gemacht haben, nicht …«

»Wollen Sie dann nicht mehr in Erfahrung bringen? Ich möchte, dass die Droiden versuchen, eine Verbindung mit diesem Anschluss herzustellen. Das ist alles. Keine Blaster. Keine kreativen Strukturveränderungen.«

»Bitte hören Sie mir zu«, bat Lobot eindringlich. »Ich verstehe nicht, weshalb so umfangreiche Strukturen wie diese hier während unseres ganzen Aufenthalts auf diesem Schiff unsichtbar geblieben sind, und weshalb man uns die Möglichkeit gegeben hat, uns ungehindert zu bewegen. Das sind die Fragen, die mich beunruhigen. Und ich habe Sorge, dass das Erscheinen dieses Artefakts hier möglicherweise das Ende dieser Freizügigkeit für uns oder des Ruhezustandes dieser Anlage signalisieren könnte …«

»Ein Grund mehr für uns, den ersten Schritt zu tun«, sagte Lando. »R2, 3PO, kommt her. Ich möchte, dass Ihr versucht, Verbindung mit dem Vagabunden herzustellen.«

Lobot drehte sich zu den Droiden herum. »3PO, R2 – ich bitte euch, solange zu warten, bis wir mehr wissen. Unsere Versorgung ist noch nicht ernsthaft beeinträchtigt, und wir wissen einfach nicht, womit wir es hier zu tun haben.«

»Es tut mir leid, aber Master Luke hat uns in die Obhut von Master Lando gegeben«, sagte 3PO und ließ sich, während er das sagte, von R2 zu der Platte in der Decke ziehen. »Wir sind gehalten, seine Instruktionen zu befolgen, ganz gleich welche Vorbehalte Sie diesbezüglich auch haben.«

»Danke, 3PO«, sagte Lando und warf Lobot einen triumphierenden Blick zu. »Freut mich zu wissen, dass du noch in meinem Team spielst.«

Ob es nun Lobots Besorgnis oder R2s angeborenem Sinn für Selbsterhaltung zuzuschreiben war, jedenfalls ging der Astromechdroide äußerst vorsichtig zu Werke, als er Landos Anweisung in die Tat umsetzte, und darüber war Lobot froh.

Zuerst hielt R2 in sicherem Abstand von der Platte an und begann sie zu scannen, wobei seine Kuppel hin und her rotierte, während er verschiedene Sensoren einsetzte – optische, thermische, radionische, elektromagnetische. 3PO rief die Ergebnisse eines jeden Scans den beiden Männern zu, die von der gegenüberliegenden Seite des Ganges zusahen.

Als 3PO die Ergebnisse aussprach, kannte Lobot sie bereits, weil der Droide – aus eigener Initiative und ohne Lando das mitzuteilen – für das neurale Interface des Cyborgs ein weiteres seiner Datenregister geöffnet hatte. Lobot akzeptierte dieses Signal der Unterstützung stumm und sagte nichts, was Lando einen Hinweis auf diese kleine Meuterei hätte geben können.

Als die ersten Scans nicht zu irgendwelchen alarmierenden Erkenntnissen führten, rückte R2 dem zu untersuchenden Objekt näher und fuhr seine Sensorsonde aus. Der Scankopf war zu groß, um sich ganz in die kleineren Rohrstutzen einführen zu lassen, aber R2 brachte ihn so nahe an den ersten Stutzen, dass er ihn beinahe berührte.

»Fällt null-Komma-null-neun Gauss«, sagte 3PO. »Fluxdichte eins-Komma-sechs-null-zwo. Alpharate, null. Betarate, einhundertsechzehn. Ladungspolarität, negativ – R2, davon verstehe ich kein Wort. Würde mir bitte jemand sagen, was das bedeutet?«

R2 ließ seinen Kopf nach hinten kreisen und gab eine Folge scharfer Pfiffe von sich, die 3PO nicht übersetzte.

»Ich *versuche* doch stillzuhalten«, sagte 3PO, als R2 die Sonde an den nächsten Rohrstutzen heranführte. »Ist doch nicht meine Schuld, dass ich nicht für Gewichtslosigkeit konstruiert bin. Die meisten vernünftigen Lebewesen leben schließlich auf Planeten, wo sie hingehören.«

R2s Antwort klang selbst für Lobots Ohren ziemlich unflätig.

»Mir ist egal, was du denkst«, sagte 3PO. »Schließlich bist du nur ein Mechaniker. Ich bin für noblere Zwecke konstruiert worden. Ich sollte mich auf Diplomatenempfängen aufhalten und mithelfen, Frieden zwischen erbitterten Rivalen zu schließen, königliche Ehen arrangieren, oh, wie ich mich doch nach der guten alten Zeit sehne ...«

R2 antwortete darauf mit einem elektronischen Blöken. »Ja, schon gut«, meinte 3PO von oben herab. »Ist mir doch gleichgültig. Ich brauche deine Hilfe nicht.« Damit ließ der goldene Droide R2s rechte Gleiskette los und faltete die Arme über seiner Brustplatte.

»Aber ich brauche *deine* Hilfe, 3PO«, sagte Lando. »Hör also auf, dich mit deinem Bruder zu zanken, und übersetze.«

»Warum machen Sie diesen Fehler immer wieder, Master Lando? Dieser egoistische kleine Tyrann ist nicht mit mir verwandt«, schniefte 3PO.

»Ich kann Ihnen helfen, Lando«, sagte Lobot mit leiser Stimme und ohne nähere Erklärung. »Feld null-Komma-acht-zwo Gauss, Fluxdichte eins-Komma-sieben-vier. Alpharate ...«

Lando warf Lobot einen angewiderten Blick zu, was diesen mit großer Befriedigung erfüllte. Keiner von beiden sah, wie 3PO die Hand ausstreckte und sich an einem der Vorsprünge an der Platte abstützte. Aber beide hörten über die Kommeinheit ihrer Kontaktanzüge ein lautes elektrisches Störgeräusch und sahen gleich darauf ein blaues Leuchten im Gang.

»Du liebe Güte!«, rief 3PO aus.

Lobots Kopf ruckte herum, und er sah, dass weißblaue Energieschlangen über den Deckel zuckten. Sie knisterten zwischen den einzelnen Vorsprüngen, tanzten an 3POs Arm hinauf fast bis zum Ellbogengelenk und nahmen schnell an Intensität zu.

»3PO – *nicht* loslassen ...«, setzte Lobot an.

Doch die Warnung kam zu spät. Sobald seine erste Überraschung verflogen war, zog 3PO reflexartig die Hand zurück.

Im nächsten Augenblick zuckte ein mächtiger Energiestrahl von der Platte zu 3POs Hand, fuhr seinen Arm hinauf bis zu seinem Kopf und sprang von dort auf die Wand des Ganges über. Ehe irgendjemand reagieren konnte, war der Energiestrahl den Gang hinuntergerast und verschwunden und breitete sich dabei aus, bis alle Wände von einem blauen Leuchten bedeckt waren. Ein Finger der Entladung raste an der von ihnen gespannten Leine entlang und verbrannte sie zu schwarzem Staub.

3PO hing unkontrolliert zuckend und um die eigene Achse kreisend in der Luft. Sein rechter Arm war schwarz verbrannt und aus den Servomotoren stieg schwarzer Rauch auf, sein Kopf war zur Seite geknickt und zitterte unablässig.

Lobot stieß ein paar Flüche aus, die er lange vergessen geglaubt hatte, und setzte sich in Richtung auf den verletzten Droiden in Bewegung. Lando starrte einen Augenblick lang benommen ins Leere und folgte ihm dann. Aber R2 kam ihnen beiden zuvor, schnappte sich 3PO und riss ihn in den Gang hinein, in entgegengesetzter Richtung zu der, in die die Entladung davongeschossen war. Als R2 an Lando vorbeikam, gab er einen unfreundlichen Laut von sich.

»Tut mir leid«, sagte Lando und hob beide Arme in einer Geste der Kapitulation. »Das ist nicht meine Schuld. Lobot – sag ihm, dass es nicht meine Schuld ist.«

Von seinen Schubdüsen angetrieben, fegte Lobot demonstrativ schweigend hinter R2 und 3PO an Lando vorbei.

R2 ließ Lando nicht an 3PO heran, so dass dieser sich damit begnügen musste, aus einem Abstand von einigen Metern dabei zuzusehen, wie Lobot und R2 sich um den Protokolldroiden bemühten und versuchten, den eingetretenen Schaden zu bewerten.

Aus einigen Metern Abstand schien dieser Schaden beträchtliche Ausmaße zu haben.

Ein R6 oder R7 hätte den Stromstoß ohne Mühe überlebt.

Die für Kampfeinsätze freigegebenen Droiden neuester Bauart waren gegen Energiestöße und induzierte Ströme bis zu direkten Treffern aus einer Ionenkanone Klasse Eins gesichert.

Aber 3PO war für eine andere Art von Kriegsführung konstruiert – den Krieg der Worte. Seine Pufferaggregate und die dazugehörigen Sicherungen waren nur minimal, und der Energiestoß aus der Deckenplatte hatte sie sofort außer Gefecht gesetzt. Wenn die Ladung durch seinen Körper und damit durch seine Primärprozessoren gegangen wäre, anstatt ihn nur an der Seite zu erfassen, dann wäre 3PO bereits tot gewesen.

So wie die Dinge standen, konnte Lando erkennen, dass 3POs rechter Arm starr und unbrauchbar an seiner Seite herunterhing, weil die Servomotoren verbrannt und die Gelenke geschmolzen waren. Und was noch schlimmer war, sein Sprachsynthesizer oder der dazugehörige Prozessor waren ausgefallen. Wenn er zu sprechen versuchte, veränderte sich dauernd die Klangfarbe seiner Stimme, als wäre er eine Million Kilometer entfernt oder als spräche er über ein primitives Taschenkomm. Zweimal war er bereits mitten im Satz stecken geblieben, als müsse er nach einem ganz gewöhnlichen Wort suchen – etwas, was Lando bei ihm noch nie zuvor gehört hatte.

Nach ein paar Minuten überließ Lobot 3PO ganz R2s Obhut und schwebte zu Lando, machte ihm aber zu dessen großer Überraschung keine Vorwürfe. Lando konnte lediglich eine gewisse geschäftsmäßige Distanziertheit an dem Cyborg wahrnehmen, die aber kaum von Lobots sonstigem Verhalten zu unterscheiden war.

»3POs Arm kann nicht repariert werden, weil wir ja über keine Ersatzteile verfügen«, sagte Lobot. »R2 versucht jetzt, den lateralen Aktuator zu lösen, um damit 3PO wieder Bewegungsfreiheit für seinen Kopf zu verschaffen.« Er deutete mit einer leichten Kopfbewegung an Lando vorbei auf das Gerätegitter, das dieser ein Stück vom Schauplatz des Geschehens weggezogen hatte. »Ich brauche die Werkzeugtasche.«

»Augenblick noch«, hielt Lando ihn auf. »Was ist da jetzt gerade passiert – haben Sie darüber nachgedacht?«

»Ich brauche die Werkzeugtasche, Lando«, wiederholte Lobot und machte Anstalten, sich zwischen Lando und der Wand durchzuschieben.

Lando hielt Lobot am Arm fest. »Sie hatten, was diese Gänge angeht, Recht. Die bereiten sich darauf vor ...«

Etwas bewegte sich am Rand seines Sichtkreises, und Landos Blick huschte an Lobot vorbei zu den Droiden und dann vorbei an den Droiden auf das immer deutlicher werdende Leuchten am Ende des Ganges, wo dieser eine Biegung beschrieb. »Verdammt!«, rief er aus. »Weg von der Wand. R2, aufpassen!«

»Was ist?« Lobot reckte den Kopf in die Höhe.

Lando ließ seinen Arm nicht los und zog ihn in die Mitte des Ganges, von wo aus man sehen konnte, wie das Leuchten am äußersten Rand ihres Sichtkreises immer intensiver wurde und jetzt auf sie zuraste. Es umgab sie nur den Bruchteil einer Sekunde lang und raste dann weiter, aber Lando spürte, wie sich dabei die kleinen Härchen an seinem Nakken aufrichteten.

»Es ist ringsherum gelaufen?«

»Ja.«

»Und hat dabei, wie es scheint, überhaupt nichts von seiner Kraft verloren«, meinte Lobot verwundert.

»Nein«, sagte Lando. »Das war es, was ich Ihnen klarmachen wollte. Sie haben Recht gehabt. Das hier sind *tatsächlich* Leitungen – superleitfähige Akkumulatoren. Vielleicht handelt es sich sogar um eine Art von Entladungsröhren für einen Kaskadengenerator.«

»Für die Waffen«, sagte Lobot langsam. »Es muss für die Waffen sein.«

»Diese Platte ist einer der Pole, der Ausgangspunkt für den Funken. 3PO hat eine Art Kurzschluss erzeugt, als die Anlage sich zum Feuern vorbereitet hatte – wahrscheinlich vorzeitig. Möglicherweise hat er eine Fehlermeldung in dem System ausgelöst, und uns damit ein wenig Zeit verschafft, während die Anlage neu Spannung aufbaut.«

»Die Waffen sind im Hyperraum unbrauchbar. Das hat uns das Leben gerettet.«

»Das beantwortet auch Ihre Frage wegen der Platte – ich meine, weshalb sie ausgerechnet jetzt erschienen ist«, sagte Lando. »Schlau. Wirklich ein schlaues Kerlchen, dieser Vagabund. Bevor ich einen Raum betrete, in dem man mir nicht freundlich gesinnt ist, überprüfe ich meine Waffen.«

»Ja. Das war ein Systemcheck. Das Schiff muss sich darauf vorbereiten ...«

»Warten Sie«, sagte Lando. »Da, hören Sie.«

Plötzlich war ihre ganze Umgebung von einem Brummen und Brausen erfüllt – es klang wie fernes Donnergrollen.

Lando ließ Lobot los, schoss mit einem Satz auf das Gerätegitter zu und riss die Sensorklette aus ihrer Halterung. Ein Knäuel Seidenleine war um die Klette gewickelt, und am Ende hing eine Schleife heraus.

»Ich muss das jetzt tun«, sagte Lando. »R2! Karte! Was ist der kürzeste Weg zur Außenhülle?«

R2 antwortete mit einem quäkenden Laut.

»Zeig mir die Richtung. Ich verstehe dich nicht!«

»Das war nicht die Antwort für Sie«, sagte Lobot. »Er will von mir wissen, warum ich nicht mit den Werkzeugen komme.« Er schloss die Augen. Die Lichter auf seinem Interface blinkten in schnellem Rhythmus. »Da durch«, sagte er. »Achtzehn Meter. Aber ich weiß nicht, was zwischen hier und der Rumpfhülle ist.«

»Das sage ich Ihnen, wenn ich zurückkomme«, erklärte Lando. Er zog seinen Blaster, brannte ein Loch an der Stelle ein, die Lobot ihm gezeigt hatte, und war gleich darauf verschwunden.

Lando stand breitbeinig auf der Wand des Vagabunden, wobei seine Schubaggregate ihm Halt verliehen und seine Füße gegen die Bordwand pressten. Er richtete den Schneidblaster auf die Stelle zwischen seinen Beinen und schaltete das Gerät ein. Ein exakt kreisförmiges Stück der Außenwand verschwand in einer grauen Rauchwolke, die sofort durch die Öffnung nach draußen gezogen wurde.

Die Klette hatte bisher an ihrer Leine von Landos linkem Handgelenk gebaumelt. Jetzt spannte die Leine sich, als der Luftzug die Klette erfasste. Lando steckte den Blaster weg und ließ die Klette an ihrer Leine zu der Öffnung gleiten, bis sie schließlich nach außen rutschte. Nur die Leine verhinderte, dass sie ganz in den Weltraum hinausgezogen wurde.

Dann wartete er und sah zu, wie die Öffnung in der Außenwand sich wieder schloss. Als das Loch so weit zusammengeschrumpft war, dass die Klette nicht mehr wieder nach innen gezogen werden konnte, zog Lando vorsichtig an der Leine, bis die Klette wieder auf der Schiffswand aufsetzte. Er griff durch die Öffnung und drückte die beiden Schalter, die die Sensoren der Klette und ihr Befestigungssystem in Funktion setzten. Dann ließ er die Leine wieder etwas locker und wartete, bis das Loch sich fast völlig geschlossen hatte, und riss die Klette dann mit einem Ruck zu sich her.

Ein lautes Knacken war zu hören, als die ringförmig angeordneten Widerhaken ausfuhren und die Klette gegen die Wand pressten. Um ganz sicher zu gehen, verknotete Lando die Leine mehrfach über dem Schieber, der die Schalter der Klette sicherte, und hoffte, dass sie auf diese Weise auch dann haften bleiben würde, falls es dem Schiff irgendwie gelang, die Widerhaken wegzudrücken.

Als das geschehen war, drehte Lando sich um und versuchte sich in den Kammern zu orientieren, durch die er sich seinen Weg zur Außenwand gebahnt hatte. Anders als in den Akkumulatoren, wo von den Wänden der Passage ein fahlgelbes Leuchten ausging, kam das einzige Licht in den Außenräumen von den zwei Scheinwerfern, die beiderseits an Landos Helm angebracht waren. Wenn er die beiden Scheinwerferkegel durch die Finsternis, die ihn einschloss, wandern ließ, verschlang die Leere das Licht und vermittelte ihm den Eindruck, als befände er sich ganz alleine im dunkelsten Winkel des Weltraums.

Nur wenn er nach oben blickte, weg von der Außenwand, in deren Nähe er schwebte, und so die Scheinwerferstrahlen in die Richtung lenkte, aus der er gekommen war, spiegelte sich das Licht wenigstens auf einem Teil der Substanz des Schiffes. Und was ihn das Licht dort erkennen ließ, jagte Lando ein eisiges Frösteln über den Rücken, so kalt, dass auch die Heizung seines Anzugs nichts dagegen ausrichten konnte.

Die Lampen zeigten ihm nämlich, dass die innere Wand mit fremdartigen Gesichtern bedeckt war – eine Collage, eine Porträtgalerie, ein Wandgemälde, das seinen ganzen Sichtkreis ausfüllte, so weit seine Scheinwerferkegel reichten und vermutlich auch noch darüber hinaus. Es waren Tausende unterschiedliche Gesichter. Oder Tausende von Variationen desselben Gesichtes. Jedes einzelne in einer Art sechseckiger Zelle, aus der es herausblickte. Die Gesichter glichen nichts, was Lando je gesehen hatte, und doch spürte er in den großen runden Augen, die ihn alle anzustarren schienen, ganz deutlich die Intelligenz.

Dass Lando seinen Weg gemacht hatte, war mehr als alles andere dem Umstand zuzuschreiben, dass er die besondere Gabe besaß, in den Gesichtern von Fremden zu lesen und sie dann besser zu kennen, als sie sich selbst kannten. In den ausdrucksstarken, von tiefen Linien durchzogenen Gesichtern der Qella las er zugleich Kraft und Hinnahme ihres Schicksals, eine gesetzte Weisheit und vereitelte Neugierde, und mehr als alles andere, das schreckliche Wissen um die Vergänglichkeit des Lebens. Die Lebewesen, die für diese Porträts Modell gesessen hatten, und die Künstler, die sie geschaffen hatten, hatten zu der Zeit, als diese Bilder entstanden waren, gewusst, dass diese Bilder möglicherweise das Einzige sein würden, was sie überlebte, und hatten alles, was sie hatten, in sie hineingelegt.

An der Stelle, wo Lando sich einen Weg hinten durch die Wand freigebrannt hatte, wies das Wandgemälde eine kreisförmige Lücke auf. Die Wand selbst war inzwischen wieder geheilt, nicht aber die Porträts darauf – vier waren in unterschiedlichem Maße beschädigt und eines für immer ausgelöscht. Lando musste gegen starke Schuldgefühle ankämpfen, als er wieder auf das Wandgemälde zudüste und an derselben Stelle ein Loch öffnete.

»Tut mir leid«, sagte er zu den übrigen überlebenden Gesichtern. »Aber das ist euer Grab – eure Gedenkstätte. Ich will nicht, dass es auch meines wird. Wenn euch das Leben so viel bedeutet hat, wie ich glaube, dann würdet ihr mir jetzt bestimmt Glück wünschen.«

Als Lando zurückkehrte, waren die anderen immer noch um 3PO bemüht. Der goldene Droide reagierte als einziger auf seine Rückkehr, indem er den Kopf herumdrehte und Lando vergnügt begrüßte.

»Master Lando!«, rief er mit brüchiger Stimme. Eines seiner glühenden Augen flackerte. »Was machen Sie auf Yavin Vier? Warum tragen Sie dieses Kostüm? Wissen Sie, dass Sie fast wie ein Droide aussehen?«

»3PO, sieh dich um«, forderte Lando ihn auf. »Erkennst du deine Umgebung?«

Der Kopf des Droiden bewegte sich. »Oh. Oh, ja, jetzt sehe ich es. Der Vagabund der Qella. Anscheinend habe ich einen Unfall erlitten.« Er drehte sich herum und schlug R2 mit dem unverletzten Arm auf dessen Kopfkuppel, dass es wie ein Glockenschlag klang. »Und alles ist deine Schuld, du Tunichtgut von einem Saboteur. Du gehörst in eine Abfallpresse mit all den anderen …«

»Nein«, fiel Lando ihm scharf ins Wort. »Es war meine Schuld. Ich habe die Anweisungen erteilt. Ich habe den Fehler gemacht. Es tut mir leid, 3PO. Ich verspreche dir, sobald wir wieder nach Hause kommen, sorge ich dafür, dass du komplett wiederhergestellt wirst, genau nach Spezifikation.«

»Ich sollte mich entschuldigen, Master Hambone«, sagte 3PO. »Ich bin sicher, dass meine Ingeschucklichkeit meinen Anfull erwürgt hat.«

»Versuche nicht zu reden, 3PO«, sagte Lando. »Du solltest deine Diagnosekreise betätigen. Dann kann dein Kontroller die beschädigten Funktionen anderweitig verteilen.«

»Sähr gutt, Monster Lamda.« Der Kopf des Droiden bewegte sich ruckartig in Neutralstellung zurück.

Lobot schüttelte mitfühlend den Kopf. »Lando, die Testladung – falls es sich um so etwas handelt – war inzwischen noch viermal da. Ich konnte erkennen, dass sie schwächer wurde, als sie an dem neuen Loch vorbeizog, das Sie gemacht haben, aber davon abgesehen hat ihre Stärke, wie mir scheint, nicht nachgelassen. Wahrscheinlich wäre sie immer noch unterwegs, wenn der Deckel sie nicht beim letzten Durchgang wieder absorbiert hätte.«

Lando nahm den Bericht mit einem kurzen Nicken zur Kenntnis. »Diese Gänge speichern Energie fast vollständig«, sagte er. »Das erklärt auch, weshalb ihre Waffen so wirksam sind. Wenn die hier eine volle Ladung durchschicken, muss das ziemlich aufregend sein.«

»Ich nehme an, wir sind uns darüber einig, dass wir schon genug Aufregung haben.«

»Da haben Sie Recht – wir müssen hier raus. Aber vorher muss noch etwas Wichtiges erledigt werden«, erklärte Lando. »R2, ich konnte die Klette an der Außenhülle des Schiffes befestigen. Du musst jetzt das Signal aufnehmen und es Lobot übermitteln.«

Der kleine Droide drehte seine Kuppel von Lando weg und blieb stumm.

»R2, wir müssen herausbekommen, wo wir uns befinden. Stufe Zwei unseres Plans, erinnerst du dich? Ich weiß nicht, wie lange wir uns darauf verlassen können, dass wir Daten von der Klette bekommen. Und wir wissen auch nicht, wie lange wir im Echtraum sein werden.«

Der Droide blieb immer noch stumm.

»Lobot?«

Lobot räusperte sich. »Ah – R2 hat gerade mir gegenüber eine sehr unfreundliche Bemerkung über Ihre Führungsqualitäten gemacht. Und dann hat er mir gesagt, ich soll Ihnen mitteilen, dass er sich im Streik befindet.«

Lando unterdrückte einen Temperamentsausbruch und sagte dann mit gleichmäßiger Stimme: »R2, du bist der Einzige von uns, der die Daten von der Klette empfangen kann. Wenn wir diese Messwerte nicht bekommen, können wir keinen Fluchtplan machen. Und wenn wir hier nicht bald entkommen, wird uns die Luft ausgehen und dir die Energie.

Ist das, was du jetzt mit deinem Streik beweisen willst, wert, dass wir alle umkommen?«

R2 gab ein leises Piepsen von sich.

»Er empfängt Daten«, sagte Lobot. »R2 lässt Ihnen sagen, dass er das für 3PO tut, nicht für Sie.«

»Meinetwegen soll er es für den Blutprinzen von Thassalia tun, solange es nur geschieht«, sagte Lando. »Wie lange dauert es, bis wir Navigationskoordinaten bekommen?«

»R2 ist gerade mit der Triangulation beschäftigt«, teilte Lobot mit. »Lando, in seinem Zentraldatenspeicher ist nur ein einziger lokaler Stern verzeichnet. R2 ist auf der Suche nach anderen Referenzsternen.«

»Was? Wo, zum Teufel, sind wir?«

»Augenblick«, sagte Lobot. »Koordinaten null-neun-null, null-sechs-sechs, null-fünf-zwo. Der Unsicherheitsfaktor infolge von Messfehlern beträgt zwei Prozent.«

»Drei Nullen? Das kann nicht stimmen. Dann wären wir ja in Sektor Eins.«

»Richtig«, bestätigte Lobot. »Wir befinden uns im Augenblick hundertsechs Lichtjahre außerhalb der Grenzen der Neuen Republik im Bereich der Kernwelten. Das nächste bewohnte System ist Prakith.«

»Prakith«, wiederholte Lando. »Foga Brill.«

»Wie bitte?«

»Nach letzten Meldungen stand Prakith unter der Kontrolle des imperialen Kriegsherren Foga Brill.«

»Verstehe. Prakith ist acht Lichtjahre entfernt.«

»Gibt es dort draußen irgendwelche anderen Schiffe? Irgendwelche Sicherheitsbojen, Drohnen, Sonden oder dergleichen?«

»Keine, die die Klette entdecken kann. Aber der Rumpf des Vagabunden blockiert einen beträchtlichen Teil des Himmels.«

»Nun, jedenfalls werden wir in dieser Umgebung keine Hilferufe aussenden.« Unzufrieden schüttelte Lando den Kopf. Also schön, verschwinden wir aus diesem Akkumulator, solange hier noch einigermaßen Ruhe herrscht. Wir werden an der Stelle durchbrechen, wo ich gerade rausgekommen bin. Ich weiß nicht genau, wo uns das hinführt, aber beim ersten Mal ist jedenfalls nichts passiert.«

R2 trillerte.

»Was?«

»Schon gut«, sagte Lobot. »Besser, Sie erfahren das nicht.«

Durch Landos Kopf gingen finstere Gedanken über lasche Wartung und welche Folgen es haben konnte, wenn man bei Droiden zu lange auf Speicherlöschungen verzichtete. *Deine Entscheidung, Luke. Aber für meinen Geschmack haben die beiden viel zu viel Persönlichkeit.* Doch er behielt die Gedanken für sich.

»Sobald wir durch sind«, fuhr er fort, »möchte ich sehen, wie wir vermeiden können, weitere Löcher in die Wände zu schneiden.«

Lobot nickte zustimmend.

»Aber das bedeutet, dass einer von uns das Rätsel lösen muss, wie eine Qellatür aussieht, und wie man sie öffnet«, sagte Lando. Dann sah er zu R2 hinüber. »Und deshalb werden wir, sobald wir dort drüben sind, zuallererst einmal sechs Stunden ausruhen – wir alle. Ich hätte schon früher darauf bestehen sollen. Tut mir leid, R2. Ich weiß nicht, ob das irgendetwas verändert hätte, aber ich wollte wirklich nicht, dass 3PO etwas zustößt.«

R2s Kuppel drehte sich auf Lando zu. »*Zirp-nip-wip*«, sagte er.

»Ich soll Ihnen sagen, dass er in Erwägung zieht, Ihnen noch einmal eine Chance zu geben«, sagte Lobot.

Lando nickte und zog den Blaster aus dem Futteral. »Sie können ihm sagen, dass ein cleverer Spieler meiner Meinung nach auch nicht mehr braucht.«

4

Als Lando schließlich aufwachte, wusste er nicht, ob das mehr den von Flüssigkeitsmangel ausgelösten Kopfschmerzen oder seinem vor Hunger eingeschrumpften Magen zuzuschreiben war. Er erinnerte sich noch vage an einen Traum, in dem ihn ein unsichtbarer Meuchelmörder durch eine finstere Stadt verfolgt hatte, und versuchte, ihn aus seinem Bewusstsein zu verdrängen. Er griff nach oben, schaltete seine Helmlampen auf den niedrigsten Wert und sah sich nach den anderen um.

Dabei stellte er fest, dass er der einzige aus dem Team war, der bei Bewusstsein war. Lobot schwebte ein paar Meter entfernt unter ihm in der Nähe der Wand. Er hatte die Arme vor dem Gesicht und die Beine angezogen, so wie ein kleines Kind schläft. R2 hielt 3PO immer noch schützend mit seinen Greifklauen fest, und die beiden vollführten am anderen Ende des Raums langsame Drehbewegungen durch die Luft, als würden sie zu einer Musik tanzen, die nur sie hören konnten.

Lando sah auf das Kontrolldisplay an seinem linken Unterarm und warf dabei einen Blick auf den Timer, den er eingeschaltet hatte, ehe er die Augen geschlossen hatte. Zu seinem Schrecken stellte er fest, dass sich die von ihm vorgeschlagene sechsstündige Ruhepause auf mehr als sechzehn Stunden ausgedehnt hatte. Er und Lobot hatten beide die Wecksignale überhört, und die Droiden waren noch abgeschaltet und warteten darauf, dass man sie berührte und damit aufweckte.

Einen Augenblick lang verspürte er Schuldgefühle wegen der vergeudeten Zeit, aber die fegte er weg, weil ihm bewusst war, wie notwendig die Ruhepause für sie gewesen war. *Der Körper weiß, was er braucht*, dachte er und warf dann einen Blick auf Lobots seeligen Gesichtsausdruck. Aber der Schlaf hatte nicht alle Wunden geheilt, die die Überanstrengung ihnen zugefügt hatte. Landos Hunger war quälender denn je, und das Wasser aus dem Trinkrohr seines Helms löste in ihm nur sehnsüchtige Gedanken an riesige, mit Eis gefüllte Gläser voll *Charde* und *Skoa* aus.

Aber am sehnlichsten wünschte er sich, seinen Kontaktanzug verlassen zu können. Die Luft in dem Anzug roch entschieden streng, und sein eigener Atem schlug ihm von dem mit Speichelresten verschmierten Visier wie eine stinkende Wolke entgegen. An seinem Kopf und einem halben Dutzend anderer unerreichbarer Stellen juckte es zum Verrücktwerden. Seine Haut fühlte sich schmierig an und er sehnte sich nach einer heißen Dusche. Der Anzug war ein Gefängnis, der ihn daran hinderte, seine verkrampften Muskeln zu strecken.

Der improvisierte Handschuh, der seine rechte Hand schützte, klebte an seinen Fingern, ein Zeichen dafür, dass der atmosphärische Druck in dem Raum etwas höher als der Normaldruck der Anzüge war. Lando begann mit der anderen Hand am Öffnungsmechanismus des Helms herumzutasten und verriet damit unbewusst die Gedanken, die ihn beschäftigten.

Es ist ja nicht so, als wenn die Luft des Schiffes giftig wäre – bloß ein wenig anders, als wir gewöhnt sind. Schließlich habe ich einmal bei einem Test sechs Minuten die Luft angehalten. Das reicht doch aus, um mir das Gesicht abzuwischen und mich einmal richtig am Kopf zu kratzen -

Lobots Stimme riss Lando aus seinen Gedanken. »Ich würde gerne wissen«, sagte der Cyborg, »bei welchem Reisebüro Sie diesen Urlaub gebucht haben. Die Unterbringung liegt weit unter meinen Erwartungen.«

Ein Lächeln huschte über Landos Gesicht, als er sich zu Lobot herumdrehte. »Sie sind jetzt bloß sauer, weil ich Ihnen Ihr Gratisfrühstück weggegessen habe, während Sie noch geschlafen haben.«

»Das ist nur einer von den paar hundert Gründen, weshalb ich nie wieder mit Ihnen reisen werde.«

»Hören Sie auf zu meckern, und helfen Sie mir, die Kinder zu wecken«, sagte Lando. »Wie ich höre, soll heute einer der Höhepunkte der Tour sein.«

Sie einigten sich darauf, 3PO als Ersten zu aktivieren, um damit Lando ein paar Minuten Zeit zu lassen, seinen Zustand ohne R2s ständige Bemutterung zu diagnostizieren. Es bedurfte nur eines kurzen Gesprächs mit 3PO, um festzustellen, dass der Droide den Großteil seiner kommunikativen Fähigkeiten zurückgewonnen hatte – und damit auch den größten Teil seiner Würde. An die Beeinträchtigung seiner Sprachfähigkeit erinnerte nur ein leichtes Störgeräusch beim Sprechen, ein Schnarren seines Sprachsynthesizers, das die Stimme des Droiden klingen ließ, als ob er Halsschmerzen hätte.

»3PO, ich bin sehr froh, dass deine Sprachsysteme wieder in Ordnung sind«, sagte Lobot. »Ich muss vielleicht doch meine Meinung über die kybernetischen Produkte von Bratan Engineering revidieren – mein erstes neurales Interface kam von Bratan, und ich hatte nur Ärger damit.«

»Vielen Dank, Master Lobot«, sagte 3PO. »Ich bin auch in hohem Maße erleichtert. Ein Protokolldroide mit einem defekten Synthesizer ist ja wirklich nicht zu viel zu gebrauchen.«

»Es sei denn, du möchtest in einer der neuntausendsiebenundfünfzig Zeichensprachen tätig werden«, sagte Lando.

Der Droide blickte auf seinen beschädigten Arm. »In meinem augenblicklichen Zustand könnte ich Ihnen nicht einmal diesen Dienst anbieten. Wenn mein Synthesizer ausfällt, wäre ich für Sie nur noch eine Last. Dann könnten Sie ebenso gut meine Energiezellen ausschlachten und mich zurücklassen. Ich würde dafür Verständnis haben …«

»Keine Sorge, wir lassen dich nicht zurück«, versprach Lobot. »Ich will nicht alleine dafür zuständig sein, mit R2 zu kommunizieren.«

»Warum denn?«, wollte Lando wissen. »Sie sind doch ganz gut damit zurechtgekommen.«

Lobot schüttelte langsam den Kopf. »R2 denkt in demselben binären Polyglott, das er spricht, und davon verstehe ich kein Byte. Er kann in seinen Gedächtnisspeichern kurze Nachrichten in Basic für mich ablegen, aber das beschränkt unsere Verständigung auf seine recht lückenhaften Basic-

Kenntnisse. Und nach allem, was ich bis jetzt in Erfahrung gebracht habe, scheint er den größten Teil seines Basic-Wortschatzes von einem Nerfhirten gelernt zu haben.«

»Oh, R2 kann *unglaublich* ordinär sein«, pflichtete 3PO ihm verschwörerisch bei. »Er sagt die abscheulichsten Dinge – Sie können sich das gar nicht vorstellen. Die Hälfte seiner Bemerkungen übersetze ich gar nicht. Manchmal glaube ich, dass er darauf aus ist, mich in Verlegenheit zu bringen.« 3PO blickte an Lando vorbei auf den immer noch mit rötlich schimmernder STANDBY-Anzeige in der Luft schwebenden R2 und fügte besorgt hinzu: »Er ist doch nicht beschädigt worden, oder?«

»Nein – er wird nur heute Morgen als Letzter geweckt«, beruhigte ihn Lando. »Darum werde ich mich jetzt sofort kümmern.«

»Vielleicht wäre es besser, wenn ich das übernehmen würde«, sagte Lobot und hinderte ihn mit ausgestreckter Hand daran, seine Absicht in die Tat umzusetzen. »Möglicherweise hat R2 sich noch nicht so gut von 3POs Unfall erholt wie 3PO selbst.«

»Wie viele Diplomaten sind hier eigentlich im Raum vertreten?«, fragte Lando und grinste. »Nein, wenn R2 immer noch ein Problem mit mir hat, dann kann er jetzt anfangen, damit fertig zu werden. Das hier ist mein Einsatz, und ich habe nicht vor, ihn einem Miesepeter von Droiden zu überlassen. Das ist nicht böse gemeint.«

»Ich habe es auch nicht so aufgefasst«, sagte 3PO. »Ich weiß genau, was Sie meinen.«

R2s Systemlichter flammten alle gleichzeitig auf, und seine Sensorkuppel beschrieb zuerst eine halbe Drehung nach links und dann eine nach rechts. Er erhob sich, entfernte sich von Lando und düste auf 3PO zu, wobei er eine ungewöhnlich lange Folge von Tönen von sich gab.

»Was sagt er?«, fragte Lando.

3PO schnatterte in demselben Dialekt, anstatt Landos Frage zu beantworten, und R2 antwortete darauf sogar noch ausführlicher.

»Also, was ist?«

Eine Folge von Störgeräuschen erweckte den Anschein, als ob 3PO sich geräuspert hätte. »Master Lando, R2 sagt, er sei von größter Begeisterung und Zuversicht für den Einsatz erfüllt.«

»3PO ...«

»Lando, ich würde vorschlagen, dass Sie das einfach so akzeptieren«, empfahl Lobot leise.

Lando musterte Lobot einen Augenblick lang eindringlich. Dann runzelte er die Stirn und sagte: »Vielen Dank. Ich habe manchmal Probleme das zu überhören, was nicht gesagt wird.« Er griff nach seiner Kontrolltafel und schaltete seine Helmlampen auf volle Leuchtstärke. »Lobot, geht draußen irgendetwas vor sich?«

»Sämtliche Sensoren der Klette sind klar. Die Geschwindigkeit des Vagabunden ist gering.«

»Also einfach ein länglicher Asteroide, der langsam durch das Nichts treibt, wie? Na schön. R2, kannst du uns mit etwas Licht aushelfen? Wir wollen doch sehen, was wir hier haben.«

Was sie hatten, war eine fünfzehn Meter lange und neun Meter breite Kammer ohne jegliche Markierung oder eine Andeutung von Nähten, genau wie in der Luftschleuse.

»Ich habe irgendwie das Gefühl, dass ich schon einmal hier war«, sagte Lando, als er sich eine Weile umgesehen hatte. »Und damit meine ich nicht gestern, als ich mir auf dem Weg nach draußen hier den Weg freigebrannt habe.«

»Ich verstehe«, sagte Lobot. »Vielleicht war die höchste Kunstform auf Qella die ›Geschlossener-Raum-Detektivgeschichte‹.«

Lando lachte. »Damit wäre dieses Schiff dann so etwas wie eine Anthologie. Aber ein wenig Abwechslung würde vielleicht gut tun.«

»Allem Anschein nach sind die Konstruktionsprinzipien konsequent durchgehalten«, meinte Lobot. »Das sollte unseren Interessen dienen.«

Lando grinste. »Soll ich mal nachsehen, ob ich diesmal den anderen Handschuh verlieren kann?«

»Die ästhetischen Prinzipien der Qella erfordern, dass nichts sichtbar ist, solange es nicht gebraucht wird«, erklärte Lobot. »Aber woher weiß die Struktur, wann ein verborgenes Funktionsteil gebraucht wird? Wie übermitteln die Qella ihre Wünsche an ihre Kreationen? Eine Antwort darauf kennen wir zumindest – wir wissen, dass das Schiff auf Berührung reagiert.«

Landos Grinsen verblasste und ging in ein Stirnrunzeln über. »Als ich dieses Schiff das letzte Mal berührt habe, hat es versucht, uns als Mahlzeit für Raumschnecken auszuspucken.«

»Ich bin nicht davon überzeugt, dass dieses Schiff uns Schaden zufügen will.«

»Was würden Sie denn als Beweis akzeptieren? Dass einer von uns dran glauben muss?«

»Ich habe mir den Zwischenfall in der Luftschleuse noch einmal im Hinblick auf 3POs Unfall überlegt«, sagte Lobot. »Es ist durchaus möglich, dass wir die Nachricht, die R2 in der Luftschleuse gefunden hat, falsch interpretiert haben. Möglicherweise war das Bedienungselement, das Sie aktiviert haben, ein Notschalter für die Luftschleuse, der genauso funktioniert hat, wie die Konstrukteure dieses Schiffes das vorgesehen haben.«

»Was? Nein, das ergibt keinen Sinn.«

»Es ist sogar möglich, dass wir den Vagabunden *aufgefordert* haben, einen Fluchtversuch zu machen«, fuhr Lobot fort. »Die Auffälligkeit der Symbole, die R2 entdeckt hat, scheint mir eine Parallele zu dem in unserer Kultur üblichen Gebrauch von Rot und Gelb als Warnfarbe und von Pfeilen als Richtungssymbol, wie man sie bei menschlichen Artefakten benutzt.«

»Sie wollen sagen, wir hätten, wenn 3PO Qella lesen könnte, eine Tafel gesehen mit der Aufschrift ›Im Fall von Gefahr hier ziehen‹?«

Lobot nickte. »Auch bei einem X-Flügler ist die auffälligste Markierung der Auslöser für das Kanzeldach. Wie würden wir uns denn anstellen, wenn wir zwar wüssten, was ein Pfeil bedeutet, aber das Wort ›Rettung‹ nicht lesen könnten?«

»Das Problem mit Ihrer Theorie, dass *wir* den Panikknopf gedrückt haben, ist, dass das Schiff bei nächster Gelegenheit wieder versucht hat, uns auszuspucken«, sagte Lando, »ohne dass wir diesmal einen Schalter betätigt haben.«

»Dieses ›nächste Mal‹ haben wir ein Loch in das Hauptverteidigungssystem gebrannt – ein Loch, das die Reparaturanlagen nicht in der üblichen Zeitspanne schließen konnten.«

»Das muss ich akzeptieren«, sagte Lando. »Aber anschließend muss das Schiff gewusst haben, dass wir keine Qella sind und auch nicht gerade Freunde.«

»Wenn das Schiff, so wie Sie ihm das zuschreiben, sich dessen bewusst war und die Absicht hatte, uns zu entfernen, hätte es das während der ganzen Zeit, in der wir uns in dem Akkumulator aufgehalten haben, tun können«, wandte Lobot ein. »Und ebenfalls während wir jetzt geschlafen haben. Es hätte auch die Außenhülle unter Ihnen öffnen können, während Sie damit beschäftigt waren, die Klette anzubringen. Und doch hat es nichts dergleichen getan.«

»Hm. Und was ist das für ein Sicherheitssystem, das uns vergisst, sobald wir es einmal geschafft haben, uns Zutritt zu verschaffen?«, fragte Lando. »Es ist so, als wären wir von dem Augenblick an, wo wir unsere Waffen beiseite gelegt hatten, nicht mehr verdächtig. ›Tut mir schrecklich leid, wir haben den Zugangscode vergessen und mussten den Eingang aufsprengen‹ – ›Oh, das ist schon in Ordnung. Kommt nur rein und macht es euch bequem …‹«

»Ich habe mich von Anfang an gefragt, mit was für einer Art von Intelligenz wir es hier zu tun haben«, sagte Lobot. »Das ist die bei weitem interessanteste Frage, mit der wir uns auseinander setzen müssen …«

»Mich beschäftigt immer noch eine andere Frage wesentlich mehr. Nämlich die, wo unsere nächste Mahlzeit eigentlich herkommt.«

»Und R2 würde sich wahrscheinlich für die Frage entscheiden, wer mir eigentlich das Kommando gegeben hat.«

Lobot wartete geduldig ab, bis Lando zu Ende gesprochen hatte, und fuhr dann fort: »Ich habe eine Projektion aufgestellt, wie dieses Schiff reagieren würde, wenn Sie oder ich oder R2 oder 3PO darüber das Kommando hätten. Sein Verhalten passt auf keines dieser Modelle.«

»Entschuldigen Sie, Sir, aber warum sollte es das eigentlich?«, fragte 3PO, der aufmerksam zugehört hatte. »Dieses Schiff ist weder von Menschen noch von Droiden gebaut worden. Wir haben hier eben nicht das Sagen. Sein Verhalten kann nur in einem passenden kulturellen Kontext korrekt ausgewertet werden.«

»Da bin ich anderer Ansicht, 3PO. Die Testbedingungen diktieren die Form der Antworten«, sagte Lobot. »Wenn das nicht so wäre, hätten die Millionen von Spezies in dieser Galaxis so wenig Gemeinsamkeiten, dass für deine Dienste kein Bedarf bestünde.«

»Was er da sagt, hat etwas für sich, 3PO«, meinte Lando. »Wo auch immer ich war, und mit wem auch immer ich zu tun hatte, das Einzige, was sicherstellt, dass es einen Deal gibt, ist, dass jeder sich um seine eigenen Interessen kümmert. Ich bezeichne das als aufgeklärtes Selbstinteresse. Und das ist der Motor, der das ganze Universum in Gang hält.«

»Die Testbedingungen sind Denkfähigkeit und Überleben«, sagte Lobot. »Die Antwort ist so gestaltet, dass die Testperson Bedrohungen identifizieren und neutralisieren kann. Dieses Schiff hat den Test nicht bestanden. Deshalb ziehe ich den Schluss, dass dieses Schiff weder vernunftbegabt ist, noch von vernunftbegabten Wesen gelenkt wird. Es ist ein Produkt großer Geschicklichkeit, aber es ist nicht intelligent.«

»Ich verstehe«, sagte 3PO. »Master Lando, sollte ich meine Versuche einstellen, mit den Herren dieses Schiffes Verbindung aufzunehmen?«

»Nein, mach nur weiter, 3PO«, sagte Lando. »Ich bin immer noch nicht überzeugt. Lobot, ein Schiff dieser Größe und Komplexität, das sich seit mehr als hundert Jahren mit Erfolg allen Versuchen entzieht, es einzufangen – da muss doch irgendjemand oder irgendetwas das Kommando haben.«

»Irgendetwas – durchaus. Aber nichts Vernunftbegabtes. Ich glaube, die scheinbare Komplexität hat uns getäuscht und dazu veranlasst, eine Gotthypothese aufzustellen.«

»Eine Gotthypothese?«

Lobot nickte. »Wenn wir von den Herren dieses Schiffes gesprochen haben, dann gingen wir dabei von der Annahme aus, dass es da ein Bewusstsein gibt, das uns beobachtete und die Vorgänge in unserer Umgebung steuerte«, sagte er. »Wir haben uns sogar an diese Herren gewandt und sie um Hilfe gebeten, haben respektvoll Bitten an sie gerichtet und gehofft, dass sie sich für uns einsetzen würden.

Aber es gibt keinerlei Hinweise darauf, dass das Schiff uns zur Kenntnis genommen hat, einmal davon abgesehen, dass es lokal auf unsere Aktionen reagiert hat. Aber das waren alles nur autonome Funktionen. Ich glaube jetzt, dass der Vagabund ein äußerst hoch entwickelter Automat ist, der auf Regeln basierende Reaktionen einsetzt, die Teil seiner Grundstruktur sind.«

»Welcher Regel könnte er denn gefolgt sein, als er versuchte mich in den Weltraum hinauszublasen?«

»Sie haben einen Blaster eingesetzt und eine Öffnung in einer Wand erzeugt, die nicht geheilt ist«, sagte Lobot. »Damit könnten Sie eine Regel ausgelöst haben, wonach Feuer dadurch zu löschen sind, dass man es dem Vakuum aussetzt.«

Lando nickte nachdenklich, während er über Lobots Äußerung nachdachte. »Dann wollen Sie also, dass wir anfangen willkürlich Knöpfe zu drücken, ist es das?«

»Wir wissen, dass es auf Berührung reagiert. Wir haben uns vermutlich getäuscht, als wir daraus den Schluss gezogen haben, dass es negativ reagiert.«

Lando schien immer noch zu zweifeln. »Ist es draußen immer noch still, R2?«

R2 piepte einen einzigen Ton, der als »Ja« erkennbar war.

Lando wandte sich wieder Lobot zu, zuckte die Achseln und machte eine auffordernde Handbewegung. »Nach Ihnen.«

Lobot nickte, löste nacheinander die Verschlüsse seiner beiden Handschuhe und zog sie aus und klippte sie an seinem Gürtel an. Dann bewegte er sich mit Hilfe seines Düsenaggregats auf die sie umgebende Wand zu, streckte beide Hände aus und presste mit den Handflächen leicht gegen die

Wand. Als darauf nichts geschah, begann er nach links zu gleiten. Die Wand des Raumes begann sich unter seinen Händen anzuheben, als würde sie sich nach einem unsichtbaren Muster formen.

»Du liebe Güte!«, rief 3PO plötzlich aus. »R2, siehst du das?«

Lobot zog sich hastig in die Mitte des Raumes zurück, aber die Umwandlung setzte sich fort. Breite Scheiben tauchten auf und wuchsen zu flachen Zylindern. Auf ihnen zeigten sich jetzt kleine Vorsprünge, die sich zu langen Bögen weiteten, aus denen wiederum wellenförmige Muster wurden. Dann erschienen Farben, aber in durchaus dezentem Maße, keineswegs überwältigend – ein blasses Blau, dazwischen weiches Gelb, das die ganze Oberfläche des Zylinders überzog, ohne auf die Geometrie der darunter angeordneten wellenförmigen Erhebungen Rücksicht zu nehmen.

Landos Augen blitzten vergnügt. »Ich hatte nie gewusst, dass Sie Künstler sind, Lobot.«

Lobot kehrte zu der Wand zurück und berührte die trommelartige Oberfläche eines der Zylinder. Plötzlich war der ganze Raum von Musik erfüllt, ein Duett ineinander übergehender Melodien, auf- und abschwellend wie die Dünung einer ruhigen See.

»Aber Sie sollen nicht alleine den ganzen Spaß haben«, sagte Lando und zog grinsend den improvisierten Handschuh von der rechten Hand und düste auf die gegenüberliegende Wand zu.

Sie reagierte auf seine Berührung mit einem großen Rechteck, das zwei lange Kanäle durchzog, die sich mit noch viel feineren Details als die Skulptur an der gegenüberliegenden Wand füllten. Lando hatte keine Ahnung, was das Muster zu bedeuten hatte, konnte aber wohl die Narbe erkennen, die sein Blaster darin hinterlassen hatte – eine kreisförmige Lücke am oberen Rand des Rechtecks, die vielleicht zwanzig der zahllosen kleineren Zellen darin verdeckte.

Aber der Makel dämpfte Landos Freude nicht lange. Die zwei Männer flogen wie zwei behende, hartnäckige Insekten in dem Raum herum, bis sie alle Oberflächen ausprobiert hatten. Die Art und Weise, wie eine einfache Berührung einer Hand den leeren Raum zum Leben erweckte, hatte etwas Wunderbares an sich.

Aber die großartigste Entdeckung von allen – zumindest in Landos Augen – war die Tür, die sich ihm an einem Ende des Saals öffnete, und ihr Gegenstück, das Lobot am anderen Ende fand.

Lando hatte keine Ahnung, wo die beiden Türen sie hinführen würden, aber er zog diese Unsicherheit bei weitem dem Zustand des Eingesperrtseins vor.

In der Offiziersmesse der *Glorious* lagen zwei Metallstücke neben dem Handschuh eines Kontaktanzuges auf dem Tisch. Das längere davon war stark verbogen. An den Enden zeigten beide deutliche Brandspuren. Oberst Pakkpekatt nahm das kürzere Stück in die Hand und drehte es prüfend herum.

»Und Sie sind sicher?«, fragte er.

»Ja, Oberst«, erwiderte Taisden. »Das ist ein Stück von einem Rahmen eines selbststabilisierenden Geräteschlittens.«

»Eigentümer?«

»Dem Registriercode nach gehört er einem gewissen Hierko Nochet, der sich seinen Lebensunterhalt mit Führungen verdient. Wir nehmen an, dass der General den Schlitten und einige andere Gegenstände vor zwei Jahren bei einem Sabaccturnier von Nochet gewonnen hat.«

»Haben Sie eine biologische Analyse durchführen lassen?«

»Wir haben gleich nach der Bergung alle üblichen Tests durchgeführt«, sagte Technikagent Pleck. »Einige Spuren deuten auf Benutzung durch menschliche Wesen hin. Aber ich kann keine positive Identifizierung liefern, die auf Calrissian oder den Cyborg deuten.«

»Warum nicht?«

»Sir, das ist etwas peinlich – aber wir verfügen über kein Bioprofil des Generals, mit dem wir es vergleichen könnten.«

Pakkpekatt schnitt eine Grimasse. »Ein Flaggoffizier der Flotte? Ganz zu schweigen von seiner Vorgeschichte, ehe er sich der Rebellion angeschlossen hat und auch später. Wie ist das möglich?«

»Das weiß ich nicht, Sir. Wir haben Aufzeichnungen gefunden, wonach sein Bioprofil wenigstens dreimal registriert worden ist, aber die Profile selbst sind verschwunden. Und der Archivverwalter von Cloud City lehnt es ab, zu unseren Anfragen in irgendeiner Weise Stellung zu nehmen, und beruft sich dabei auf einen, wie er es nennt, Gründervertrag.«

Pakkpekatt schüttelte den Kopf und meinte: »Unter seiner Uniform bleibt General Calrissian eben ein Schmuggler und Schurke. Ist sonst noch irgendetwas festgestellt worden, Pleck?«

Der Agent runzelte die Stirn. »Ja, Oberst – aber ich weiß nicht, wie wir den Fund interpretieren sollen.«

»Dann sagen Sie mir eben, was Sie wissen.«

»Ja, Sir. Wir haben eine ziemlich große Menge unidentifiziertes biologisches Material geborgen, das von der Schlittenverkleidung stammt – diese Stelle hier«, sagte der Agent und deutete darauf. »Es handelt sich um die Größenordnung von zwei Millionen Zellen – vielleicht sollte ich sagen, Zellfragmente, weil die meisten mechanisch beschädigt sind.«

»Mechanisch? So, als ob man die Stücke als Waffen benutzt hätte?«

»Nein, Sir. Dafür ist die Verteilung zu gleichförmig. Eher würde ich sagen – na ja, so, als ob man die Außenseite des Rahmens mit grobem Sandpapier behandelt hätte. Tut mir leid, Sir, das klingt nicht sehr wissenschaftlich …«

»Sie sagen, die Zellen seien unidentifiziert.«

»Ja, Sir. Und das werden sie möglicherweise auch bleiben. Die wahrscheinlichste Theorie besagt, dass es sich um künstliche Zellen handelt, also eher einen Mechanismus als einen Organismus. Die Genketten sind viel zu kurz und mit viel zu wenig Extromaterial versetzt. Wenn Sie gestatten, würden wir gerne eine der Hyperraumsonden der *Glorious* mit einer Probe ins Exobiologische Institut auf Coruscant schicken.«

Pakkpekatt fletschte die Zähne. »Veranlassen Sie das, Lieutenant«, knurrte er. »Sie hätten das gleich tun sollen, ohne mich zu fragen.«

Der Agent zog den Kopf ein, als könne er damit Pakkpekatts finsterem Blick entkommen, und sah zu, dass er hinauskam, worauf der Oberst sich wieder Taisden zuwandte. »Hat man an der Fundstelle sonst noch etwas bergen können?«

»Nein, Sir. Sonst nichts. Die *Stendaff* befindet sich immer noch auf Position und sucht die Gegend ab, aber so, wie es aussieht, ist dort bis hinunter auf Dezimeterwerte nichts mehr zu finden.«

Pakkpekatt nahm das Schlittenfragment in die Hand. »Wirklich höchst ungewöhnliches Wrackgut, Agent Taisden. Schwierig, sich Umstände vorzustellen, wie das entstanden sein könnte.«

»Ja, Sir.«

»Haben alle unsere Leute jetzt die Marauder verlassen?«

»Ja, Sir. Sie sind mit mir herübergekommen und Captain Garch hat ihnen auf dem X-Deck Quartiere zuweisen lassen.«

»Dann muss ich wohl davon ausgehen, dass ich nicht mehr länger Zeit schinden kann und nicht mehr damit rechnen darf, dass diese unsinnigen Befehle zurückgezogen werden«, sagte Pakkpekatt. »Teilen Sie Captain Hannser mit, dass ich die *Marauder* mit sofortiger Wirkung aus diesem Kommando entlasse. Er soll mit Höchstgeschwindigkeit in die Sektorstation Krenhner zurückkehren und sich dort beim Commodore melden.«

Taisden nickte. »Wird sofort erledigt, Sir.«

Als Oberst Pakkpekatt alleine war, krümmte er langsam die Finger seiner rechten Hand und fing an, damit auf den Tisch zu schlagen, wobei er die krallenförmigen Nägel halb eingezogen hatte, so dass sie sich bei jedem Schlag schmerzhaft in seine Haut bohrten, was aber auch nicht half, die Wut zu verdrängen, die in ihm aufgestiegen war.

Die Art und Weise, wie er sich selbst so quälte, hatte etwas Unheimliches an sich, und sein Gesicht blieb dabei die ganze Zeit völlig ausdruckslos. Er hörte erst auf, als seine weichen Fingerkuppen angeschwollen und gerötet waren, und der Schmerz, der ihm durch die Arme bis in die Brust geschossen war, all die Ungeduld und Enttäuschung aufgezehrt hatte, die in seiner *Pedrokkdrüse* hochgekommen war – seinem Kämpferherz.

Die *Marauder* war inzwischen abflugbereit, und Pakkpekatt wartete, bis sie den Konvoiradius erreicht hatte und gesprungen war.

Dann wandte er sich dem Logbuch zu und begann mit dem Diktat eines Berichts, der ihm zuwider war, für einen Aufsichtsausschuss, der seinen ganzen Respekt verloren hatte.

Vier kleine Schiffe, die ein paar kurze Tage lang in der Dunkelheit herumtasten. Mehr ist denen euer Leben nicht wert. Ich hätte nie geglaubt, dass ich je so viel Ehrlosigkeit erleben würde. Ich hätte nie geglaubt, dass ich je solche Scham empfinden würde.

Im Laufe der nächsten paar Stunden fügte R2 seiner Karte des Vagabunden zwanzig Räume hinzu, die er jeweils, nachdem das Team sie besucht hatte, mit einer Nummer versah. Als Gedächtnisstütze zeichnete er für jeden Raum ein Holo in Fischaugenperspektive von den *Ausbuchtungen*, wie Lando sie bezeichnet hatte.

Bis jetzt hatten sie zweierlei solche Ausbuchtungen entdeckt. Acht der Räume waren so wie der erste – mit einer großen Figur an einer Wand, bei der es sich um eine Skulptur, ein Siegel oder symbolische Schriftzeichen handeln konnte. Die gegenüberliegende Wand zeigte jeweils ein kompliziertes geometrisches Muster, das Lando ebenso wie Lobot für die kartographische Darstellung eines Tempels oder einer kleinen Stadt hielt. In jedem derartigen Kartenraum gab es irgendwo einen Schlüssel, mit dem Qellamusik ausgelöst wurde, wobei freilich jedes »Lied« anders war als die Lieder, die sie bisher gehört hatten.

Abgesehen von der Musik schienen die Ausbuchtungen in den Kartenräumen statischer Natur zu sein. Sie blieben so lange sichtbar, wie das Team sich in dem jeweiligen Raum aufhielt; sobald sie dann zum nächsten Raum weiterzogen und die Verbindungstür sich geschlossen hatte, sanken die Ausbuchtungen in sich zusammen und verschwanden ebenso schnell wieder, wie sie erschienen waren.

Jedem derartigen Kartenraum schlossen sich ein oder mehrere Räume an, die Lobot als »Geräteräume« bezeichnete. In ihnen fand das Team eine Vielzahl von Ausbuchtungen, die ihnen überwiegend unerklärlich blieben, und die sich teils bewegten, teils die Farbe veränderten, summende Geräusche von sich gaben oder, wenn man sie berührte, die Form veränderten. Von einigen wenigen Ausnahmen abgesehen, hatten sie keine erkennbare Funktion und führten auch nicht zu irgendwelchen Veränderungen im Zustand des Schiffes.

»Ich bin immer noch der Ansicht, dass das eine Art von Kontrollräumen sein könnten«, sagte Lando, als sie sich gerade anschickten, Raum Nummer 20 zu verlassen. »Wir wissen bloß nicht, was dort kontrolliert wird. Es ist aber durchaus möglich, dass wir den Verwalter verrückt machen, indem wir entweder die Temperatur in den Waschräumen senken oder vielleicht die Kanäle seines KosmiKomm verändern.«

Eine höchst angenehme Entdeckung war, dass jeder Raum, wenn sie ihn auf konventionelle Weise betraten – also durch die Portalöffnung, – seine eigene Beleuchtung lieferte. R2s Energiereserve war inzwischen so kritisch geworden, dass Lando ihn in Raum 11 für eine Energietransfusion an 3PO angekoppelt hatte. Der Protokolldroide, den Lobot oder R2 die ganze Zeit trugen, verbrauchte nur sehr wenig Energie.

»Ja, selbstverständlich. Alle sollten Sie nehmen«, sagte er und blickte auf seine Brust, als Lando das Springerkabel in die Kupplung einklickte. »Ich bin jetzt ja nur eine Last für Sie. Ich weiß nicht, warum Sie mich überhaupt auf diesen Einsatz mitgenommen haben, Master Lando. Ich bin völlig nutzlos für Sie. Geben Sie all meine Energie R2, und gehen Sie ohne mich weiter. Lassen Sie mich hier im Dunkeln.«

Lando kostete es einige Überwindung, nicht der Versuchung nachzugeben und den Droiden beim Wort zu nehmen.

Raum 21 war wieder ein Kartenraum, der neunte, den sie inzwischen erforscht hatten. Das Siegel sah aus wie ein gefiedertes V, das eine Anzahl etwa faustgroßer Kugeln umschloss. Die Karte war ein unregelmäßiges Fünfeck, dessen eine Seite doppelt so lang war wie alle anderen, eine Form, die sich in der Mitte der Darstellung wiederholte. Weder Lobot noch Lando fanden diesmal einen Musikschalter, dafür löste ihre Suche aber etwas ganz anderes aus, was sie nicht wenig erschreckte.

Zuerst war in einem Gebilde in der Nähe der langen Außenwand nur ein langsam pulsierendes rosafarbenes Leuchten wahrzunehmen. Dann schoss aus diesem Teil der Karte plötzlich eine Flammenzunge von beinahe einem Meter Länge.

Sie fuhren überrascht zurück. »Sie haben uns gefunden!«, schrie 3PO erschreckt. »R2, rette dich.«

»Das ist ein Holo – eine Aufzeichnung«, sagte Lobot.

»Nein, das ist echt«, widersprach Lando. »Sehen Sie doch auf Ihre Sensoren – warte R2, nicht!« Er schoss auf den Droiden zu, der schon angefangen hatte, das Mundstück seines Feuerlöschers freizulegen. Bis er den Droiden überzeugt hatte, dass er nicht einzugreifen brauchte, war dort, wo vorher die Karte gewesen war, ein fünfeckiger schwarzer Fleck zu sehen, und der ganze Raum war mit weißem Qualm erfüllt.

Lando drängte sie in Raum 20 zurück, wo sie die zwei Minuten warteten, die ein Raum, wie sie inzwischen gelernt hatten, brauchte, um wieder die ursprüngliche Form anzunehmen. Als sie wieder nach 21 zurückkehrten, war der schwarze Fleck und mit ihm auch der Qualm verschwunden. An die gegenüberliegende Wand mit dem Siegel gedrückt, betrachteten sie das Schauspiel ein zweites Mal.

Die erste Flammenzunge kam aus derselben Struktur, wieder nach einem pulsierenden Leuchten. Als die Flammensäule aufstieg, zuckte eine Schockwelle durch den Rest der »Stadt« und zerstörte ihre Symmetrie. Das Feuer fiel schnell zurück, weitete sich aber zu einem Flammensturm aus, der durch die zerstörte Stadt raste und sie verschlang. Binnen Sekunden war die Wand wieder ebenso schwarz verkohlt wie beim letzten Mal, und die Karte war zerstört.

»R2, bitte eine Analyse der Atmosphäre in diesem Raum«, forderte Lando den Droiden auf.

3PO berichtete die Resultate. »Sauerstoff fünf Prozent – Sauerstoff acht Prozent – Sauerstoff elf Prozent – würdest du dich bitte entscheiden?«, fragte der Droide und hieb R2 mit seinem noch funktionsfähigen Arm auf die Kuppel.

»Dafür kann er nichts, 3PO«, sagte Lobot. »Das Schiff stellt für die nächste Demonstration den Zustand vor dem Feuer wieder her.« Er sah zu Lando hinüber. »Das sind Geschichtslektionen. Der Qellastadt, die unter diesem Zeichen stand, ist etwas Schreckliches widerfahren.«

»Vielleicht ist das für uns der erste Hinweis, auf das, was mit ihnen passiert ist«, sagte Lando. »Aber da spielt sich noch etwas ab. R2, wie hoch ist der Sauerstoffgehalt jetzt?«

Die Antwort, die 3PO ihnen weitergab, lautete: 15 Prozent.

»Da soll mich doch – Lobot, 3PO, hierbleiben. R2, du kommst mit. Wir müssen etwas überprüfen.«

»Wo gehen Sie hin?«

»Zurück in Raum 1, auf der Expressspur. Bleibt hier – es dauert nicht lange. Diesmal sehen wir uns die Sehenswürdigkeiten nicht an.«

Die Patrouillenfregatte *Bloodprice* trug die Farben der Marine von Prakith und das Wappen von Gouverneur Foga Brill. Beide waren wesentlich deutlicher zu erkennen als das Siegel des imperialen Mufti für Sektor 5, das lediglich auf der Panzerung über den vorderen Geschütztürmen der Fregatte zu erkennen war.

Dieser Verteilung entsprach auch in etwa die Loyalität, die Captain Ors Dogot und seine fast vierhundertköpfige Besatzung empfanden. Die Offiziere hatten ihre Patente und ihre Einsatzbefehle von Brill erhalten, nicht vom Großmufti Gann. Brill war auch derjenige, der die Gebühren für die Patente entgegengenommen hatte und die jährlich üblichen Beurteilungen durchführte. Brill war es, der sich bei wohlhabenden Familien für erwiesene Gefälligkeiten mit hohen Offiziersstellen bedankte, deren Inhaber ihre Löhnung in Gold und Ware und nicht in prakithianischem Papiergeld erhielten.

Die Spezialisten und Mannschaftsdienstgrade, alles Wehrpflichtige, beschützten seine Macht mit ihrem Leben und erhielten dafür den Schutz der roten Polizei für ihre Töchter und Frauen. Zum Marinedienst einberufen zu werden war viel besser, als in den Bergwerken oder Gießereien zwangsverpflichtet zu sein oder zu den Hunderten zu gehören, die jede Nacht von den Flussufern in Prall und Skoth entführt werden, um ihr eigenes Grab schaufeln zu müssen.

Angst und Amtsmissbrauch waren nicht die beste Ausprägung von Lehenstreue, aber sie waren das Höchste, was Foga Brill erreichen konnte, und genügten ihm.

»Kursänderungsmanöver abgeschlossen, Captain«, meldete der Navigator mit klarer, lauter Stimme. »Neuer Kurs jetzt neun-null, negativ vier-fünf, zwei-zwei Patrouillenstandard.«

»Schleppmeister, berichten«, sagte Dogot.

Die Lauschphalanx, die die *Bloodprice* auf Tiefenpatrouille hinter sich herzog, war hundertmal länger als das Schiff selbst. Es handelte sich um ein Spinnengewebe aus passiven Antennenkabeln, winzigen geräuschfreien Verstärkern, Steuerdüsen und Spannkabeln mit einer Schleppgondel von der Größe eines Truppentransporters am Ende des Hauptantennenkabels. Die drei Mannschaftsdienstgrade in der Gondel hatten die schwierige Aufgabe, die Phalanx bei einem Kurswechsel der *Bloodprice* durch die Kurve zu fliegen.

Wenn die Spannung auch nur eine Spur zu schwach war, konnte es passieren, dass die Elemente sich ineinander verhedderten, oder es konnte auch zu etwas kommen, was in den Handbüchern als dynamische Destabilisierung und im Sprachgebrauch der Schleppcrews als Schwanzschlag bezeichnet wurde, wobei die ganze Phalanx in Stücke gerissen wurde. Wenn bei dem Wendemanöver zu viel Spannung entstand, konnte das zu einer Überbelastung führen, bei der es dann wenigstens zwei Stunden dauerte, bis die Anlage wieder funktionsfähig war.

Der Schleppmeister auf der letzten Patrouillenfahrt der *Bloodprice* hatte zwei Abkoppelungen zugelassen. Dafür hatte er mit der Gondelmannschaft die letzte Hälfte der Patrouille im Schiffsgefängnis verbracht, um sich nach der Rückkehr nach Prakith vor einem Kriegsgericht wegen Inkompetenz und Hochverrat zu verantworten.

So war die Erleichterung zu verstehen, mit der sein Nachfolger jetzt verkündete: »Phalanx hat Wende sauber und unversehrt vollzogen. Abweichung minimal.«

»Sehr gut«, sagte Dogot. »Lieutenant Sojis, Sie haben die Brücke. Ich befinde mich in meinem Quartier und werde mich mit der Mannschaftsbeurteilung befassen. Weisen Sie Verwaltungsunteroffizier Cligot an, dass sie sich sofort dort bei mir melden soll.«

»Zu Befehl, Captain.«

Als das Portal sich hinter Lando und R2 schloss, sah Lobot fasziniert zu, wie der Rauch dünner wurde und verschwand, die schwarze Brandnarbe an der Wand verblasste, bis sie völlig verschwunden war.

Selbst die winzigen Rußpartikel, die an seinem Visier klebten, schienen sich in Nichts aufzulösen. Er beobachtete auf der Monitorplatte in seinem Anzug, wie die Temperatur um 30 Grad absank, bis wieder der unterkühlte Normalzustand eingetreten war, der im Inneren des Vagabunden herrschte.

»Verzeihen Sie, Master Lobot ...«

»Ja, 3PO, was ist denn?«, fragte Lobot automatisch und noch nicht ganz bei der Sache.

»Ich habe mich gefragt, Sir, wenn Sie mir vielleicht sagen könnten – erfüllen Droiden die Testbedingungen?«

Lobots Kopf fuhr herum. »Was hast du gesagt?«

»Der Intelligenztest«, wiederholte 3PO. »Bin ich vernunftbegabt wie Sie oder einfach nur ein komplexer, vollkommener Mechanismus wie dieses Schiff?«

Lobot wandte sich etwas verwirrt von dem Droiden ab und überlegte, was er antworten sollte. »Ah – 3PO, weißt du, die meisten Droiden sind so gebaut, dass sie über künstliche Intelligenz und das Bewusstsein ihrer eigenen Existenz verfügen. Besonders Droiden dritten Grades, wie du einer bist.«

»Aber das muss doch etwas anderes als echte Empfindungsfähigkeit sein«, wandte 3PO ein. »Wenn es nicht so wäre, würde der Senat der Neuen Republik doch nicht ausschließlich aus Organikern bestehen, die von Droiden bedient werden.«

»Es ist tatsächlich anders«, sagte Lobot mit betont freundlicher Stimme. »Künstliche Intelligenz ist Produkt einer Programmierung. Wenn man das Gedächtnis eines Droiden löscht, dann verschwindet sie. Wenn man eine andere Programmierung vornimmt, wird ein Übersetzer zum Lehrer oder ein Medidroide kann ein Chemodroide werden.«

»Ich verstehe, Sir«, sagte 3PO. Danach blieb er eine Weile stumm. »Dann können Sie mir sagen, wie man sich fühlt, wenn man zu Empfindungen fähig ist? Wie sich das von dem unterscheidet, was ich fühle?«

»Ich bin nicht sicher, ob ich das erklären kann«, erwiderte Lobot langsam.

»Weil es etwas ist, was Sie einfach *wissen*, weil Sie ein Organiker sind und nicht eine Maschine? Vielleicht bräuchte ich diese Fragen, wenn ich empfindungsfähig wäre, nicht zu stellen. Ich wüsste dann, wer ich bin.«

Lobot sagte eine Weile gar nichts. »Was meinst *du* denn, 3PO?«, fragte er schließlich.

»Das weiß ich nicht, Master Lobot«, sagte der Droide. »Aber ich habe festgestellt, dass mich jedesmal, wenn jemand von Speicherlöschung spricht, eine unerklärliche Angst erfüllt, geradezu Panik.«

»Das scheint mir gar nicht unerklärlich«, sagte Lobot.

»Tatsächlich, Sir?«

»Die Selbsterhaltung ist ein ganz elementarer Bestandteil des Bewusstseins um das eigene Ich – selbst wenn es ein künstliches Bewusstsein ist«, sagte Lobot. »Ich nehme an, du würdest auf das verzichten« – er deutete dabei auf 3POs unbeweglichen Arm –, »um deine Programmierung intakt zu halten. So wie ich das hier aufgeben würde« – dabei deutete er durch sein Visier auf sein neurales Interface –, »um mein Bewusstsein zu bewahren.«

»Ich kann mich nicht daran erinnern, dass ich dieselbe Reaktion empfand, als ich noch jünger war«, sagte 3PO. »Ich habe gesehen, wie viele Droiden, die ich kannte, eine Speicherlöschung über sich ergehen lassen mussten. Dabei habe ich nur Dankbarkeit dafür verspürt, dass ihre Besitzer so um ihr Wohlergehen besorgt waren, dass sie regelmäßige

Wartungsarbeiten haben vornehmen lassen.« Der Droide legte den Kopf etwas zur Seite. »Was meine eigene Wartung angeht, so fürchte ich, sieht es da ziemlich schlimm aus. Es ist ein Wunder, dass ich überhaupt noch funktionsfähig bin.«

Lobot grübelte eine Weile über diese Antwort nach. »Nur aus Neugierde gefragt, 3PO. Hast du einmal daran gedacht, andere Droiden zu befragen, was sie darüber denken?«

»Ja, Master Lobot«, erwiderte 3PO. »Aber ich hatte den Eindruck, dass sie die Frage nicht verstehen. Stellen Sie sich vor, einer hatte sogar die Frechheit mich als Fehlkonstruktion zu bezeichnen. Können Sie sich das vorstellen?«

»Ich kenne derartige Vorurteile«, meinte Lobot und seufzte. »Ich habe keine Antwort für dich, 3PO. Ich kann nur sagen, dass es sich meiner Ansicht nach lohnen würde, die Frage noch einmal zu stellen, wenn einige Zeit verstrichen ist.«

»Vielen Dank, Master Lobot«, sagte 3PO. »Das werde ich tun.«

Mit Ausnahme der von der *Bloodprice* und der Gondel verdeckten Stellen konnte die Sensorphalanx den Weltraum im Umkreis von ein paar Lichtstunden nach allen Richtungen abscannen. Die Tiefenpatrouille stellte die äußerste von drei konzentrischen Verteidigungssphären von Prakith dar und sollte mögliche militärische Bedrohungen, lange bevor diese sich dem Planeten nähern konnten, entdecken. Aus diesem Grund führte die Route des Patrouillenschiffs durch die außerhalb der Reichweite der Boden- und Orbitalsensoren gelegenen wahrscheinlichsten Aufmarschzonen für einen Angriff auf Prakith.

Eine weitere Aufgabe von gleicher Wichtigkeit bestand darin, irgendwelche privaten oder Handelsschiffe abzufangen und als Prise in Gewahrsam zu nehmen, die unvorsichtig genug waren, sich in diese Verteidigungszone zu begeben. Die Kaperung von Schiffen gehörte nicht nur zu den Pflichten der Patrouille, sondern stellte auch einen nicht unerheblichen Anreiz dar. Eine wertvolle Prise konnte dazu führen, dass die gesamte Crew auf einen besseren Posten versetzt wurde. Und jeder Kapitän der Tiefenpatrouille konnte von anderen Kapitänen berichten, die mit einer Prise nach Hause zurückgekehrt waren, die wertvoll genug war, um die Gunst von Foga Brill selbst zu gewinnen.

Als daher Captain Dogot von der Untersuchung der neuen weiblichen Mannschaftsmitglieder abberufen wurde und auf den Optikdisplays die Größe des Kontaktobjektes sah, war er sofort bereit, die Störung zu vergeben. »Was ist das Ergebnis Ihrer Identifizierung?«, fragte er mit einem Blick über die Schulter des Sicherheitsmeisters hinweg.

»Bis jetzt gar keine«, antwortete der Offizier. »Das Bild ist zu grobkörnig, und das Zielobjekt ist auf allen Spektralbändern mit Ausnahme des Sichtspektrums stumm.«

»Ich bekomme keine Transponderreaktion vom augenblicklichen Standort.«

»Entfernung?«

»Drei Komma acht Lichtstunden – fast an der Grenze unserer Detektorreichweite.«

Captain Dogot überlegte. Ein Kriegsschiff derartiger Größe würde einer Patrouillenfregatte mit hoher Wahrscheinlichkeit weit überlegen sein. Er würde Verstärkung von der inneren Flotte benötigen. Wenn es sich andererseits bei dem Objekt um einen Frachter handelte, dann würde das eine Prise ersten Ranges sein, eine, die er vorzugsweise nicht mit anderen Kapitänen teilen wollte.

Einen Augenblick lang zog er in Betracht, die Sensorphalanx abzukoppeln und treiben zu lassen, um die Stunde Zeit einzusparen, die es bedurfte, um sie zu bergen. Wenn er die Phalanx treiben ließ, dann würde das garantieren, dass die *Bloodprice* das erste Schiff war, welches das Ziel erreichte. Falls der Kontakt sich freilich als unecht erwies, oder das Zielobjekt entkam, würde ihn der Verlust der Sensorphalanx – oder auch nur eine ernsthafte Beschädigung – seinen Posten, wenn nicht das Leben kosten.

»Phalanx einholen«, befahl Captain Dogot. »Schiff für Hyperraumeintritt vorbereiten. Patrouillenkommando verständigen, dass wir die Verfolgung eines unidentifizierten Kontaktobjektes in Vektor null-neun-null, null-sechs-sechs, null-fünf-drei aufnehmen.«

Der Navigationsmeister drehte sich zu ihm um. »Aber, Sir, die letzte Koordinate für den Kontakt lautet null-fünf-*fünf*.«

»Da irren Sie sich ganz bestimmt«, meinte Dogot mit gleichmäßiger Stimme. »Kommunikationsmeister, Nachricht wie von mir angewiesen absetzen. Das Patrouillenkommando wird sicherlich zusätzliche Schiffe zu unserer Unterstützung aussenden wollen. Navigationsmeister, was würde ein Fehler von zwei Grad bei dieser Distanz bedeuten?«

»Die, äh, die Schiffe würden bei Sublichtgeschwindigkeit Stunden entfernt sein, aber zu nahe für einen sicheren Mikrosprung.« Dann dämmerte Verstehen in seinen Augen, und er blickte auf seine Konsole. »Ja, Sir. Null-fünf-*drei*. Vielen Dank, dass Sie meinen Fehler entdeckt haben, ehe er zu unerwünschten Folgen führen konnte.«

»Schon wieder bei der Arbeit eingeschlafen, wie ich sehe. Wussten Sie, dass ihr Schnarchen klingt, als ob man Eisenholz zersägt?«

Landos Stimme hallte scharf und klar aus den Kommsprechern in seinem Helm und riss den dösenden Lobot aus dem Schlaf. Er blickte auf und sah, wie Lando und R2 soeben Raum 21 betraten, während das Portal sich schnell hinter ihnen schloss. Lando trug seinen Helm unter dem Arm und grinste breit.

»Lando – was machen Sie?«

»Master Lando, sind Sie verrückt geworden?«, fragte 3PO erschreckt. »Sie müssen sofort Ihren Helm wieder aufsetzen, sonst ersticken Sie!«

»Ich habe ihn schon vor einer Stunde abgenommen«, sagte Lando. »Hat denn niemand darüber nachgedacht, wie es eigentlich kommt, dass etwas in einer zu neunzig Prozent aus Stickstoff und Kohlendioxid bestehenden Atmosphäre brennen kann?«

»Anscheinend hatte ich nicht die notwendigen Daten, um darüber nachzudenken«, sagte Lobot. »Außerdem habe ich an andere Dinge gedacht.«

»Nun, jedenfalls geht das nicht«, sagte Lando. »Ich musste nur feststellen, ob vielleicht nur in diesem Raum der Sauerstoffgehalt erhöht wurde.«

»Und das war anscheinend nicht der Fall.«

»Nein. Während wir geschlafen haben, ist irgendetwas geschehen. Jeder Raum bis zurück zu Nummer 1 besitzt jetzt eine atembare Atmosphäre. Nur zu, nehmen Sie den Helm ab – versuchen Sie es.«

Die Luft war kalt und trocken und wie eine süße Labsal in Lobots Lungen. Er sah Lando verblüfft an. »Aber warum ist das geschehen?«

»Sie haben es doch schon gesagt – dieses Schiff will uns nichts zuleide tun. Es hat Besucher erwartet.«

»Aber wir haben die falsche Richtung eingeschlagen, nachdem wir hereingekommen sind«, sagte Lobot nachdenklich und kratzte sich hingebungsvoll den kahlen Schädel. »Wir sollten nicht im Waffensystem herummarschieren, das seine eigenen Umweltbedürfnisse hat. Man hat von uns erwartet, dass wir durch das Museum gehen.«

»Welches bis zu unserer Ankunft sozusagen auf Eis lag«, sagte Lando. »Das ist alles völlig einleuchtend. Sauerstoff ist hochreaktiv – ein Reduktionsmittel. Niedriger Sauerstoffdruck in Verbindung mit hohem Kohlendioxiddruck schützt das Schiff vor Feuer und die Exponate vor Korrosion. In imperialen Sternenzerstörern werden wichtige Gerätekammern bei der Vorbereitung auf eine Schlacht mit einer N-CO-Mischung geflutet.«

»Was ist dann aus dem ganzen Kohlendioxid geworden, das in der Luft war? Gibt es hier Gasreinigungsanlagen? Skrubber?«

»Die beste Art, die es gibt, nämlich die ursprüngliche«, sagte Lando. »Das Schiff hat das Kohlendioxid eingeatmet, den Kohlenstoff gebunden und den Sauerstoff zurückgegeben. Lobot, haben Sie immer noch nicht verstanden? Das Schiff lebt.«

Auf Befehl Captain Dogots begann die *Bloodprice* ihre primären Ionenbatterien unmittelbar nach dem Austritt aus dem Hyperraum aufzuladen.

Es würde keine Verhandlungen geben, keine Warnschüsse, keine Aufforderungen zur Kapitulation. Dogot hatte nicht die Absicht, dem Kapitän des Eindringlings irgendwelchen Handlungsspielraum zu lassen. Sofern bei näherer Betrachtung des Zielobjekts nicht zu erkennen war, dass es sich um ein befreundetes Schiff oder ein Kriegsschiff mindestens der Kreuzerklasse handelte, hatte Dogot vor, die schweren Kanonen unverzüglich einzusetzen. Für Reden war immer noch Zeit, nachdem seine Kanoniere das andere Schiff gefechtsunfähig geschossen hatten.

»Ziel erfasst«, rief der Kanonenmeister. »Zwanzig Sekunden bis Volladung.«

»Ziel als unbekannt bestätigt«, rief der Senioranalytiker. »Konstruktionsklasse unbekannt. Geschätzte Tonnage Klasse Gamma Plus. Keinerlei Geschützpforten im vorderen Bereich zu erkennen.«

»Realgeschwindigkeit des Zielobjekts zweiundfünfzig Meter pro Sekunde«, rief der Navigationsmeister. »Annäherungsgeschwindigkeit eintausendachthundertsechzehn Meter pro Sekunde.«

Captain Dogot studierte das Bild auf seinem Kommandodisplay. Es schien fast zu gut, um wahr zu sein – ein riesiges unbewaffnetes und ungeschütztes Schiff, das sich praktisch im Kriechtempo durch den Weltraum bewegte. »Sind irgendwelche anderen Prakithschiffe in Detektorreichweite?«

»Der leichte Kreuzer *Gorath* und der Zerstörer *Tobay* befinden sich etwa zwanzig Millionen Kilometer achtern«, antwortete der Navigationsmeister. »Sie werden noch eine Weile brauchen, bis sie hier sind.«

»Sehr gut«, freute sich Dogot. »Dann müssen wir selbst tun, was in unserer Macht steht. Kanonenmeister, Sie dürfen nach eigenem Ermessen feuern. Ausschließlich Ionenbatterien – ich möchte, dass das Schiff gefechtsunfähig gemacht und nicht zerstört wird. Truppenmeister, Einheiten für Enterkommando bereitstellen ...«

Lando und Lobot hatten beide für den Augenblick ihre Kontaktanzüge ausgezogen, um sich zu strecken und genüßlich zu kratzen, und hatten sogar ein wenig von ihrem wertvollen Wasservorrat dafür geopfert, um wenigstens wieder ein gewisses Maß an Würde und Bequemlichkeit herzustellen.

Allein die Bequemlichkeit der Abfallentsorgungsanlagen der Anzüge diktierte, dass sie sie schließlich wieder anlegen würden. Vom praktischen Standpunkt aus betrachtet, konnten sie es sich außerdem nicht leisten, die Manövrier- und Kommunikationssysteme zu opfern. Aber für den Augenblick war keiner von beiden bereit, die unerwartete Freiheit zu schnell wieder aufzugeben. Die einzelnen Bestandteile der beiden Anzüge schwebten wie zerstückelte Leichen in dem Raum herum, während R2 und 3PO einigermaßen verdutzt zusahen.

»Verzeihen Sie mir, Master Lando, aber sollten wir nicht die Suche nach dem Kontrollraum des Schiffes fortsetzen? Ich kann nicht erkennen, dass sich unsere Lage nennenswert verändert hätte …«

Plötzlich fing R2 schrill zu quieken an.

»Jetzt rede *ich* mit ihnen, R2«, wies 3PO ihn zurecht. »Du wartest, bis du an der Reihe bist – was? Ein anderes Schiff, sagst du? Mit Kurs direkt auf uns zu? Oh, R2 – wir sind *gerettet.* Ich habe doch gleich gewusst, dass der Oberst kommen würde und …«

»Mal langsam, 3PO – was ist denn los?«

»R2 sagt, die Sensoren der Klette haben ein anderes Schiff auf Abfangkurs entdeckt.«

Lando schnappte sich seinen Helm, der gerade an ihm vorbeischwebte, und warf Lobot einen besorgten Blick zu. »*Was für ein* Schiff? Frag ihn, was für ein Schiff?«

»Der Holoprojektor«, fiel Lobot ihm ins Wort. »R2 kann das Signal aufnehmen und weitergeben.«

Ein paar Sekunden später war der Raum zur Hälfte mit dem Anblick des Weltraums außerhalb des Vagabunden gefüllt, wie er sich der Klette darbot. Das sich annähernde Schiff war im äußersten linken Bereich der Projektion in Nähe des Bugs deutlich zu erkennen.

»Imperiale Begleitfregatte«, sagte Lando sofort. »Die ursprüngliche KDJ-Bauart mit der schweren Bewaffnung vorne. Und die Geschützpforten sind, wie es scheint, geöffnet.«

»Sollten wir nicht irgendwie ein Signal absetzen, Master Lando?«, fragte 3PO.

»Es ist nicht aus unserer Armada, 3PO«, erklärte Lobot.

»Das einzige Signal, das ich diesem Schiff gerne schicken würde, wäre, ihm Lebewohl zu winken«, sagte Lando und griff nach der Wand des Raumes. »Komm schon, altes Mädchen, warte nicht ab, bis man euch einander vorgestellt hat.«

»Master Lando, R2 sagt, dass sich noch zwei weitere Schiffe nähern, aber viel weiter entfernt. Vielleicht ist *davon* eines die *Glorious*.«

»Nicht aus der Richtung, das – ach zum Teufel!«

Der Bug der heranrasenden Fregatte war plötzlich hinter der gelbweißen Plasmablase eines Schusses aus einer Ionenkanone verschwunden. Den Bruchteil einer Sekunde später verwandelte sich die Holoprojektion in knisterndes Weiß und verschwand dann. R2 gab ein erschrecktes Japsen von sich. Im gleichen Augenblick erbebte das Schiff unter ihnen.

»Die Klette ist verbrannt«, sagte Lobot und vollführte eine Art Salto in der Luft, als er sich darum bemühte, die untere Hälfte seines Kontaktanzugs über die Beine zu ziehen. »R2 empfängt jetzt kein Bildsignal mehr.«

Lando presste die Hand gegen die Wand in der Hoffnung, das Zittern eines beginnenden Hyperraumsprungs zu spüren. »Bei all dem Glück, das wir – was ist hier eigentlich los?«, fragte er. »Warum wartet es so lange mit dem Sprung?«

Dann verstummten alle und lauschten auf das Schiff, hofften, das Ächzen zu hören, das immer dann wahrzunehmen war, wenn Sprungmaschinen eine Masse in den Hyperraum jagten, und bangten zugleich all jenen Geräuschen entgegen, die vielleicht bedeuten konnten, dass ihre Reise hier endlos weit von zu Hause entfernt enden würde.

Der Kapitän des Kreuzers *Gorath* hatte bereits angefangen, Verwünschungen über den Kapitän der Fregatte *Bloodprice* auszustoßen, ehe die Monitorschirme der vorderen Scanner seines Schiffes ihm den Beginn der Schlacht anzeigten. Als er sah, wie die Fregatte das Feuer auf das fremde Schiff eröffnete, kannte seine Wut keine Grenzen mehr.

»Ich schwör's, dieser Mann wird sich noch sein eigenes Grab schaufeln. Und ich werde zusehen, wie seine Kinder ihn dort lebend begraben«, sagte der Captain voll eisiger Wut. »Er wird seine Töchter schreien und seine Mutter um sein Leben flehen hören, während seine Lungen sich mit Erde füllen und der Sand ihm die Augen schließt.«

Sie waren zu weit entfernt und die Bildwiedergabe zu grobkörnig und ruckhaft, um erkennen zu können, welche Wirkung die erste Salve der *Bloodprice* gezeitigt hatte. Aber um Zeuge dessen zu werden, was anschließend geschah, waren sie nahe genug – gemeinsam mit der Mannschaft der *Tobay* waren sie die einzigen Zeugen.

Der mächtige Rumpf des Zielobjekts hellte sich vorne und hinten auf, und etwas fast nicht Sichtbares schoss quer durch die Leere auf die *Bloodprice* zu. Sekunden später explodierte die Fregatte in einer so gewaltigen Explosion, dass man daraus nur schließen konnte, dass der Ionisationsreaktor die kritische Masse erreicht hatte. Im nächsten Augenblick war die *Bloodprice* von den Sensordisplays verschwunden.

»Zu schnell für dich«, sagte der Captain der *Gorath* kühl.

Unterdessen wandte sich das fremde Schiff bereits von dem in Stücke geschossenen Wrack ab, weg von Prakith und nahm Kurs auf die Randwelten.

»*Tobay* anweisen. Klar bei Hyperraum. Antriebsoffizier bereithalten!«, rief der Captain. »Wir werden diese Schmach auslöschen und den Eindringling selbst aufbringen.«

Ein heller Lichtkreis flammte rings um den Vagabunden auf. »Jetzt!«, schrie der Captain. »Kurs angleichen! Ihnen nach!«

Die Mannschaft der *Gorath* war gut ausgebildet, und deshalb sprang der Kreuzer so dicht hinter dem Vagabunden in den Hyperraum, dass seine Sensoren keine Mühe hatten die Solitonen ihres Zielobjekts aufzunehmen.

»Wir haben sie«, sagte der Captain voll grimmiger Befriedigung. »Wo auch immer die Reise hingeht, wir werden auch dort sein. Sie gehören uns.«

Die neuen Anweisungen für Oberst Pakkpekatt lauteten schlicht und einfach MISSION MIT SOFORTIGER WIRKUNG BEENDET. ALLE OPERATIONEN UNVERZÜGLICH ABBRECHEN. NRN-EINSATZZENTRALE.

»So geht das nicht«, sagte er und verließ seinen Bereitschaftsraum im Laufschritt. Die aufgerichteten Zacken seines Kamms und die Rötung an seiner Kehle warnten alle davor, ihn anzusprechen, als er zur Brücke hetzte.

»Sicherer Kanal, Isolierung«, sagte er, während er sich auf seine Kampfliege fallen ließ. Aus der Rückenlehne des Sessels schlossen sich die Segmente einer Schale um ihn und stellten sicher, dass niemand das folgende Gespräch mithören konnte. »NRN-Einsatzzentrale, Coruscant, höchste Priorität.«

Es dauerte einige Sekunden, bis die Hyperkommverbindung stand und als gesichert bestätigt war.

»Auf Empfang«, meldete sich die Stimme des Einsatzoffiziers. »Sprechen Sie, Oberst Pakkpekatt.«

»Ich muss sofort General Rieekan sprechen.«

»Ich will sehen, ob ich ihn erreichen kann, Oberst. Einen Augenblick.«

Pakkpekatts Ungeduld ließ ihm die Wartezeit länger vorkommen, als sie wirklich dauerte.

»Brigadier Collomus, Leitungsstelle Operations«, sagte eine neue Stimme. »Wie kann ich Ihnen behilflich sein, Oberst?«

Pakkpekatt fletschte die Zähne. »Sie können mir behilflich sein, mit General Rieekan zu sprechen, wie ich das verlangt habe.«

»General Rieekan ist augenblicklich nicht verfügbar«, erklärte Collomus. »Wenn Sie irgendwelche Fragen bezüglich Ihrer Anweisungen haben, sollte ich in der Lage sein, sie zu beantworten. Ich war an der Planungsbesprechung für die Teljkon-Expedition beteiligt.«

»Ich weiß, wer Sie sind, Brigadier«, sagte Pakkpekatt. »Wenn General Rieekan wieder zu sprechen ist, dann teilen Sie ihm bitte mit, dass seine Anweisungen hier nur lückenhaft angekommen sind. Übertragungsprobleme, scheint mir. Ich brauche eine Audiobestätigung.«

»Die kann ich Ihnen geben, Oberst.«

»Nein, ich fürchte, das können Sie nicht.«

Pakkpekatt ließ sich in die Kissen sinken, ohne die Isolierhülle auszuschalten. Der Rückruf kam vierundzwanzig Minuten später.

»General Rieekan«, sagte Pakkpekatt mit einem Nicken.

»Oberst, Brigadier Collomus hat mich davon unterrichtet, dass Sie ein Problem mit Ihren Instruktionen haben, das aus irgendeinem Grund nur ich klären kann. Würden Sie mir freundlicherweise erklären, was da vorgeht?«

»Sir. Ich muss gegen die Entscheidung protestieren, die Mission abzubrechen. Das ist Verrat …«

»Oberst, meine Befehle stehen nicht zur Diskussion.«

»Sechs Männer sind tot und ein Kontaktteam ist vermisst.«

»Oberst. Diese Fakten sind für die Entscheidung nicht relevant.«

»Nicht relevant? Sie …«

»Nein, Oberst. Das sind sie nicht. Alle Agenten stehen jederzeit und unter allen Umständen zur Disposition und müssen notfalls geopfert werden. Und Ihre Schiffe werden anderswo benötigt, ganz besonders die *Glorious.*«

»Bei allem Respekt, Sir, Sie verstehen nicht, welche Konsequenzen –«

»Oberst, ich würde an Ihrer Stelle diesen Satz nicht zu Ende sprechen«, fiel Rieekan ihm mit scharfer Stimme ins Wort. »Ihre Berichte sind gründlich überprüft worden. Die Wahrscheinlichkeit eines positiven Ergebnisses Ihrer Mission rechtfertigt zum augenblicklichen Zeitpunkt keine weiteren Investitionen. Die Entscheidung ist getroffen, und Ihr Einspruch ist zur Kenntnis genommen. Der Einsatz ist beendet. Bringen Sie Ihr Kommando nach Hause, Oberst.«

»Sir, ich erbitte Genehmigung mit einem Freiwilligenteam die Suche in General Calrissians Yacht, der *Glücksdame,* fortsetzen zu dürfen. Das würde nicht …«

»Abgelehnt.«

»Dann bitte ich um sofortige Beurlaubung, um die Suche auf eigene Faust fortsetzen zu können.«

»Abgelehnt. Jeglicher Urlaub ist infolge der Krise im Farlax-Sektor gestrichen.«

»Dann bringen Sie mich in eine unmögliche Lage.«

»Warum, Oberst? Sind Sie nicht imstande, Befehle zu befolgen?«

»General, ein Hortek lässt die Leichen seiner Kameraden nie in den Händen des Feindes – niemals!«, stieß Pakkpekatt hervor.

Zum ersten Mal seit Beginn des Gespräches herrschte Schweigen. »Ich verstehe, Oberst. Aber ich kann Ihnen nicht helfen.«

»Doch, ich glaube, das können Sie, General.«

»Ich höre.«

»Sie haben gesagt, alle Agenten stünden zur Disposition. Ich bitte Sie, mich als einen der Vermissten der Teljkon-Expedition zu betrachten. Denn selbst wenn ich zurückkehren würde, wäre ich doch immer noch *hier*, und zwar auf eine Art und Weise, die meine Leistungsfähigkeit bei jedem anderen Auftrag, den Sie mir erteilen würden, in höchstem Maße beeinträchtigen würde.«

»So wichtig ist das also für Sie«, schnaufte Rieekan und ließ sich in seinen Sessel zurücksinken. »Obwohl die vermissten Männer nicht Teil Ihres Kommandos waren, Ihre Befehle nicht befolgt haben und im Grunde genommen selbst für das Scheitern ihrer Mission verantwortlich sind.«

»Die Kameraden und Verbündeten, die man im Krieg hat, kommen nicht alle aus derselben Form, General«, sagte Pakkpekatt. »Die sind immer ziemlich gemischt. Das ist unvermeidbar, und sie sind auch nie ohne Fehler. Und ich habe häufig festgestellt, dass ich oft ebenso viel Toleranz von ihnen erwarten muss, wie ich ihnen andererseits zuteil werden lasse.«

Rieekan nickte langsam. »Also gut, Oberst. Ich werde Ihnen gegenüber auch Toleranz üben. *Glücksdame*, drei Freiwillige und Geräte und Material Ihrer Wahl. Berichten Sie sofort über substantielle Erkenntnisse. Und, Oberst …«

»Sir?«

»Meine Toleranzschwelle liegt verhältnismäßig niedrig. Versuchen Sie nicht, sie zu überschreiten.«

»Vielen Dank, General.«

Etwas mehr als eine Stunde später sahen Pakkpekatt, Captain Bijo Hammax und die technischen Agenten Pleck und Taisden vom winzigen Flugdeck der *Glücksdame* zu, wie der Kreuzer *Glorious* und das Begleitschiff *Kettemoor* sich aufeinander zu bewegten und dann in Richtung auf Coruscant in den Hyperraum sprangen.

»Es beginnt«, sagte Pakkpekatt zu dem leeren Himmel, der sie jetzt umgab.

Die *Penga Rift* fand den Piloten der *IX-26* bei seiner einsamen Wache vor den Leichen auf Maltha Obex.

»Warum hat das so lange gedauert?«, fragte er. »Ihr hättet schon vor Tagen hier sein sollen.«

»Verstanden, hier spricht Joto Eckels«, kam die Antwort. »Die Verspätung tut mir leid. Offen gestanden haben wir gar nicht damit gerechnet, Sie noch hier vorzufinden. Unser ursprünglicher Sponsor hat seine Zusage unmittelbar vor unserem Abflug zurückgezogen, und anschließend haben wir von dem Unfall erfahren. Wir hatten schon vor, eine kommerzielle Ambulanz anzufordern, um Kroddok und Josala zu bergen, aber dann ist ein anderer Sponsor eingesprungen.«

»Für mich ist das alles völlig neu«, sagte der Pilot. »Ich weiß nicht, warum man mich nicht schon zurückgerufen hat, als der NRN ausgestiegen ist. Wer sponsort Sie denn jetzt?«

»Ein privater Sammler – er heißt Drayson«, antwortete Dr. Eckels. »Er macht sich Hoffnungen auf authentische Qellaartefakte. Ich denke, er wird recht enttäuscht sein, und das Ganze wird ihn noch dazu eine Menge kosten. Aber uns hilft es, und wir werden auch alles für ihn tun, was uns möglich ist. Haben Sie die Position der Leichen noch?«

»Positiv, *Penga Rift*«, sagte der Pilot. »Seit der Lawine hat sich dort unten nichts bewegt, wenn man einmal von dem inzwischen gefallenen Schnee absieht. Sie werden ganz schön zu graben haben.«

»Darauf sind wir vorbereitet.«

»Dann sagen Sie mir bitte jetzt, wie Sie die Daten haben wollen, damit ich diese Kerze anzünden und hier verschwinden kann«, sagte der Pilot. »Allmählich wird es mir hier nämlich langweilig. Und deshalb will ich hier raus – irgendwohin, wo es warm ist und viele Leute gibt –, und das bald.«

»Verstanden«, bestätigte Eckels. »Bereit, Ihre Koordinaten zu empfangen. Wir übernehmen die nächste Wache hier auf Maltha Obex.«

II

LUKE

5

Das Skiff *Schlammfaultier* war seit dem Start von Lucazec mit Höchstgeschwindigkeit im Echtraum unterwegs – ein Tempo, das Akanah in Anbetracht der Tatsache, dass es sich um einen *Verpine Adventurer* handelte, in keiner Weise befriedigte.

»Luke – geht das nicht schneller?«

»Wie denn? Soll ich aussteigen und anschieben?«

»Also – ja. Kannst du nicht die Macht einsetzen, um uns ein wenig auf Touren zu bringen?«

»Dazu braucht man einen Hebel und einen festen Standort«, erklärte Luke mit einem schiefen Lächeln. »Die Macht ist kein Zauberstab – es gibt für *alles* Grenzen.«

»Alle Grenzen existieren im Bewusstsein, nicht im Universum«, wandte Akanah ein. »Mich überrascht, dass deine Lehrer dir das nicht beigebracht haben.«

Luke schüttelte den Kopf. »Obi-Wan und Yoda haben mich in dem Punkt beide dasselbe gelehrt: Wir begrenzen uns selbst, indem wir den Versuch unterlassen, und sabotieren uns selbst, indem wir an unser Scheitern glauben.«

»Aber warum bist du dann ...«

»... aber selbst Obi-Wan hat es in den schlimmsten Momenten, die wir erlebt haben, als Millionen von Leben auf dem Spiel standen, nicht fertig gebracht, den *Falken* schneller fliegen zu lassen.« Er deutete auf das Navigationsdisplay. »Außerdem sieht es ja so aus, als ob sich niemand hinreichend für unsere Abreise interessiert hat, um uns zu folgen.«

»Das brauchen sie auch noch gar nicht zu tun«, sagte Akanah. »Es dauert doch noch Tage, bis wir die Flugkontrollzone verlassen haben, oder?«

Luke sah auf sein Display. »Drei Tage ungefähr.«

»Dann können sie sich für den Augenblick doch damit begnügen, uns zu beobachten, und uns in dem Glauben lassen, dass wir frei sind, und dabei feststellen, wo wir hinfliegen.

Es gibt nicht viele Schiffe, die uns *nicht* einfangen können, ehe wir den Sprungradius erreichen.«

»Die Agenten, die uns überfallen haben, sind tot. Niemand hat im Hafen versucht uns aufzuhalten. Die Flugcontroller haben uns die Startfreigabe ohne auch nur den leisesten Mucks erteilt. Der Himmel ist leer. Was willst du eigentlich noch, um dich sicher zu fühlen?«

»Ich werde mich so lange nicht sicher fühlen, solange wir die Fallanassi nicht gefunden haben«, sagte Akanah. »Ich kann die Vorstellung einfach nicht ertragen, dass wir scheitern könnten. Ich habe so lange gewartet – und du auch. Wenn uns jetzt so kurz vor dem Ziel noch etwas aufhalten sollte ...«

»Wie nahe sind wir dem Ziel denn?«, fragte Luke. »Was hast du denn in der Schrift des Stroms gelesen?«

»Das habe ich dir doch schon gesagt – was ich dort gelesen habe, hat mir den Weg nach Hause gezeigt.«

»Aber du hast mir nicht gesagt, wo das ist.«

»Ich hatte Angst davor, etwas zu sagen, solange wir noch dort waren«, sagte Akanah. »Mir war das Risiko zu groß, dass jemand uns belauschen könnte.«

»Jetzt sind wir alleine«, erklärte Luke.

»Aber man könnte ein Lauschgerät im Schiff versteckt haben, während wir auf dem Nordplateau waren. Ich möchte warten, bis wir im Hyperraum sind. Dann weiß ich ganz bestimmt, dass sie uns nicht folgen können.«

»Niemand außer uns ist im Schiff gewesen«, sagte Luke mit Bestimmtheit. »Und wenn du Geheimnisse vor mir hast, dann ist das nicht die Art von Partnerschaft, die ich mir vorgestellt habe. Hast du kein Vertrauen zu mir, Akanah?«

»Ich weiß, dass du ein guter Mensch bist«, sagte Akanah. »Aber einiges von dem, was du tust und glaubst, bereitet mir unbehaglich. Wenn ich zurückblicke, hat es noch nie einen Krieger oder einen Soldaten gegeben, der mir ein Freund sein konnte.«

»Ich bin kein Soldat«, meinte Luke mit sanfter Stimme. »Und zum Lichtschwert greife ich jetzt nur noch, um Menschen zu schützen, die mir wichtig sind. Heißt das, dass ich ein Krieger bin oder ein Freund?«

Akanah blickte stumm in ihren Schoß. »Wir müssen nach Teyr gehen«, sagte sie schließlich. »Möglicherweise konnte der Kreis nicht dort bleiben, aber dorthin sind sie jedenfalls von Lucazec aus gegangen.«

»Teyr liegt – äh, dort«, sagte Luke und deutete nach rechts oben.

»Ja, ungefähr«, sagte sie und schob seinen Arm etwas zur Seite. »Das stimmt jetzt eher. Ich hatte einen Doppelsprung geplant, für den Fall, dass jemand auf die Idee kommt, uns zu folgen.«

Luke nickte. »Das ist eine der Welten, auf die man die Kinder geschickt hatte.«

»Ja«, bestätigte sie.

»Sagtest du nicht, du seist bereits dort gewesen und hättest nach ihnen gesucht?«

»Nein. Ich habe gesagt, dass ich sie dort nicht finden konnte«, korrigierte ihn Akanah. »Ich war nie imstande, die Reise zu machen, und deshalb habe ich von Carratos aus Ermittlungen angestellt.« Jetzt blickte sie auf. »Aber die Fallanassi ändern ihre Namen, ihre Art, sich zu kleiden, ihre Redeweise, ja sogar, wie wir unser Haar tragen, um unterzutauchen. Solange ich ihnen nicht von Angesicht zu Angesicht gegenübertreten und die geheimen Zeichen mit ihnen austauschen kann und sie mich nicht im Strom neben sich fühlen können, würden sie sich mir nie offenbaren, aus Furcht, ich könnte vielleicht nicht das sein, was ich scheine.«

»Du meinst, sie halten sich immer noch verborgen?«

»Würdest du, nach dem, was gerade vorgefallen ist, nicht auch sagen, dass wir allen Grund dazu haben?«

Luke nickte. »Ich glaube, wir sollten über das, was gerade vorgefallen ist, reden.«

»Ja, das glaube ich auch«, sagte sie, und in ihren Augen blitzte es dabei finster. »Aber ich würde es vorziehen, dieses Gespräch so zu führen, dass wir sicher sind, kein imperiales Verhörteam als Zeugen zu haben. Kannst du nicht irgendetwas tun, damit wir hier ein wenig früher springen können?«

»Das möchte ich wirklich nicht. Ich glaube, bis jetzt ist es uns gelungen, hier zu entschlüpfen, ohne Aufmerksamkeit auf uns zu ziehen«, meinte Luke. »Wenn wir dagegen plötzlich aus einer Flugkontrollzone herausschießen, ganz besonders in *dieser* Kiste hier, können wir uns ebenso gut gleich selbst auf die Alarmliste setzen. Und auf Teyr wird man uns dann verhören und möglicherweise sogar unser Schiff inspizieren und sich die Lizenz ansehen wollen.«

»Daran hatte ich nicht gedacht«, sagte sie und runzelte die Stirn. »Aber was ist, wenn du Unrecht hast und in sechs Stunden hinter Lucazec ein imperiales Kriegsschiff auftaucht oder plötzlich vor uns aus dem Hyperraum kommt? Würdest du denn nicht gerne ...«

»Ihnen unser Heck zeigen? Ja.« Er presste die Augen zusammen, als würde er versuchen sich auf etwas besonderes zu konzentrieren. »Vielleicht gibt es eine Möglichkeit, ohne den Motivator anzufassen. Was hast du denn für Werkzeug an Bord?«

»Ich – das weiß ich nicht so genau. Ich dachte, du würdest irgendwie die Macht einsetzen«, sagte sie. »Einen Kontakt verbiegen oder einen Stromkreis unterbrechen ...«

Luke schüttelte den Kopf. »Man muss *ganz genau* wissen, wie etwas zusammengesetzt ist, ehe man einen solchen Trick einsetzt – und ich habe noch nie Hand an die Eingeweide eines *Adventurer* gelegt.«

»Damit zerstörst du meine sämtlichen Illusionen über die allmächtigen Jedi«, sagte Akanah mit dem Anflug eines Lächelns.

Luke schmunzelte und stieg aus dem Pilotensitz. »In Wahrheit ist die Macht in den meisten Fällen kein Ersatz für einen Techdroiden oder einen Werkzeugkasten. Und ich habe noch nie einen Jedi gekannt, der besonderen Wert darauf gelegt hat, sich den Ruf zu erwerben, er könne defekte Haushaltsgeräte reparieren.«

Ihr Gesicht hellte sich auf.

»Hast du den Schlüssel für die Geräteklappe bekommen, als du dieses Ding hier gekauft hast?«

»Nein«, sagte sie, und ihr Gesichtsausdruck war plötzlich wieder besorgt.

»Schon gut«, sagte Luke und legte ihr kurz die Hand auf die Schulter. »*Damit* komme ich auch ohne Werkzeugkasten zurecht. Bleib hier und behalte den Navscanner im Auge. Ich will sehen, was ich machen kann.«

Luke hatte die Zugangsklappe zum Antrieb geöffnet, saß in der Öffnung und ließ die Füße über den Treibstoffpumpen für die Echtraumschubaggregate baumeln. Es war ein zugleich fremdartiges, aber auch angenehmes und vertrautes Gefühl, wieder an einem Schiffsantrieb herumzubasteln. Das erinnerte ihn an Tatooine, die heiße Brise, die er dort tagtäglich verspürt hatte, und an überraschend wohltuende Erinnerungen an die Jahre, die er im Haushalt der Lars verbracht hatte.

»Jungs und Maschinen«, hörte er seine Tante Beru mit einem Unterton der Verwunderung sagen. »Ich möchte nur wissen, was das ist, was Jungs so an Maschinen fasziniert.«

Sein ganzes Leben hatte damals aus nicht viel mehr als solcher Basteltätigkeit bestanden. Bei weitem der größte Teil seiner Pflichten auf der Farm hatte darin bestanden, das Sammelsurium von Droiden aus zweiter Hand und aus Flüssigkeitssammlern minderwertiger Qualität in Ordnung zu halten, die Onkel Owen im Laufe der Jahre angesammelt hatte. Und wenn er damit fertig war, hatte Luke seine Freizeit damit verbracht, den XP-30-Landgleiter, den er sich auf dem Schrottplatz von Anchorhead organisiert hatte, auf etwas höheres Tempo zu frisieren, und die Leistung des T-16 Hüpfers der Familie für die Rennen im Bettler-Canyon hochzupäppeln.

Seiner jugendlichen Ungeduld war Tatooine als öde Wüste und die Farm wie ein Gefängnis vorgekommen. Aber durch die Brille der Zeit und der Erfahrung betrachtet sah jene Welt jetzt weitaus besser aus. Heute war ihm bewusst, wie viel Spaß ihm doch jene Stunden bereitet hatten, die er in einer einfachen, überschaubaren Welt, die ihm gehorchte, mit Kopf und Händen im Wartungsschacht irgendwelcher Maschinen verbracht hatte.

»Du wirkst so zufrieden und glücklich«, sagte Akanah leise. Sie war vom Flugdeck nach hinten gekommen, ohne dass er das bemerkt hatte.

»Das bin ich auch«, sagte er. Das war eine Entdeckung, die ihn selbst überraschte. Er drehte sich um und blickte zu ihr auf.

Sie deutete mit einer Kopfbewegung auf das Antriebsaggregat. »Meinst du, du wirst es hinkriegen? Oder auseinander bekommen – das ist wohl die bessere Bezeichnung.«

»Das ist bereits erledigt«, sagte er. »War eigentlich gar nicht so schwierig, sobald ich einmal angefangen hatte. Der Sperrmechanismus greift gar nicht in den Antrieb ein – das hier ist er, am Navcontroller, siehst du? Wenn der Controller kein Signal vom FKZ-Interface bekommt, kann er den Antrieb nicht freigeben …« Als er ihren Gesichtsausdruck sah, verstummte er. »Jedenfalls mache ich mich gerade für das nächste Problem schlau.«

»Schon erledigt? Das ist ja herrlich!«, sagte sie. »Ich bin schrecklich beeindruckt – ich habe nie auch nur Kurse in Haustechnik belegt, und wenn ich mir das hier ansehe, dann habe ich keine Ahnung, was das eigentlich alles soll. Du könntest mir das wahrscheinlich erklären«, fügte sie hinzu.

»Nun ja – wir sollten es ausprobieren, ehe wir es benutzen. Ich muss wissen, ob irgendwas von dem hier wirklich wichtig war«, sagte er und ließ eine Handvoll Schrauben, Bolzen und Drähte auf die Deckplatten fallen.

Als er sah, wie ihre Augen sich weiteten, lachte er und meinte schnell: »Ich hab mich nur lustig gemacht. Zumindest was die Teile betrifft. Aber ausprobieren sollten wir es trotzdem. Ich dachte, wir könnten ein bisschen früher springen. Selbst fünfzehn Minuten würden schon reichen.«

»Und was ist dann mit der Alarmliste?«

»Die Grenze der FKZ ist keine starre Linie – es gibt da eine gelbe Zone. Wir können springen, ohne auf uns aufmerksam zu machen, doch als Test genügt es trotzdem. Aber ich bin sicher, dass es funktionieren wird.«

»Du kannst also Hausgeräte reparieren«, sagte sie grinsend und ließ sich mit ausgebreitetem Rock auf dem Deck nieder. »Woran hast du gerade gedacht, als ich reingekommen bin?«

»An zu Hause«, erwiderte er schlicht.

Sie lehnte sich an eine Wandplatte. »Seltsam – ich habe fast mein ganzes Leben auf Carratos verbracht. Aber ›zu Hause‹, das war für mich immer Lucazec.«

»Tatooine«, antwortete Luke. »Dabei habe ich immer gesagt, es sei besser von dort zu kommen, als dort zu sein. Aber heute bin ich mir da gar nicht mehr so sicher.«

»Wenn ich an Ialtra denke, fällt mir eigentlich nur Gutes ein«, sagte Akanah. »Wahrscheinlich ist das einer der Gründe, weshalb mich das, was du dort getan hast, so aus der Fassung gebracht hat. *Das* gehört jetzt auch zu meinen Erinnerungen, und mir wäre lieber, wenn das nicht der Fall wäre.«

»Wenigstens bist du hier und kannst dich daran erinnern«, sagte Luke. »Es tut mir leid, aber ich werde in mir keine Schuldgefühle darüber aufkommen lassen, dass ich dich gerettet habe.«

»Und dass du diese zwei Männer getötet hast – empfindest du gar nichts dabei?«

»Einer davon hat sich selbst getötet«, sagte Luke, zog die Füße aus dem Luk und drehte sich zu ihr herum.

»Commander Paffen.«

Luke nickte. »Er hat etwas von wegen Gift gesagt, erinnerst du dich? Ich wollte seinen Tod nicht. Im Gegenteil – ich hätte ihn gerne ausgefragt.«

»Und der andere? Der, den du mit deinem Lichtschwert durchbohrt hast? Hast du versucht ihn zu töten?«

»Er trug einen Schild«, sagte Luke. »Es braucht eine Menge Energie, um da durchzukommen – und wenn man es schließlich geschafft hat, ist es schwer, den Stoß oder Schlag zu stoppen, ehe er eine Menge Schaden anrichtet.«

»Ich verstehe. Hattest du nun vor, ihn zu töten?«

»Habe ich die Frage nicht gerade beantwortet?«

»Das glaube ich nicht«, sagte sie mit einem scheuen Lächeln.

Luke ließ sich gegen die Wand auf seiner Seite der kleinen Kammer sinken. »Ehrlich gesagt, mir war in dem Augenblick wahrscheinlich ziemlich gleichgültig, ob ich ihn töten würde oder nicht.«

Sie schüttelte langsam den Kopf. »Das ist es, was ich nur so schwer verstehen kann – wie du dir so wenig darüber klar sein kannst, was für Kräfte du beherrschst.«

»Mir kam es in dem Augenblick in erster Linie darauf an, dich vor ihnen zu beschützen«, sagte Luke. »Nachher hast du mir gesagt, du seist gar nicht in Gefahr gewesen. Aber ausgesehen hat es jedenfalls ganz anders.«

»Ja«, nickte Akanah. »Das verstehe ich. Aber Luke, da ist etwas, worum ich dich bitten muss – du darfst nie wieder töten, um mich zu retten. Ich bin froh, dass du um mich besorgt warst, aber es macht mich im Herzen krank und lastet auf meinem Gemüt, jetzt in meiner Erinnerung die Schreie und das Blut dieser Männer in den Ruinen eines Ortes, den ich einmal geliebt habe, mit mir herumzutragen.«

»Ich weiß nicht, ob ich dir das versprechen kann«, sagte Luke. »Ich habe schließlich auch ein Gewissen, dem ich folgen muss. Und manchmal verlangt es von mir, dass ich für meine Freunde kämpfe.«

»Dass du für deine Freunde tötest.«

»Wenn es notwendig ist.«

»So siehst du also die Jedi? Sind sie bereit zu töten, um ihre Freunde auf Coruscant zu schützen?«

Lukes Augen verengten sich. »Was willst du damit sagen?«

»Ich versuche zu begreifen«, sagte Akanah. »Ich möchte wissen, was deine Jedi für die Neue Republik bedeuten, und was die Neue Republik euch bedeutet. Bildest du die Jedi dazu aus, die Kriegerelite von Coruscant zu sein? Wozu seid ihr bereit, wenn der Oberbefehlshaber euch ruft?«

»Das funktioniert ganz anders«, sagte Luke. »Leia erteilt den Jedi keine Befehle. Sie kann uns um Hilfe bitten – einen von uns oder uns alle, aber wir können ablehnen, und das tun wir manchmal.«

»Aber die Republik unterstützt eure Akademie. Du hattest ein militärisches Raumfahrzeug in deinem Hangar. Kannst du es dir leisten, sie zu beleidigen, sie zu brüskieren?«

»Die Jedi sind keine Söldner«, sagte Luke, dessen Stimme jetzt schärfer geworden war. »Wenn wir kämpfen, tun wir das nach einer ganz persönlichen Entscheidung – und nur, um die Prinzipien zu verteidigen, an die wir glauben. Coruscant unterstützt die Akademie, weil die Jedi ein Symbol der Macht und der Stabilität sind.«

»Und genau dieser Teil der Tradition beunruhigt mich«, sagte Akanah. »Die Hüter von Frieden und Gerechtigkeit in der Alten Republik, und das tausend Generationen lang, so hat es die Legende jedenfalls überliefert. Aber wenn du nicht gleichzeitig Frieden und Gerechtigkeit haben kannst, wofür wirst du dich dann entscheiden?«

»Was würdest du denn wollen, was ich wähle?«

»Ich würde mir wünschen, dass ihr eure Talente und Gaben dem Zugriff der Politiker und Generäle fern haltet«, sagte sie. »Ihnen nichts schuldig zu sein und euch nicht von ihnen beeinflussen zu lassen ...«

»Ich war immer sorgfältig bemüht, unsere Unabhängigkeit zu schützen«, sagte Luke. »Wenn es auch manchmal anders ausgesehen hat.«

»Ihr habt keinen Eid geleistet, die Regierung auf Coruscant zu stützen? Ihr habt kein Bündnisversprechen geleistet?«

»Nein. Nur die wenigen, die sich dafür entschieden haben, in der Flotte oder in den Ministerien ihren Dienst zu tun. Das ist nicht verboten. Aber es ist nicht allgemein üblich. Die Jedi sind nicht die Republikanergarde. Und werden es auch nie sein.«

»Das ist gut«, sagte sie. »Aber viel besser wäre es, wenn das mächtigste Symbol eures Ordens – das Emblem, das jene lange Tradition verkörpert – etwas anderes als eine tödliche Waffe wäre.«

»Darum haben wir nicht gebeten«, sagte Luke. »Es hat sich nur so ergeben. Alte Waffen haben immer große Symbolkraft.«

»Alle Waffen haben Symbolkraft«, sagte Akanah besorgt. »Es gibt zu viele Männer, die entweder die Welt erobern oder die Welt verändern wollen. Für lebende Wesen ist das eine fast ebenso gefährlich wie das andere. Kannst du mir sagen, warum es nicht genug ist, einen sicheren und bequemen Ort *in der Welt* zu finden, oder – schlimmstenfalls – Schutz und Zuflucht vor der Welt?«

Luke runzelte die Stirn. »Nein, das kann ich nicht.« Er deutete mit einer Kopfbewegung auf die immer noch geöffnete Luke zu seinen Füßen. »Aber ich kann dir sagen, wie man die FKZ-Sperre eines *Verpine Adventurers* außer Funktion setzt. Und das ist etwas, was ich dir heute Morgen noch nicht hätte sagen können. Vielleicht fällt mir morgen zu deiner anderen Frage etwas ein.«

Sie lächelte etwas verlegen. »Ich glaube, das muss für den Augenblick wohl reichen.«

Drei Tage von Nervosität erfüllter Wache am Scanner ergaben nur einige wenige völlig harmlose Kontakte. Keinerlei Kriegsschiffe tauchten auf, und die wenigen privaten oder kommerziellen Fahrzeuge, die Lucazec nach ihnen verließen oder die *Schlammfaultier* auf Kurs dorthin passierten, zeigten nicht das geringste Interesse an dem kleinen Skiff.

»Allem Anschein nach hat man schon lange das Interesse an Commander Paffen verloren oder ihn einfach abgeschrieben«, sagte Luke und beugte sich über seine Konsole.

»Aber die suchen uns jetzt doch ganz bestimmt überall«, sagte Akanah, die hinter ihm stand. »Ganz besonders dich.«

»Suchen und finden sind zwei Paar Stiefel. Ich habe lernen müssen, mich zu verkleiden, damit man mich in Ruhe lässt und nicht dauernd anstarrt, wenn ich irgendwo in der Öffentlichkeit erscheine«, sagte Luke.

»Und wie machst du das?«

»Oh – an Orten, wo man die Jugend ehrt, mache ich, dass ich älter aussehe, und wo man das Alter ehrt, mache ich mich eben jünger. Wo die Männer den Ton angeben, sehe ich aus wie eine Frau, und wie ein Mann, wo es umgekehrt ist. Nicht attraktiv sein ist fast so gut, als wäre man unsichtbar.«

»Das musst du mir zeigen.«

Akanah sah, wie seine Schultern sich hoben und wieder senkten, und sie hörte den tiefen Atemzug, der beinahe wie ein Seufzer klang. Als er dann seine Liege zu ihr herumdrehte und aufblickte, sah sie ein sechzig Jahre altes Gesicht, das ihr völlig vertraut vorkam und sie doch an niemanden erinnerte. Die Augen blickten leer, ohne sich zu verstecken, sein Gesichtsausdruck war offen, aber ohne auffällige Züge. An dem Gesicht war überhaupt nichts, woran man sich erinnern konnte.

»Sehr gut«, sagte sie. »Darf ich etwas versuchen?«

Mit einer stummen Handbewegung signalisierte er ihr sein Einverständnis. Akanah atmete tief ein, schloss die Augen und richtete den Fokus ihrer Sinne auf eine Stelle hinter dem Punkt, wo Luke zu sein schien, und tastete nach einem Anker in der Realität. Als sie ihn fand, schlug sie die Augen wieder auf und blies die Illusion mit einem Hauch des Unglaubens von sich.

»Da bist du wieder«, sagte sie und lächelte.

»Sehr gut«, nickte er. »Es braucht einen starken Geist, um die Illusion zu durchdringen.«

»Ich wollte mich nur vergewissern, dass *ich* dich finden kann, falls wir uns auf Teyr trennen müssen. Veränderst du deine Stimme auch?«

»Das kann ich. Es erfordert mehr Konzentration, weil das Ohr sich nicht so leicht täuschen lässt. Ich weiß nicht, warum das so ist, aber es ist so – jedenfalls bei Menschen. Weil wir gerade von Teyr sprechen – wir sind in der gelben Zone.«

»Können wir jetzt ohne Gefahr springen?«

»Ich wüsste nicht, was dagegen sprechen sollte«, sagte Luke. »Und wenn wir von diesem Punkt aus springen, gewinnen wir beinahe eine Stunde. Immer vorausgesetzt, dass ich dort hinten nicht mehr kaputtgemacht habe, als ich vorhatte.«

Sie lächelte. »Das werden wir ja gleich herausfinden.«

»Ja, dann wollen wir mal«, sagte er und wandte sich wieder dem Steuerpult zu. »Willst du immer noch zuerst einen Sprung zur Ablenkung machen, oder wollen wir direkt nach Teyr springen?«

»Ich bin immer noch für Vorsicht«, sagte Akanah und legte dabei eine Hand leicht auf seine Schulter. »Es könnte immer noch sein, dass jemand uns von Lucazec aus beobachtet.

Aber einen kurzen Sprung, bitte. Ich möchte so schnell wie möglich nach Teyr. Ich bin einfach davon überzeugt, dass wir dort mehr als nur Ruinen finden.«

Ihre Berührung traf Luke unvorbereitet und öffnete zugleich ihr Bewusstsein dem seinen. Er spürte, wie wichtig es ihr war, mit den Ihren vereint zu werden, spürte das Strahlen ihrer Hoffnung und zugleich das ganze Ausmaß ihrer Ängste.

»Also, dann solltest du dich vielleicht anschnallen – nur für alle Fälle«, sagte er.

Der Sprung verlief zu ihrer großen Beruhigung ohne irgendwelche Zwischenfälle. Als der Zeitpunkt gekommen war, an dem die Schlammfaultier von der FKZ hätte freigegeben werden sollen, hatten sie den ersten Sprung bereits hinter sich gebracht und Kurs auf Teyr genommen.

Dann war Zeit zum Nachdenken, in den ruhigen ungestörten Stunden, in denen Akanah schlief und nichts sie berühren konnte. Am meisten dachte Luke über Ialtra nach, an die Rückkehr zu der verstaubten, halb zerfallenen Hütte seiner Mutter, und durchsuchte dann seine Erinnerungen nach ihr.

Luke wusste, dass er, wenn keine Gefahr mehr bestand, noch einmal dorthin würde zurückkehren müssen, und er fragte sich, ob man vielleicht etwas tun konnte, um den Ort für die Nachwelt zu bewahren. Er überlegte, wie die Behörden auf Lucazec wohl reagieren würden, falls er sie darum bitten würde, den Ort zu bewahren, an dem seine Mutter einmal zu Hause gewesen war. Wenn man die ausgebrannten Ruinen der Larsfarm als historisches Denkmal hatte wiederherstellen können, dann könnte man vielleicht auch die Ruinen von Ialtra davor bewahren, in Vergessenheit zu geraten. Und vielleicht würde es sogar möglich sein, den guten Ruf derer, die man von dort vertrieben hatte, wiederherzustellen.

Aber das musste warten, bis zu einem Zeitpunkt, wo es nicht mehr darauf ankam, so viele Geheimnisse zu bewahren. Für den Augenblick würde Luke darauf bauen müssen, dass die Scham der Fallanassi Ialtra davor schützte, weiter zerstört zu werden.

Sollen die Nackhos die Leichen holen, dachte er, *und die Schatten Ialtra schützen. Lass die Erinnerung an sie schlafen, bis ich zurückkehren kann, um sie zu neuem Leben zu erwecken.*

Als Luke hörte, wie Akanah sich in der Koje hinter ihm bewegte, stemmte er den nackten Fuß gegen die Steuerkonsole und stieß sich ab, so dass seine Liege sich nach hinten drehte.

»Hey – bist du wach?«

»Ich kann nicht schlafen«, sagte sie hinter dem Vorhang, der sie seinen Blicken entzog. »Vielleicht sollten wir den Platz wechseln.«

Luke sah über die Schulter auf die Displays. »Bis zum Ende des Sprungs sind es nur noch zwei Stunden«, sagte er. »Anschließend, während wir nach Teyr kriechen, bekomme ich genug Gelegenheit, mich auszuruhen.«

»Könnten wir jetzt, wo du die Sperre ausgeschaltet hast, nicht deine militärische Freigabe benutzen?« Ihre Stimme klang klar und kaum gedämpft, und Luke vermutete daher, dass sie auf dem Rücken lag. »Wir könnten einen Mikrosprung bis an unser Ziel machen, nicht wahr?«

Lukes Lachen hallte laut durch die enge Kabine. »Nicht mit dieser Kiste hier. Der Navigator nimmt keine Mikrosprungparameter an. Und selbst wenn er das würde, hätte ich Angst, dass die Resonanzen uns in Stücke reißen. Im Hyperraum gibt es eine Eintrittsschockwelle, und bei einem Mikrosprung muss man es so einrichten, dass sie einen genau in dem Augenblick erfasst, wenn sie am stärksten ist. Wir würden als heller Schmierer am Himmel in Teyr eintreffen.«

»Oh«, sagte sie. »Aber wenn wir gewollt hätten, hätten wir die ganze Strecke vom letzten Kontrollpunkt aus springen können.«

»Stimmt. Aber dann hätten wir eine Menge Fragen beantworten müssen, und darüber hinaus hätten wir einige Aufmerksamkeit erweckt. Ich mag diese Kriechfahrt genauso wenig wie du. Aber du kannst mir glauben, so ist es besser.«

Akanah seufzte. »Dann will ich versuchen zu schlafen. Auf die Weise vergeht die Zeit am schnellsten.«

»Viel Glück«, sagte er und machte Anstalten, sich wieder seiner Konsole zuzuwenden.

Dann wurde ihm bewusst, dass es fast wieder passiert wäre – das Gespräch, das er aus einem ganz bestimmten Grund begonnen hatte, war vom Ziel abgekommen und verschwunden, ehe er dazu gekommen war, seine Frage zu stellen.

»Akanah?«

»Ja?«

»Ehe du einschläfst – mir geht da schon eine Weile etwas durch den Kopf, was ich dich fragen wollte.«

»Was denn?«

»In Ialtra – war in der Nachricht, die du gefunden hast, ein Datum?«

»Ein Datum? Nein.«

»Konntest du feststellen, wie lange diese Mitteilung schon dort war? Vielleicht verblasst Schrift mit der Zeit oder etwas von der Art ...«

»Nein – nicht, wenn es richtig gemacht wird. Ich kann dir nicht sagen, wann die Nachricht dort hinterlassen wurde – nur, dass ich ganz sicher bin, dass das geschah, bevor die Fallanassi Lucazec verlassen haben. Warum?«

»Ich zerbreche mir die ganze Zeit den Kopf, wie zwei imperiale Agenten sich so lange an einem Ort verstecken konnten, wo jeder jeden kennt und nichts sich schnell verändert«, sagte Luke. »Ich wundere mich die ganze Zeit, *warum* sie das wohl getan haben.«

»Warum? Weil sie uns immer noch haben wollen ... weil sie den Weißen Strom als Waffe haben möchten.«

»Aber was bringt sie denn auf die Idee, dass irgendjemand dorthin zurückkehren könnte? Weshalb sollten sie dort auf dich warten?«

Sie blieb eine Weile stumm. »Ich habe lange Zeit Fragen gestellt und versucht den Kreis zu finden«, sagte sie. »Ich bin nicht immer so vorsichtig gewesen, wie es vielleicht gut gewesen wäre, weder was die Art meiner Fragen angeht, noch in Bezug auf die Leute, denen ich sie gestellt habe.«

»Wem hast du gesagt, dass du vorhast nach Lucazec zu gehen?«

»Nur dir«, sagte sie. »Aber ich habe versucht, Botschaften an den Kreis zu senden, an Wialu. Ich habe mit der Einwanderungs- und Zollbehörde auf Lucazec gesprochen. Ich habe mich um jeden auf Carratos ausgeschriebenen Job auf einem Sternenschiff beworben, den man sich überhaupt vorstellen kann, in der Hoffnung, auf die Weise eine Passage zu bekommen. Und dann habe ich mich immer wieder nach den Preisen für Tickets erkundigt, jedes Mal, wenn neue Preise veröffentlicht wurden.«

»Ich verstehe – man hat also erfahren, wer du bist und wofür du dich interessierst.«

»Mehr als nur das«, sagte sie. »Ich war ziemlich lästig. Ich trieb mich in den Kneipen am Raumhafen herum, wenn Schiffe hereinkamen, in der Hoffnung, ich könnte von den Mannschaften etwas erfahren. Sogar Zugang zu Passagierlisten habe ich mir verschafft, was gar nicht einfach war. Ich habe mit jedem gesprochen, von dem ich auch nur entfernt annahm, er könnte etwas wissen.« Ihr Lächeln wirkte wehmütig. »Mir ist erst später klar geworden, dass es besser wäre, etwas diskreter zu sein.«

»Die Leute, bei denen man dich gelassen hatte …«

»Von denen bekam ich keine Hilfe«, sagte sie. »Sie haben mir verboten, mit ihnen über den Kreis zu sprechen, und mich bestraft, wenn sie merkten, dass ich mich nach meinesgleichen umsah.«

»Sie müssen sich um dich gesorgt haben – und vielleicht auch um sich selbst. Sie sollten dich doch verstecken, oder? Und du hast dich dagegen gewehrt, dass sie das taten.«

»Verstehen ist leichter als verzeihen«, sagte sie. »Sie haben mich davon abgehalten, dort zu sein, wo ich hingehörte. Das kann ich nicht verzeihen, solange ich den Kreis nicht wiedergefunden habe. Und wenn mir das nicht gelingt, dann werde ich ihr wohl nie verzeihen können.«

»Ihr?«

»Talsava«, sagte sie. »Mein Vormund auf Carratos. Aber

wenn ich jetzt anfange, über sie zu reden, werde ich nie schlafen.«

»Schon gut«, sagte er. »Tut mir leid.«

»Das konntest du ja nicht wissen«, sagte Akanah. »Irgendwann einmal erzähle ich dir davon.«

»Wenn du soweit bist.«

Er dachte, damit sei das Gespräch beendet. Er hörte, wie Akanah sich auf der Koje herumdrehte und malte sich aus, wie sie jetzt, den Kopf auf den Armen, auf der Seite lag. Deshalb überraschte es ihn, als sie plötzlich seinen Namen murmelte.

»Was ist?«

»Meinst du, jemand könnte auf Teyr nach uns suchen?«

»Ganz ausgeschlossen ist das nicht«, sagte Luke. »Wir werden eben vorsichtig sein. Schlaf jetzt.«

Sie erwiderte nichts darauf, und Luke versank ebenfalls in nachdenkliches Schweigen. Wie kam es nur, dass keine seiner Fragen beantwortet war, dachte er. Und die allerwichtigsten waren überhaupt nicht gestellt worden.

Wo Lucazec primitiv und rustikal war, war Teyr bürokratisch.

Seiner Lage am Schnittpunkt von drei wichtigen Raumfahrtlinien und einem viertausend Kilometer langen Canyon, der sich wie eine Wunde über die Oberfläche des Planeten zog, hatte es Teyr zu verdanken, dass es eine der am meisten frequentierten Welten der Neuen Republik war. In erster Linie war dies den Besuchern und Urlaubern zuzuschreiben. Aus Sorge, das Wachstum könnte außer Kontrolle geraten, bemühten sich die maßgebenden Stellen von Teyr bewusst darum, etwaige Einwanderer mit einem undurchdringlichen Gewirr von Vorschriften, komplizierten Einreiseregeln und einer bewusst bürokratischen Verwaltung zu entmutigen. Das inoffizielle Motto der Tourismusindustrie lautete gewissermaßen: »Kommt und bestaunt den grandiosen Teyr-Canyon. Und dann geht nach Hause.«

Während des Anflugs stellte man Luke und Akanah vor die nicht besonders attraktive Wahl, ihr Fahrzeug in einem der ausgedehnten orbitalen Parkräume zu verlassen und mit einem Shuttle auf die Planetenoberfläche zu fliegen oder den vierfachen Betrag an Landegebühren zu entrichten und das Skiff auf einem Raumhafen nach Wahl der Behörden zu landen.

»Ich bin nicht besonders davon erbaut, dort unten zu sein und uns auf irgendwelche Dritte verlassen zu müssen, um wieder zu unserem Schiff zurückzukehren«, sagte Luke. »Wenn jemand auf die Idee kommen sollte, unsere Abreise zu verzögern, sind unsere Chancen, glaube ich, etwas besser, wenn wir nicht ganz so hoch springen müssen.«

»Aber so viel Geld habe ich nicht, Luke«, sagte Akanah. »Das weißt du doch.«

»Ich glaube, Li Stonn ist dafür gut«, sagte Luke. Sein Lächeln verschwand hinter seiner Illusion eines alten Mannes und dann tippte er auf den Kommschalter. »Keyr Flugkontrolle. Hier *Schlammfaultier* – ich möchte um Landegenehmigung bitten.«

»Verstanden, *Schlammfaultier.* Ihre Wartenummer lautet Alpha drei-neun. Bitte bestätigen.«

»Bestätige Alpha drei-neun«, sagte Luke. »Wäre es vielleicht möglich, dass wir in Turos Noth landen? Wir sind dort mit Freunden verabredet ...«

»Die Landepunkte werden nach Verfügbarkeit und entsprechend der Standardprotokolle zugewiesen. Oberflächentransporte sind an allen Raumhäfen verfügbar. Die Canyon-Schwebebahn verbindet sämtliche Raumhäfen mit allen größeren Städten und Besucherzentren und bietet Zugang zu allen wichtigen Punkten im Canyon-Territorium. Weitere Landeinstruktionen werden Ihnen über diesen Kanal erteilt. Hier Teyr Flugkontrolle, Ende der Durchsage.«

Luke und Akanah sahen einander erstaunt an.

»Luke Skywalker hätten die ganz bestimmt nicht Nummer neununddreißig zugewiesen«, sagte sie.

»Schade, dass er diesmal nicht mitkommen konnte«, sagte Luke und ließ seine Maske verschwinden.

»Ich hätte gern gewusst, wie oft sie das in jeder Schicht herunterbeten müssen«, sagte Akanah.

»Das ist denen wahrscheinlich egal«, antwortete Luke und fügte dann hinzu: »Es war ein Droide. Ich kam nicht an ihn heran.« Er deutete mit einer Kopfbewegung an Akanah vorbei in die kleine Kombüse. »Sind noch welche von den gefüllten Koba übrig? Ich glaube, wir haben genug Zeit, noch etwas zu essen, ehe unsere Landekufen schmutzig werden.«

Diese Vermutung erwies sich als richtig, sie sollten mehr als genug Zeit bekommen. Den Anweisungen der Flugkontrolle folgend, schloss die *Schlammfaultier* sich einer langen Schlange von Yachten und Passagierschiffen im Orbit um Teyr an. Sechs komplette Umläufe später waren sie immer noch da, wenn auch die meisten Schiffe vor ihnen – und auch ein paar hinter ihnen – bereits den Orbit verlassen und von Neuankömmlingen ersetzt worden waren.

»Hübsche Aussicht«, sagte Akanah. »Meinst du, die lassen uns noch näher ran?«

»Nein«, sagte Luke. »Ich hab gleich gewusst, ich hätte denen sagen müssen, dass wir zweiundachtzig zahlende Kunden an Bord haben, die alle erpicht darauf sind, einkaufen zu gehen.«

»Zweiundachtzig?«, wiederholte sie und schob fragend eine Augenbraue hoch.

»Ewoks«, sagte Luke mit einem Achselzucken. »Du solltest sehen, wie die leben. Das ist ganz anders als in den Holos. Vierundzwanzig in einem Zimmer, in Schichten übereinander gestapelt, Junge, Mädchen, Junge, Mädchen …«

»Du bist zu lange im Weltraum gewesen«, sagte sie und runzelte missbilligend die Stirn. »Vielleicht haben wir unseren Aufruf nicht gehört.«

»… Nummer Alpha acht-eins Anflugfreigabe …«

»Einundachtzig!«, rief Akanah verstimmt. »Warum lassen die alle anderen vor?«

»Weil sie, ganz gleich was für Prioritätslisten die hier haben, Leute mit *Verpine Adventurers* ganz nach hinten schieben«, sagte Luke.

»Würdest du bitte aufhören, Witze zu machen?«

»Manchmal bleibt einem nichts anderes übrig«, sagte

Luke. »Was ist denn aus deiner unendlichen Geduld geworden?«

»Das hier macht mich ganz verrückt«, sagte Akanah.

»Das merke ich.«

»Können wir uns nicht als irgendein anderes Schiff tarnen und dessen Landeanweisung übernehmen?«

»Es gibt da ein kleines Problem – ich meine, wenn zwei Gegenstände zur gleichen Zeit denselben Raum einnehmen.«

»Luke ...«

Ihr Tonfall veranlasste ihn sie anzusehen. Er sah die Angst in ihrem Gesicht, das Flackern in ihren Augen. »Meinst du, sie halten uns hier oben fest, bis alles dazu bereit ist, um uns zu schnappen oder uns zu folgen?« *Bitte tu doch etwas!*, flehten ihre Augen.

»Nein«, sagte Luke und griff nach ihrer Hand. »Teyr betreibt die Shuttles selbst, und die Raumlinien haben Verträge mit Teyr, die ihnen Priorität bei der Landung verschaffen. Die haben Vorrang – wir müssen warten, bis ein Platz frei ist. Es ist schon in Ordnung – sie behandeln uns genauso, wie wir das wollen. Keine Sonderbehandlung, kein spezielles Interesse. Es dauert nicht mehr lange. Die wollen auch unser Geld.«

»... Nummer Alpha drei-neun, gehen Sie auf Anflugkorridor für Landung in Prye Folas ...«

»Da – siehst du?« Er drückte beruhigend ihre Hand und wandte sich dann seiner Steuerkonsole zu.

Die Erleichterung in ihrem Gesicht war nicht zu übersehen. »Prye Folas – das ist gut. Das ist zwar weit vom Canyon entfernt, aber das stört uns nicht – es liegt nur eine Station östlich von Turos Noth.«

»Ich bin froh, dass jemand über die Geographie dort unten Bescheid weiß«, sagte Luke. »Zieh jetzt die Anschnallgurte fest, Lady Anna. Wusstest du, dass die meisten Abstürze innerhalb von sechzig Sekunden nach dem Start oder vor der Landung stattfinden?«

Sie funkelte ihn an. »Musstest du mir das sagen?«

»Ich glaube schon«, sagte Luke und betätigte die Bremsaggregate, um das Skiff aus dem Parkorbit zu lösen. »Mir scheint, du brauchst etwas, worüber du dir Sorgen machen kannst – und da dachte ich, dass es ebenso gut etwas Echtes sein kann.« Er sah zu ihr hinüber und grinste. »So oder so, wir sind in zehn Minuten unten.«

»Und du meinst, das hilft mir, wie?«

»Das ist nur meine Art, dir zu sagen, du sollst dich beruhigen.«

»Das kann ich nicht«, sagte sie und seufzte nervös. »Ich habe viel zu lange gewartet. Es steht zu viel auf dem Spiel.«

Luke nickte verständnisvoll. »Dann verspreche ich dir eben, dass ich mich bemühen werde, uns *weich* zu landen.«

Einen Augenblick lang dachte er, Akanah würde ihm gleich eine Ohrfeige geben.

Lukes Landung in Prye Folas war besser als weich. Sie war makellos glatt, die Art von Landung, die Piloten »Ersten Kuss« nennen.

Und die *Schlammfaultier* befand sich wieder in einer Schlange – diesmal einer langen Reihe von Fahrzeugen aller Art, die zu einem riesigen Feld offener Standplätze führte. Die exorbitante Landegebühr, die Teyr verlangte, enthielt keineswegs einen Platz, an dem »Li Stonn« sein Schiff unter einem Dach abstellen durfte.

»Ein ordentlicher Sturm, dann haben die Schiffswerften nächstes Jahr Hochkonjunktur«, sagte Luke nach einem Blick auf die Ansammlung teurer Fahrzeuge, die sie umgab.

Als der Schleppdroide schließlich ihren Liegeplatz erreicht und die *Schlammfaultier* an die vorgeschriebene Stelle bugsiert hatte, wo ihre Backbordtragfläche unter den Schubaggregaten einer mächtigen *Starstream* von Toltax zum Stillstand kam, ertönte die amtliche Stimme des Hafenmanagers – wieder ein Droide – über den offenen Kanal.

»Willkommen in Prye Folas. Um die Sicherheit aller Besucher auf Teyr zu gewährleisten, verbieten die Hafenvorschriften den Aufenthalt in Schiffen auf offenen Liegeplätzen«, sagte der Droide. »Bitte entfernen Sie alle persönlichen Gegenstände, die Sie während Ihres Aufenthalts benötigen, sperren Sie Ihr Fahrzeug ab, und warten Sie dann auf den Bus. Um die Sicherheit Ihres Fahrzeugs zu gewährleisten, ist der Zugang zu dieser Parkfläche ausschließlich ankommenden und abreisenden Besuchern gestattet. Das Gelände wird von der Hafensicherheit überwacht. Vielen Dank, dass Sie Teyr besuchen …«

»Ich bin fertig«, sagte Akanah ungeduldig.

Luke schaltete die Hauptenergieversorgung des Skiffs ab. »Ich muss nur noch mein Gesicht tarnen.«

Der Bus, ein flachliegender langsamer Gleiter, wurde wiederum von einem Droiden neuester Bauart gesteuert. Akanah und Luke setzten sich auf zwei der letzten drei verfügbaren Plätze, während der dritte von dem Elomin besetzt wurde, der aus dem vor der *Schlammfaultier* geparkten Skimmer kam. Als der Bus voll war, erhob er sich einige Meter über den Boden und fegte in Richtung auf das Terminalgebäude davon. Ein leerer Bus nahm unmittelbar darauf seinen Platz dahinter ein.

»Gar nicht schlecht organisiert. Findest du nicht auch, meine Liebe?«, sagte Luke. Die Stimme »Li Stonns« zitterte ein wenig, was sie etwas kehliger klingen ließ. »Wenn man so viele Droiden sieht, weiß man, dass es den Leuten hier recht gut geht.«

Akanah schienen die anderen Reisenden, die sie umgaben, etwas verlegen zu machen – der Elomin, der zu ihrer Rechten saß, überragte sie um mehr als Haupteslänge. Sie beantwortete Lukes Frage nur mit einem Blick und einem höflichen Lächeln.

Luke tätschelte ihr beruhigend die Hand. »Ich weiß, du magst offene Gleiter nicht. Aber wir sind fast da«, sagte er. »Da schau – da ist schon der Gleiskörper der Canyon-Bahn. Im Reiseführer steht, dass das das schnellste Bodenverkehrsmittel in fünf Sektoren ist …«

Die letzte Hürde, die sie hinter sich bringen mussten, war die Einreisekontrolle – wieder eine Schlange, ein Droide, der sie begrüßte, Röntgenkontrolle ihrer Reisetaschen, diskrete Personenkontrolle in einer Multisensoranlage und drei Fragen eines menschlichen Untersuchungsbeamten, dessen Verhalten sie in geradezu verblüffender Weise an das des Distriktszensors auf Lucazec erinnerte.

»Wie lange beabsichtigen Sie, auf Teyr zu bleiben?«

»Das wissen wir noch nicht genau, nicht wahr, Liebes?«, fragte Luke. »Wie lange braucht man denn, um sich den Canyon wirklich gründlich anzusehen? Wir haben nur für drei Tage reserviert, hoffen aber, dass sich das jetzt, wo wir hier sind, auch verlängern lässt.«

»Drei Tage«, wiederholte der Beamte. »Haben Sie sich jemals mit irgendwelchen ansteckenden Krankheiten der Klasse B oder C infiziert?«

»Nein, nein«, sagte Luke/Li und lächelte dabei Akanah zu. »Wir sind durch und durch fit. Wenn ich krank bin, ist mir Reisen zuwider, geht es Ihnen nicht genauso?«

»Haben Sie irgendwelche tödlichen Waffen, Drogen, unlizenzierte technische Geräte oder andere Gegenstände in Ihrem Besitz, die gemäß allgemeiner Besucherübereinkunft verboten sind?«

»Oh, du liebe Güte, nein«, sagte Luke. »Wir sind hier, um uns zu amüsieren.«

Der Mann schob zwei Besucherkarten durch ein Kodiergerät. »Willkommen auf Teyr«, sagte er und reichte Akanah die Karten. »Angenehmen Aufenthalt bei uns.«

Ein gepflegter grüner Park lag zwischen dem Raumhafengebäude und der Bahnstation. Luke und Akanah blieben an der ersten freien Bank stehen, die sie entdeckten, und schoben ihre Reisetaschen schützend zwischen ihre Füße.

»Ich denke, jetzt sind wir endlich offiziell eingetroffen«, sagte Luke. »Wie fühlst du dich?«

»Es ist ganz anders, als ich es erwartet hatte«, sagte Akanah und sah sich um.

Luke streckte die Hand aus. »Lass mal sehen«, sagte er und deutete mit einer Kopfbewegung auf die Besucherausweise, die Akanah immer noch in der Hand hielt. Akanah reichte Luke geistesabwesend eine der Karten, worauf dieser anfing sie zu studieren. Die Vorderseite bestand zur Hälfte aus einem kleinen Bildschirm mit ein paar Knöpfen und Universalsymbolen darunter, während auf der Rückseite der Karte eine Strichzeichnung des Gebildes zu sehen war, das die Mitte des Parks einnahm – ein Ring aus mehr als hundert kleinen Kiosken, die ein zwei Stockwerke hohes Gebilde umgaben.

»Ich muss jetzt als Li Stonn handeln«, sagte Luke. »Bleib hier. Ich bin gleich wieder da.«

Als Luke näher an den karussellartigen Bau herankam, konnte er oben ein umlaufendes breites Band erkennen, auf dem in Basic und ein paar anderen verbreiteten Sprachen »Besucherinformationszentrum« zu lesen stand.

An jedem der Kioske drängten sich Leute, die sich dort für ihre jeweiligen Interessen Informationen auf die Karten überspielen lassen konnten, um sie sich dann später in Ruhe anzusehen. Während des Wartens sahen sich die meisten die Bilddarstellungen an den Wänden des Rundbaus an, die farbenprächtige einminütige Dokumentationen über die Geologie des Canyons, den Bau der Schwebebahn und die Einkaufsmöglichkeiten in Prye Folas zeigten.

»Ein Paradies für Taschendiebe«, murmelte Luke und wandte sich ab.

In diesem Augenblick spürte er das kurzzeitige Prickeln seiner Sinne, das ihm andeutete, dass er beobachtet wurde. Als er zu der Bank zurückkehrte, wo Akanah auf ihn wartete, sah er sich deshalb sorgfältig im Park um, aber das Gefühl stellte sich nicht wieder ein, und er sah auch nichts, was ihn besonders beunruhigt hätte.

»Ich muss wissen, welche Region wir …«, er hielt inne, als er sah, dass sie mit den Tränen kämpfte und verloren ins Leere blickte. »Was ist denn los? Stimmt etwas nicht?«

»Gar nichts stimmt«, sagte sie. »Ich weiß einfach, dass sie nicht hier sind.«

Luke setzte sich schräg neben sie. »Warum? Du hattest gedacht, du würdest sie fühlen können, und jetzt kannst du das nicht?«

Trotz ihrer bedrückten Stimmung reagierte sie ärgerlich. »Nein – so unvorsichtig sind wir nicht, um unsere Anwesenheit zu signalisieren, auch nicht im Strom.«

»Was ist dann?«

»Ich habe es dir doch gesagt – hier stimmt überhaupt nichts.« Sie schüttelte traurig den Kopf. »Das ist nicht unsere Art von Welt. Sie ist das genaue Gegenteil von allem, was wir wollen. Sie ist zu überfüllt, zu laut, zu organisiert und zu künstlich. Wenn sie je hier waren, sind sie ganz bestimmt nicht lange geblieben.« Sie ließ den Kopf sinken und fing leise zu schluchzen an. »Es ist zu spät. Ich habe zu lange gebraucht, um hierher zu kommen ...«

Luke rückte näher an sie heran, legte die Arme um sie und bemühte sich, ihre schlimmste Verzweiflung mit liebkosenden Gedanken wegzuwischen. »Das weißt du doch gar nicht«, sagte er. »Es ist viel zu früh, um aufzugeben. Komm schon, wo wollen wir anfangen?«

Akanah legte den Kopf auf seine Schulter. »Es tut mir leid – wir wollten unsichtbar bleiben, und ich stelle mich so an.«

»Das macht nichts«, sagte Luke. »Hier beobachtet uns niemand. All diese Leute sind bloß auf sich selbst und ihre eigenen Pläne, Sorgen und Hoffnungen konzentriert. Die wollen nichts anderes als die Gewissheit, dass das hier wirklich der schönste Urlaub aller Zeiten für sie wird.«

Akanah blickte auf und suchte eine Bestätigung für seine Worte. »Auf Carratos merkt es jeder, wenn jemand in der Öffentlichkeit weint«, sagte sie und wischte sich die Tränen weg. »Ich hatte damit gerechnet, dass man sich über mich lustig macht.«

»Wie es scheint, wirst du für den Augenblick wohl darauf verzichten müssen«, sagte er. »Also, wo wollen wir beginnen? Wen suchen wir?«

»Die Stadt Griann«, sagte sie. »Die liegt in der Grüngürtelregion, wie das hier heißt. Dort hat man sie hingebracht – Jib Djalla, Novus, Tipagna und Norika. Die drei ersten sind Jungen«, fügte sie hinzu. »Novus ist ein Twi'lek, die anderen sind Menschen.«

»Okay. Dann wollen wir mal sehen, was die Maschinen uns über Griann sagen«, meinte Luke und hängte sich beide Taschen über die Schulter.

Während sie vor einem Informationskiosk Schlange standen, hatte er das Gefühl, als würde Akanahs Stimmung sich aufheitern, als würde sie etwas von der von Freude erfüllten Energie, die sie umgab, in sich aufnehmen. Aber dann verspürte Luke plötzlich wieder das Prickeln von Neugierde, als ob jemand sein Gesicht in dem Versuch, ihn zu erkennen, ganz leicht berührt hätte.

Er sah sich um und ließ den Blick über den Park schweifen, den sie hinter sich gelassen hatten, als würde er gelangweilt die aus dem Raumhafen drängenden Menschenmassen betrachten. Dabei fiel sein Blick auf die hohe schlanke Gestalt eines Elomin-Mannes, der sein gehörntes Gesicht bereits abwandte. Luke sah zu, wie der Elomin sich betont gleichgültig durch die Menge entfernte, bis er hinter der Biegung des Informationszentrums verschwunden war, wobei er sich kein einziges Mal nach ihm umsah.

Du fängst an, nervös zu werden, dachte Luke. *Es ist unmöglich, dass ein Elomin für die imperiale Abwehr tätig ist.*

Aber die Tatsache, dass ein Elomin – vielleicht sogar derselbe, der ihn gerade angesehen hatte – seinen Skimmer unmittelbar gegenüber der *Schlammfaultier* geparkt hatte, wollte ihm einfach nicht aus dem Kopf gehen. Plötzlich erschienen ihm der Lärm und das Gedränge der Touristen im Park nicht mehr wie eine vergnügte Party, sondern mehr wie ein unheilverheißendes Omen.

Vielleicht haben die uns doch absichtlich aufgehalten, Akanah, dachte Luke beunruhigt und griff an die kleine Ausbuchtung an seinem Schenkel, wo sich sein Lichtschwert befand, um sich zu vergewissern, dass es da war.

Aber obwohl er sich schützend in ihrer Nähe hielt, sagte Luke nichts zu Akanah, was über das belanglose Plaudern eines miteinander vertrauten Paares hinausging. *Hier ist irgendetwas, das ich immer noch nicht verstehe – eine Frage, die ich hätte stellen müssen und die ich versäumt habe.* Er schüttelte so heftig den Kopf, dass Akanah es bemerkte.

»Ist etwas?«, fragte sie.

»Oh – es ist immer dasselbe mit mir«, sagte Li Stonn. »Die beiden Schlangen links und rechts von mir bewegen sich schneller als die, die ich ausgewählt habe. Das nächste Mal musst du das tun, einverstanden?«

Ihre Hand schob sich in die seine. »Sei geduldig, Liebster«, sagte sie mit einem liebevollen Lächeln. »Wir sind ja beinahe da – und vielleicht ist das da das letzte Mal, dass wir Schlange stehen müssen.«

Jemand hinter ihnen schmunzelte. »Sie sind wohl das erste Mal auf Teyr, oder?«, fragte der Fremde. »Sie werden noch staunen. Warten Sie, bis Sie an den Canyon kommen.«

»Oh, das wird bestimmt den Aufwand wert sein, da bin ich ganz sicher«, sagte Akanah vergnügt und hielt Lukes Hand fest. »Ich weiß einfach, dass es das Warten wert sein wird.«

6

Luke und Akanah fuhren mit der Schwebebahn bis nach Cloud Bridge, der südlichsten Haltestelle auf dem Westrand. Das brachte ihnen einen atemberaubenden Ausblick auf die letzten achtzig Kilometer des Canyons ein – eine der engsten Stellen und demzufolge auch eine der spektakulärsten. Die Schienenspur verlief dicht am Rande des Abgrunds und übersprang dabei Seitenschluchten, die auf jeder anderen Welt sonst bereits beachtliche Attraktionen gewesen wären.

In Cloud Bridge mietete Li Stonn einen Kuppelgleiter, eine bei Besuchern populäre Variante von Gleitern, mit denen man die Canyonsohle erforschen konnte. Statt freilich am Zugangspunkt Cloud Bridge Kurs auf die Liftanlagen zu nehmen, lenkte Luke den Kuppelgleiter in westlicher Richtung auf Flugbahn 120, zum Grüngürtel.

Eineinhalb Stunden Flug mit der auf der Flugbahn zulässigen Höchstgeschwindigkeit brachte sie zu einer Kreuzung mit dem Harvest Flyway, bei dem es sich, wie Akanahs Besucherausweis ihnen verriet, um eine wichtige Frachtroute handelte, die das Herz des Grüngürtels mit Turos Noth verband. Auf der nur wenig benutzten Frachtroute gab es keine Geschwindigkeitsbegrenzung, so dass die Stadt Griann und die sie umgebenden Anbaugebiete bei Höchstgeschwindigkeit des Kuppelgleiters nicht ganz zwei Stunden entfernt lag.

»Mal ein wenig die Beine vertreten?«

»Nein«, sagte sie und deutete nach hinten. »Ich komme schon zurecht.« Die Kuppelgleiter waren als Freizeitfahrzeuge gebaut und verfügten daher über eine kompakte Abfallaufbereitungsanlage. »Müssen wir tanken?«

»Nein. Dafür ist sicherlich in Griann Gelegenheit.«

Akanah warf einen Blick auf ihre Karte. »Ja. Hier steht lediglich, dass die ›lokalen‹ Preise möglicherweise etwas höher sind als die für die offiziellen Rastplätze angegebenen. Bitte, fahren wir weiter.«

Sie hatten Griann schon fast erreicht, als Akanah schließlich die Umrisse des Zylinders in der rechten Schenkeltasche von Lukes Kombination entdeckte.

»Du hast dein Lichtschwert mitgebracht?«, fragte sie und beugte sich zu ihm hinüber.

»Ja«, sagte er. »Das scheint dich zu überraschen.«

»Wie bist du damit durch die Einreisekontrolle gekommen? Einen Scanner kann man doch nicht mit Jedi-Tricks täuschen. Oder doch?«

»Nein, das nicht. Aber die Person, die einen Scanneralarm überwachen soll«, erklärte Luke. »Aber selbst das war nicht notwendig. Lichtschwerter sind immer noch die seltensten Waffen, die es in der Galaxis gibt. Es gibt nur einen einzigen Typ Sicherheitsscanner, der darauf programmiert werden kann, ein Lichtschwert zu erkennen, und dieser Typ wird auf Teyr nicht eingesetzt.«

»Für was halten die es dann?«

Luke lächelte. »Die meisten Scanner halten ein Lichtschwert für eine Art Rasierapparat. Und als solchen könnte man es sogar im Notfall einsetzen – man müsste nur *sehr*, sehr gut damit umgehen können.«

Sie lehnte sich wieder in ihrem Sitz zurück. »Mir wäre lieber gewesen, du hättest es im Schiff gelassen.«

»Das ist zu viel verlangt«, sagte Luke. »Ich trage es nicht immer, aber in meiner Nähe möchte ich es schon haben. Ich habe mich viel öfter geärgert, dass ich es nicht dabei hatte, als umgekehrt.«

Akanah sah zum Fenster auf die sanft gewellte Hügellandschaft und den bei hellem Tageslicht gerade hinter dem Horizont verschwindenden Mond hinaus und sagte: »Bitte, denk an das, worum ich dich gebeten habe – es ist mir sehr wichtig.«

»Ich habe es nicht vergessen«, sagte Luke. »Ich hoffe nur, du erinnerst dich daran, dass ich dir nichts versprochen habe.«

»Macht das Töten denn so viel Freude, dass es schwer fällt, es aufzugeben?«

Lukes Kopf ruckte herum, und er warf ihr einen finsteren

Blick zu. »Wie kommst du eigentlich darauf, dass mir das Töten Spaß macht?«

»Weil du nicht darauf verzichten willst«, sagte sie, ohne seinem Blick auszuweichen. »Wenn ich den Tod einer Million Lebewesen verursacht hätte, glaube ich nicht, dass ich je wieder imstande wäre, eine Waffe in die Hand zu nehmen. Ich begreife einfach nicht, wie du das kannst.«

Luke hatte darauf keine Antwort parat und sah wieder auf die vor ihnen liegende Flugbahn. Nach der Schlacht von Yavin waren Jahre vergangen, bis Luke bewusst geworden war, dass der Todesstern, den er bei Yavin zerstört hatte, eine Besatzung von mehr als einer Million Lebewesen – Offiziere, einfache Besatzungsmitglieder und Versorgungseinheiten – gehabt hatte.

Bei genauerer Überlegung war das eigentlich etwas, was ihm ohne äußeren Anstoß hätte klar sein müssen. Aber er kam erst darauf, als er im Museum der Republik auf Coruscant vor einer Darstellung der Schlacht von Yavin stand. Wenn Luke an den Todesstern dachte, brachte er ihn mit Darth Vader und Tagge und Großmufti Tarkin und den Sturmtruppen, die ihn in seinen Korridoren hatten töten wollen, in Verbindung, und dabei tauchten vor seinem inneren Auge Bilder der TIE-Piloten, die ihn beim Anflug hatten töten wollen, und der Bedienungsmannschaft des Superlasers auf, die das hilflose Alderaan vernichtet hatten.

Aber auf der Tafel unter dem riesigen Schnittmodel des Todessterns im Museum waren die Zahlen nacheinander aufgereiht gewesen, und Luke konnte sie immer noch aus dem Gedächtnis zitieren: 25800 Sturmtruppen, 27048 Offiziere, 774576 Mannschaftsdienstgrade, 378685 Techniker …

»Eine Million zweihundertfünftausendeinhundertneun«, sagte Luke leise. »Die Droiden nicht mitgezählt.«

Die ruhige Präzision, mit der er die Zahl nannte, ließ einen Ausdruck des Schreckens über ihr Gesicht huschen.

»Aber du musst schon beide Seiten sehen«, fuhr Luke fort. »Alderaan. Obi-Wan. Captain Antilles. Dutch. Tiree. Dack. Biggs …« Luke schüttelte den Kopf. »Manchmal lässt einem der Feind keine große Wahl – man kann ihn töten, aufgeben oder selbst getötet werden. Und wenn du der Ansicht bist, ich hätte etwas anderes tun sollen, als das, was ich getan habe ...«

»Die Vergangenheit steht fest und lässt sich nicht mehr ändern«, sagte Akanah. »Was mich beschäftigt, ist, was du heute oder morgen tun wirst. Deine Vergangenheit kenne ich – auch deine Herkunft – und ich habe dich bereits einmal töten sehen. Kannst du denn nicht verstehen, wie fremd und abstoßend das für mich ist – für jene, die Nashira Zuflucht gewährt haben?«

»Du vertraust mir nicht.«

Sie faltete die Hände im Schoß und ihre Stimme wurde ganz leise. »Das versuche ich, Luke – aber du weißt nicht, wie schwer es mir fällt, jemandem zu vertrauen, der so denkt, wie du es tust, und der über deine Macht verfügt.«

Luke warf ihr einen Blick von der Seite zu, um ihren Gesichtsausdruck zu sehen. »Willst du damit sagen, dass du Angst vor mir hast – wegen dem hier?« Er legte die Hand auf das Lichtschwert in seiner Tasche.

»Ja, wahrscheinlich schon«, sagte sie. »Obwohl ich das nicht möchte.«

»Ich würde dir nie weh tun, Akanah«, sagte Luke. »Ich habe das Lichtschwert mitgenommen für den Fall, dass uns irgendwelche Überraschungen erwarten – nicht um dir damit Angst zu machen.«

»Ich gehe ohne eine solche Waffe durch die Welt«, sagte sie. »Könntest du das nicht auch?«

Luke schüttelte bedächtig den Kopf. »Nicht, solange ich mich als Jedi bezeichne. Das ist mehr als eine Waffe – das ist ein Werkzeug, um das Bewusstsein und den Körper zu trainieren. Und es ist ein Stück von mir geworden – sozusagen eine Verlängerung meines Willens.«

»Und ein Mittel, womit du anderen deinen Willen aufzwingen kannst.«

Er schüttelte den Kopf. »Die Disziplin des Lichtschwertes beruht fast ausschließlich auf Verteidigung.«

»Fast ausschließlich – und wie steht es um den Rest?«

»Der Rest – der Rest erfordert, dass du ganz nahe an deinen Gegner herangehst, so nahe, dass du ihm in die Augen sehen kannst«, sagte Luke. »Das ist eine ganz altmodische Vorstellung, eine, die sehr zivilisierend wirkt. Wenn du nur schnell, effizient und unpersönlich töten willst, ist ein Blaster dafür viel besser geeignet – schließlich trugen die Sturmtruppen des Imperators auch keine Lichtschwerter.«

»Meine Alpträume handeln immer von Orten, wo es Menschen gibt, die ›effizient‹ töten wollen«, sagte Akanah und wandte den Blick von ihm ab und sah wieder nach vorne. »Und der schlimmste Alptraum von allen ist die Vorstellung, dass das einzige Universum, das es gibt, ein solcher Ort ist.«

Griann sah aus, als wäre die Stadt mit Hilfe von Kompass und Lineal auf den Ebenen von Teyr angelegt worden. Straßen in geometrisch exaktem Abstand voneinander, an denen gleichmäßig angeordnete Häuser von gleicher Größe standen, schnitten sich präzise rechtwinklig in einem Gitter von fünf Kilometern Seitenlänge. Im Herzen der Stadt gab es eine kleine kommerzielle Zone, in der die Bewohner der Stadt ihre Einkäufe tätigen konnten und der Verkehr auf dem Harvest Flyway bedient wurde. Außen war die Stadt von einer Mauer von Silos, Kornkammern, Gewächshäusern, Schuppen für automatische Erntemaschinen und Flugzeuge, Kontrolltürme für das Bewässerungssystem und all die anderen Einrichtungen umgeben, die für Pflege und Unterhalt der Felder, die das Stadtgebiet umgaben, nötig waren.

»Willkommen im schönen Griann«, sagte Luke und lenkte den Kuppelgleiter in eine Nische, wo er mit Treibstoff versorgt werden konnte. »Was nun? Hast du einen Plan?«

»Ich habe eine Adresse«, sagte Akanah. »Fünf Nord sechsundzwanzig unten. Meine Freundin Norika hat dort gewohnt.«

Luke warf ihr einen fragenden Blick zu. »Ich dachte, die Kinder würden versteckt leben. Wie konntest du da eine exakte Adresse bekommen?«

»Von Norika«, antwortete Akanah. »Ich habe in jenem ersten Monat einen Brief von ihr bekommen; sie hat ihn von einem öffentlichen Terminal per Hyperkomm nach Carratos geschickt, aus dem Büro des Ausschusses, wie sie sich ausgedrückt hat. Ich habe ihr wenigstens ein Dutzend Briefe geschickt, aber sie hat nie darauf geantwortet – ich habe nie mehr von ihr gehört.«

»Hmmm. Jemand hat ihr wahrscheinlich klar gemacht, dass ›sich verstecken‹ bedeutet, dass man niemandem sagt, wo man sich befindet«, meinte Luke.

»Oder der Kreis ist gekommen und hat sie weggebracht.«

Luke sah zum Fenster hinaus auf das Display des Tankdroiden. »Das ist jetzt neunzehn Jahre her – du wirst sie möglicherweise gar nicht wiedererkennen, selbst wenn sie noch hier ist.«

»Ich würde Nori bestimmt erkennen, ganz gleich wie viele Jahre auch vergangen sind«, widersprach Akanah heftig. »Wialo hat gesagt, wir beide seien wie Zwillinge. Niemand stand mir jemals näher als sie.«

Der Tankvorgang war inzwischen beendet, und Luke schaltete die Repulsoraggregate ein. »Nun, dann wollen wir mal sehen, wie nahe wir bereits sind. Nord fünf, Nummer sechsundzwanzig?«

»Ja.«

»Ich denke, das werde ich finden.«

Vom Zentrum der Stadt bis zu ihrem Rand wuchs Akanahs Erwartung, bis sie sich kaum mehr auf ihrem Platz ruhig halten konnte. Aber als sie in Nord fünf einbogen, wurde sie totenbleich, ihre Hand schoss vor und krampfte sich um Lukes Handgelenk. Ein Laut, als ob sie ersticken müsse, entrang sich ihren Lippen.

Luke brauchte keine Erklärung – ihm bot sich der gleiche Anblick wie ihr. Die Doppelreihe flacher Häuser, die Nord fünf säumten, endete bei Nummer zweiundzwanzig. Wo Nummer vierundzwanzig hätte sein sollen, war nur eine ungepflegte Grasfläche zu sehen. Dahinter lagen ein paar Grundstücke, die mit einer kahlen, gelblichen Lehmschicht bedeckt waren, auf der nur spärliches Unkraut wuchs. Das nächste Flachhaus mit gerader Hausnummer stand an der Ecke zur nächsten Querstraße und trug die Nummer achtunddreißig.

»Also, ich – da ist überhaupt nichts«, sagte Luke und sah sich kurz um, ehe er sein Fahrzeug vor Nummer achtunddreißig zum Halten brachte.

Akanah klappte die Kuppel auf und war bereits hinausgesprungen, ehe der Gleiter ganz zum Stillstand gekommen war. Sie rannte die Straße zurück, die Arme an die Brust gepresst, und Luke sah, wie sie ihren Kopf von einer Seite der Straße zur anderen hin und her drehte. Als sie das Grundstück gegenüber von Nummer fünfundzwanzig erreicht hatte, wurde sie langsamer. Sie wirkte verschreckt und gebrechlich, wie sie dastand und auf die kahle Grasfläche und die undeutlich zu erkennenden Überreste eines Fundaments blickte.

Jetzt sprang Luke ins Freie und lief hinter Akanah her. Ehe er bei ihr war, versagten ihr die Beine den Dienst, und sie ging in der verstaubten Regenrinne in die Knie.

»Nein!«, schrie sie, und die Qual, die sie empfand, zog die eine Silbe so in die Länge, dass es wie das Heulen eines verwundeten Tieres klang. »Nein! Das ist nicht fair!«

»Akanah ...«

Sie blickte auf und drehte sich halb zu ihm um. Schmerz erfüllte ihre Augen, und über ihre Wangen strömten Tränen. »Ich werde sie nie finden«, flüsterte sie heiser. »Was soll ich nur tun, Luke?«

»Du wirst weitersuchen. Das heißt doch nur, dass Nori nicht hier ist«, sagte Luke und kauerte sich neben ihr nieder. »Damit hast du doch gerechnet, oder?« Aber ihre Augen verrieten ihm, dass sie das doch nicht hatte und dies somit nicht nur eine kleine Enttäuschung war, sondern ein schwerer Schlag.

»Ist etwas passiert?«, fragte eine Stimme hinter ihnen.

Luke und Akanah drehten sich um und sahen einen stoppelbärtigen Mann in mittleren Jahren in einem blauen Technikeroverall, der aus der Richtung von Nummer siebenundzwanzig auf sie zukam. Luke stand auf, als der Mann näher trat, und streckte Akanah die Hand hin, um ihr beim Aufstehen behilflich zu sein. Aber sie blieb auf den Knien und benutzte Lukes Hand nur, um sich zu stützen.

»Hat die Dame Probleme?«, fragte der Mann erneut und sein Blick wurde argwöhnisch. »Wollen Sie den Notdienst rufen?«

»Nein – das ist schon in Ordnung. Sie hat nur gerade eine unangenehme Überraschung hinnehmen müssen. Das ist alles«, sagte Luke. »Wir sind auf der Suche nach jemandem, der einmal in Nummer sechsundzwanzig gewohnt hat.«

»Ah«, nickte der Mann. »Po Reggis – Jiki und ich wohnen drüben auf siebenundzwanzig. Sie haben es also nicht gewusst, wie? Sie müssen Besucher sein.« Er sah die Straße hinunter. »Ja, natürlich, dumm von mir, das nicht gleich zu erkennen – hier in der Stadt würde niemand einen Kuppelgleiter mieten.«

»Ist es im Krieg passiert?«, fragte Akanah mit brüchiger Stimme.

»Im Krieg? Nein, Teyr ist nie bombardiert worden. Das war ein Zyklon«, erklärte Reggis. »Das ist jetzt acht – nein, neun Jahre her. Der hat hier acht Häuser weggerissen, dann den Rest übersprungen und fünf weitere am Ende von Nord drei erwischt. Im Ausschuss war die Rede davon, sie wieder aufzubauen, aber es gibt keine Nachfrage dafür – die Hälfte der Häuser in der Stadt sind jetzt Einfamilienhäuser, über- und unterirdisch. Das kommt von all den Felddroiden, die die reingebracht haben – die Stadt stirbt langsam aus, wenn Sie mich fragen.«

Luke zog Akanah in die Höhe. »Die Leute, die hier gewohnt haben …«

»Kritt und Fola. Nette Leute. Unsere Kinder haben mit ihren Kindern gespielt, bis sie alle nach Turos Noth gezogen sind.«

»Kritt und Fola sind jetzt in Turos Noth?«, fragte Akanah mit einem Anflug von Hoffnung in der Stimme.

Doch Po Reggis erstickte den Funken sofort wieder. »Was? Nein, sie sind tot. Die ganze Familie. Tut mir leid. Der Zyklon hat sie umgebracht. Es war gerade Abendessenszeit, und das Wetterradar war ausgefallen. Fünfzehn Tote allein in dieser Straße. Ich habe sie alle gekannt.«

Akanah wäre erneut zu Boden gesunken, wenn Luke sie

nicht gestützt hätte. »Seit wann wohnen Sie denn hier?«, fragte Luke.

Reggis kniff die Augen zusammen und überlegte. »Siebenundzwanzig – nein, achtundzwanzig Jahre.«

»Wir suchen jemanden, der vor neunzehn Jahren hier eingezogen sein muss«, sagte Luke. »Ein Mädchen, elf Jahre alt. Akanah?«

»Sie hatte dunkles Haar. Schlank und gelenkig. Sie hieß Norika oder Nori.«

»Sagt mir nichts«, meinte Reggis. »Vielleicht erinnert Jiki sich – sagten Sie, das Mädchen hat Rika geheißen? Oh, sechsundzwanzig *unten*. Wer war das doch gleich, der damals dort gewohnt hat? Trobe Saar hieß sie, glaube ich.«

»Ja!«, rief Akanah erregt. »Sie erinnern sich an sie? Wo ist sie heute? Bitte, sagen Sie mir, dass sie nicht auch eine von den fünfzehn ...«

»Sicher, jetzt erinnere ich mich an die kleine Rika. Sie war furchtbar scheu. War nicht besonders lange hier – höchstens eine Saison. Die Dormands sind in dem Frühjahr, in dem ich zur Bewässerung versetzt wurde, in sechsundzwanzig unten eingezogen. Nein, tut mir leid – ich weiß nicht, wo sie hingegangen sind. Das ist schon lange her, wissen Sie?«

»Gibt es sonst jemanden hier in der Straße, der vielleicht etwas wissen könnte?«, fragte Akanah, verzweifelt bemüht, die Hoffnung nicht aufzugeben.

»Das glaube ich nicht«, antwortete Reggis langsam. »Jiki und ich sind die Letzten, die hier geblieben sind. Wahrscheinlich sind wir die Einzigen, die sich noch daran erinnern, was hier passiert ist. Die haben einfach alles abgerissen und Lehm und Erde darübergeschoben, wissen Sie ...«

»Vielen Dank, Po«, sagte Luke. »Sie waren sehr liebenswürdig.«

»Tut mir leid, dass ich Ihnen nicht weiterhelfen konnte. Möchten Sie mit Jiki reden? Sie macht gerade ihren Mittagsschlaf, wird aber bald aufstehen.«

»Ja ...«, setzte Akanah an.

»Vielen Dank, nein«, fiel Luke ihr ins Wort und schob Akanah mit fester Hand zu ihrem Gleiter zurück.

Sie blickte verwirrt zu ihm auf. »Li – die anderen – vielleicht erinnert sie sich an die anderen …«

»Wir müssen die falsche Adresse haben«, unterbrach Luke sie erneut und presste den Gedanken in Po Reggis Bewusstsein. »Wir probieren es drüben in Nord drei.«

»Ja, richtig«, sagte Reggis. »In dieser Straße gibt es seit Jahren keine Nummer sechsundzwanzig mehr.«

»Ich glaube, Jiki ruft nach Ihnen«, meinte Luke.

»Also, ich glaube, ich muss jetzt zurück. Jiki ruft mich«, sagte Reggis und wandte sich ab. »Ich wünsche Ihnen noch viel Glück.«

»Danke.«

Akanah wartete, bis der Farmtechniker in seinem Haus verschwunden war, und funkelte Luke dann erregt an. »Warum hast du das getan? Er hätte uns vielleicht noch mehr sagen können.«

»Er hat uns bereits genug gesagt«, widersprach ihr Luke. »Norika hat kurze Zeit hier gelebt, im unterirdischen Teil des Hauses bei einer Frau, die Trobe Saar hieß. Und die Struktur dort unten ist noch intakt – man hat sie nur aufgefüllt. Meinst du nicht, dass sie irgendein Zeichen für dich hinterlassen hätte, als sie wegging? Kannst du Schrift durch die Kiesfüllung lesen?«

»Ich – ich weiß nicht.« Sie ging ein paar Schritte auf der gelben Lehmfläche. »Vielleicht, wenn etwas da ist. Ich werde es versuchen.«

Luke wartete geduldig und sah zu, wie Akanah langsam einige Male über die Ruine des Unterhauses ging, ein paar Mal stehen blieb, sich bückte und aus dem Boden ragende Fragmente des Fundaments berührte. Ihr Gesichtsausdruck blieb dabei unverändert, und nach einer Weile seufzte sie tief, schüttelte den Kopf und kehrte zu ihm zurück.

»Es liegt an den vielen Toten«, erklärte sie bedrückt, als sie zu dem Kuppelgleiter zurückkehrten. »Der Strom ist hier immer noch wirr. Es ist, als ob – als ob jemand eine feine Sandzeichnung gemacht hätte, und dann zehn Minuten später ein Meteorit mitten hineingefallen wäre. Wenn hier je etwas war, dann ist es jetzt verschwunden.«

»Du darfst nicht aufgeben«, redete Luke ihr zu. »Ich habe nachgedacht – eine so ordentliche Gesellschaft wie diese hier führt Aufzeichnungen. Sehen wir zu, dass wir das Büro des Ausschusses finden. Ich wette, es gibt dort irgendeine grauhaarige Gestalt, die über jeden, der jemals in Griann gelebt hat, genau Bescheid weiß.«

Der Archivar für Einsätze und Transaktionen für den Leitungsausschuss erwies sich freilich als völlig haarlos – ein nagelneuer kompakter TT-40-Bibliotheksdroide. Wie alle fabrikneuen Droiden kannte TT-40 fast ausschließlich Formalitäten, besaß keinen Schimmer von Persönlichkeit und nicht einmal einen Spitznamen. Sie fanden ihn eifrig damit beschäftigt, mit drei stetig in Bewegung befindlichen Datensonden in der winzigen U-förmigen Kammer, die ihn umgab, von Interface zu Interface zu huschen.

»Wir brauchen Informationen über ...«, begann Luke.

»Gemäß Verordnung zwanzig-zwanzig-Komma-fünf Datenschutz für offizielle Aufzeichnungen, müssen alle Anforderungen nach aktuellen Akten vom Leiter unseres Distrikts oder bei Nichteinheimischen vom Dienststellenleiter genehmigt werden«, verkündete der Droide.

»Das ist ja sehr hübsch«, sagte Luke halblaut. »Lästig, aber diskret.«

»... kommerzielle Anforderungen historischer Akten erfordern einen schriftlichen Antrag mit Zahlungsgarantie. Individuelle Anforderungen historischer Akten für persönliche, wissenschaftliche oder genealogische Forschungen werden kostenlos bearbeitet, sofern dafür Zeit zur Verfügung steht ...«

»Hey – Augenblick mal, Witzbold«, sagte Luke. »Was gilt als ›historisch‹?«

»Für Einkommens-, Verkaufs- und Personalzwecke sind alle Akten eines Fiskaljahres oder weiter zurückliegende Akten als historisch kategorisiert. Für Geburts-, Todes- und Verbindungs- und Auflösungszertifikate gilt eine Grenze von einhundert Tagen ...«

»Wie steht es mit bevölkerungsstatistischen Daten –

Namen und Adressen, Wohnorten?«, fiel Akanah ihm ins Wort.

»Für die zweijährigen Bevölkerungszählungen sind alle über fünfzig Jahre alten …«

»*Fünfzig!*«, rief Luke aus.

Zu Lukes Überraschung schien das Akanah kalt zu lassen. »Archivar«, sagte sie. »Ich habe ein Paket für Po Reggis. Kannst du mir seine augenblickliche Adresse sagen?«

Die Datensonden kreisten. »Po Reggis wohnt auf Nord fünf, siebenundzwanzig oben.«

»Archivar«, sagte sie. »Ich habe ein Paket für Trobe Saar. Kannst du mir ihre gegenwärtige Adresse sagen?«

»Trobe Saar ist im derzeitigen Stadtverzeichnis nicht aufgeführt.«

»Kannst du mir ihre letzte bekannte Adresse in Griann sagen?«

»Nach Revision einundachtzig des Stadtverzeichnisses lautet Trobe Saars Adresse Nord fünf, sechsundzwanzig unten.«

»Gibt es Verzeichnisse anderer Städte?«

»Ja.« Eine der Datensonden suchte sich ein neues Interface. »Verbindung mit Zentralverzeichnissen hergestellt.«

»Kannst du mir Trobe Saars letzte bekannte Adresse auf Teyr sagen?«

»Nach Revision neunundachtzig des Stadtverzeichnisses von Sodonna lautet Trobe Saars letzte bekannte Adresse Kell Plath, dreizehn.«

»Danke«, sagte sie und griff nach Lukes Arm. »Lass uns gehen, Li.«

»Bist du da auch ganz sicher?«

»Ja, ganz sicher.«

Als sie das Büro verlassen hatten, versuchte Luke Akanah aufzuhalten und sie um eine Erklärung zu bitten, aber sie war nicht zu bremsen, bis sie ihren geparkten Kuppelgleiter erreicht hatten. »Warum hast du es so eilig? Wir hätten noch nach den Namen der Kinder fragen können«, sagte Luke. »Diesen Witzbold darum zu bitten, in den Stadtverzeichnissen nachzusehen, statt in den Daten der Volkszählung, hat doch prima funktioniert.«

»Du kannst nicht in den Verzeichnissen nachsehen, wenn du nur die Vornamen eines Minderjährigen kennst«, sagte Akanah und klopfte dabei nervös auf die Kuppel ihres Fahrzeugs. »Würdest du bitte aufmachen?«

Luke kam der Aufforderung nach, und sie nahmen beide ihre Plätze wieder ein. »Das weiß ich, weil ich es schon vor Jahren von Carratos aus versucht habe«, sagte sie, als die Kuppel sich wieder über ihnen schloss. »Das ist unmöglich, wenn man die Familiennamen nicht kennt, die sie benutzt haben. Was ist, fahren wir jetzt, oder bleiben wir hier?«

»Fahren – wohin denn?«

»Nach Sodonna natürlich.«

»Revision neunundachtzig liegt mehr als fünfzehn Jahre zurück. Und wir wissen auch nicht, ob Norika mit dieser Trobe Saar mitgegangen ist, oder auch nur, ob Trobe zu deinem Kreis gehört hat. Aller Wahrscheinlichkeit nach wird das wieder ein neues Nord fünf – also eine Enttäuschung.«

»Nein«, widersprach sie. »Diesmal nicht.«

»Wieso bist du da so sicher? Noch vor einer Stunde hast du es für aussichtslos gehalten. Und noch heute Morgen warst du ganz sicher, dass sie nie auf Teyr geblieben wären. Woher kommt der plötzliche Optimismus?«

»Weil Kell Plath ein Fallanassi-Name ist.« Sie zögerte kurz und fügte dann hinzu: »Das heißt ›angehaltener Atem‹, eine Anspielung auf unsere Meditationsübungen. Und im Übrigen«, meinte sie, »was haben wir denn sonst schon für Hinweise?«

»Da kann ich nicht widersprechen.« Luke suchte in seinen Taschen nach der Karte, die man ihnen bei der Einreise ausgehändigt hatte. »Also schön, wo liegt dieses Sodonna denn?«

Sodonna lag jenseits des Canyons am Fluss Noga, an einer Stelle, die allgemein als Endpunkt für die Schifffahrt galt. Vor fünfhundert Jahren war Sodonna eine bedeutende Hafenstadt gewesen, von der aus das ganze Hinterland mit seinen zahlreichen Flüssen erschlossen wurde, und wo jeder, der ernsthaft daran interessiert war, jederzeit Arbeit finden konnte.

Mit dem Anwachsen des Flugverkehrs hatte die Schifffahrt dann allmählich an Bedeutung verloren, und damit war auch die Anziehungskraft von Sodonna gesunken. Heute gab es dort keine Docks mehr, und die Noga floss als kompliziertes Gebilde von Wasserfällen, Stromschnellen, Teichen und Kaskaden – alle kunstvoll angelegt und täuschend der Natur nachempfunden – durch die Stadt. Sodonna war die kleinste Stadt auf Teyr, die einen eigenen Raumhafen besaß, und diente als Umschlagplatz für eine Seitenlinie der Canyon-Schwebebahn, die hier als Einschienenbahn betrieben wurde.

Luke folgte dem Harvest Flyway bis Turos Noth und ließ es sich einen ansehnlichen Betrag kosten, den Kuppelgleiter an der dortigen Station der Schwebebahn abzustellen. Als es Nacht wurde, bestiegen er und Akanah einen Zug nach Westen und setzen sich in den Kurswagen, dessen Programmierung vorsah, dass er sich später vom Rest des Zuges trennte und alleine die Reise nach Sodonna fortsetzte.

Aber das würde erst nach einigen Stunden Fahrt durch die Finsternis der Fall sein. Auf Lukes Drängen lehnte Akanah sich in die Polster zurück und schlief. Sie war nicht die Einzige in der fast bis auf den letzten Platz gefüllten Kabine, die sich so ausruhte. Die Fahrt war angenehm, und man hatte Mühe, das leichte, einschläfernde Schwanken der Kabine überhaupt wahrzunehmen. Die Kabinenbeleuchtung war so stark gedämpft, dass man sie kaum wahrnahm, und die individuellen Liegen passten sich der Körperform der Passagiere selbsttätig an und trugen damit zu ihrem Wohlbehagen bei.

Luke wagte nicht zu schlafen. Er musste bei Bewusstsein bleiben, um die Li Stonn-Maske nicht verblassen zu lassen – in den alten Aufzeichnungen war zwar vereinzelt von großen Jedi-Meistern die Rede, die selbst im Schlaf Illusionen ausstrahlen konnten, aber weder Luke noch irgendein anderer ihm bekannter Jedi hatte diese Fähigkeit in der Macht, die man als Alter Ego bezeichnete, erreicht. Und seine Maske in der Öffentlichkeit zu lüften, konnte Luke nicht riskieren – selbst wenn man ihn nicht als den erkannte, der er war, wurden Formwandler und Mentalisten im Allgemeinen als Diebe, Spione und Banditen angesehen, was zu fast ebenso großem Aufsehen führen würde.

Also blieb er wach, wachte über Akanah, belauschte geflüsterte Unterhaltungen und spürte die Energie der ihn umgebenden Passagiere. Und sah in die Nacht hinaus, wo Lichter in der Ferne erkennen ließen, wie schnell sie sich bewegten, und die Städte entlang ihrer Route den Zug mit ihrer rastlosen Energie umfassten, um ihn dann wieder der Finsternis zu überlassen.

Er fragte sich, ob die Frau, die Akanah als Nashira gekannt hatte, vielleicht irgendwo dort draußen in der Finsternis ebenfalls schlief, sei es nun friedlich oder unruhig, sei es von Angst erfüllt oder gelassen in sich selbst ruhend. *Was würde meine Mutter von mir denken?*, fragte er sich und wurde sich dann der Tatsache bewusst, dass dies das erste Mal war, dass ihm je ein solcher Gedanke gekommen war.

Das verwirrte ihn und machte ihn zugleich unruhig. Er erinnerte sich an Akanahs Worte in jener Nacht, als sie zum ersten Mal bei ihm aufgetaucht war: »Die Gabe des Lichts kam von deiner Mutter – und deine Mutter gehörte meinem Volk an. In dir ist eine Leere, wo doch eigentlich die Erinnerung an deine Mutter sein sollte, eine Schwäche, wo das, was sie gelehrt hätte, dir Kraft verliehen hätte.« Anmaßende Worte, aber zugleich auch Worte des Wissens. In jenem Augenblick verspürte er diese Leere ganz deutlich und war außerstande sich vorzustellen, was diese Leere füllen könnte, oder ob es überhaupt etwas gab, was sie je füllen würde.

Vielleicht hat Nashira ihr Versteck nicht verlassen, weil sie sich schämt, dachte Luke. *Vielleicht sieht sie zu viel von unserem Vater in uns, so wie diese Frau. Vielleicht hast du Recht gehabt, Leia. Wenn ich die Wahrheit einmal finde, kann es sein, dass sie mir gar nicht gefällt …*

Dann zerrte die Macht plötzlich an seinem Bewusstsein, lenkte seine Aufmerksamkeit auf eine Veränderung, die sich in seiner Umgebung vollzogen hatte. Er verdrängte alle anderen Gedanken aus seinem Bewusstsein und schickte seinen Blick und sein Wahrnehmungsvermögen gleichzeitig durch den abgedunkelten Zug. Beide blieben schnell am selben Punkt hängen – einem Elomin, der auf der gegenüberliegenden Seite ziemlich weit vorne im Wagon saß. Der Rücken des Elomin war Luke zugewandt, so dass über den Kissen seiner Liege nur das gehörnte Oberteil seines Kopfes zu sehen war.

Wo bist du denn jetzt hergekommen? dachte Luke voll Argwohn. *Vor zehn Minuten warst du noch nicht da – wie hätte ich dich beim Hereinkommen übersehen können? Irgendetwas stimmt hier nicht …*

Er warf einen schnellen Blick zu Akanah hinüber und vergewisserte sich, dass sie friedlich schlief. Dann fragte er sich, ob er vielleicht in den letzten Augenblicken seine Maske hatte fallen lassen.

Alles, was ich über dich weiß, sagt mir, dass dies ganz und gar kein Urlaubsort für dich ist, dachte er und starrte nach wie vor auf den Hinterkopf des Elomin. *Selbst wenn die Teyria denselben Ordnungsfetisch wie du haben, lassen sie doch all diese unberechenbaren Aliens herein. Und ich kann an den Fingern einer Hand abzählen, wie oft ich einen einzelnen Elomin in gemischter Gesellschaft gesehen habe. Und hier zwei von euch an einem Tag – oder vielleicht zweimal denselben …*

Nein, für einen Zufall ist das zu viel. Ich kann mir bloß nicht vorstellen, was einen Elomin dazu veranlassen könnte, zum Einzelgänger zu werden und sich mit imperialen Agenten einzulassen – oder weshalb sich sonst jemand *für uns interessieren sollte. Und vielleicht –*

In dem Augenblick erhob sich der Elomin von seinem Platz und bewegte sich mit gemessenen, langbeinigen Schritten nach vorne. Er hielt nichts in den Händen, ebenso wie der Elomin am Raumhafen. Und am Ende des Ganges verharrte er einen Augenblick und sah sich in der Kabine hinter sich um. Dann zog er den Kopf etwas ein, trat in den Verbindungsgang und war verschwunden. Luke wartete, hin- und hergerissen zwischen dem Wunsch, ihm zu folgen, und dem, Akanah nicht alleine zu lassen.

Der Elomin war immer noch nicht zurückgekehrt, als der Trägerdroide auftauchte und mit einer leise gemurmelten

Warnung den Mittelgang herunterkam: »Achtung, Fahrgäste, die die Fahrt nicht in den River Distrikt fortsetzen, bitte suchen Sie jetzt eine der vorderen Kabinen auf. Dieser Wagen wird in Podadun vom Zug getrennt. Achtung, Fahrgäste …«

Der Elomin war immer noch nicht zurückgekehrt. Als dann die Glocke ertönte und das Licht über der Verbindungstür auf Gelb schaltete, schickte Luke seine Sinne aus und suchte den Zug nach dem Elomin ab. Aber er konnte ihn nicht finden. Ob er vielleicht eine Bombe – er rannte nach vorne zu dem Platz, wo der Elomin gesessen hatte.

Er wollte seinen Augen nicht trauen. Da waren keine Reisetaschen und auch keine sonstigen Gegenstände – nur ein schlafendes Gotalkind.

Wieder ertönte der Gong. Luke blickte auf, als die Verbindungstüren sich schlossen und die Anzeigenleuchte darüber auf Rot umschaltete. Es gab eine kaum wahrnehmbare Verzögerung, als die Waggons sich voneinander trennten, dann huschten die Lichter von Podadun draußen an den Fenstern vorbei.

Das Kind regte sich im Schlaf, und Luke kehrte wieder an seinen Platz zurück.

Was ist nur mit mir los?, fragte er sich im Stillen, als er zu seinem Sitz zurückkehrte und spürte, wie der Waggon die Hauptlinie verließ und die Reise auf den Gleisen nach Sodonna fortsetzte. *Habe ich jetzt schon Angst vor Schatten?*

Akanah hatte die ganze Zeit geschlafen, ohne irgendetwas zu bemerken. Als sie schließlich erwachte, weil ihr die in grandiosen Lachs- und Rosatönen aufgehende Sonne ins Gesicht schien, erwähnte Luke nichts von seinen Befürchtungen. Er wusste nicht, was er hätte sagen können, nur dass er schon wieder einen Wachtraum gehabt hatte und immer noch nicht wusste, was er zu bedeuten hatte.

Der Name Kell Plath war in den Adresslisten von Sodonna nicht mehr zu finden, aber nicht, weil die Winde Teyrs ihn von der Landkarte weggefegt hatten, oder weil der Name mit Schande überhäuft worden war. Eine Stunde in der städtischen Bibliothek zeigte ihnen nicht nur, wo Kell Plath sich befunden hatte, sondern auch eine Kopie des Antrags, mit dem seine neuen Besitzer den gefälligeren Namen River Gardens beantragt hatten.

Kell Plath war eine Enklave gewesen – ein von einer Mauer mit einem Tor umgebener Platz mit einer Gruppe kleiner Wohnhäuser, die eine gemeinsame Grünfläche umgaben. Diese Anordnung war in Sodonna sehr populär. Als Luke und Akanah vor dem Tor standen, das nach River Gardens führte, konnten sie mehr als ein Dutzend anderer Enklaven entlang der Straße sehen, die sich am Hochufer des Flusses erstreckten.

Ihre Einreisekarte verriet ihnen, dass das Wohnen in Enklaven seine Wurzeln in der Geschichte der Region hatte – es erinnerte an gefährlichere Tage, wo die Mauern und Tore die Kinder der Bewohner ebenso wie ihre Habseligkeiten vor unliebsamen Zeitgenossen geschützt hatten, die nach Sodonna gekommen waren, um in den Docks zu arbeiten.

Luke und Akanah erkundigten sich bei dem Sicherheitsdroiden am Tor nach Trobe Saar, Norika und den anderen Kindern, erhielten aber jedes Mal dieselbe Antwort: »Ich kann den betreffenden Bewohner nicht identifizieren.«

»Ich bin daran interessiert, einen Anteil von River Gardens zu erwerben«, versuchte Luke es auf eine andere Tour. »Könnte jemand eine Besichtigungstour für uns arrangieren.«

»Im Augenblick stehen keine Anteile zum Verkauf«, sagte der Wachdroide. »Falls welche auf den Markt kommen, werden sie bei der Indalagentur in Sodonna gelistet.«

Akanah trat vor. »Ich stelle für *Teyr Tours* Recherchen bezüglich der Geschichte der Enklaven an«, sagte sie. »Ich würde gerne mehr über die Geschichte *dieser* Anlage hören – hätte der Verwalter ein paar Minuten Zeit für mich?«

Wieder wurden sie an die Indalagentur verwiesen, und sie zogen sich auf die andere Straßenseite zurück, um sich eine neue Taktik zu überlegen.

»Soweit kommt man hier also, wenn man es durch die Haustür versucht«, meinte Luke und seufzte. »Ich versuche nur ungern, mich an einem Wachdroiden vorbeizuschlängeln. Die sind zu dumm, als dass man sie täuschen kann, und zu stur, um sie auszutricksen.«

»Wir müssen hinein.«

»Sie sind nicht da – das weißt du. Sie sind seit fünfzehn Jahren hier weg.«

»Aber sie *waren* hier«, sagte sie. »Und der Weg ist ganz sicher markiert.«

Luke sah sich um. »Du glaubst aber doch auch nicht, dass sie so entgegenkommend waren, ihre Spur an der *Außenseite* der Enklave zu hinterlassen, oder?«

Die Enklavenmauer war drei Meter hoch, schlüpfrig glatt und etwas nach außen geneigt und trug oben eine Reihe scharfkantiger Steine, die zugleich dekorativ wie funktionell waren.

»Die Mauer kann ich überspringen«, sagte Luke. »Das ist kein Problem.«

»Für mich schon.«

»Ich bringe uns beide auf die andere Seite.«

»Lass mich zuerst hier lesen.«

Sie ging langsam an der Wand entlang und tastete mit den Fingerspitzen über die Mauerfläche. Luke folgte ein paar Schritte hinter ihr und versuchte zu fühlen, was zwischen ihr und der Wand geschah, versuchte zu verstehen, wie sie die Fallanassi-Schrift zu ertasten versuchte.

Als sie um die dritte Ecke bogen, stieß Akanah einen überraschten Ruf aus und trat einen Schritt zurück. Mit zwei schnellen Schritten stand Luke neben ihr. Jetzt sah er den Wachdroiden, der ihr den Weg versperrte.

»Das ist die einzige Warnung, die Sie bekommen«, sagte der Droide. »Sie bewegen sich unbefugt auf Privatbesitz. Ihr Aussehen ist registriert worden. Ihr verdächtiges Verhalten ist dokumentiert. Entfernen Sie sich sofort aus dieser Umgebung. Falls Sie das nicht tun, werden Sie festgehalten, und man wird gegen Sie Anzeige erheben. Falls Sie in diese Umgebung zurückkehren, haben Sie ebenfalls mit einer Anzeige zu rechnen. Diese Mitteilung stellt eine korrekte und ausreichende Warnung gemäß Artikel 18 der Kriminalstatuten des Sodonna-Syndikats dar.«

Akanah setzte zum Protest an, aber Luke wusste, dass das sinnlos war. »Wir gehen«, sagte er und zog sie am Arm weg.

Von diesem Versprechen sichtlich unbeeindruckt folgte der Droide ihnen zu ihrem Gleiter und wartete, bis sie sich entfernt hatten, ehe er wieder seinen Posten am Tor einnahm.

»Sagte ich schon, dass ich Wachdroiden hasse?«, brummte Luke. »Wie wirst du jetzt die andere Seite ansehen? Hast du etwas gefunden?«

»Am vorderen Tor war eine Schrift«, sagte Akanah. »Da stand, dass dieser Ort Kell Plath heißt.«

»Und das ist alles?«

»Das ist alles. Was wir brauchen, das befindet sich im Inneren.« Sie sah sich um, um sich zu vergewissern, dass man sie von dem Tor von River Gardens aus nicht mehr sehen konnte. »Halt hier an.«

»Warum?«

»Ich muss da wieder hin.«

»Und was tun?«

»Was ich in der Nacht getan habe, als wir uns das erste Mal begegnet sind«, sagte sie. »Oder hast du das vergessen?«

»Ich habe nicht vergessen, dass du mir nie erklärt hast, wie du dir Zugang zu meiner Zuflucht verschaffen konntest, ohne dass ich dich gespürt habe.«

»Wirst du anhalten?«

Luke brachte mit finsterer Miene den Gleiter abrupt zum Stillstand.

»Danke«, sagte sie und öffnete die Tür.

»Du wirst es mir also nicht erklären?«

»Nein, das habe ich nicht vor.«

»Warte ...«, sagte er. »Was kann ich tun?«

»Ich rechne nicht damit, dass ich das Bedürfnis haben werde, jemanden töten zu lassen«, sagte sie, während sie hinauskletterte. »Tu, was du gerade gesagt hast – warte. Und dann solltest du versuchen, keine Droiden in *dieser* Gegend argwöhnisch zu machen. Unser Schiff befindet sich auf der anderen Seite des Planeten, und es könnte Probleme bereiten, dorthin zurückzukehren, falls man uns als flüchtige Kriminelle einstuft.«

Er starrte ihr nach, als sie die Straße hinunterging, und fragte sich, wie viele verschiedene Frauen eigentlich in seiner Gesellschaft reisten, und ob er sie je alle kennen lernen würde.

Zwanzig Minuten später spürte Luke, wie Akanah sich wieder näherte.

»Gehen wir«, sagte sie beim Einsteigen.

»Bist du hineingekommen?«

»Gehen wir«, beharrte sie.

Luke sah die Straße hinunter. »Ist dir jemand gefolgt?«

»Ich habe mir Zugang verschafft. Niemand folgt mir – noch nicht. Also, fahren wir jetzt?«

Der Gleiter setzte sich mit einem leichten Ruck in Bewegung. »Und?«

»Ich habe es gefunden«, sagte sie. »Wir sind hier fertig.«

»Und wirst du es mir dieses Mal sagen?«

»Wenn wir hier weg sind und ich weiß, dass keine Gefahr droht.«

»Also bin *ich* derjenige, dem du nicht vertraust.«

»Über diese Dinge darf man nie mit jemandem reden, der sie nicht lesen kann«, sagte Akanah. »Wenn ich es dir überhaupt sage, verletze ich damit einen Eid. Wenn ich es dir jetzt sage und hier, wo es so viele Möglichkeiten gibt, dass ein Geheimnis entweicht, habe ich nicht nur gegen das Verbot gehandelt, sondern auch noch das Risiko erhöht.«

Luke runzelte die Stirn. »Gibt es einen Grund, nicht mit der Schwebebahn zurückzukehren?«

»Nein«, sagte sie und blickte zum Fenster auf ihrer Seite hinaus. »Man hat mich nicht gesehen.«

Sie schien fest entschlossen nicht zu reden. Aber es gab einiges, was Luke sagen musste, ehe sie die Station erreichten.

»Du warst nicht die Einzige, die Erfolg hatte«, sagte er. »Ich habe auch einige Informationen aufspüren können. Und ich werde dir das sogar jetzt sagen.«

»Bitte, tu es nicht. Was auch immer es ist, es hat Zeit«, sagte sie. »Jetzt kommt es nur darauf an, so schnell wie möglich hier wegzukommen.«

»Ein wenig Bedeutung hat es schon, wo wir als nächstes hingehen«, sagte Luke. »Ich bin neugierig geworden, *wie* deine Freunde hier weggegangen sind.«

»Das ist ohne Belang. Wir hinterlassen keine Spur, der ein Außenseiter folgen kann.«

»Das magst du glauben«, sagte Luke. »Aber ich habe trotzdem einiges Interessante in Erfahrung gebracht. Zum Beispiel den Grund, weshalb sie die Enklave verkauft haben.«

Das trug ihm einen geringschätzigen Blick ein. »Das ist kein Geheimnis – um für ihre Passage bezahlen zu können. Sie brauchten sie nicht mehr. Deshalb haben sie sie verkauft.«

»Akanah, die haben ein Sternenschiff gekauft.« Luke fuchtelte mit seiner Einreisekarte vor ihrer Nase herum. »Man darf die Dinge nicht nach ihrer Größe beurteilen. Abgesehen von den Karten, den Lokalführern, den Listen mit Sehenswürdigkeiten und den Anzeigen hat dieses Ding auch eine Verbindung mit dem Handelsbüro von Teyr und eine Informationshotline. Es mag ja sein, dass deine Freunde schon lange hier weg sind. Aber es gibt hier immer noch eine Firma, die sich Kell Plath nennt. Und diese Firma besitzt ein Sternenschiff, das *Star Morning* heißt.«

»Das muss ihre letzten finanziellen Mittel beansprucht haben«, sagte Akanah.

»Und noch ein wenig mehr«, nickte Luke. »Die *Star Morning* ist ein Kogus-Liner – fast fünfzig Jahre alt und viel zu klein, um mit den großen Exposchiffen in Wettbewerb zu treten, aber trotzdem ein beträchtlicher Wert.«

»Wie viele Personen nimmt es auf?«

»Ein Kogus? Sechzig vielleicht, je nach Ladung.«

Akanah nickte. »Das würde genügen.«

»Dich scheint das nicht sonderlich zu überraschen«, sagte Luke und hob eine Augenbraue. »Mich schon. Ich dachte, wir sind auf der Suche nach Flüchtlingen, nicht nach Aktionären.«

»Bloß weil wir es vorziehen, ein einfaches Leben zu führen, heißt das noch lange nicht, dass wir mittellos sind«, sagte Akanah. »Arm sein heißt machtlos sein. Die Fallanassi sind so alt wie die Jedi, und wir haben unsere Mittel sorgsam gehütet und verborgen.«

»Warum hat man dich dann auf Carratos zurückgelassen?« fragte Luke. »Mir leuchtet zwar ein, dass sie nicht das Risiko eingehen wollten, ihr Schiff dorthin zu bringen, um dich abzuholen. Aber man hätte doch eine Passage für dich kaufen können.«

»Du vergisst, dass Carràtos, kurz nachdem man mich dorthin geschickt hatte, unter imperiale Kontrolle geraten ist«, sagte sie. »Am Hafen musste jeder bei der Ausreise eine Kopfsteuer bezahlen, eine hohe Steuer, um die Leute davon abzuhalten, von dem Planeten zu fliehen.«

»Warum hätte man dann nicht die Steuer für dich hinschicken können?«

»Ich weiß nicht, ob man das nicht getan hat«, sagte Akanah, und ihre Augen wurden feucht. »Es kann ja sein, dass Talsava das Geld für sich behalten hat.«

»Deine Pflegemutter?«

»Mein Vormund. Mehr war sie nie.« Sie versuchte zu lächeln, was ihr aber nicht überzeugend gelang. »Weißt du, eines Morgens bin ich nämlich aufgewacht, und sie war verschwunden.«

»Verschwunden?«

Jetzt klang Akanahs Stimme bitter. »Ihre Kleider, all ihr wertvoller kleiner Schnickschnack, alles, was ihr gehörte und klein genug war, um es in eine Tasche zu packen und in der Nacht wegzutragen – alles weg. Ich habe sie nie wieder gesehen. Sie hat mich einfach verlassen – eine Fünfzehnjährige ihrem eigenen Schicksal überlassen in einer Hafenstadt, wie man sie sich schlimmer nicht vorstellen kann. Euer Mos Eisley wäre dagegen ein Paradies.«

Der Argwohn, der in Luke aufstieg, ohne dass er ihn in Worte kleidete, ließ in ihm ein Gefühl der Scham aufkommen.

»Wir werden sie finden«, sagte er mit fester Stimme, als der Canyon-Skyway vor ihnen auftauchte. »Wenn wir wieder auf der *Schlammfaultier* sind, kann ich mir Zugang zu den Schiffsregistern der Neuen Republik und den Logbüchern der Verkehrskontrolle verschaffen. Ich denke, wir werden herausbekommen, wann die *Star Morning* wo gewesen ist. Und dann finden wir ganz bestimmt auch heraus, wo sie sich jetzt befindet.«

»Das ist nicht notwendig«, sagte Akanah und legte ihre Hand auf die seine, als wolle sie *ihn* beruhigen. »Atzerri. Wir müssen jetzt nach Atzerri. Und obwohl ich weiß, dass das noch nicht unbedingt die letzte Station sein muss, bete ich darum, dass unsere Suche dort enden möge.«

7

Noch mehrere Stunden nach dem Start von Teyr saß Luke vor der Pilotenkonsole und studierte den Verkehr, der hinter ihnen den Planeten verließ.

Ihre Einreisekarte hatte sie informiert, dass es keinen direkten Linienverkehr zwischen Teyr und dem fernen Atzerri gab. Aus diesem Grunde konzentrierte Luke sich auf die privaten Fahrzeuge und registrierte die ID-Profile, die von deren Transpondern beim Passieren der inneren Flugkontrollbojen ausgesandt wurden:

Star Hummer, RN80-440330, Eigner Joa Pqis, registriert auf Vobos, Tammuz-an —

Rode to Ruin, RN27-382992, Eigner Fracca, registriert auf Orron III —

Amanda's Toy II, RN18-950319, Eigner Unlimited Horizons Inc., registriert auf Kalla -

»Wonach hältst du Ausschau?«, fragte ihn Akanah schließlich. »Es hat uns doch auf Teyr niemand belästigt. Und in der Enklave hat mich keiner gesehen.«

»Ich bin lediglich vorsichtig«, sagte Luke, ohne den Blick vom Bildschirm zu wenden. »Dass niemand sich mit uns befasst hat, heißt noch lange nicht, dass uns niemand bemerkt hat.«

»Uns bemerkt hat – was soll das heißen?«

»Die Auftraggeber dieser Männer auf Lucazec waren ebenso sehr an deinem Wissen wie an dir selbst interessiert. Ich weiß nicht, was sie sich davon versprechen, aber die Fallanassi sind für sie jedenfalls äußerst wertvoll.«

»Ich würde den Kreis nie verraten. Und es gibt auch nichts, womit sie mich dazu zwingen könnten. Nicht einmal du könntest das.«

»Aber du bringst mich dorthin«, sagte Luke. »Und wenn sie einfach Verbindung zu uns halten, dann wirst du sie auch dorthin führen. Sie brauchen uns bloß zu folgen und Geduld zu haben. Und das ist es, wonach ich Ausschau halte – nach jemandem, der uns folgt. Wenn irgendeines dieser Schiffe, die jetzt Teyr verlassen, auftaucht, wenn wir – wenn es später auftaucht, dann werden wir etwas unternehmen müssen.«

»Der Kreis kann sich selbst schützen.«

»Ich bin überzeugt, dass die Jedi auch glaubten, dass niemand ihnen etwas anhaben könne«, sagte Luke. »Aber sie hatten Unrecht.«

»Die Jedi hatten es mit einem schrecklichen Feind zu tun, und darüber hinaus hat einer aus den eigenen Reihen sie verraten«, sagte Akanah.

»Es sind noch genügend Feinde übrig«, belehrte sie Luke. »All die Diktatoren und Kriegsherren in den imperialen Sektoren – darunter auch Admiral Daala, die sich sicherlich in der Zwischenzeit kein neues Hobby zugelegt hatte. Und dann gibt es da noch die Hunderttausende bewohnter Systeme in den Grenzgebieten, den Firmensektor …«

»Und die Neue Republik.«

Luke sah sich zu ihr um. »Was?«

»Die Neue Republik nimmt jetzt den Platz ein, den früher das Imperium innehatte – sie ist die mit Abstand bedeutendste Macht in der ganzen Galaxis«, sagte Akanah. »Sie hat am meisten zu verlieren, wenn es jemandem gelingt, ihre Macht in Frage zu stellen. Und für diejenigen, die sich dafür entschieden haben, abseits zu stehen, die also andere Ansichten verfolgen, ist sie die größte Bedrohung.«

»Du kannst aber doch nicht ernsthaft glauben, dass die Neue Republik Jagd auf die Fallanassi macht.«

»Warum nicht?«, fragte sie ruhig. »Du warst derjenige, der den Schluss gezogen hat, dass diese Männer auf Lucazec Agenten des Imperiums waren. Woher weißt du, dass sie nicht von Coruscant kamen? Woher weißt du, dass sie nicht Angehörige deiner NRN waren?«

Der Gedanke war absurd, geradezu lächerlich – brachte Luke aber dennoch zum Schweigen. Er wandte seinen Blick wieder dem Bildschirm über seiner Konsole zu und versuchte Ordnung in seine Gedanken zu bringen. Aus irgendeinem

Grund konnte er sich jetzt nicht mehr daran erinnern, weshalb er so überzeugt gewesen war, dass die Männer in Ialtra imperiale Agenten gewesen waren. Und was Akanah gesagt hatte, könnte eine Erklärung für etwas anderes sein, was für ihn bisher ein Rätsel gewesen war – die Elomin hatten so ausgeprägte Prinzipien, dass die Vorstellung, einer von ihnen könne für ein imperiales Spionagenetz tätig sein, jeder Vernunft und jeder Erfahrung widersprach. Aber der NRN …

Out of Touch, RN40-844033, Eigner Tok-Foge Pokresh, registriert auf Bothawui –

»Dann wäre ich derjenige gewesen, der sie auf uns aufmerksam gemacht hat«, meinte Luke schließlich und schüttelte dann den Kopf. »Aber ich habe in jener Nacht nur mit Leia und Han gesprochen. Und Leia hat mich überhaupt nicht zu Wort kommen lassen. Ich konnte also das Wenige, was ich wusste, überhaupt nicht ausplaudern. Niemand wusste, dass ich weggehen wollte, oder was mich dazu veranlasst hat.«

Akanah legte ihm die Hand auf die Schulter. »Bitte, du sollst nicht glauben, dass ich dich verdächtige«, sagte sie. »Die Männer in Ialtra haben dich nicht erwartet – und wenn der NRN mit deiner Unterstützung rechnen könnte, hätte man keinen Anlass gehabt, uns zu beschatten.«

»Ich bin ja auch nicht *sicher*, dass uns jemand beschattet«, sagte Luke. »Ich will ja nur sicher sein, dass das niemand versucht – und dass er, falls er es doch versucht, keinen Erfolg damit hat. Wir können jederzeit hier wegspringen, wenn dazu die Notwendigkeit besteht. Und bevor wir unseren abschließenden Sprung machen, werde ich dieses Schiff vom Bug bis zu den Heckplatten unter die Lupe nehmen und mich vergewissern, dass man uns während des Parkaufenthalts auf Teyr nicht irgendein Peilgerät angehängt hat.«

»Ich habe volles Vertrauen zu dir, dass du die richtigen Vorsichtsmaßnahmen treffen wirst. Ich weiß, dass für dich genauso viel auf dem Spiel steht wie für mich«, sagte sie. »Macht es dir etwas aus, wenn ich mich ein wenig hinlege? Ich habe in der Schwebebahn nicht gut geschlafen.«

Adela, RN32-000439, Eigner Refka Trell, registriert auf Elom –

»Aber nein«, sagte Luke. »Leg dich nur hin. Ich rufe dich, falls irgendetwas los sein sollte.«

Akanah ließ noch kurze Zeit ihre Hand auf seiner Schulter ruhen. »Danke«, sagte sie dann und wandte sich ab.

»Akanah?«

»Ja, was ist?«

»Was weißt du eigentlich über unser Ziel?«

»Nur, dass es eine Freihändlerwelt ist – eigentlich nicht viel mehr.«

»Ich habe nicht einmal das gewusst«, sagte Luke und drehte sich zu ihr um. »Ich würde gerne beim Außenministerium auf Coruscant Erkundigungen einziehen und ein diplomatisches Infopaket anfordern.«

»Kannst du das?«

»Ich denke schon«, antwortete Luke. »Ich würde eine Punkt-zu-Punkt-Verbindung aufbauen, natürlich abgeschirmt, damit uns niemand belauschen kann.«

»Aber auf Coruscant werden sie es erfahren«, sagte Akanah. »Ebenso gut könntest du gleich bekannt geben, wo wir hinfliegen.«

Luke schüttelte den Kopf. »Ich verstehe, was du meinst. Aber ich bringe es einfach nicht fertig, diese Leute als Feind zu betrachten«, sagte er. »Aber ich könnte ja mehrere Anfragen starten, so dass die, die Atzerri betrifft, nur eine von vielen wäre. Würdest du dich dann wohler fühlen?«

»Tu das, was du für notwendig hältst«, meinte sie mit einem schnellen Lächeln. »Nicht informiert zu sein hat auch seine Risiken. Du musst sie einfach gegen das Risiko aufrechnen, dass wir unsere Pläne verraten. Wenn deiner Ansicht nach die Anfrage das geringere Risiko ist, und du damit wartest, bis wir unseren ersten Sprung gemacht haben, überlasse ich dir die Entscheidung.«

Kurz nachdem die Regierung neu organisiert worden war, hatte Nanaod Engh Luke die Schlüssel zu den wahren Schätzen der Neuen Republik gegeben – Zugang zu den zentralen Datenbänken, die von den verschiedenen Zweigen der Ministerien unterhalten wurden. Und Admiral Ackbar war es zu verdanken, dass Luke auch über die höchste überhaupt einem Zivilisten zugängliche Stufe von Sicherheitsfreigabe verfügte.

Auf diese Weise war Luke praktisch ein schier unermesslicher Fundus an Informationen zugänglich. Aber dass man ihm diesen Zugang ermöglicht hatte, war ein Akt der Höflichkeit, nicht etwa der Notwendigkeit. Das, wofür Luke sich am meisten interessierte, bedeutete den Bürokraten nur wenig, und er hatte bisher nie Anlass gehabt, die ihm eingeräumten Privilegien auch zu nutzen.

Nun gab es einen solchen Anlass.

Bis jetzt war der Beitrag, den er zu der Expedition hatte leisten können, bescheiden, um nicht zu sagen belanglos gewesen. Luke war in Bezug auf Informationen völlig von Akanah abhängig, und er hatte deshalb bis jetzt noch nicht ganz begriffen, was sie eigentlich von ihm brauchte. Gesellschaft vielleicht und seine Fähigkeiten als Pilot, aber nicht seinen Schutz – das hatte sie mit Nachdruck deutlich gemacht.

Indem sie zu ihm gekommen war, hatte sie ihm ein wertvolles Geschenk angeboten, und Luke empfand deshalb nicht nur ein ihm beinahe unbehagliches Gefühl der Abhängigkeit, sondern fühlte sich auch in ihrer Schuld. Und es gab wenig, womit er das ausgleichen konnte.

Aber der Hinweis auf die *Star Morning* verschaffte ihm jetzt die Gelegenheit, sich nützlich zu machen.

Wenn man ihn befragt hätte, hätte er sicherlich erklärt, dass seine Entscheidung, den Kontakt mit dem Schiffsregister der Neuen Republik unter seinem militärischen Zugangscode herzustellen, nichts mit Argwohn zu tun hatte. Obwohl Akanah ihr nächstes Ziel aus dem Strom gepflückt hatte, war doch sehr viel Zeit verstrichen, seit die Fallanassi Kell Plath verlassen hatten. Die Sorge, dass so etwas, wie in Griann vorgefallen war, erneut dazu führen könnte, dass sie die Spur verloren, war Anlass genug, seiner Entdeckung nachzugehen.

Trotzdem wartete Luke, bis Akanah eingeschlafen war, ehe er die Hyperkommverbindung herstellte, ohne dass ihm ganz klar wurde, weshalb er das eigentlich tat. Natürlich wollte er in ihr nicht das Gefühl aufkommen lassen, dass er ihr nachspioniere. Aber zugleich war Luke auch bewusst, dass *er selbst* das auch nicht wollte. Bis jetzt war er imstande gewesen, ihr zu vertrauen. Alles, was er getan hatte, und auch seine Anwesenheit auf dem Schiff beruhte darauf.

»Schiffsregister.«

Der *Adventurer* besaß keine Eingabestation für abgeschirmte Kommunikation, und Luke musste deshalb einen Stimmcode anbieten.

»Autorisation bestätigt«, sagte der Mann in der Schiffsregistratur. »Fahren Sie fort.«

»Ich brauche einen Bericht über ein privates Fahrzeug.«

»Ja, Sir. Schnell oder umfassend?«

»Wo liegt da der Unterschied?«

»Ein umfassender Bericht schließt alles ein, was in den vernetzten Datenspeichern auffindbar ist – Steuern, Besitzwechsel, angelaufene Häfen, was wir haben. Wenn das Schiff nicht nagelneu ist, kann das ziemlich viel sein.«

»Umfassend«, entschied Luke. »Das Schiff ist die *Star Morning*, registriert auf Teyr, Eigner ...«

»Ja, ich habe es auf meinem Schirm«, sagte der Angestellte. »Ein umfassender Bericht kann bis zu einer Stunde in Anspruch nehmen. Möchten Sie, dass ich ihn, wenn er abgeschlossen ist, an ihre Hyperkommsite weitergebe, oder soll ich ihn bis zu Ihrem nächsten Anruf bereithalten?«

»Geben Sie ihn bitte weiter«, sagte Luke.

»Sehr gerne, Sir. Sonst noch etwas?«

Luke sah sich um und dehnte seine Sinne aus, um sich zu vergewissern, dass Akanah schlief. »Ja«, sagte er dann, einem Impuls folgend. »Ich möchte einen umfassenden Bericht über ein Skiff, einen *Verpine Adventurer*, Registernummer NR80-109399, augenblicklich ohne offiziellen Namen, Eigner und Heimathafen unbekannt ...«

»Liegt mir vor, Sir. Soll ich diesen Bericht mit dem anderen durchgeben?«

»Nein«, entschied Luke. »Den halten Sie bitte für mich auf Abruf bereit.«

»Geht in Ordnung, Sir. Sonst noch etwas?«

»Nein.«

»Bereit, Verbindung zu beenden.«

»Beende Verbindung«, sagte Luke und griff nach dem entsprechenden Schalter.

Dann fragte er sich, weshalb das, was er gerade getan hatte, ein so schales Gefühl in ihm aufsteigen ließ.

Akanah schlief über drei Stunden, aber als sie schließlich wieder aufwachte, war der Bericht von der Schiffsregistratur immer noch nicht eingetroffen. Sie sagte nichts, als sie aus der Schlafkoje stieg und gleich darauf ein paar Minuten hinter der Wand der Erfrischerzelle verschwand.

Als sie wieder herauskam, hatte sie das wallende Kleid, das sie auf dem Planeten getragen hatte, gegen einen eng anliegenden einteiligen Overall mit langen Ärmeln vertauscht, wie sie ihn während des größten Teils der Reise nach Teyr getragen hatte. Als sie neben ihn an die Steuerkonsole trat, nahm er den dezenten Geruch der Reinigungszelle an ihrer Kleidung wahr.

»Also, haben wir einen Schatten?«

»Jedenfalls keinen, der so ungeschickt ist sich zu verraten«, antwortete Luke. »Im Augenblick befinden sich achtzehn Schiffe – nein, jetzt sind es gerade neunzehn geworden – in diesem Auswärtskorridor. Theoretisch haben sie alle Kurs auf die Folees Kreuzung oder nach Darepp.«

»Theoretisch?«

»Nach den Regeln der freien Schifffahrt brauchen sie keine Flugpläne abzuliefern und ihre Zielorte auch nicht bekannt zu geben – sie müssen lediglich Meldung machen, wenn sie hier abreisen, und wenn sie dort eintreffen.«

Akanah beugte sich vor, um den Navigationsschirm zu studieren. »Wie hast du es angestellt, dass hier alle IDs angezeigt werden? Als ich nach Coruscant kam, hat mir der Bildschirm nur diese grünen Striche gezeigt – aber nicht, was das für Schiffe waren.«

»Die Displayoptionen sind in den Befehlsmenüs enthalten. Aber meistens sagt einem die Grundeinstellung alles, was man braucht«, erklärte Luke. »Ein grüner Strich bedeutet ein

Schiff in sicherer Distanz, also auf einem nicht kollisionsgefährdeten Kurs. Ein gelber Strich kennzeichnet ein Schiff, das sich nähert, also auf Standardabstand befindet, aber nicht auf Kollisionskurs. Und ein roter Strich bedeutet Gefahr, einen Schnittpunkt mit dem eigenen Kurs innerhalb des Sicherheitsabstandes. Dieselben Regeln gelten für Steinbrocken, nur dass das Symbol dann ein Kreis ist – wie der hier.«

»Rote Symbole bedeuten also grundsätzlich Gefahr.«

Luke nickte. »Ich bin sicher, dass dieses Schiff über ziemlich widerliche Alarmsignale und Ausweichprotokolle verfügt.«

»Und was ist, wenn jemand ein Geschoss auf uns abfeuern würde? Würde man das als roten Strich sehen?«

Luke runzelte die Stirn und überlegte. »Wahrscheinlich als Kreis, so als würde es sich um einen sich schnell bewegenden Asteroidenkörper handeln. Geschosse strahlen keine Erkennungssignale ab, und Skiffs verfügen in ihren Scannern nicht über Erfassungsmodule für Lenkflugkörper.«

»Ich war nie in einem Kriegsschiff«, sagte Akanah. »Sag mir – wodurch unterscheidet sich dieses Display vom Cockpit eines militärischen Raumfahrzeugs?«

»Oh – da liegen Welten dazwischen«, lächelte Luke.

»Wie genau?«

»Nun – in einem Militärfahrzeug sind automatisierte Systeme vorhanden, die den Piloten unterstützen – fast alles Wichtige muss von Hand gesteuert werden«, sagte Luke. »Ein Schiff wie dieses hier andererseits ist so konstruiert, dass so viel wie möglich von Expertensystemen übernommen wird, um ungeübte Piloten davor zu bewahren, dass sie Fehler machen.«

»Ein Kampfraumer hat also mehr Steuerhebel?«

»Wesentlich mehr. Du musst dir vorstellen, der Steuerknüppel eines X-Flüglers hat fast so viele Schalter wie hier auf dem ganzen Armaturenbrett vorhanden sind«, sagte Luke. »Das meiste von dem, was dieses Schiff dich überhaupt selbst machen lässt, ist drei Etagen tief in den Displays der Befehlsoptionen vergraben.«

Sie nickte. »Sag mir, wenn wir von einem Kriegsschiff verfolgt oder von einem Jäger abgefangen würden – wie viel könntest du dann tun?«

Luke fuhr sich mit der Hand durchs Haar. »Weniger, als du vermutlich hoffst«, sagte er. »Ich würde das nur ungern ausprobieren wollen.«

»Nicht einmal bei deinem Ruf als Pilot?«

»Dieses Schiff ist für den Echtraum untermotorisiert. Das heißt, wir können nicht entkommen. Es verfügt über keine echten Vektorschubaggregate, und das bedeutet, dass es nicht sehr wendig ist, trotz der geringen Masse. Die Navschilde würden beim ersten Treffer hochfahren, und beim zweiten würde der Rumpf brechen – es sei denn, beim zweiten Treffer würde es sich um den Schuss aus einer Ionenkanone handeln.«

»Und was würde dann passieren?«

»Sämtliche Systeme würden verschmoren, und dann würden wir bewegungslos im Weltraum treiben.« Er lächelte ziemlich kläglich. »In einer solchen Situation kann der beste Pilot nicht viel ausrichten. Und sein Ruf ist noch weniger wert.«

»Also wäre unsere einzige Hoffnung, in den Hyperraum zu springen, ehe wir getroffen werden.«

»Ja, so könnte man das ungefähr ausdrücken.«

In dem Augenblick ertönte ein leiser Gong und erschreckte Akanah. »Was ist das? Was ist los?«

»Nichts, worüber du dir Sorgen zu machen brauchst«, sagte Luke und beugte sich vor. »Eingehende Dateiübertragung. Ein Bericht über die *Star Morning.* Den habe ich, während du geschlafen hast, in Coruscant angefordert.«

Ihre Augen blitzten verärgert. »Ich hatte dich doch gebeten, bis nach dem ersten Sprung zu warten.«

»Du hast auch gesagt, ich solle tun, was ich für richtig halte«, wehrte sich Luke. »Wenn wir irgendwo dort draußen hängen und darauf warten, dass ein Bericht eingeht, können wir nicht losspringen und verschwinden. Und ich dachte, dieser Bericht könnte vielleicht Informationen enthalten, die wir kennen sollten, *ehe* wir uns auf Atzerri festlegen.«

»Wir haben uns bereits auf Atzerri festgelegt«, erwiderte

sie pikiert. »Das ist das Ziel, das die Schrift auf Teyr uns vorgegeben hat.«

»Ich will mir den Bericht ansehen«, erklärte Luke. »So wie ich das sehe, können uns zusätzliche Informationen jedenfalls nicht schaden.«

»Sie können uns bloß in die Irre führen«, sagte Akanah. »Ich habe dir doch gesagt, dass wir keine Spur hinterlassen, der ein Außenseiter folgen kann.«

Ein zweiter gedämpfter Ton signalisierte das Ende der Datenübermittlung.

»Dann werde ich mich eben darauf verlassen, dass du verhinderst, dass ich mich verirre«, sagte Luke und schaltete das zweite Displayfenster ein. »Du kannst dir das ansehen oder nicht – ich muss es auf jeden Fall. Ich habe nie gern Entscheidungen getroffen, ohne über Informationen zu verfügen.«

Luke hatte mit zwei möglichen Gründen für das verspätete Eintreffen des Berichts gerechnet – er hatte entweder eine sehr umfangreiche oder eine sehr spärliche Datei erwartet, je nachdem, welcher der beiden Gründe zutraf.

Die Unterlagen, die er erhielt, waren sehr umfangreich und enthielten geradezu überwältigend viele Details. Die *Star Morning* alias *Mandarin*, alias *Pilgrim*, alias *Congere* konnte, ehe sie in den Besitz der Fallanassi gelangte, auf eine lange Vorgeschichte zurückblicken und hatte auch nachher Interessantes erlebt.

Das Schiff war vom Kogus Design-Syndikat als Variante eines noch älteren Typs aus der Zeit der alten Republik gebaut worden und galt trotz der Schlafkonfiguration der für achtundfünfzig Passagiere vorgesehenen Hauptkabine als Linienfahrzeug. Mit einer Länge von vierundvierzig Metern und einer Breite von achtundzwanzig war dieser Typ mit seinen zwei spatenförmig übereinander angeordneten Decks imstande, auch auf kleinsten Raumhäfen zu landen – und ein guter Pilot hätte möglicherweise sogar auf freiem Feld landen können, ohne dabei Unheil anzurichten. Beim Hyperantrieb des Schiffes handelte es sich um einen recht weit verbreiteten Block 1 mit zwei Fusionsgeneratoren. Aber die

Ionenmaschinen, zwei SoroSuub Viper 40, hätten sogar für ein Schiff mit der eineinhalbfachen Masse ausgereicht.

Bei derartigen Antriebsaggregaten hätte der Millenium Falke *Schwierigkeiten, mit der* Star Morning *Schritt zu halten*, dachte Luke.

Aber wesentlich interessanter als die Baudaten war die Bestätigung, dass die *Star Morning* sich immer noch im Besitz der Kell Plath-Corporation von Teyr befand, der sie bereits seit fünfzehn Jahren gehörte. Die Liste der Häfen, die sie in diesem Zeitraum angeflogenen hatte, umfasste mehr als zweihundert Eintragungen, wobei kein einziger Hafen öfter als dreimal auftauchte, die meisten nur ein einziges Mal.

Ganz schön rumgekommen, sinnierte Luke, während er die Liste überflog. *Von den meisten dieser Orte habe ich noch nicht einmal gehört*. Die Liste war lückenhaft, offensichtlich nicht vollständig. Es gab viele Zeitabschnitte von einem Monat oder länger – ein Zeitraum, der die konstruktions- und systembedingte mögliche Verweildauer des Schiffes im Weltraum überstieg –, in der keinerlei Häfen registriert waren. Eine Fußnote erklärte allerdings, dass alte Aufzeichnungen aus einigen Allianzwelten nicht zur Verfügung gestanden hatten, Daten von Welten, die im Krieg starke Verluste davongetragen hatten, waren unvollständig oder zerstört worden, und einige erst in letzter Zeit übernommenen Unterlagen waren noch nicht völlig bearbeitet worden.

»DAS FEHLEN VON DATEN SOLLTE NICHT ALS HINWEIS AUF VERBOTENE REISEROUTEN ODER ILLEGALE AKTIVITÄTEN GEDEUTET WERDEN« stand in dicken Lettern über der Hafenliste vermerkt.

Das hinderte Luke freilich nicht daran, darüber nachzudenken und Spekulationen anzustellen. Die längste Lücke – sie betrug fast ein ganzes Jahr – begann keine drei Monate, nachdem der Name *Mandarin* vom Rumpf des Schiffes entfernt worden war. Die Lücke begann Wochen vor der Schlacht von Endor und umfasste den Zeitraum der heftigsten Kämpfe des letzten Jahres des Krieges gegen das Imperium.

Nach den Luke vorliegenden Aufzeichnungen hatte die

Star Morning Motexx mit voller Ladung und mit Kurs auf Gowdawl auf einer Charterreise verlassen. Dann wurde das Schiff nicht wieder gesehen, bis es mit leerer Kabine und leerem Frachtraum etwa 300 Tage später bei Arat Fraca auftauchte.

Unter Berücksichtigung aller Umstände war das für ein unbewaffnetes Schiff eine gute Zeit, um in einem Raumhafen oder an einem sonstigen sicheren Ort Zuflucht zu suchen. Aber wo hatte sie sich aufgehalten? Motexx und Arat Fraca lagen beinahe zwei Sektoren auseinander, und dazwischen lagen nicht nur Tausende von Lichtjahren, sondern auch der Schwarze Nebel von Parfadi mit seinen zwei superschweren Neutronensternen, den bisher noch kein Schiff durchquert hatte. Und was war mit den Passagieren von Motexx geschehen? Es gab keinerlei Hinweise darauf, dass die *Star Morning* je in Gowdawl eingetroffen war.

Darüber hinaus fiel auf, dass Atzerri auf der Liste überhaupt nicht erwähnt war. Das erste Ziel der *Star Morning* nach Teyr war Darepp gewesen. In den darauf folgenden Wochen war das Schiff auf unregelmäßigem Kurs in Richtung auf die Randwelten unterwegs gewesen und hatte bei Kolonialwelten wie 23 Mere, Yisgga, New Polokia, Fwiis und Babbadod Halt gemacht, ehe es wieder Kurs auf das Herz der Galaxis genommen und schließlich Motexx erreicht hatte. So gut Luke das mit dem Navikomm des *Adventurer* feststellen konnte, war die *Star Morning* allenfalls auf dem Weg nach Fwiis in die Nähe von Atzerri gekommen – hatte aber nicht genug Zeit gehabt, um den Abstecher von fast 150 Lichtjahren zu machen.

Luke bereitete sich innerlich auf eine Auseinandersetzung mit Akanah vor. *Die Fallanassi sind nicht auf geradem Wege von Teyr nach Atzerri gereist – warum ist es also so wichtig, dass wir das tun? Wussten sie überhaupt, als sie Teyr verließen, dass sie am Ende dort ankommen würden? Warum hat die Schrift dich nicht nach Darepp gewiesen? Ich wünschte, ich wüsste genau, wie die Botschaft in der Enklave gelautet hat.* Aber die dritte Erkenntnis, die Luke aus dem Bericht zog, schien ihm die dringendste. Sie war es auch, die ihn veranlasste, seine Liege zu verlassen und sich nach hinten in das Wartungsabteil zu begeben, wo Akanah sich redlich bemühte, anderweitig beschäftigt zu erscheinen.

Dazu bediente sie sich ihrer Stretching-Übungen und betrieb darüber hinaus aktive Meditation. Im Augenblick saß sie mit geschlossenen Augen und sichtlich entspannt mit hinter dem Hals verschlungenen Fußknöcheln da. Mit den Fingerspitzen stützte sie sich aufs Deck und bewahrte auf diese Art eine aufrechte Haltung.

»Ich habe etwas gefunden«, sagte er mit leiser Stimme und wartete darauf, dass sie ihn zur Kenntnis nahm. Als das eine Weile auf sich warten ließ, fügte er mit etwas lauterer Stimme hinzu: »Akanah?«

Sie atmete tief ein, ließ sich nach vorne rollen und entfaltete sich dabei, dann nahm sie eine etwas konventionellere Sitzhaltung ein. Langsam öffnete sie ihre Augen und musterte ihn. »Was hast du gefunden?«

»Die *Star Morning*«, sagte Luke. »Sie hat sich während der letzten paar Monate meist drüben in Farana auf der anderen Seite des Firmensektors aufgehalten. Aber vor nicht einmal zwölf Stunden hat sie auf Vulvarch Station gemacht.«

»Warum scheint dir das wichtig?«

»Vulvarch ist nur vierunddreißig Lichtjahre von uns entfernt«, sagte Luke. »Wir könnten in der Hälfte der Zeit dort sein, die wir brauchen, um nach Atzerri zu kommen. Sogar weniger als der Hälfte.«

»Das Schiff ist nicht wichtig«, sagte Akanah. »Unser Weg führt uns nach Atzerri.«

»Der Weg ist seit fünfzehn Jahren von Unkraut überwuchert«, sagte Luke. »Schau doch, was bis jetzt vorgefallen ist – es spricht doch alles dafür, dass wir in Atzerri bloß eine weitere Botschaft finden, die uns auffordert, zum nächsten Ziel zu fliegen, nach Darepp oder Babbadod oder Arat Fraca. Die *Star Morning* ist kreuz und quer durch die Galaxis geflogen.«

»Das Schiff ist nicht wichtig«, wiederholte Akanah. »Das ist nur ein Werkzeug – ein Gegenstand. Man hat uns aufgefordert, nach Atzerri zu gehen.«

»Wer oder was auch immer uns auf Atzerri erwartet, wartet jetzt schon seit fünfzehn Jahren und kann noch ein paar Tage länger warten«, sagte Luke, dem ihr Starrsinn langsam auf die Nerven ging. »Aber *dieser* Hinweis ist nur zwölf Stunden alt. Wenn wir sofort springen, sollten wir Vulvarch erreichen, ehe die *Star Morning* wieder startet.«

Sie schüttelte den Kopf. »Wir werden den Kreis dort nicht finden.«

Lukes Tonfall ließ keinen Zweifel an seiner Ungeduld. »Seit Kell Plath das Schiff übernommen hat, ist ein und dieselbe Pilotin dafür eingetragen. Sie muss also eine von euch sein oder zumindest Bescheid wissen. Akanah, wir könnten Monate damit verbringen, dem Kreis überallhin zu folgen, wo er sich in den letzten fünfzehn Jahren aufgehalten hat. Aber die *Star Morning* könnte uns unmittelbar dorthin lenken, wo die Fallanassi heute sind – uns vielleicht sogar dorthin bringen. Ich dachte, das wäre dein Wunsch.«

»Ich werde dem Weg folgen, der mir hinterlassen wurde«, sagte Akanah. »Das ist, was ich weiß, und das ist, was man mir versprochen hat – der Weg nach Hause wird markiert sein.«

Luke wandte sein Gesicht von ihr ab und ballte die rechte Hand an seiner Seite zur Faust. Dann ging er in das vordere Abteil und kehrte erst zurück, als er seinen Zorn verarbeitet und überwunden hatte. Sie hatte ihre Meditation bereits wieder aufgenommen.

»Wirst du wenigstens mit ihnen *reden*, ehe wir abspringen?«, fragte Luke. »Ich habe die Hyperkommadresse der *Star Morning* – ich kann eine abhörsichere Verbindung für dich herstellen. Du kannst völlig ungestört mit der Crew alle Erkennungszeichen austauschen, die notwendig sind. Vielleicht können sie uns eine überflüssige Reise ersparen.«

»Nein«, sagte Akanah, ohne aufzublicken. »Das können sie nicht.«

»Warum nicht?«

Sie ließ ihn einen Augenblick warten, ehe sie ihn ansah. »Selbst wenn die Crew des Schiffes dem Kreis angehört, werden sie sich nie auf solche Distanz einer Fremden offenbaren.

Ebenso wie ich mich niemandem offenbaren werde, den ich nicht im Strom fühlen kann. Die äußeren Zeichen und gesprochene Worte sind nur ein Ritual – das Erkennen liegt im Spüren eines anderen Adepten, der vor einem steht. Es tut mir leid.«

Ihre Ablehnung verstimmte Luke so, dass er kein Wort mehr herausbrachte, und das sah sie in seinen Augen.

»Du solltest das verstehen«, sagte sie. »Bei dir und deinesgleichen ist das genauso. Das einzige Erkennen ist das, was du hier spürst.« Sie tippte sich mit den drei Fingern der linken Hand auf die Brust. »Das ist die Wahrheit, die einen nie täuschen kann.«

Die Meinungsverschiedenheit hing als ein unausgesprochener Verdacht wie eine schwere Last zwischen ihnen in der Luft.

Akanah versuchte nicht, Luke davon abzuhalten, auf eigene Faust Kontakt mit der *Star Morning* aufzunehmen. Aber sie wich ihm nicht von der Seite und machte es Luke damit unmöglich, dies ohne ihr Wissen zu tun. Damit ließ sie keinen Zweifel daran, dass sie keine weiteren Überraschungen erleben wollte, so wie die, die sie nach ihrem Schlaf vorgefunden hatte.

Luke andererseits war bereits für sich, ohne dies ihr gegenüber zu erwähnen, zu dem Schluss gelangt, dass es ihnen nichts einbringen würde, das andere Schiff anzurufen, ohne dass Akanah ihm dabei behilflich war. Und da er somit widerstrebend ihre Entscheidung akzeptiert und sich damit abgefunden hatte, die *Schlammfaultier* nach Atzerri zu steuern, ärgerte ihn ihr auffälliges Misstrauen.

Da sie ihm nicht von der Seite wich, konnte Luke auch den Bericht über die Vorgeschichte der *Schlammfaultier* nicht aus dem Schiffsregister abrufen, der dort auf ihn wartete. Dabei machte ihn das, was er in dem Bericht über die *Star Morning* entdeckt hatte, und Akanahs stures Beharren auf Atzerri äußerst neugierig darauf. Aber er hatte keine Möglichkeit, diese Neugierde zu befriedigen, was seinen Ärger steigerte und ihn seinerseits nur noch argwöhnischer machte.

Als der Zeitpunkt für den Sprung von Teyr kam, erledigte er die notwendigen Schritte, ohne Akanah davon zu verständigen, und stieg dann in seine Koje, um während des kurzen von ihm programmierten Sprungs zu schlafen. Den *Star Morning*-Bericht ließ er unterdessen absichtlich auf dem Sekundärschirm der Pilotenstation offen. Ob Akanah von dieser Einladung in Versuchung geführt wurde, wusste er nicht. Luke öffnete sich ganz der Macht, ließ seine feindseligen Stimmungen verebben und war binnen weniger Minuten eingeschlafen.

Drei Stunden später fiel der *Verpine Adventurer* wie programmiert aus dem Hyperraum. Luke stieg aus der Koje und begrüßte Akanah mit einem freundlichen Lächeln, worauf diese mit einem schnellen, irgendwie müde wirkenden Lächeln antwortete.

»Ich werde jetzt das Außenministerium befragen, sofern du nichts dagegen hast«, sagte Luke und nahm auf dem Pilotensitz Platz.

»Nein«, sagte sie. »Willst du alleine sein?«

Luke schüttelte den Kopf und nahm die entsprechenden Schaltungen am Hyperkomm vor. »Nein. Da gibt es keine Geheimnisse – nur beschränkten Zugang.« Er probierte ein weiteres Lächeln und stellte fest, dass es immer noch aufrichtig wirkte. »Man kann sich hier ohnehin kaum aus dem Wege gehen.«

Es dauerte nur ein paar Minuten, bis er seine Wünsche eingegeben hatte, und die Antworten kamen fast unverzüglich zurück. Luke erwähnte nicht ausdrücklich, dass die sieben zusätzlichen Welten, für die er Informationen anforderte, alles Welten waren, die die *Star Morning* angelaufen hatte. Falls Akanah die Namen kannte, weil sie den Bericht gelesen hatte, würde sie seine Gründe kennen. Wenn nicht, dann war es belanglos.

»Ich werde jetzt meine Inspektion beginnen«, sagte Luke und stand auf.

»Darf ich mir die Dateien ansehen?«

»Aber natürlich«, sagte Luke. »Es ist sogar besser, wenn

du das tust. Wie gesagt, es gibt keine Geheimnisse. Ich bin immer in Hörweite – sag mir einfach Bescheid, wenn du auf etwas stößt, was ich wissen sollte.«

Die Inspektion der Innenräume nahm fast eine Stunde in Anspruch. Luke begann im hinteren Teil des winzigen Wartungsabteils des Skiffs und öffnete dort systematisch jede Wandplatte, die sich lösen ließ, und jede Zugangstür im Schiff und hielt nach Gegenständen Ausschau, die so aussahen, als gehörten sie nicht hierher. Er stieß dabei zwar auf ein defektes Zusatzaggregat am Wasserrecycler, das eine der Exzentritäten des *Adventurer* erklärte, und er fand auch ein halbes Dutzend verlorener Gegenstände, die durch irgendwelche Fugen oder Ritzen gerutscht waren, sonst aber nichts.

»Ich begreife einfach nicht, weshalb der Raumhafen keine Wartungsarbeiten auf der Parkfläche zulässt«, sagte Akanah, als er zu ihr zurückkehrte.

»Wahrscheinlich, um die Interessen der stationären Wartungsfirmen zu schützen. Die wollen ja schließlich auch ein Geschäft machen, weißt du.« Luke deutete auf die Displays. »Hast du etwas Interessantes gefunden?«

»Atzerri hat keine Flugkontrollzone«, sagte sie. »Wir können direkt in den Orbit springen, wenn wir wollen, und uns einen eigenen Landeplatz aussuchen – alle Raumhäfen sind unabhängig. Wie es scheint, gibt es dort nicht viel Verwaltung.«

»Ich bin schon früher auf Freihändlerwelten gewesen«, sagte Luke. »Freihändler sind das, was am nächsten an Anarchie herankommt. Wenn sie es schaffen würden, ganz ohne Verwaltung und Regierung auszukommen, ohne dabei das Risiko eingehen zu müssen, alles, was sie besitzen, an Banditen zu verlieren, würden sie keine Sekunde zögern. Wie die Dinge jetzt dort geregelt sind, gibt es meistens irgendwelche Rangeleien. Arm oder langsam darf man auf einer Freihändlerwelt jedenfalls nicht sein.«

Luke entging, dass ihr Gesicht sich kurz verfinsterte, spürte aber ein Frösteln der Abneigung, das sie überlief. »Carratos war auch so, als die imperiale Garnison abgezogen war«, sagte sie. »Ich werde mich dort wahrscheinlich wie zu Hause fühlen.«

»Meinst du, dass das für die Fallanassi auch gilt?«

»Wie meinst du das?«

»Nun, ich habe einfach das Gefühl, dass das genauso wenig der richtige Ort für deine Leute ist, wie Teyr das war«, sagte Luke. »Hast du in den Berichten irgendetwas gefunden, das uns einen Hinweis darauf gibt, weshalb sie dorthin gegangen sein könnten – geschweige denn, warum sie dort geblieben sind?«

»Sie sind auch deine Leute«, sagte sie mit einem wehmütigen Lächeln. »Ich habe keine Antwort auf deine Frage. Vielleicht hat Atzerri, weil es so ist, wie es ist, sich besser dazu geeignet, dort unterzutauchen.«

»Ja. Das könnte die Antwort sein.«

»Lass uns nicht Rätsel raten«, sagte sie. »Ist das Schiff sauber?«

»Ich habe jedenfalls nichts gefunden.«

»Dann wollen wir den Flug fortsetzen. Lass uns direkt nach Atzerri springen.«

»Ich habe aber nicht gesagt, dass es keine Leute gibt, die Dinge so verstecken können, dass ich sie nicht finde«, warnte Luke.

»Das weiß ich.«

»Also – sehen wir nach, ob es eine direkte Route von hier aus gibt«, sagte Luke und wandte sich dem Astrogator zu. »Ich habe vor, das nächste Fenster zu nutzen.«

Sie sprangen zwanzig Minuten später, und der Bericht über die *Schlammfaultier* wartete immer noch auf Coruscant auf seinen Abruf.

Man hätte fast meinen können, das Skiff würde, je länger sie sich darin befanden, immer kleiner werden, und die aufgetretenen Spannungen hatten diesen Vorgang noch beschleunigt. Sobald sie sich auf dem Weg nach Atzerri befanden, schliefen Akanah und Luke daher wieder abwechselnd.

Das funktionierte vor allem deshalb, weil das Geräuschdämpfungssystem so effektiv arbeitete, dass der Vorhang das Schiff praktisch in zwei Welten teilte, hell und dunkel, wachend und schlafend. So konnten Luke und Akanah sich praktisch die ganze Zeit, gleichgültig, auf welcher Seite des Vorhangs sie sich befanden, der Illusion hingeben, allein auf dem Schiff zu sein. Sie legten gerade genug Zeit zwischen den beiden Schichten ein, die sie beide wach blieben, um nicht wie beim Militär üblich die Koje überhaupt nicht kalt werden zu lassen – wenn auch Luke gelegentlich, nachdem er sich hingelegt hatte, Akanahs Körperduft am Kissen wahrnahm.

Der Sprung nach Atzerri dauerte ziemlich lang. Beim ersten Schichtwechsel hatten die beiden Reisenden einander wenig zu sagen – sie wartete ungeduldig darauf, zu Bett zu gehen, und ihn drängte es, die diplomatischen Dateien zu lesen. Beim zweiten Wechsel war es kaum anders, und ihre Unterhaltung blieb höflich und oberflächlich.

Beim dritten Wechsel waren beide bereits wieder einsam genug, um die Gesellschaft des anderen zu begrüßen und sich eine Weile zu unterhalten. Und als der vierte Schichtwechsel kam, riskierte Luke es, ein Thema anzuschneiden, das ihn in der alleine verbrachten Zeit häufig beschäftigt hatte.

»Akanah – wenn es deinen Eid verletzt, mir zu sagen, was in der Schrift stand, weshalb tust du es dann?«

»Weil ich dich als einen von uns betrachte«, sagte sie mit einem Gesichtsausdruck, der leichtes Erstaunen erkennen ließ. »Du bist nicht ausgebildet – du bist kein Adept –, aber du bist ein Fallanassi.«

»Warum? Weil meine Mutter eine war – ist?«

»Ja. Und wegen des Potentials, das in dir ruht, wie ja dein Geschick im Umgang mit der Macht beweist.«

Luke kehrte zur Pilotenliege zurück und nahm so Platz, dass er zu ihr hinübersehen konnte. »Wie wird man Teil des Kreises?«

»Neugierde reicht nicht – aber das wirst du ja vermutlich wissen. Manche werden hineingeboren, manche kommen hinzu. Ist das in deiner Disziplin anders?«

»Willst du sagen, mit der Gabe geboren oder von jemandem geboren, der bereits dazu gehört, einem ausgebildeten Adepten?«

»Liegt die Gabe denn nicht im Blut?«

»Manchmal scheint es so. Manchmal scheint es, als würde das Talent Sprünge machen, beinahe so, als ob die Macht selbst sich diejenigen aussucht, die sie tragen sollen«, sagte Luke. Er drehte sich halb herum und stemmte einen Fuß gegen die Steuerkonsole.

»Wie meinst du das?«

»Sieh doch, wie die Jedi wiederkehren«, sagte Luke. »Das Imperium hat uns so unbarmherzig gejagt, dass praktisch alle, die entkommen konnten, glaubten, sie wären die einzig überlebenden Jedi. Aber es ist keineswegs so, dass lediglich ein paar Einzelgänger, die sich versteckt gehalten hatten, wieder aufgetaucht sind. Ich habe Schüler ohne jegliche Jedi-Vorfahren gefunden, und auch in Spezies, die nie zuvor im Orden vertreten waren.«

»Vielleicht waren einige von euch abenteuerlustige Reisende«, sagte Akanah. »Auf Carratos habe ich viele Anekdoten darüber gehört, wie der Imperator seine Abende verbracht hat. Wenn ein Jedi alleine schläft, dann doch bestimmt nur, weil er das so will. So wie du es tust.«

»Willst du damit sagen, dass du erwartet hast, ich würde das Bett mit dir teilen?«, sagte Luke. »Ich war nicht der Ansicht, dass es so zwischen uns vereinbart war.«

»Nein«, sagte sie. »Das hatte ich nie erwartet.«

»Was willst du dann sagen?«

»Dass Luke Skywalker inzwischen hundert Kinder haben könnte. Tausend.«

»Das ist verrückt.«

»Nein – das ist die schlichte Wahrheit. Für Helden und Angehörige regierender Königshäuser gelten eigene Regeln, und dich sieht man als etwas von beidem. Das kann dir doch nicht entgangen sein.«

Luke runzelte die Stirn und wandte den Blick von ihr ab. »Ich wüsste nicht, wie es wäre, Vater eines Kindes zu sein, geschweige denn von tausend.«

»Du würdest es gar nicht zu wissen brauchen«, sagte sie.

»Die Mütter würden das nicht erwarten. Die wären auch so für das Geschenk dankbar.«

»Aber von mir würde ich es erwarten«, sagte er und lenkte das Gespräch bewusst wieder in geordnete Bahnen. »Wir sprachen davon, dass ich Ehrenmitglied des Kreises bin …«

»Nicht Ehrenmitglied«, verbesserte sie ihn. »Novize.«

»Gut, dann eben Novize. Aber gibt es denn in eurem Eid eine Ausnahme für Leute wie mich?«

»Jeder Adept hat das Recht zu urteilen und die Pflicht zu lehren«, sagte sie. »Ich habe mein Urteil gefällt.«

»Und wie steht es mit dem Rest?«, fragte Luke. »Wir haben viele Stunden miteinander verbracht. Warum hast du nicht angefangen, mich zu unterweisen?«

»Aber das habe ich doch«, sagte sie. »Ich habe dich aufgefordert, über das nachzudenken, was du weißt und glaubst. Um darüber hinauszugehen, muss der Novize darum bitten, dass ihm die Tür geöffnet wird. Aber soweit bist du noch nicht, dass du in dir wieder einen Schüler sehen kannst – jetzt noch nicht. Du kannst zu gut und zu schnell laufen, um noch einmal kriechen zu wollen.«

»Nein«, sagte Luke und schüttelte den Kopf. »Jedi sein heißt, ein Suchender sein. Ein Jedi ist stets im Lernen begriffen. Nur auf der Dunklen Seite wird man vom Wissen besessen und vom Tun beeindruckt.«

»Ich spüre ein wenig von der Dunklen Seite«, sagte Akanah langsam. »An der Art und Weise nämlich, wie du dich an das Privileg des Tötens klammerst und dich dem widersetzt, was ich dich lehren will. Ich spüre da die Andeutung eines Bewusstseins, das sich auf Antworten festgelegt hat und sich dagegen sträubt, mit neuen Fragen herausgefordert zu werden.«

Luke spielte mit dem Verschluss seines Hemdes, während er über ihre Worte nachdachte. »Mag sein, dass du Recht hast«, sagte er schließlich. »Ich habe die Macht zu einer Zeit gefunden, als ich mächtige Kräfte brauchte. Ich wollte eine Waffe, um meine Freunde zu beschützen, nicht Aufklärung. Ich dachte an den Krieg gegen das Imperium, nicht an Frieden mit dem Universum. Vielleicht ist in der Art und Weise, wie ich mich selbst sehe, davon etwas hängen geblieben. Ich werde darüber nachdenken.«

»Gut«, sagte sie. »Deine Worte machen mir Hoffnung. Und Hoffnung ist der Anfang von allem Wertvollen.«

Luke setzte sich auf und drehte sich zu ihr herum. »Akanah – ich möchte, dass du mich unterweist«, sagte er. »Ich möchte lernen, Schrift zu lesen. Du konntest mir dabei helfen, die Schrift zu sehen. Kannst du mich lehren, sie ohne deine Hilfe zu sehen?«

»Ja. Aber das ist nicht die erste Lektion«, sagte sie. »Das wird später kommen.«

»Meinst du nicht, dass es genug Anlass gibt, den Lehrplan etwas abzuändern?«

»Was für Gründe denn?«

»So etwas wie eine Versicherung«, sagte Luke. »Wenn wir deinem Weg folgen sollen, dem markierten Weg, um den Kreis zu finden, dann ist es von entscheidender Wichtigkeit, die Zeichen zu finden und zu lesen, die man im Strom für uns hinterlassen hat. Aber wenn nur einer von uns sie lesen kann ...«

»Mir wird kein Zeichen entgehen«, sagte Akanah und schüttelte den Kopf. »Und ich werde sie auch alle richtig erkennen und lesen.«

»Und was ist, wenn wir getrennt werden? Du hast doch gesagt, dass ich für dich ein Fallanassi sei. Wenn das zutrifft, dann sind diese Zeichen doch auch für mich bestimmt.«

»Bindung muss auf mehr beruhen als nur der Notwendigkeit«, sagte Akanah. »Es tut mir leid. Die Zeit für das, was du verlangst, ist noch nicht gekommen.«

Luke runzelte die Stirn. »Hast du Angst, ich könnte dich verlassen und versuchen diese Reise ohne dich zu beenden?«

»Nein«, sagte Akanah. »Würdest *du* denn zulassen, dass die Ungeduld einer deiner Schüler die Reihenfolge seiner Unterweisung bestimmt? Würdest du ihm das Geheimnis preisgeben, das dir selbst am meisten schaden kann, ehe er sich zu den Prinzipien bekannt hat, die dir die wichtigsten sind?«

»Willst du denn, dass ich auch die Gelübde des Kreises ablege?«

»Ja, das möchte ich«, sagte sie. »Aber erst, wenn du dafür bereit bist, und das bist du noch nicht – und nur aus den richtigen Gründen, und dies ist nicht der richtige Grund.«

»Aber wie soll ich dir zeigen, dass ich bereit bin, und dir damit die Sicherheit bieten, die du willst?«

»Entscheide dich dafür, deine Waffe zurückzulassen, wenn wir auf Atzerri landen«, sagte sie. »Wenn du das tust, zeigst du mir etwas. Das wäre ein Anfang.«

Luke stützte die Ellbogen auf die Knie, presste die rechte Faust in die linke Hand und starrte über sie hinweg auf das Deck. »Darüber werde ich auch nachdenken müssen«, sagte er schließlich und stand auf. »Wenn ich das tue, möchte ich es aus Überzeugung tun – und nicht bloß, um damit meinen Lehrer für die nächste Lektion zu bezahlen.«

Ein warmes Lächeln ging über ihr Gesicht. »Ich wusste, dass ich dich richtig eingeschätzt habe«, sagte sie. »Der Kreis wird dich willkommen heißen, wenn die Zeit dafür gekommen ist.«

Er nickte mit zusammengepressten Lippen, als er sich zwischen den beiden Pilotenliegen durchzwängte und zur Koje ging. Aber sein Gesicht musste mehr ausgedrückt haben, denn sie stand auf und rief ihm nach: »Zweifelst du an mir, Luke?«

Luke blieb mit einem Fuß auf der untersten Treppenstufe der Koje stehen und sah sich um. »Es gibt Dinge, die ich nicht begreife, und über die ich mir den Kopf zerbreche«, sagte er. »Ist das dasselbe wie zweifeln? Ich weiß nicht.«

»Ja, das ist es«, sagte sie. »Weshalb fragst du mich nicht nach diesen ›Dingen‹? Ich habe keine Angst vor deinen Fragen. Hast du Angst vor meinen Antworten?«

»Das ist es wohl kaum.«

»Oder dass du mich mit deiner Neugierde beleidigst?«

»Vielleicht.«

»Ich bin nicht leicht beleidigt. Frag mich jetzt etwas, dann bist du ein Geheimnis los, das dich sonst im Schlaf plagt.«

Luke drehte sich zu ihr um und stellte wieder beide Füße

aufs Deck. »Also gut«, sagte er. »Wie kam es, dass du dieses Schiff gekauft hast? Warum bist du nicht nach Lucazec geflogen, als du genügend Geld für die Passage beisammen hattest? Das muss doch viel weniger gewesen sein, als du für das Schiff bezahlen musstest. Mir scheint, du hättest schon vor drei Jahren dorthin gehen können. Ich verstehe nicht, weshalb du das nicht getan hast.«

»Das hätte ich auch beinahe getan vor sechs Jahren«, meinte sie mit einem wehmütigen Lächeln. »Ich hatte tatsächlich den Preis für die Passage. Ich hätte nach Ialtra reisen können. Die Versuchung, das zu tun, war beinahe übermächtig.«

Luke verzog die Lippen und machte eine Handbewegung. »Und?«

»Wenn ich das getan hätte, hätte ich dort festgesessen«, sagte sie. »Ich wäre auf Lucazec gewesen, ja. Aber ich wäre wieder arm gewesen. Auf Carratos gab es wenigstens Häfen, in denen Betrieb herrschte, und ich verstand mich darauf, genug Geld zu verdienen, um einiges davon zu behalten. Du hast ja Lucazec erlebt – dort gibt es nicht genug Reichtum, den man per Diebstahl oder Ehe an sich bringen kann, geschweige denn mit ehrlicher Arbeit.«

»Also hast du gewartet.«

»Ich hatte in Wahrheit keine andere Wahl«, sagte Akanah. »Mir war klar geworden, dass ich mehr brauchte als nur das Geld für eine Passage von Carratos – ich musste mir die Freiheit erkaufen, nie wieder so leben zu müssen. Ich habe nichts als dieses Schiff, Luke, und ein paar Credits – aber ich habe dieses Schiff. Aber möglicherweise begreifst du mit all deinen Privilegien als Held gar nicht, wie viel mir das bedeutet.«

»Doch«, sagte Luke. »Ich verstehe das sehr gut. Ich kann mich gut daran erinnern, wie es ist, wenn man sich wie ein Gefangener vorkommt, so wie ich damals auf Tatooine.«

»Habe ich damit deine Frage beantwortet? Verstehst du jetzt?«

Luke nickte. »Ja. Mit einer Ausnahme – als du das Schiff schließlich hattest, weshalb bist du dann zuerst zu mir gekommen? Weshalb Coruscant und nicht Lucazec?«

»Weil, immer wenn ich davon träumte, nach Ialtra zurückzukehren, auch du dort warst«, sagte Akanah mit sanfter Stimme. »Und das war mir lange Zeit ein Rätsel, bis ich schließlich begriff, was es bedeutete – dass nämlich von mir erwartet wurde, dich mitzunehmen. Dass ich dich zum Kreis bringen soll. Dass du dort hingehörst.«

Es überraschte Luke beinahe, dass er ihr glaubte, auch wenn es ihm nicht unangenehm war. Die Antworten, die sie gegeben hatte, hatten die schlichte Direktheit emotionaler Wahrheit an sich. Aber trotzdem machten sie es ihm nicht leichter, Schlaf zu finden.

8

»Talos Spaceport, Atzerri.«

Akanah sah zu Luke hinüber. »Darf ich?«, fragte sie.

»Aber gerne«, erwiderte Luke mit einer einladenden Armbewegung und lehnte sich in seiner Pilotenliege zurück.

»Talos Spaceport, hier *Schlammfaultier*«, meldete sich Akanah. »Was kostet ein Liegeplatz für zwanzig Meter und darunter?«

»In welcher Währung werden Sie bezahlen?«

»In Credits der Neuen Republik«, antwortete sie.

»Neunhundert für die ersten zwei Tage, Landegebühren und Nachfüllen aller Verbrauchsstoffe eingeschlossen. Einhundert ab dem dritten Tag. Falls Sie länger als zehn Tage bleiben wollen, können wir Ihnen ab dem dritten Tag Langfristgebühren einräumen.«

»Talos, Sie scheinen mich mit einem Hinterwäldler zu verwechseln«, sagte Akanah. »Das sind doch Gebühren, die höchstens ein Tölpel bezahlt.«

»Das sind die seit dem Ersten dieses Monats gültigen Tarife«, erklärte der Raumhafenangestellte. »Neunhundert für Landung und Volltanken und hundert pro Tag für den Liegeplatz. Ich habe da keinerlei Spielraum.«

»Talos, ich habe gesagt, zwanzig Meter, nicht zweihundert«, sagte Akanah. »Und ich will den Liegeplatz auch nur mieten, nicht kaufen. Ich würde also vorschlagen, Sie fangen noch einmal von vorne an und versuchen diesmal, mich nicht zu beleidigen.«

»Neunhundert für die Landung und hundert pro Tag«, wiederholte der Controller. »Sind Sie damit einverstanden oder nicht? So viele Liegeplätze habe ich nicht.«

»Wirklich? Ich hätte gedacht, dass Ihre sämtlichen Liegeplätze leer stehen, wo ich doch weiß, dass auf Skreeka kleine Schiffe wie unseres für sechshundert landen, fünf Tage Liegeplatz eingeschlossen.«

»Skreeka wird auch von Dieben betrieben«, sagte der Controller. »Die Sicherheitseinrichtungen dort sind die schlimmsten auf dem ganzen Kontinent.«

»Da müssen Sie uns schon einen besseren Grund liefern, um nicht dorthin zu gehen«, sagte Akanah. »Schließlich haben Sie gerade schon versucht, mich zu berauben.«

»Einen Augenblick, *Schlammfaultier*.« Auf dem Kommdisplay leuchtete ein gelbes Licht auf.

»Jetzt pass auf«, sagte Akanah zu Luke. »Jetzt kommt er mit einem besseren Angebot und sagt, sein Vorgesetzter hat es ihm genehmigt. Das hängt jetzt davon ab, wie viel von seiner Gewinnspanne er aufgeben will, um uns davon abzuhalten, nach Skreeka zu gehen. Aber welchen Betrag auch immer er nennt, du kannst dich darauf verlassen, dass der immer noch über dem internen Tarif des Hafens liegt. Schließlich muss er ja auch etwas dabei verdienen.«

»Ich wusste gar nicht, dass du so reiseerfahren bist.«

Sie lächelte. »Ich habe mich auf Carratos meistens in der Nähe der Häfen aufgehalten und immer gut zugehört.«

»Wann hast du denn das Angebot von Skreeka bekommen?«

»Oh, das habe ich erfunden.«

Das gelbe Licht auf dem Display verlosch und wurde durch ein grünes ersetzt. »Hier Talos Spaceport. Wie wir feststellen, ist das Ihr erster Besuch hier. Mein Vorgesetzter möchte nicht, dass diese Gauner in Skreeka Sie ausnehmen. Er hat mir einen einmaligen Werbetarif genehmigt – fünfhundert für die Landung und das Auftanken, fünfundsiebzig pro Tag. Das ist das beste Angebot, das ich Ihnen machen kann, und an Ihrer Stelle würde ich es annehmen. Sie können mir glauben, bei diesen Preisen verdienen wir keinen einzigen Credit. Und ganz egal, wo Sie hingehen, wenn irgendjemand Ihnen ein niedrigeres Angebot macht, dann können Sie sich darauf verlassen, dass er sich die Differenz auf anderem Weg bei Ihnen holen wird.«

»Sagen Sie Ihrem Vorgesetzten, ich danke ihm«, antwortete Akanah. »Wir akzeptieren.«

»Eine gute Entscheidung«, sagte der Controller. »Sobald

Sie Ihre Bestätigung übermittelt haben, schalten wir Sie auf den Strahl.«

Das Anzeigenlicht wechselte auf Rot und verlosch dann ganz, während Akanah sich halb zu Luke herumdrehte. »Jetzt bist du dran, mein Lieber«, sagte sie mit einem strahlenden Lächeln. »Jetzt haben wir unsere Reservierung.«

Box A13 erinnerte Luke an eine kleinere Version der Anlagen auf Mos Eisley, wo er zum ersten Mal den *Millenium Falken* gesehen hatte. Die Konstruktion war ähnlich und die Anlagen genauso altmodisch. Von Hand betriebene Verbindungskabel, eine Werkstatt ohne einen einzigen Werkzeugmacherdroiden, mechanische Schleusen und kein Sturmdach.

»Ich kann einfach nicht glauben, dass ich denen dafür fünfhundert bezahlt habe«, sagte Akanah angewidert und spreizte die Hände. »Dieser Liegeplatz muss hundert Jahre alt sein. Der ist schon zwanzig Mal bezahlt.«

»Wir bezahlen schließlich einen Sonderpreis«, sagte Luke, der gerade das letzte Verbindungskabel an den drei Antriebssystemen des *Adventurer* befestigt hatte. »Dafür können wir schließlich keinen Luxus erwarten.«

»Oder dass man uns wenigstens einen ehrlichen Preis macht. Wir haben mindestens um die Hälfte zu viel bezahlt. Hoffentlich hat es denen wenigstens Spaß gemacht.«

»Das ist aber nicht wichtig«, sagte Luke. »Wir kommen schon zurecht. Wollen wir mal bei einem Schiffsausstatter nachsehen, ob es dort ein Proviantpack gibt, das alt genug ist, dass der Prozessor der *Schlammfaultier* es annimmt?«

»Das überlasse ich dir«, sagte Akanah und hängte sich ihre Tasche um. »Ich muss gehen.«

Luke kam unter der Repulsortragfläche des Skiffs hervor. »Wovon redest du?«

»Ich muss das ganz alleine machen«, sagte Akanah.

»Warum?«

»Wenn die Fallanassi hier sind, muss ich alleine auf sie zugehen«, sagte sie. »Wenn ich dich mitnehme, werden sie sich nicht finden lassen. Sie werden dich nicht so sehen, wie ich dich sehe. Für die wirst du nur ein Außenseiter sein.«

»Und was soll ich hier tun, während du alleine unterwegs bist?«

»Du kannst hier bleiben. Wenn ich sie finde, komme ich dich holen – das weißt du ja. Und wenn nicht, dann komme ich auch hierher zurück.«

»Und was ist, wenn ich nicht hier bleiben will?«

»Dann kannst du dir ja auf eigene Faust die Stadt ansehen. Geh hin, wo du willst. Tu, wozu du Lust hast. Wenn du bei meiner Rückkehr nicht hier bist, warte ich auf dich«, sagte Akanah. »Ich bitte dich lediglich darum, mir nicht zu folgen. Du würdest unser Vorhaben nur behindern.«

»Irgendwie habe ich dabei ein ungutes Gefühl«, sagte Luke. »Warum können wir nicht zusammen gehen, so wie auf Lucazec und Teyr?«

»Weil ich wusste, dass der Kreis Lucazec verlassen hatte, und auch, dass Norika sich nicht mehr auf Teyr aufhielt«, sagte sie. »Aber ich weiß nicht, ob sie Atzerri verlassen haben.«

»Mir war nicht bewusst, dass es dir peinlich ist, mit mir gesehen zu werden«, sagte Luke und verzog dabei den Mund etwas.

»Bitte, versteh mich doch – wenn du das Hafengelände verlässt, dann als Li Stonn. Ja?«

»Ja.«

»Aber die anderen können diese Illusion durchschauen. So wie ich das konnte«, sagte Akanah. »Wenn man uns zusammen sieht, oder wenn du mir folgst, werden sie dich für einen Formwandler halten, also als eine Bedrohung betrachten. Dann werden sie warten, bis sie Gelegenheit haben, alleine mit mir Verbindung aufzunehmen. Und wenn sie dich erkennen, weiß ich überhaupt nicht, was sie tun werden. Möglicherweise entscheiden sie sich dann dafür, ihre Tarnung nicht zu lüften, aus Angst man könnte mich umgedreht haben. Am Ende beschließen sie vielleicht sogar, Atzerri zu verlassen. Das ist ein Risiko, das wir nicht eingehen dürfen. Ich muss alleine gehen.«

Lukes Gesichtsausdruck verdüsterte sich. Alles, was sie vorgebracht hatte, war völlig vernünftig. Trotzdem hatte er dabei kein gutes Gefühl. »Mir gefällt einfach nicht, dass wir uns trennen. Ganz besonders hier.«

»Glaubst du immer noch, dass ich deinen Schutz brauche?«, fragte sie. »Ich habe den größten Teil meines Lebens in einer ähnlichen Umgebung wie dieser verbracht, wo eine Art Faustrecht herrscht. Ich weiß Bescheid und kenne diese Typen – Leute, die einen auf der Straße niederschlagen, Sklavenhändler, Rauschgifthändler, Banden jeder Art, Erpresser und die, denen es die größte Freude macht, andere zu quälen. Ein paar Mal hat man mich erwischt und mir einige Male auch wehgetan, aber ich habe meine Lektion gelernt. Ich bin stärker und erfahrener geworden und habe gelernt, mich selbst zu beschützen. Ich sage es noch einmal, Luke. Mir passiert hier nichts.«

»Also gut«, gab Luke sich widerstrebend geschlagen. »Aber ich sollte wenigstens wissen, wo du hingehst – für den Fall, dass du nicht zurückkommst. Falls du auf irgendetwas stößt, womit du nicht rechnest.«

»Das ist fair«, sagte sie. »Aber lass mir genug Zeit, um das zu tun, was ich tun muss. Du musst mir versprechen, dass du erst dann anfängst, nach mir zu suchen, wenn – also, sagen wir, wenn ich drei Tage weg war, und du nichts von mir gehört hast.«

Luke warf ihr einen ungläubigen Blick zu. »Drei Tage? Das reicht aus, um dich zu schnappen und die halbe Strecke bis zur Tion-Hegemonie zurückzulegen.«

Sie lachte. »Der letzte Mann, der versucht hat, mich zu schnappen, wollte mich nur bis zur nächsten Seitengasse bringen«, sagte sie. »Und drei *Minuten* später wusste er, dass er einen Fehler gemacht hat.«

»Also schön«, gab Luke nach. »Nicht, dass ich verstehen würde, weshalb du drei Tage brauchst.«

»Es sollte auch nicht so lange dauern«, sagte Akanah. »Deshalb solltest du erst dann nach mir suchen. Ich gehe in den Pemblehov-Distrikt, nördlich des Parks.«

»Das ist alles, was du mir sagen willst?«

»Das ist alles, was ich dir sagen kann«, erklärte Akanah. »Wiedersehen, Luke. Ich komme so bald wie möglich zurück.«

Nachdem Akanah ihn verlassen hatte, machte Luke sich zunächst daran, sich mit den verschiedenen Angeboten auseinander zu setzen, die die gemietete Box für sie bereithielt.

Der Bildschirm zeigte an, dass Dusche und Erfrischer wartungsbedürftig waren, ohne Zweifel weil dafür eine Zusatzgebühr von fünfzig Credits fällig war. Trotzdem war die Aussicht, wieder mit uneingeschränkter Wasserversorgung unter sechs Duschköpfen duschen zu können, zu verlockend, um ihr zu widerstehen. Luke genehmigte sich also die zusätzliche Ausgabe und sicherte die Tür, damit die automatisierte Säuberung und Sterilisierung beginnen konnte.

Anschließend versuchte Luke, einen Teil des zusätzlichen Betrages hereinzubekommen, indem er in den Vorratsschränken herumwühlte. Zu seiner Überraschung fanden sich dort *zwei* K-18-Provianteinheiten – beide zwar abgelaufen, aber vor nicht allzu langer Zeit. Er installierte die ältere der beiden im Reprozessor des Skiffs, nahm einen Testlauf vor und verstaute die zweite dann in dem ohnehin schon überfüllten Laderaum. Der Hafenmeister würde ihn zwar dafür belasten, dass er nur einmal Leergut zurückgegeben hatte, aber das würde nicht so viel ausmachen, um ihn davon abzuhalten.

Als er schließlich die Lust am Herumwühlen verloren hatte, machte er sich ans Basteln.

Das Terminal der Kontrollsysteme bot eine ganze Liste von Upgrades für die Flugsysteme an und gleich daneben fand er in bequemer Reichweite einen Brenner für Datacards. Die meisten Flugsysteme des Skiffs waren veraltet, aber Luke machte ein halbes Dutzend nachträglich einsetzbare Upgrades ausfindig und überredete die *Schlammfaultier* auch, sie anzunehmen. Alle kamen virusfrei an – was er in Anbetracht ihrer Herkunft nicht erwartet hätte. Aber das Upgrade am Navigationssystem entdeckte Lukes Manipulation am FKZ Interlock und zwang ihn dazu, das ursprüngliche Programm wieder herzustellen.

Als er nichts mehr fand, was er verbessern konnte, nutzte er den freien Raum in der Box, um zum ersten Mal seit dem Verlassen von Coruscant seine Jedi-Übungen zu machen. Er absolvierte die ganze komplizierte Folge von Übungen mit und ohne Lichtschwert und genoss am Ende den Zustand völliger Klarheit, der sich bei ihm einstellte.

In diesem Zustand empfand er die Wahrheit und die Weisheit der einfachen Worte besonders deutlich: *Es gibt keine Emotionen; es gibt Frieden. Es gibt keine Unwissenheit; es gibt Wissen. Es gibt keine Leidenschaft; es gibt Gelassenheit. Es gibt keinen Tod; es gibt die Macht.* Der Frieden, das Wissen und die Gelassenheit waren alles Gaben, die ihm zuteil geworden waren, seit er sich der Macht hingegeben hatte und damit durch die Macht mit allem, was war, verbunden war.

Diese Klarheit in sich zu bewahren war eine stetige Herausforderung. In der Isolation von Dagobah, den Wüsten von Jundland oder in einer Zuflucht an eisigen Gestaden konnte ein erfahrener Jedi jenen inneren Zustand auf unbegrenzte Zeit erhalten.

Aber das Chaos der realen Welt war eine ganz andere Sache. Wenn das Ego zurückkehrte, kehrte mit ihm auch der Wille zurück. Die Hingabe wurde beeinträchtigt und die Verbindung lückenhaft. Mit der Zeit entschwand dann die Klarheit unter dem beständigen Druck der elementaren Triebe und Leidenschaften. Selbst die größten Meister mussten die Übungen regelmäßig vollziehen, um die Disziplin nicht zu verlieren, die sie zu dem machte, was sie waren.

Sie waren ebenso eine Prüfung für den Körper wie für den Geist, und die frisch gesäuberte Dusche in der Box ließ in Lukes Muskeln ein Gefühl wohliger Entspannung entstehen, das ihm verriet, dass es schon zu lange her war, dass er zum letzten Mal an sich gearbeitet hatte. Er stand lange Zeit an der Stelle, wo die sechs konzentrierten Wasserstrahlen sich vereinigten, und benutzte das Wasser, das an seinem Körper entlangfloss, zu einer weiteren Meditation.

Als Luke schließlich aus der Dusche kam und wieder in seine Kleider schlüpfte, warf er einen Blick auf den Chronometer des Skiffs, um nachzusehen, wie lange Akanah schon weg war.

Nicht einmal sechs Stunden waren verstrichen.

Neben dem Bug des Skiffs stehend sah Luke sich in der

Box um. Obwohl er dafür keine Erklärung hatte, schien sie ihm jetzt viel kleiner, seit ihm bewusst geworden war, dass er die nächsten paar Tage hier verbringen musste.

Luke legte seinen Umhang mit der Kapuze um, sicherte das Skiff und sperrte die Box ab – verbog dabei eine Halterung im Schloss, um sicherzustellen, dass nur er es wieder würde aufsperren können – und ging hinaus in die Nacht.

Als er über den Raumhafen und die Lichter von Talos dahinter blickte, griff seine Hand gewohnheitsmäßig an die Stelle an seiner Hüfte, wo gewöhnlich sein Lichtschwert hing. Seine Finger fanden dort nur Luft vor, was ihn aber nur einen Augenblick lang verwirrte. Dann zog er das Gesicht Li Stonns über das seine und ging weiter.

Es war eine der Ironien des Wirtschaftslebens, die zu manchem bissigen Kommentar Anlass gab, dass auf Freihändlerwelten fast alles seinen Preis hatte. Zu den wenigen Aktivitäten, für die keine Gebühr zu entrichten war, gehörte das Gehen und das Atmen – wenn auch manche bösen Zungen behaupteten, das komme nur daher, weil die Händlerkoalition bisher noch keine Methode entwickelt hatte, wie man Zahlungsunwillige von diesen Annehmlichkeiten ausschließen konnte.

Für das Betreten von Talos, das sich nach klassischer Freihändlerart dicht an die Grenzen des Raumhafens schmiegte, wurde eine Servicegebühr von zwanzig Credits erhoben. Auf Atzerri konnte man praktisch alles kaufen, und der größte Teil des Waren- und Dienstleistungsangebotes war sogar im Umkreis von fünfhundert Metern der drei Eingänge des Raumhafens erhältlich. Jedes größere Handelsunternehmen in der Stadt besaß wenigstens einen kioskgroßen Laden an den breiten Boulevards, die zu den Taxiständen und Servicestationen der Mietunternehmen entlang der Auffahrt zur Hauptstraße führten.

Die schmalen kleinen Läden waren geradezu aggressiv bunt und laut. In mehreren Etagen angeordnete Displays über den Eingangstüren priesen lautstark und grell ihre Waren an, während an den Türen Marktschreier Versprechungen und Angebote in die Menge schrien, die man, wenn man gut beraten war, besser ignorierte. Jeder einzelne Laden am Boulevard war bereit, die Dienstleistungsgebühr zu ersetzen und Expressfahrgelegenheiten zum jeweiligen Hauptgeschäft zur Verfügung zu stellen. Manche schickten kleine Armeen von Droiden aus, die vor den Türen ihrer Konkurrenten deren Angebote unterboten.

Der einzige Sinn der Traders Plaza bestand darin, so viele Neuankömmlinge wie möglich anzulocken. Sobald man sie erst einmal auf sichere Distanz zu den Konkurrenten gebracht hatte, konnte man sie in aller Ruhe bearbeiten oder zu anderen Mitgliedern einer Handelsallianz weiterleiten – ein Buckelkratz, wie das im Jargon von Atzerri hieß. Die Buckelkratznetze waren äußerst umfangreich, und es gab nichts, was ein Freihändler mehr hasste, als einen willigen Käufer zu haben und ansehen zu müssen, wie ein Konkurrent den Verkauf tätigte.

Luke betrachtete die Angebote auf der Traders Plaza mit einer Mischung aus Schrecken und Bewunderung. Als er das letzte Mal eine Freihändlerwelt aufgesucht hatte, war der Zweck seines Besuchs gewesen, Waffen für die Rebellion zu kaufen, und er hatte deshalb keine Zeit gehabt, sich in den für zivile Waren vorgesehenen Distrikten umzusehen. Jetzt reizte ihn nur wenig von dem hier Angebotenen, aber seine Neugierde ging über das persönliche Interesse hinaus.

Informationsmakler boten religiöse, politische und technische Geheimnisse an. Die verbotenen Laster von zehntausend Welten wurden ganz offen und ohne jede Scheu feilgeboten. Händler, die sich als Vermittler bezeichneten, arrangierten persönliche Erlebnisse. Technische Geräte, die unter die Embargobestimmungen fielen, waren ebenso mühelos erhältlich wie Raubkopien kommerzieller Produkte. Unterhaltung in jedem bekannten Medium ohne die geringste Rücksicht auf Inhalt oder Copyright war jedem, der den Preis dafür entrichten konnte, zugänglich.

Obwohl Luke sich vorgenommen hatte, den Schmeicheleien der Händler auf der Traders Plaza zu widerstehen, brach sein Widerstand zusammen, als er auf einer Anzeigetafel »Die galaktischen Archive« feilgeboten sah. Er nahm einen

Bonuscoupon von dem Marktschreier an der Tür entgegen und betrat den winzigen Laden.

»Willkommen! Willkommen im galaktischen Archiv, dem Ort, wo Sie alles erfahren können, was zu wissen sich lohnt«, begrüßte ihn der Mann hinter der Theke mit einem breiten, öligen Lächeln. »Was auch immer Ihr Begehr ist, wir haben es – oder können es gratis für Sie beschaffen. Wie war doch gleich Ihr Name?«

»Li Stonn.«

»Li Stonn, dass Sie durch diese Tür hereingekommen sind, wird sich als eine der besten Entscheidungen erweisen, die Sie je getroffen haben. Wenn Sie uns verlassen, werden Sie zufrieden von uns gehen – aber Sie werden uns nicht verlassen wollen, weil wir alles haben. Haben Sie etwas Spezielles entdeckt, wofür Sie sich interessieren? Scheuen Sie sich nicht zu fragen ...«

Luke deutete nach oben. »Sie hatten da vor ein paar Augenblicken ein Angebot auf der Tafel – etwas über die verlorenen Geheimnisse der Jedi ...«

»Oh – eine ausgezeichnete Wahl – ein richtiges Schnäppchen. Wir haben das gerade in unseren Katalog aufgenommen, und der ist hier ein Bestseller. Absolut authentisches Material, Antworten auf alle Fragen, die uns alle beschäftigen, Fragen nach den geheimen Herren der Galaxis.« Der Händler drückte Luke einen leuchtend blauen Jeton in die Hand, der dieselbe Form und Größe wie der Kreditcoupon hatte. »Aus Sicherheitsgründen sind all unsere wertvollen Dokumente nur in unserem Zentralarchiv erhältlich. Geben Sie diesen Jeton einem Handelsagenten, wenn Sie dort eintreffen. Möchten Sie gerne ein Taxi auf unsere Kosten?«

Zwei Bildschirme im hinteren Teil des Taxis setzten Luke einer konzentrierten Dosis Werbung der galaktischen Archive aus – Werbung, die, wie es schien, exakt auf die Frage abgestimmt war, die er in dem Satellitenkiosk gestellt hatte.

Das Angebot umfasste unter anderem Imperator Palpatines *Prinzipien der Macht*, eine private Veröffentlichung für imperiale Muftis; das *Sith-Buch der Opfer und Rituale*; das

H'kig-Buch der Gesetze und die *Geheimnisse der Bildung von* Claqa-*Gruppenbewusstsein nach Bilarart* – mit einem Sonderrabatt, falls Luke sich für drei oder mehr der angebotenen Schätze entscheiden sollte. Bei den meisten Dokumenten handelte es sich zweifellos um Schwindelprodukte, und keines davon erweckte bei Luke besonderes Interesse, das über eine vage Neugierde hinausging, wie geschickt der Schwindel wohl angelegt sein mochte.

Als Luke das Hauptgeschäft des Händlers erreichte, nahm das Feilschen um den Preis seiner Erwerbung den größten Teil einer Stunde in Anspruch, wobei er zweimal den Versuch machte, den Laden mit leeren Händen zu verlassen, und einmal versprach, einen Freund ins galaktische Archiv zu bringen. Als man sich schließlich einigte, war der Preis für die Jedi-Akte von zweitausend Credits auf neunhundert gesunken, und Luke erhielt als Zugabe ein Taschendatapad.

Inzwischen war es auf Talos finstere Nacht geworden. Der Handelsdistrikt hatte sich geleert und wirkte jetzt beinahe verlassen. Luke ging in westlicher Richtung weiter, wo ihn ein helles Leuchten am Himmel anzog. Zweimal näherten sich irgendwelche Gestalten aus dem Schatten, aber das schwache Bewusstsein der Wegelagerer ließ sich leicht durch eine einfache Projektion von Zweifeln beeinflussen, und beide zogen sich schnell wieder zurück, um auf bequemere Beute zu warten.

Das Leuchten am Himmel kam von den Lichtern eines Vergnügungsviertels, das sich Joy Unlimited nannte und dem dort herrschenden ausgelassenen Treiben zufolge seinen Namen auch verdiente. Das war ihm schon lange vor Erreichen der Distriktsgrenze klar, wo er den üblichen Eintrittspreis bezahlte. Die Fußwege wimmelten von Besuchern, die alle ihren besonderen Vergnügungen nachgingen, und aus Dutzenden von Kneipen, Casinos und Clubs schlugen ihm laute Stimmen, Gelächter und Musik entgegen.

Li Stonn wanderte durch die Gassen von Joy Unlimited und suchte einen Ort, wo er sich ungestört hinsetzen und *Die Geheimnisse der Jedi-Macht* lesen konnte. Luke Skywalker schlenderte durch Joy Unlimited und lauschte und beobachtete und versuchte zu begreifen, was an diesem Gewimmel so viele anzog und in ihnen eine so fieberhafte Energie weckte. Noch unter dem Eindruck seiner Übungen schienen ihm die auf den Plakaten und Transparenten der Clubs angebotenen Freuden schal und wenig verlockend.

Seien Sie für eine Nacht ein Pirat im Tawntoom-Territorium –

Spielen Sie Point 5 dort, wo es erfunden wurde! Neue Spiele alle fünf Minuten! Neunzig Prozent Auszahlung!

Erfahrungen in Todesnähe! Wandern Sie mit unseren Foltermeistern und einer Million Credits Versicherung bis zum Abgrund!

Melee! – Jede Waffe, jedes Ziel! Der ultimative Nahkampfsimulator!

Die Töchter der Empathenprinzessin wissen genau, was sie brauchen –

Arena Shockball – jetzt mit Ultraladung!

Li Stonn war ebenso wenig interessiert wie Luke. Aber es gab keinen Platz, wo man sich im Freien hinsetzen konnte – nicht einmal einen Mauervorsprung oder einen Sims – und keinen Frieden vor der Menge oder den Werbern. Die Manager von Joy Unlimited hatten entschieden, dass ein Besucher, wenn er sich ausruhen musste, das irgendwo in einem ihrer Etablissements tun sollte, wo der Durchschnittsplatz in der Stunde hundert Credits an Getränken, Mahlzeiten und Dienstleistungen einbrachte.

Da Luke daran nicht interessiert war, entschied er sich, Joy Unlimited zu verlassen, und zu seiner Box auf dem Raumhafengelände zurückzukehren. Möglicherweise war ja Akanah bereits zurückgekehrt – und wenn nicht, würde er dort wenigstens in Ruhe lesen können.

Aber auf dem Weg zum Ausgang bog Luke um eine Ecke und sah sich verblüfft der hell erleuchteten Fassade einer Bar gegenüber, die sich *Jabbas Thronsaal* nannte. *Auftritt jeden Abend – Die Original Max Rebo Band* verkündete die Leuchtschrift. *Besuchen Sie Jabbas Gästeräume mit einer Lustsklavin. Treten Sie dem mächtigen Rancor in der Höhle des Todes gegenüber!*

Von Neugierde getrieben reihte Luke sich in die Schlange

ein und zahlte den Eintrittspreis ohne zu feilschen. Drinnen stieg er über eine Wendeltreppe in eine verblüffend originalgetreue Kopie des Thronsaals von Jabbas Wüstenpalast auf Tatooine hinunter. In einigen Dimensionen hatte man den Saal sogar vergrößert, um vor dem Podium über der Rancor-Höhle mehr Platz für die Musik zu schaffen, aber Architektur und Atmosphäre waren authentisch.

»Das ist ja wirklich wie im Palastmuseum«, sagte Li Stonn zu dem großen elegant gekleideten Twi'lek, der unten an der Treppe den Weg versperrte.

»Mein Herr und Meister Jabba ist leider geschäftlich unterwegs«, erklärte der Bib Fortuna verblüffend ähnlich sehende Twi'lek und deutete mit einer Kopfbewegung auf das leere Podium. »Aber wir feiern hier in seiner Abwesenheit eine kleine Party, und ich hoffe, dass sie Ihnen Spaß machen wird.«

Seine Kopfschwänze bewegten sich, um ein Zeichen zu geben, und eines der spärlich bekleideten Tanzmädchen eilte an seine Seite.

»Ja, Lord Fortuna«, sagte sie.

»Oola, das ist ein guter Freund von mir«, sagte der Twi'lek. »Sei nett zu ihm. Führ ihn zu einem Platz an meinem besten Tisch.«

Die Illusion war fast vollkommen – ein ortolanischer Keyboarder mit einem Trio von Jizzboilern, das Brüllen des Rancors in seiner Höhle, ein lästiger kowakianischer Echsenaffe, der im Raum herumhüpfte, von den Tischen stahl und dabei unanständige Geräusche von sich gab, selbst ein in Karbonit erstarrter Han Solo in einer Wandnische. Die Küche lag am Ende eines Korridors, der zu den Räumen der Angestellten führte, versteckt, und die Preisliste, die »Oola« ihm reichte, enthielt die unterschiedlichsten Dienstleistungen, die im Obergeschoss in den Gästezimmern und unten in Jabbas Verließ erhältlich waren.

Das Ganze war geschmacklos und reiner Nepp, aber die Musik war erstaunlich gut, der Nerfbraten duftete köstlich, und die Gäste machten einen wesentlich zivilisierteren Eindruck als das Publikum draußen auf den Straßen. Li Stonn bestellte sich einen Drink und eine Henkerportion Nerf, lehnte alle anderen Angebote mit einem höflichen Lächeln ab und machte es sich bequem, um den Wahrheitsgehalt der *Geheimnisse der Jedi* herauszufinden.

Kurz nachdem ihm serviert worden war, hörte er, wie an einem nahe gelegenen Tisch ein ihm vertrauter Name fiel: Leia. Er blickte auf und befürchtete einen Augenblick lang, die Unterhaltung in Jabbas Thronsaal würde vielleicht aus einer Tanzdarbietung einer Doppelgängerin von Leia im Sklavenkostüm bestehen. Aber die Musik machte gerade Pause, und die Transparistahltanzfläche über der Rancorgrube war verlassen.

Luke dehnte sein Bewusstsein aus und suchte nach der Stimme und dem Gespräch, auf das er aufmerksam geworden war.

»Das wird Krieg geben«, sagte die Frau. »Und das finde ich nur richtig so. Die Republik hat ein gutes Recht darauf, den Yevethanern für das, was sie getan haben, eins auf die Finger zu geben.«

»Das ist Unsinn«, sagte ihr Begleiter, ein schlanker Lafraner. »Das ist genauso, als ob man in ein fremdes Haus eindringt, um dort einen Streit zu schlichten. Völlig ungehörig.«

»Wir sprechen hier nicht von Streit. Wir sprechen von Mord.«

»Trotzdem ist das Sache der Yevethaner und nicht unsere.«

»Man kann denen doch keine Morde durchgehen lassen.«

»Was geht es denn uns an, was außerhalb unserer Grenzen geschieht? Wenn wir versuchen, den Polizisten für die ganze Galaxis zu spielen, werden wir dauernd Krieg haben. Organa Solo sollte einfach erwachsen werden und akzeptieren, dass das Universum nie vollkommen sein wird.«

»Das ist aber eine sehr egoistische Einstellung«, sagte die Frau. »Das klingt, als ob du mich nebenan schreien hörst und dich bloß darüber beklagst, dass du nicht schlafen kannst.«

»Wir sind alle dafür verantwortlich, uns selbst zu schützen – und niemand anderen«, meinte der Lafraner mit einem Achselzucken. »Wir haben nichts in Farlax zu suchen, und es steht uns nicht zu, dort wegen einer Angelegenheit, die uns nichts angeht, einfach Streit vom Zaun zu brechen. Wenn auch nur ein einziger Pilot der Flotte dort stirbt, sollte man die Prinzessin vor Gericht stellen – wegen Mord und Hochverrat.«

Damit endete das Gespräch in ziemlich eisiger Stimmung. Die Frau verließ den Club alleine; kurz darauf konnte man den Lafraner die Treppe zu den Gästezimmern hinaufgehen sehen. Luke wandte sich wieder seinem Nerfbraten zu.

Aber als »Oola« mit einem nicht bestellten zweiten Drink vorbeikam, fragte Li Stonn, ob wohl eine Nachrichtenaufzeichnung über die Probleme in Farlax zu bekommen sei. Sie lächelte, als ob er etwas Dummes gefragt hätte, und kam dann mit dem Holo zurück, ehe sein Teller geleert war. Der Preis für diese Zusatzleistung erschien natürlich ebenso wie der Drink auf seiner Rechnung.

Kurz darauf erschien ein holographischer Jabba auf dem Podium, und damit begann eine recht gut gemachte Show, an der, wie »Jabba« verkündete, nicht nur »Bib Fortuna« und die Tänzerinnen, sondern auch zusätzliche Schauspieler und das Publikum teilnehmen würden.

Für Luke war das das Signal zum Aufbruch. Er sah sich in seiner Entscheidung bestätigt, als ihm beim Hinausgehen auf der Treppe der Kopfgeldjäger Boushh begegnete, der einen nicht sonderlich überzeugenden Chewbacca im Schlepptau hatte.

»Bist du für einen Wookiee nicht ein wenig klein?«, murmelte er vor sich hin, als er an ihm vorbeiging.

Als Luke seine Box erreichte, war die Tür noch versperrt, das Skiff sicher und Akanah immer noch nicht zurückgekehrt. Es deutete auch nichts darauf hin, dass sie dagewesen und wieder weggegangen war. Ein Blick auf den Chronometer zeigte ihm an, dass sie jetzt seit mehr als sechzehn Stunden unterwegs war.

Wo bist du? dachte er. *Was machst du solange dort draußen? Du hast so wenig Geld und hast auch mich nicht um welches gebeten – und Geld ist alles, was man hier respektiert –*

Aber Luke widerstand dem Impuls, sein Lichtschwert zu nehmen und die Box in Richtung auf den Pemblehov-Distrikt zu verlassen. Vielmehr stieg er in die Steuerkanzel der *Schlammfaultier* und machte es sich mit seinem Lesegerät und zwei teuren Datacards auf der Pilotenliege bequem. Während die Nacht langsam zu Ende ging, vertrieb er sich mit Absurditäten bezüglich der Jedi und den beunruhigenden Nachrichten über einen bevorstehenden Krieg die Zeit – in der Hoffnung, dass weder Akanah noch Leia, wo immer sie sich auch im Augenblick befinden mochten, seine Hilfe brauchten.

Akanah stand vor einem Häuserblock, der die Bezeichnung Atrium 41 trug, und betrachtete ihn mit einigem Unbehagen.

Selbst im schmeichelnden Licht des frühen Morgens sah der fünfzehnstöckige Turm wie ein Haus für Leute aus, die alles, was sie einmal besessen hatten, in die Casinos getragen hatten. Jeder zweite Buchstabe der unbeleuchteten Schrift über dem Eingang fehlte, die Sicherheitstüren darunter standen offen und waren mit Metallstangen verkeilt. Ein unangenehm fauliger Geruch, der allem Anschein nach von den Steinen ausging, auf die jetzt die ersten Sonnenstrahlen fielen, lag in der Luft.

Um hierher zu kommen, hatte Akanah Dutzende von schäbigen Clubs, Läden und Lokalen in den armseligen Außenbezirken von Talos abgeklappert – den Neuen Markt, die allem Anschein nach von Schlägertypen beherrschte Dämonenhöhle und den schrillen Fleischmarkt von Pemblehov. Sie hatte Informationen gekauft und eingetauscht, so gut sie das konnte, war schier endlose Strecken gegangen, sodass ihre Füße jetzt wehtaten, hatte drei Überfälle und wenigstens zwanzig unsittliche Anträge abgewehrt, ohne dass es zu Blutvergießen gekommen war, und hatte zuletzt ein unerwartetes Maß von Mitgefühl erfahren, als der Chef einer Straßengang ihr einen geschützten Platz zum Ausruhen angeboten hatte, ohne dafür eine Gegenleistung zu erwarten.

Jetzt stand sie vor ihrem Ziel, wischte sich den Staub von ihrem Dar-Umhang und versuchte ihre Enttäuschung zu unterdrücken. Sie ertappte sich dabei, wie sie hoffte, ihr letzter Informant habe sie belogen – besser zum Narren gehalten werden als das hier, als die Wahrheit akzeptieren zu müssen. Und diese Hoffnung war es schließlich, die sie dazu veranlasste, durch den Eingangsbogen zu treten.

Das Atrium des Turms verdiente seinen Namen nicht, denn es war nicht einmal vier Meter breit und keine zehn Meter lang. Es war in Wirklichkeit nicht mehr als ein offener Treppenschacht mit einem Oberlicht. Metallgitterbalkone mit verbogenen und teilweise zerbrochenen Geländern umgaben das Atrium in jeder Etage und waren jeweils an der Schmalseite mit Laufgängen verbunden. Dreieckige Türen führten in die vier Wohnungen jeder Etage.

Akanah gelangte unbelästigt in die dritte Etage, wo ihr ein Gotal mit grauem Pelz den Weg versperrte. Er trug die schwarze Uniform eines Offiziers der imperialen Marine mit einem angesengten Loch, das auf einen Blasterschuss deutete, und in seinem Hüftgurt steckte nach Schmugglerart ein Vibromesser.

»Hübsche Trophäe«, sagte Akanah. »Vizeadmiral, nicht wahr? Haben Sie ihn selbst erledigt?«

Der Gotal antwortete darauf mit einem unartikulierten Knurren und fügte dann hinzu: »Was wollen Sie hier?«

»Wohnt hier Joreb Goss?«

»Wer will das wissen?«

»Ich bin Akanah.«

»Und wer schickt Sie?«

»Ich bin auf eigene Initative hier und suche Joreb Goss.«

»Master Joreb ist der Besitzer von allem hier und hat seinen Freunden und Dienern in seiner Großzügigkeit erlaubt, hier zu wohnen. Sollen Sie eines seiner Mädchen werden?«

»Ja«, sagte Akanah. »So ist es.«

»Dann sind Sie früh dran«, sagte der Gotal. »Stören Sie den Master nicht. Warten Sie im Spielzimmer auf die anderen.«

»Ich gehöre nicht zu den Bewerberinnen vom Vormittag«, sagte Akanah, die anfing, ungeduldig zu werden. Sie ließ den Strom sanft über die empfindlichen Kopfkegelempfänger des Gotal streichen in der Hoffnung, ihn freundlicher zu stimmen. »Führen Sie mich bitte zu ihm.«

»Wenn der Master sich erhebt, werde ich ihm sagen, dass die Frau Akanah kommt und ihn in eigener Angelegenheit sprechen möchte«, sagte der Wächter. »Er wird dann entscheiden, welche Bedeutung das für ihn hat.« Der Gotal deutete auf eine Tür eine Etage höher auf der gegenüberliegenden Seite. »Warten Sie dort.«

Joreb Goss hatte das großspurige Auftreten eines selbstgefälligen Menschen und schien sehr von seiner Macht und Bedeutung überzeugt. Mit seiner hochgewachsenen, schlanken Gestalt und den wässrigblauen Augen in einem von Falten durchzogenen, aber nicht von Narben entstellten Gesicht sah er trotz seines Alters recht gut aus. Sein langes, volles, silbernes Haar wurde von einem hochgestellten Kamm gehalten und hing ihm bis in den Nacken hinab.

Seine imitierte Fliegerkombination freilich war billig und bunt und seine schwarzen Stiefel so auf Hochglanz poliert, dass es lächerlich aussah. Sein Lächeln wirkte ebenso unecht, und seine wachen blauen Augen musterten Akanah anzüglich, ehe er schließlich ihrem Blick begegnete.

»Sie sind also meine Besucherin«, sagte Joreb.

»Nein«, sagte Akanah und nahm kerzengerade Haltung an. »Ich bin Ihre Tochter.«

Jorebs Augen weiteten sich, aber er blieb zunächst stumm. Die Hände hinter dem Rücken verschränkt ging er langsam um sie herum. »Meine *Tochter*«, wiederholte er. »Und wer ist Ihre Mutter?«

»Meine Mutter war Isela Talsava Norand«, sagte Akanah. »Sie ist jetzt tot.«

Joreb, der inzwischen seinen Rundgang um sie beendet hatte, stand jetzt Angesicht zu Angesicht vor ihr und beugte sich vor. »Ich kenne diesen Namen nicht«, sagte er. »Was wollen Sie, Tochter von Isela?«

»Dass Sie mich nicht anlügen«, sagte Akanah. »Sie haben meine Mutter gut gekannt – vielleicht darf ich Ihnen einige Dinge in Erinnerung rufen. Sie haben sie auf Praidaw kennen gelernt, dann mit ihr auf Gavens gelebt, wo sie in Torlas ein Haus hatte – das Haus, in dem ich zur Welt gekommen bin.

Dann sind Sie mit uns nach Lucazec gezogen. Und ein Jahr später haben Sie uns dort verlassen.«

»Das sind Dinge, die weiter zurückreichen als meine Erinnerung«, sagte Joreb. »Woher soll ich wissen, dass sie wahr sind?«

»Was soll das heißen?«, fragte Akanah in einer plötzlichen Aufwallung von Zorn, der ihre Augen funkeln ließ. »Ich war das Kind, nicht Sie. Ich bin es, die in einer Geschichte, die meine Mutter mir erzählt hat, erfahren musste, wer Sie sind.«

»Diese Geschichte habe ich nicht gehört«, sagte Joreb. »Vielleicht wollen Sie sie mir erzählen.«

»Ich bin so weit gereist, um Sie zu finden«, sagte sie mit brüchiger Stimme. »Ich verstehe nicht, wie Sie mir gegenüber so kalt sein können …«

»Sie sind nicht unattraktiv, und vielleicht ist an Ihren Augen etwas, das mir vertraut erscheint«, sagte Joreb. »Aber, wissen Sie, ich habe eine Neigung zu Rokna Blau entwickelt.« Sein Tonfall klang jetzt bedrückt und Nachsicht heischend. »Kennen Sie das?«

»Das ist ein tödliches Gift«, sagte Akanah. »Von einem Baumpilz, der auf Endor wächst.«

Jorebs rechte Hand kam jetzt hinter seinem Rücken hervor und fuchtelte vor ihr herum. »Ja, das stimmt – Endor. Das hatte ich vergessen. Aber sehen Sie, Rokna Blau ist nicht so tödlich, wie manche das glauben. In ganz kleiner Dosis genommen, erzeugt es ein Gefühl unendlicher Wonne. Es verstärkt alle anderen Freuden stundenlang – unbeschreiblich. Sie müssen es einmal ausprobieren, um das zu begreifen. Ich würde Ihnen mit dem größten Vergnügen Ihre erste …«

»Nein, danke«, fiel Akanah ihm ins Wort. »Was hat das mit Ihrer Erinnerung zu tun?«

Einen Augenblick lang wirkte Joreb wie verloren. »Was – ah ja, wie ich schon sagte – in der richtigen Dosis – ein Mikrogramm, nicht mehr – ist das Blau nicht tödlich. Trotzdem gibt es einen Preis.«

»Einen Preis?«

Joreb griff sich mit zwei Fingern der linken Hand an die Schläfe. »Meine Erinnerungen reichen nicht einmal ein Jahr zurück. Alles ist neu für mich. Nein, bedauern Sie mich nicht – ich habe mich dazu entschlossen, mein Leben intensiv in der Gegenwart zu leben, statt mich an eine Vergangenheit zu klammern, die jetzt vergessen ist.«

Akanah versuchte gar nicht erst, ihr Entsetzen zu verbergen. »Wie konnten Sie eine solche Wahl treffen?«

Über Jorebs Gesicht breitete sich langsam ein seeliges Lächeln aus. »Unvorstellbare Wonne«, sagte er. »Ich könnte es Ihnen zeigen.«

»Nein«, erklärte sie entschieden.

Joreb zuckte die Achseln. »Ihre Wahl ist für mich genauso verblüffend wie die meine für Sie. Haben Sie denn Erinnerungen, die es wert sind, dass man sie so hoch schätzt? Allem Anschein nach war das bei mir nicht der Fall.«

»*Mir* wären sie wertvoll gewesen«, sagte sie, und jetzt rannen ihr die Tränen über die Wangen. »Ich bin hierher gekommen, um meinen Vater zu finden. Was soll ich jetzt tun?«

»Sie können bleiben, wenn Sie wollen«, bot er an. »In den oberen Etagen sind Zimmer frei. Wenigstens nehme ich das an. Trass würde es genau wissen. Aber ich fürchte, der Geschichte, die Ihre Mutter Ihnen erzählt hat, werde ich nie etwas hinzufügen können. Mag ja sein, dass Sie meine Tochter sind, wie Sie sagen«, sagte Joreb und schüttelte dann bedauernd den Kopf. »Aber ich bin nicht Ihr Vater.«

9

Zweiundzwanzig Stunden, nachdem sie Box A 13 verlassen hatte, kehrte Akanah dorthin zurück. Sie war bleich, ihre Kleidung schmutzig, ihr Blick stumpf.

»Sie sind nicht hier«, sagte sie müde, als sie in das Skiff kletterte und damit Luke aus einem nicht geplanten Nickerchen auf der Pilotenliege weckte. »Wir können gehen.«

Dann versuchte sie, ohne mehr zu sagen, in die Koje zu kriechen und den Vorhang vorzuziehen. Aber Luke folgte ihr dicht auf dem Fuße und war nicht bereit, sich nach so langem Warten mit so wenig zufrieden zu geben.

»Wo hingehen?«, sagte er und zog den Vorhang mit einer Hand beiseite. »Hast du etwas gefunden?«

»Ja, genug«, sagte Akanah und drehte sich halb zu ihm herum. »Ich erzähle es dir dann unterwegs.«

»Du hast gesagt, du würdest mich holen. Ich würde gerne die Schrift sehen. Ich würde gerne sehen, wo sie gelebt haben. Vielleicht ist da etwas, das ich wahrnehmen kann.«

»Ich bin zu müde«, sagte sie.

»Du wirkst auch sonst ziemlich mitgenommen, aber ich will ja nicht Buch führen«, sagte Luke. »Schau, ich habe die Dusche reinigen lassen und dafür Geld bezahlt. Ich denke, du solltest da jetzt hineingehen und sie wieder schmutzig machen. Und nachher reden wir. Du fühlst dich dann ganz bestimmt besser, ganz gleich, was nachher auch kommt.«

Zu Lukes Überraschung kam Akanah seiner Aufforderung nach. Sie blieb lange unter dem konzentrierten Strahl aus den sechs Duschköpfen, länger als Luke dort geblieben war. Als sie aus der Kabine kam, stand sie ein wenig aufrechter, ihr Gesicht hatte wieder Farbe, und in ihren Augen war wieder Leben.

Aber Luke hatte den Eindruck, dass alle Kraft und Energie, die Akanah aus der Dusche bezogen hatte, sich unmittelbar in Starrsinn umgewandelt hatte. Sie lehnte es strikt ab, mit ihm noch einmal in die Stadt zu gehen oder über das, was sie getan hatte oder wohin sie gegangen war, mit ihm zu reden.

»Ich will jetzt schlafen«, sagte sie mit einem Fuß auf der Leiter, den schmutzigen Dar-Umhang über einem Arm und mit ein paar letzten Wassertropfen, in denen sich die Sonne brach, auf den nackten Schultern. »Ich werde jetzt schlafen oder hier, wo ich stehe, zusammenbrechen.«

»Ich miete uns einen Flitzer ...«

»Nein!«, widersprach sie scharf. »Wir sind hier fertig – ich habe nichts übersehen, und wenn ich ausgeruht bin, kann ich dir alles berichten, was ich gefunden habe. Sieh nur zu, dass wir hier wegkommen. Starte jetzt, und mach einen Sprung von ein paar Stunden in Richtung auf die Kernwelten. Bis du damit fertig bist, sollte ich wieder einigermaßen hergestellt sein. Aber im Augenblick muss ich einfach alleine sein und brauche meinen Schlaf. Und genau das werde ich jetzt tun.«

Sie schob sich so dicht an ihm vorbei, dass er die Seife in ihrem Haar riechen konnte, und kletterte die schmale Leiter ins Skiff hinauf. Luke atmete tief durch, runzelte dann resigniert die Stirn und ging an den Bug des Skiffs, wo er mit den Startchecks begann. Als er dann die Leiter in die Steuerkanzel hinaufkletterte, war der Vorhang vor die Koje gezogen, so dass sie wie ein dichter Kokon wirkte, ein Kokon, bei dem niemand ahnen konnte, was schließlich aus ihm hervorkommen würde.

Er ließ sich mit einem Seufzen in die Pilotenliege sinken, schaltete das Datapad ab und verwahrte es in einem Netz an der Wand. »*Schlammfaultier* an Talos Tower«, sagte Luke. »Verlassen A-dreizehn, erbitten Freigabe für Orbit.«

»Talos Tower. Bitte warten, *Schlammfaultier*. Vor Ihnen ist Verkehr.«

Luke sah auf den Chronometer und schüttelte mit verkniffener Miene den Kopf. Sie waren bis auf ein paar Minuten einen vollen Tag lang auf Atzerri gewesen. Seine Antwort kam eher von Luke als von Li Stonn.

»Talos Tower, verstanden, ich sehe den Verkehr auf meinen Sensoren, und von hier aus sieht es so aus, als wäre der Typ eingeschlafen«, sagte er. »Meinen Sie, es hilft ihm beim Wachwerden, wenn ich meine Schubaggregate blitzschnell ein wenig aufdrehe?«

Die Startfreigabe kam ein paar Augenblicke später. Luke war auch nicht sonderlich überrascht, dass die Abschlussrechnung, die auf seinem Bildschirm erschien, als er die Atmosphäre hinter sich ließ, trotzdem auf zwei Tage Liegezeit lautete.

Freihändler, dachte Luke angewidert. *Diebe mit Visitenkarten.*

Unmittelbar bevor er den Sprung aus dem Atzerri-System einleitete, dachte Luke daran, den Bericht über die *Schlammfaultier* aus dem Schiffsregister auf Coruscant abzurufen.

Er war wesentlich kürzer als der über die *Star Morning*, so wie es einem Schiff zukam, von dem Luke vermutete, dass es wahrscheinlich den größten Teil seines Lebens auf dem Boden verbracht hatte. Das kleine Skiff eignete sich allenfalls für einen gelegentlichen Urlaubsausflug oder für einen Kurzbesuch auf einer Welt außerhalb der üblichen Raumverkehrslinien. Sein Wert bestand vornehmlich darin, dass es ein Statussymbol war, Gesprächsstoff für den, der es sich leisten konnte, und Neidobjekt für weniger begüterte Zeitgenossen. Nach der eleganten Konstruktion des Rumpfs und so manchem verspielten Detail zu schließen, hatte Verpine ganz bewusst einer Konstruktion, die auf einem Liegeplatz schnell aussah, den Vorzug vor dem Komfort seiner Insassen gegeben.

Aber Luke interessierte sich ausschließlich für die registrierten Vorbesitzer und die jüngsten Eintragungen im Verkehrslogbuch. Nach Akanahs Verhalten auf Atzerri war Lukes Interesse an einer unabhängigen Bestätigung all der Dinge, die sie ihm gesagt hatte, noch gewachsen. Er verspürte immer noch den Wunsch, ihr zu glauben, war aber bei weitem nicht mehr so sicher, dass er das auch konnte. Und was auch immer er jetzt herausfinden würde, er musste es wissen.

Außerdem stellte Luke fest, dass seine Neugierde bezüglich der Dinge, die Akanah ihm *nicht* sagte, gewachsen war. So war ihm beispielsweise aufgefallen, dass Akanah fast immer, wenn sie von ihrer Vergangenheit sprach, von ihrem Leben auf Carratos redete, aber nicht von Lucazec. Da er ihr starkes Interesse an Informationen bezüglich seiner Mutter kannte, hatte er eigentlich erwartet, dass Akanah in Anekdoten und Erinnerungen über jenen Teil ihres Lebens, den sie für den schönsten hielt, schwelgen würde.

Aber davon hatte er nur wenig von ihr zu hören bekommen, und Nashira hatte sie nur ganz selten überhaupt erwähnt. Das machte Luke nachdenklich, und daraus wurden Zweifel und aus dem Zweifel schließlich Argwohn – ein höchst unerfreulicher Zustand.

Deshalb war Lukes Erleichterung groß, als gleich der erste Bildschirm des Berichts ihn wissen ließ, NR80-109399, ein *Verpine Adventurer*, Modell 201, Produktionsgruppe E wäre Eigentum von:

Akanah Norand Pell, einer erwachsenen Bewohnerin von Chofin, einer Siedlung im Besitz des autonomen Staates Carratos, in dessen Vollmacht diese Registrierung vorgenommen wird.

Und das Datum dieser Eintragung lag nicht weit zurück – nicht ganz ein halbes Jahr.

Luke wandte sich dem Verkehrslog zu und fand weitere willkommene Nachrichten. Die einzigen Planetenlandungen, die seit der Übernahme durch Akanah erfolgt waren, waren auf Golkus und Coruscant, und Golkus lag praktisch auf einer geraden Linie von Carratos nach Coruscant, so dass ein Zwischenstop dort keiner Erklärung bedurfte. Eigenartigerweise gab es allerdings keine Aufzeichnung über ihren Start von Coruscant und auch nicht über ihre Stationen auf Lucazec, Teyr oder Atzerri.

Dass Atzerri fehlte, mochte am Aktualisierungssystem liegen – möglicherweise waren die Daten des Flugkontrollzentrums noch nicht an Coruscant übermittelt worden. Aber dass die beiden anderen Planeten fehlten, verblüffte ihn. Lukes Vertuschungsmanöver beim Verlassen Coruscants hatten lediglich den Ausgangspunkt ihrer Reise vor neugierigen

Augen geheim halten und Neugierde in der Flugkontrolle wegen ihrer Abweichung von der vorgeschriebenen Flugbahn verhindern sollen.

Aber soweit es Coruscant anging, hatte die *Schlammfaultier* den Planeten überhaupt nicht verlassen. Das Skiff hatte nie Startfreigabe für den Eintritt in den Orbit verlangt, hatte nie die Freigabe zum Verlassen des planetarischen Schildes verlangt – nur dass sie den Planeten natürlich ohne eine solche nie hätten verlassen können. Und ein Passieren des Schildes erforderte nicht nur eine Transponderbefragung, sondern auch eine Bestätigung ihrer Identität durch das Schiffsregister. Es war einfach unvorstellbar, dass ihr Start nicht registriert worden war.

Luke fragte sich, was wohl passieren würde, wenn die Aktualisierungsdaten eintrafen und sich plötzlich herausstellte, dass die *Schlammfaultier* sich gleichzeitig an zwei Orten befand.

Dann spielte er, wenn auch nur einen Augenblick lang, mit dem Gedanken, dass beide Orte in Wirklichkeit ein und derselbe waren – dass sie sich tatsächlich noch auf Coruscant *befanden*, vielleicht sogar in seiner geheimen Zuflucht, und dass er sich inmitten eines äußerst komplizierten Täuschungsmanövers befand.

Aber er tat die Idee gleich wieder als eine zu extreme Lösung des Rätsels ab. Trotzdem blieben ein paar nagende Fragen zurück: Über was für Fähigkeiten verfügte Akanah wirklich? Wo lagen die Grenzen *ihrer* Macht?

Darf ich unseren Abflug tarnen? hatte sie gefragt. Und er war gar nicht auf den Gedanken gekommen, das in Frage zu stellen.

Was hatte sie getan? Etwas, das sie ohne jede Spur vor den besten planetarischen Sicherheitsvorkehrungen verbergen konnte, die die besten Ingenieure ihres Faches entwickelt hatten? Dann wurde ihm bewusst, dass er noch etwas nicht beachtet hatte. Wie hatte sie es fertig gebracht, in sein Einsiedlerquartier einzudringen, ohne dass er etwas bemerkte? Wie hatte sie es geschafft, an dem Sicherheitsdroiden vorbei in die Enklave von Teyr zu kommen? Und all diese Fragen deuteten auf dieselbe Antwort – irgendein besonderes Täuschungstalent, eine Fähigkeit, Illusionen zu erzeugen, die weit über das hinausging, wozu er selbst imstande war.

Sie kann meine Projektion durchdringen, wurde ihm bewusst. *Ich möchte wissen, ob ich die ihre durchdringen kann. Kann ich überhaupt feststellen, ob sie eine benutzt?*

Von solchen Gedanken abgelenkt hätte Luke beinahe die andere Überraschung übersehen, die der Bericht von Coruscant enthielt. Sie erwartete ihn in dem Abschnitt, der die Eigentümer des *Adventurer* aufzählte, und sein Blick fiel darauf, während er darüber nachdachte, weshalb Akanah, wenn sie in solchem Maße fähig war ihre Umwelt zu täuschen, überhaupt ein Schiff hatte kaufen müssen.

Du hättest dich doch jederzeit auf jedem beliebigen Schiff als blinder Passagier einschleichen können, dachte er. *Du hättest niemals auf Lucazec festgesessen. Und überhaupt – du hättest ja den Passagepreis stehlen können, ja sogar den Preis für ein ganzes Schiff* -

Dann bemerkte er, dass als einziger Vorbesitzer des Skiffs ein Mann namens Andras Pell eingetragen war und dass als Kategorie für den Besitzübergang registriert war:

KLASSE III, STEUERFREI – ERBSCHAFT AUS EHE.

Er erhob sich von seiner Pilotenliege und blickte starr auf den geschlossenen Vorhang, der die Koje vor seinen Blicken abschirmte. *Jetzt möchte ich wirklich gerne wissen, wie du dir deine Freiheit gekauft hast*, dachte er. *Und was hältst du sonst noch vor mir versteckt?*

Akanahs Schlaf – oder Versteck – dauerte beinahe zehn Stunden. Aber ihre Abwesenheit hatte nicht etwa die Wirkung, Lukes Neugier zu steigern, vielmehr lenkte sie sie in eine andere Richtung. Während der letzten fünf Stunden ihrer Isolation trieb die *Schlammfaultier* im Echtraum am Rande der Oort-Wolke Atzerris, wo ihr nur die kalten Methaneiskometen Gesellschaft leisteten. Luke hatte jetzt keinerlei Skrupel mehr, die ihn davon abhielten, hinter Akanahs Rücken Nachforschungen anzustellen, und er nutzte diese Zeit daher unter vollem Einsatz seiner finanziellen Mittel und seiner Prioritätscodes.

In Carratos forderte er sämtliche Informationen von den Medien, aus den Archiven der Polizei und politischer Kreise an, die über Akanah Norand Pell, Andras Pell und Talsava auffindbar waren. Dieselbe Anfrage schickte er an das Kriminalarchiv und das Bürgerregister von Coruscant sowie an die Zentralbüros des Coruscant Global Newsgrid und des New Republic Prime Newsgrid.

In der Staatsbibliothek der Neuen Republik forderte er einen Kurzbericht über die auf Lucazec und Carratos üblichen Konventionen für die Namensgebung an, in der Hoffnung, auf analytischem Wege den vorliegenden Namen weitere Hinweise abgewinnen zu können.

Anschließend forderte er bei derselben Quelle Kurzberichte über alle Fundstellen der Begriffe »Fallanassi« und »Weißer Strom« an. Nach einiger Überlegung und trotz der erschütternden und sensationellen Ungenauigkeiten, die er in den *Geheimnissen der Jedi* entdeckt hatte, nahm Luke zusätzlich Kontakt mit einem Informationsmakler auf Atzerri auf und zahlte hundert Credits für eine Suche nach denselben Begriffen.

Darüber hinaus forderte er beim Büro des Chefbibliothekars von Obroa-skai eine Broschüre über deren augenblickliche Geschäftsbedingungen an. Die Archivcomputer dort waren die einzige Quelle, die über eine noch größere Fülle von Daten als die von Coruscant verfügten.

Aber Obroa-skai hatte den Zugang zu diesem planetarischen Schatz strengen Beschränkungen unterworfen. Um sich gegen einen Diebstahl in der Bibliothek zu schützen und die Mittel aufzubringen, die für ihren Unterhalt erforderlich waren, musste man, um Zugang zu den Archiven zu bekommen, entweder persönlich nach Obroa-skai reisen oder einen der ausgebildeten Vertragsrechercheure der Bibliothek engagieren.

Man wandte sich im Übrigen auch nicht an Obroa-skai, wenn man schnell eine Antwort benötigte. Die offizielle Sprache, in der die Archive der Neuen Republik geführt wurden, war Basic, wobei sämtliche Urkundensammlungen in suchfreundlichen Datenspezifikationen gelistet waren. Die

Bibliothek von Obroa-skai hingegen war ein Sammelsurium von Primärdokumenten in zehntausend Speicherformaten und unzähligen Sprachen. Der Generalindex umfasste nur fünfzehn Prozent des gesamten Bibliotheksbesitzes, und wenn man alle Spezialverzeichnisse zusammenfügte, dann kamen auch nur noch wenige Prozent hinzu.

Das war der Hauptgrund, weshalb die Preisliste – die Luke, wenige Minuten nachdem er sie angefordert hatte, erhielt, übrigens die erste Reaktion auf seine Anfragen – den Hinweis enthielt, dass eine normale einteilige Archivsuche im Durchschnitt acht Tage in Anspruch nahm. Die Warteliste für Terminalzeit betrug im Augenblick fünfzehn Tage, und bis man die Dienste eines Vertragsrechercheurs in Anspruch nehmen konnte, musste man siebzig Tage warten.

So entmutigend diese Auskünfte auch waren, sandte Luke doch eine Kommandobotschaft an R2 und 3PO auf Yavin 4 und wies sie an, sich nach Obroa-skai zu begeben, und für ihn eine Recherche in der Bibliothek anzustellen, wie sie das schon einmal getan hatten.

Die einzige seiner Anforderungen, die sofort abgelehnt wurde, war die nach dem täglichen Taktikmemorandum der Flotte, das im Jargon der Eingeweihten als Problemkarte bezeichnet wurde – ein Kompendium von Lageberichten sämtlicher Flotten- und Stützpunktkommandos. Im Gegensatz zu dem Hyperkomm seines E-Flüglers war das der *Schlammfaultier* nicht militärkodiert, und Luke schaffte es nicht, die Sektion Nachrichtendienst dazu zu überreden, eine White Star-Datei an einen Empfänger abzusenden, den sie als ungesichert bezeichnete.

Luke spielte mit dem Gedanken, unmittelbar Verbindung mit Admiral Ackbar aufzunehmen und ihn um seine Einschätzung der Schwierigkeiten im Farlax-Sektor zu bitten – der Bericht, den Luke sich auf Atzerri besorgt hatte, war fast ebenso sensationell und unglaubwürdig wie das Jedi-Dokument. Aber ein solcher Anruf bei Admiral Ackbar würde mit Sicherheit zu Fragen führen, die Luke nicht beantworten wollte, und möglicherweise eine Entscheidung herbeiführen, zu der er im Augenblick noch nicht bereit war.

Statt dessen entschied er sich dafür, die öffentlichen Informationsbüros des Senats und des Generalministeriums zu kontaktieren. Er bat um die offiziellen Aufzeichnungen der letzten zwanzig Tage, in der Hoffnung dort zwischen den Zeilen genug Material für die Entscheidung zu finden, ob es Zeit war, nach Hause zurückzukehren.

Dann dämpfte er die Beleuchtung in der Pilotenkanzel, streckte sich auf dem Deck hinter den Liegen aus und schloss die Augen. Alle Anforderungen, die er ausgesandt hatte, erforderten Geduld, teilweise Minuten, teilweise Stunden und in manchen Fällen sogar Tage. Aber allein die Tatsache, dass er aktiv geworden war, hatte schon zu einer erkennbaren Steigerung seines Wohlbefindens geführt. Selbst wenn einige seiner Bemühungen fruchtlos blieben, würde er doch, wenn er das nächste Mal mit Akanah sprach, in einer viel stärkeren Position sein.

Es tut mir furchtbar leid, aber ich brauche jetzt einen Grund, dir zu vertrauen, nicht nur einen Grund, das zu wollen, dachte er. *Wenn wir diese Reise gemeinsam fortsetzen wollen, wirst du jetzt anfangen müssen, Vertrauen zu mir zu haben.*

Ein Gefühl wie von einer Feder, die ihn irgendwo an der Innenseite seines Schädels kitzelte, ließ Luke zweierlei Dinge gleichzeitig wahrnehmen: dass er auf dem Boden eingeschlafen war und dass er beobachtet wurde.

Er drehte den Kopf in die Richtung, aus der die Wahrnehmung kam, schlug die Augen auf und sah, dass er Akanah direkt anblickte. Sie saß auf der Kante ihrer Schlafkoje, die Hände im Schoß gefaltet, das Haar noch vom Schlaf zerzaust.

»Hallo«, sagte sie. »Tut mir leid, wenn ich die Koje die ganze Zeit für mich alleine beansprucht habe. Das wollte ich wirklich nicht.«

Von ihrer Entschuldigung überrascht, richtete Luke sich langsam auf, bis er saß. »Schon gut«, murmelte er. »Du wirst es wohl gebraucht haben. Auf Talos hast du jedenfalls so ausgesehen, als könntest du ein paar Stunden Schlaf brauchen.«

Sie nickte. »Was Talos betrifft – da gibt es ein paar Dinge, über die wir reden müssen«, sagte sie. »Du bist sehr geduldig mit mir gewesen, und ich war schrecklich unfair zu dir. Du hast ein Recht darauf, zu erfahren, was mit mir los war.«

Nachdem sie ihm so die Ansprache weggeschnappt hatte, die er ihr hatte halten wollen, konnte Luke bloß noch sagen: »Also, dann fang schon an – ich höre zu.«

Akanah deutete mit einer Kopfbewegung nach vorne. »Auf dich warten ein paar Mitteilungen. Ich denke, die solltest du dir vielleicht vorher ansehen.«

Luke warf ihr einen fragenden Blick zu, trat dann an die Copilotenliege und sah sich die Liste eingegangener Nachrichten an.

Da war zuerst eine Nachricht von Yavin 4, die Luke für den Augenblick überblätterte. Auch die Pressemappen vom Senat und dem Generalministerium übersprang er, weil sie ihm für den Augenblick unwichtig erschienen.

Das Archiv der Neuen Republik hatte mit einer kurzen Zusammenfassung über Namensgebung geantwortet, und am Ende stand:

Suchschlüssel: FALLANASSI – nicht gefunden.

Suchschlüssel: WEISSER STROM – nicht als Einzelbegriff gefunden.

Suchschlüssel: FALLANASSI + WEISSER STROM – nicht gefunden.

Die Antwort des Informationsmaklers auf Atzerri lief auf dasselbe hinaus – immerhin enthielt sie das Angebot, die Hälfte der Suchgebühr auf Lukes nächste Anfrage anzurechnen.

Luke begann jetzt unruhig zu werden und sah sich ein halbes Dutzend weiterer Antworten von verschiedenen Agenturen und Firmen auf Carratos und Coruscant an. Alle waren höchst uninformativ – ein paar Daten, ein paar Fakten, die sich auf Statistiken beschränkten, einige Mitteilungen, die KEINE AUFZEICHNUNGEN und NICHT GEFUNDEN lauteten, und dazwischen ein paar ANFORDERUNG ABGELEHNT.

»Ich will dir sagen, was in deinen Mitteilungen steht«, meinte Akanah mit sanfter Stimme. »Mein voller Name lautete Akanah Norand Goss, jetzt Akanah Norand Pell. Ich war auf Carratos mit Andras Pell verheiratet, einem Mann, der sechsunddreißig Jahre älter war als ich. Andras ist ein Jahr darauf gestorben, und ich habe dieses Schiff und ein paar tausend Credits von ihm geerbt. In seinem Nachruf steht, dass er eines ganz normalen Todes gestorben ist, und amtlicherseits scheint man von seinem Hinscheiden keine Kenntnis genommen zu haben. Aber du fragst dich, ob ich ihn vielleicht geheiratet und dann getötet habe, um von Carratos zu entkommen. Und wo auch immer und wen auch immer du gefragt hast, über die Fallanassi ist nirgends etwas zu finden gewesen.«

»Woher weißt du das?«, fragte er und drehte sich rum, um sie anzusehen. »Hast du meine Post gelesen?«

»Nein. Das brauchte ich nicht.«

»Du hast gewusst, dass ich Nachforschungen über dich anstellen würde«, sagte er.

»Oh – ja, ich dachte, dass du das irgendwann tun würdest. Ich hatte sogar angenommen, dass das früher geschehen würde.«

»Also hast du selbst nachgefragt und wusstest, wie wenig ich finden würde.«

»Ich habe *für* mich selbst nachgefragt«, korrigierte sie ihn. »Du bist nicht der Einzige, der nach Stücken seiner Vergangenheit sucht.«

Er setzte sich auf die Kante der Copilotenliege. »Warum gibt es so wenige?«, fragte er, und seine Stimme klang jetzt nicht mehr anklagend.

»Talsava und ich haben auf Carratos in den Schatten gelebt. Wir sind eingereist, ohne registriert zu werden. Wir haben in einem Teil von Chofin gewohnt, wo die ganze Zeit Leute kommen und gehen, ohne dass jemand das bemerkt. Als Talsava wegging, wurde ich auch eine von den Unsichtbaren – ich besaß nichts und habe auch nichts getan, was dazu geführt hätte, dass mein Name in den Aufzeichnungen irgendeines Berufsstandes erschienen wäre. Das einzige Mal, das ich auf Carratos oberhalb der Armutsgrenze gelebt habe, waren die letzten zwei Jahre – die, die ich mit Andras zusammen war.«

»Und niemand hat sich dafür interessiert, wer du bist, oder woher du kamst?«

»Nein. Die alten Aufzeichnungen hatte das Imperium beschlagnahmt, und die Berufsregister sind von der Freiheitsbewegung zerstört worden. Jeder hatte die Chance, einen neuen Anfang zu machen. Ich habe mir einen Namen genommen, wie es bei den Frauen dort Sitte war – Vorname, Name der Mutter, Name des Vaters. Aber dieser Name hat außer dort nirgends eine Bedeutung und auch nur zu der Zeit, als ich dort lebte.«

»Also gibt es keinen Anlass, dass er irgendwo in den Aufzeichnungen von Coruscant auftaucht.«

»Nein, und auf Lucazec auch nicht oder auf Teyr. Es gibt auch keine anderen Namen, die dahinter versteckt sind ...«

»Für die Bürokraten und die Registerbehörden hast du nicht existiert.«

Sie lächelte. »Auf Carratos wird nur Eigentum registriert und Leute, die etwas besitzen«, sagte sie. »Als ich nichts besaß, zählte ich auch nicht. Als Andras mich nahm, war ich *sein* Besitz. Jetzt, da ich das hier besitze« – sie machte eine Handbewegung, die das Skiff umfasste – »bin ich eine Person.«

Luke nickte langsam. »Ja, ich denke, so wie du das erklärst, leuchtet das ein«, sagte er. »Aber ich habe noch etwas in Erfahrung gebracht, und dafür fehlt mir immer noch die Erklärung. Die Verkehrsaufzeichnungen sagen, dass wir immer noch auf Coruscant sind, und ich glaube langsam, dass wir immer noch dort sein werden, ganz gleich wie viele Systeme wir besuchen.«

Zu seiner Verblüffung fing Akanah zu kichern an. »Ist in deinem Bericht ein Besuch auf Golkus erwähnt?«

»Ja«, nickte Luke. »Auf dem Wege nach Coruscant.«

»Und steht da auch, weshalb ich dort war?«

»Nein. Ich habe auch nicht länger darüber nachgedacht«, räumte Luke ein. »Wahrscheinlich dachte ich mir, da es ja deine erste Reise mit dem Skiff war, dass es irgendein kleines Problem gegeben hat, das in Ordnung gebracht werden musste, oder dass es dir einfach nicht gefallen hat, hier draußen alleine zu sein.«

»Nun, Letzteres stimmt, ganz eindeutig. Aber das andere stimmt auch. Das Problem, das behoben werden musste, war der Identifikationstransponder des Schiffes. Ich habe dir doch gesagt – wir hinterlassen keine Spur, der ein Fremder folgen kann. Es gab jemanden auf Golkus, der mir dabei behilflich sein konnte.«

»Jemanden? Ein ID-Profil zu ändern ist gar nicht so einfach.«

»Sein Name würde dir nichts sagen, aber ihm könnte es vielleicht schaden«, sagte Akanah. »Ich glaube, er war früher für Talon Karrde tätig.«

»Woher kanntest du ihn denn?«

»Er war einmal auf Carratos, das liegt Jahre zurück«, sagte sie. »Als ich den Grund seines Besuches erfuhr, habe ich es so eingerichtet, dass ich seine Bekanntschaft machen und ihm eine Gefälligkeit erweisen konnte. Aber der Preis war immer noch sehr hoch. Ich musste ihm fast alle Credits geben, die ich hatte, und noch ein paar Gefälligkeiten, die andere mir schuldeten.«

»Also hat er das Profil abgeändert – wie denn, auf irgendeinen anderen *Adventurer*? So dass irgendein *anderes* Schiff Coruscant verlassen hat.«

»Oh – er hat es nicht nur geändert«, sagte Akanah. »Wenn ich nur das verlangt hätte, wäre es nicht so teuer gewesen. Nein, er hat etwas in den Transponder eingebaut – einen Schmugglerschalter hat er es, glaube ich, genannt.«

»Dieses Schiff ist schwarz geschaltet?« Lukes Augen weiteten sich.

»Ja, ich glaube, so heißt das. Jedesmal, wenn wir springen, ändert sich das Profil – das sieht völlig legitim aus, ist es aber nicht. Wenn ich das Geld dafür gehabt hätte, dann hätte ich mir eine illegale ID kaufen können statt einer Fälschung.«

»Und ich nehme an, das System aktiviert sich erst, wenn man den Ort verlassen hat, wo es eingerichtet worden ist, damit man die Spur nicht zu diesem Herrn zurückverfolgen kann.« Luke runzelte die Stirn. »Jetzt ärgere ich mich, dass wir so viel Zeit vergeudet haben. Wir hätten *tatsächlich* von Lucazec oder Teyr direkt springen können …«

»Das wollte ich doch«, protestierte sie. »Ich habe dich doch gebeten, die Sperre auszuschalten.«

»Ja, das schon. Du hast nur nicht erwähnt, dass dabei nichts passieren kann«, brummte Luke. »Wir starten mit einem Kennzeichen aus einem System und schleichen uns mit einem anderen im nächsten ein – und niemand kann eine Verbindung zwischen den beiden herstellen. Prima. Dieser Typ auf Golkus muss gute Geschäfte machen.«

»Das will er nicht«, sagte Akanah. »Ich hatte den Eindruck, dass er sich als eine Art Ruheständler sieht. Er hat gesagt, er würde das nicht für jeden machen.«

»Na ja – dass er auf Golkus sitzt und nicht auf Talos bestätigt das ja irgendwie«, meinte Luke und schüttelte den Kopf. »Warum hast du mir das nicht gesagt?«

»Habe ich doch«, sagte sie. »Jetzt gerade.«

»Ja schon, aber das ist nicht fair«, meinte Luke.

»Stimmt«, sagte sie. »Ehrlich gesagt, ich wollte damals noch nicht riskieren, es dir zu sagen. Ich wusste ja wirklich nicht, ob es nicht einmal dazu kommen würde, dass ich mich vor *dir* verstecken muss. Es gibt vieles, was ich beschützen muss.«

»Aber jetzt vertraust du mir.«

»Wenn ich dir nicht vertraue, bin ich ganz alleine«, sagte sie, und ihr Ausdruck wurde besorgt. »Und ich kann das jetzt nicht mehr. Ich wollte das von Anfang an nicht, und jetzt kann ich es einfach nicht mehr. Ich bringe es nicht fertig, mich vor dir zu verschließen, wo ich doch die Nähe zu jemandem brauche.«

»Akanah …«

»Geheimnisse sind wie Mauern, nicht wahr? Sie trennen die Menschen voneinander. Und ich war so lange hinter diesen Mauern alleine, dass ich es einfach nicht mehr ertragen kann«, sagte sie. »Ich werde dich lehren, Schrift zu lesen, Luke. Und wenn du das willst und mir genügend Zeit dafür lässt, lehre ich dich auch alles andere. Du wirst einer von uns werden, ohne Einschränkung – ein Adept des Weißen Stroms. Dann wirst du endlich den Pfad deiner Mutter gehen.«

Luke begriff die Tragweite ihres Angebots. »Ich danke dir«, sagte er gepresst. »Allein die Chance, sie vielleicht zu finden – ich will, dass sie Teil meines Lebens wird – ich brauche ein Gleichgewicht ...«

»Aber du hast noch Fragen«, fiel sie ihm ins Wort.

»Ja.«

»Bitte, scheu dich nicht, sie zu stellen, bloß weil du nicht undankbar erscheinen willst. Stell deine Fragen.«

Er spürte, dass sie den Grund seines Zögerns genau erkannt hatte. »Gehört Telepathie mit zu den Fähigkeiten eines Adepten?«

Sie lachte. »Haben die Leute jetzt solche Angst, sich Luke Skywalker genau anzusehen, dass normale Aufmerksamkeit schon auffällt?«

Luke lächelte ein wenig verlegen. »Vielleicht.«

»Die sollten aber keine Angst haben«, sagte sie. »Und jetzt frag mich das, was du mich wirklich fragen wolltest. Etwas aus einem dieser Berichte, nehme ich an.«

»Nein, etwas, das nicht in den Berichten stand«, sagte er. »Du hast Recht gehabt. Dort stand kein Wort über die Fallanassi – nicht auf Lucazec, nicht auf Teyr und auch nicht auf Coruscant oder Atzerri.«

»Du musst dich fragen, ob es wirklich einen Kreis gibt«, sagte sie, »oder ob das alles nur das Märchen einer alten Irren ist, die dich damit locken will.« Sie lächelte schwach und forderte ihn damit heraus, ihr zu widersprechen.

»Ich hatte einfach erwartet, dass da *irgendetwas* sein würde. Gerüchte, Legenden, Überlieferungen – man kann sich einfach kaum vorstellen, dass Leute, die so mächtig sind wie die Fallanassi, Leute, deren Tradition so weit zurückreicht, wie du das angedeutet hast, überhaupt keine Spur von sich hinterlassen ...«

»Weil wir es so wollten und so eingerichtet haben«, sagte sie ruhig.

»... oder gibt es diese Spuren, und ich habe nur nicht die

richtige Frage gestellt, den richtigen Namen genannt – was hast du gesagt?«

»Weil wir es so eingerichtet haben«, wiederholte sie. »Wenn solche Spuren auftauchen, entfernen wir sie. Aber es gibt nicht viel zu entfernen, weil wir es noch nie darauf angelegt haben, irgendwie aufzufallen.«

Luke nickte langsam. »Nicht erobern – nicht bekehren – nur den Ort finden, an den man gehört …«

»Ja. Wenn du das verstehst, dann hast du dir bereits die wichtigste Erkenntnis des Stroms zu eigen gemacht«, sagte sie. »Er trägt dich dorthin, wo du sein musst, läßt dich das lernen, was du lernen musst, das tun, was du tun musst, und bringt dich zu den Leuten, die dich in *ihrem* Leben brauchen – du musst ihn nur gewähren lassen.«

Luke nickte bedächtig und nahm auf der Pilotenliege Platz. »Weil wir schon gerade davon reden, wo wir sein müssen – wir sitzen lange genug hier. Wir sollten allmählich los«, sagte er. »Ich muss nur wissen, wohin.«

»J't'p'tan«, sagte sie. »Die Welt heißt J't'p'tan.«

Luke wandte sich von ihr ab und aktivierte einen Bildschirm. »Also ich muss schon sagen – jetzt verblüffst du mich schon wieder. Ich muss das tatsächlich im Navigationsatlas nachsehen.«

»Luke …«

»Ja, was ist?«

»Ist da nicht eine Frage, die du nicht gestellt hast?«

Luke überlegte einen Augenblick lang. Es gab viele Fragen, die er noch stellen konnte, aber das schien ihm nicht mehr dringend. Er war überzeugt, dass sie sie alle zur richtigen Zeit beantworten würde. »Ja, eine«, sagte er schließlich. »Hast du Andras geliebt?«

»Das ist nicht die Frage, die ich erwartet hatte«, sagte Akanah und biss sich auf die Unterlippe. »Ja, ich habe ihn geliebt. Er hat mir viel Freiraum gelassen. Er hat etwas in mir entdeckt, das er sehr schön fand, und hat nie versucht mich zu ändern. Und er war nie grausam. Es war gewissermaßen wie eine Kindheit – so, wie eine Kindheit sein sollte. Schade, dass es nur so kurz war.«

Erstaunlicherweise war J't'p'tan nicht im Datenspeicher des Skiff enthalten. Die eigenartige Schreibweise des Namens veranlasste ihn, Akanah danach zu fragen.

»Es ist kein Basicwort«, rief sie ihm aus dem Erfrischer zu. »Das ist eine phonetische Umschreibung in Basic für vier mystische Schriftzeichen in H'kig – ›jeh‹ für immanent; ›teh‹ für transzendent; ›peh‹ für ewig; und ›tan‹ für ›bewusste Wesenheit‹. Nur ›tan‹ darf ganz ausgeschrieben werden. Die anderen Begriffe sind aus der Sicht der H'kig zu heilig. Die Schreibweise, die ich dir genannt habe, entspricht der Konvention, die diesen Glauben respektiert.«

»Du hättest einfach sagen können ›Ja, das stimmt‹«, sagte er brummig, um sie zu necken.

»Das werde ich das nächste Mal.«

Da ihre Systeme ihren Zielort nicht identifizieren konnten, sah Luke sich gezwungen, eine Anfrage nach Coruscant zu schicken, und die *Schlammfaultier* musste deshalb noch eine Weile länger in der Nähe der Oort-Wolke bleiben. Als das astrographische Vermessungsinstitut die angeforderten Koordinaten lieferte, weiteten sich Lukes Augen erstaunt.

»Das ist weit«, sagte er und zoomte die Navkarte über sein Primärdisplay. »Und wir können auch nicht auf direktem Wege dorthin fliegen, weil wir sonst einen Teil der Fahrt auf der falschen Seite des Grenzgebiets wären.«

»Und das wäre gefährlich, nehme ich an.«

»Dort patrouillieren überall Interdiktorstreifen«, sagte Luke. »Aber das macht nichts, es wäre ohnehin für einen Sprung zu weit. Das wäre nämlich zwanzig Stunden über der Leistungsfähigkeit des Skiffs. Ich muss irgendwo unterwegs einen Haltepunkt aussuchen.« Er deutete auf einen Teil der Karte. »Irgendwo hier – damit bleiben wir auf der richtigen Seite der Grenze.«

»Das musst du entscheiden.«

Luke zog einen Kasten um ihr Ziel und zoomte die Karte auf einen vertrauteren Maßstab. Jetzt konnte man einige Markierungen erkennen. »Farlax-Sektor«, sagte er halblaut.

»Was?«

»Ich habe mit mir selbst geredet«, sagte Luke. »Ich bin müde. Offenbar bin ich schon halb eingeschlafen.«

Er vergrößerte den Maßstab der Karte noch einmal. *Nicht nur Farlax – der Koornacht-Sternhaufen* wurde ihm bewusst, und er runzelte beunruhigt die Stirn. Er zog sein Datapad aus dem Netz an der Wand, rief die Nachrichtenzusammenfassung auf und suchte darin nach J't'p'tan. Zu seiner Erleichterung war der Name nicht als eine der Welten erwähnt, auf der Kämpfe stattgefunden hatten.

Immer noch mit gefurchter Stirn wandte Luke sich anschließend den PIO-Berichten zu, die er bisher noch nicht aufgerufen hatte. Beim kurzen Überfliegen fand er den wesentlichen Inhalt der Nachrichten bestätigt – die Yevethaner hatten einige Koloniewelten im Koornacht-Sternhaufen angegriffen und ihre Bewohner getötet. Von einigen Kolonien waren die Namen genannt, bei einigen anderen war nur aufgeführt, woher die Kolonisten stammten. Aber J't'p'tan war nicht erwähnt. Und die H'kig ebenfalls nicht.

Er zoomte die Navigationskarte erneut heran und studierte die geographische Anordnung des Koornacht-Sternhaufens. J't'p'tan lag im Inneren außer Scanreichweite eines Schiffs am Rande des Sternhaufens. Wenn dort etwas vorgefallen war, würde Coruscant es möglicherweise gar nicht erfahren haben.

Soll ich ihr das sagen? Warten wir hier, bis wir mehr wissen, oder setzen wir die Reise fort? Er arbeitete einen Alternativkurs aus – einen, der sie so nahe wie möglich an die Grenze heranführte, ohne sie zu überqueren – und überlegte unterdessen, dass ja immerhin mit der Möglichkeit zu rechnen war, dass die Yevethaner J't'p'tan überfallen und die Fallanassi vernichtet hatten. Es war also möglich, dass er und Akanah ihre Reise zu spät angetreten hatten – und zwar nicht einmal zehn Tage zu spät. Möglicherweise hatte Nashira noch vor zehn Tagen gelebt – und war jetzt tot.

Akanah kam aus dem Erfrischer und Luke schob sein Datapad ins Netz zurück, als sie neben ihn trat. *Ich kann das ertragen. Ich kann die Unsicherheit ertragen – sie nicht,* sagte er sich und löschte das Sekundärdisplay.

»Wir haben eine gute Linie nach Utharis«, sagte er zu ihr. »Eine Tarrack-Welt dicht innerhalb der Grenze. Dort sollten wir ohne Probleme das Skiff versorgen können.«

»Bist du je dort gewesen?«

»Nein«, sagte Luke und gab die Koordinaten an den Autopiloten durch. »Du?«

»Nein.«

»Eine bessere Empfehlung gibt es gar nicht«, sagte Luke und fühlte sich plötzlich tatsächlich so müde, wie er vor einer Weile behauptet hatte. »Wenn wir dorthin kommen, kaufe ich dir als Souvenir einen Hut.«

Er wartete nicht ab, bis Akanah sich auf ihrer Liege niedergelassen hatte, sondern drückte den Sicherheitsschalter für den Hyperantrieb und riss die Aktuatorhebel nach vorne, verbog die Zeit, streckte die Sterne und schleuderte das Schiff auf Utharis zu.

Luke lag auf dem Rücken in seiner Koje und starrte nach oben auf den Mesmerisierer, der den größten Teil der Decke über der Liegestatt einnahm.

Die dünne Platte erzeugte verschiedene holographische Tiefenillusionen, die dazu bestimmt waren, das Aufkommen von Klaustrophobie infolge des zu langen Aufenthalts im abgeschlossenen Schiff zu verhindern, eine Anordnung hypnotischer Muster aus Licht und Farbe, die den Schlaf fördern sollten, und einige andere der Entspannung dienende Darstellungen. Vor Lukes Augen war jetzt das Schauspiel einer sich langsam um ihre Achse drehenden Galaxis mit mächtigen Spiralarmen zu sehen, betrachtet von einem Standpunkt tausend Lichtjahre über der galaktischen Ekliptik.

Luke hatte diesen Anblick schon einmal gesehen – von der Lazarettfregatte der Allianz aus, an dem Treffpunkt, dem sie die Codebezeichnung Haven gegeben hatten. Jetzt führte das Bild ihn in die Vergangenheit zurück. Das war nach dem Debakel auf Hoth gewesen, nach der Flucht von Bespin. Er hielt sich die rechte Hand, die bionische Hand, vor das Gesicht und bewegte seine Finger, erinnerte sich – versuchte sich zu erinnern.

Noch mehr als sein Flug mit Han und Obi-Wan im *Millenium Falken* von Tatooine war es seine Begegnung mit Vader dort in Cloud City gewesen, die sein Leben in zwei Hälften geteilt hat. Vorher war Luke auch nicht viel anders als die vielen Opfer des Imperiums gewesen – von imperialer Brutalität entwurzelt und mehr aus Zorn und Leid als aus ideologischen Gründen zum Mitstreiter der Rebellion geworden. Die Blasterschüsse, die Owen und Beru getötet hatten, hatten eine Zukunft zerstört und ihn in eine andere hineinstolpern lassen. Aber das war für ihn eher Zufall als Vorsehung gewesen.

Seine Begegnung mit seinem Vater andererseits hatte eine größere Last auf seine Schultern gelegt. Erst als er an der Gitterbrücke hängend die Stimme hinter der schwarzen Maske Worte hatte sprechen hören, die für ihn unvorstellbar gewesen waren, hatte er ganz begriffen, was von ihm verlangt wurde. Erst in jenem Augenblick war ihm klar geworden, dass er und kein anderer imstande war, diese Last zu tragen. Sich an jenen Augenblick zu erinnern hieß, sich an den Augenblick zu erinnern, an dem er er selbst geworden war. Und es war beinahe unmöglich sich weiter zurückzuversetzen.

Man kann sich auch als Vierunddreißigjähriger nicht mehr in die Zeit zurückversetzen, als man einundzwanzig war, dachte er.

Das leise Klicken, mit dem der Vorhangverschluss geöffnet wurde, riss ihn aus seinen Gedanken. Gleich darauf schob Akanah die Vorhangflügel beiseite.

»Irgendwie habe ich gewusst, dass du noch wach bist«, sagte sie, und ihr Gesicht zeigte wieder das ihm inzwischen vertraute flüchtige Lächeln. »Was beschäftigt dich denn? Hat es mit mir zu tun?«

Er schüttelte den Kopf. »Ich habe nur darüber nachgedacht, wie es damals war, als ich aufhörte, ein Kind zu sein. Und wie weit das heute zurückliegt.«

»Was ist, wenn du so alt wie Yoda wirst?«

Er lächelte wehmütig. »Dann werde ich wahrscheinlich darüber lachen, wie mir jetzt zumute ist.«

»Es ist nicht die Zeit, es ist die Verantwortung«, sagte sie, und ihr Blick wurde ernst. »Luke – es tut mir leid, dass ich dich jetzt aus deinen Gedanken gerissen habe. Aber da ist etwas, was ich dir nicht gesagt habe, und was ich dir hätte sagen sollen. Und ich fand es nicht gut, das warten zu lassen.«

Luke richtete sich auf und stützte sich auf seine Ellbogen. »Okay.«

Sie setzte sich auf den breiten Sims am Rand der Koje, wo die Vorhangschiene verlief. »Ich habe zwar einiges für mich behalten, das ich dir deiner Ansicht nach wahrscheinlich hätte sagen sollen, aber ich habe mich bemüht, dir immer die Wahrheit zu sagen«, fuhr sie fort. »Aber was Atzerri angeht, habe ich gelogen.«

Luke richtete sich ein wenig höher auf. »So?«

»Ich habe dich unter falschen Behauptungen nach Atzerri gelockt«, sagte Akanah. »Der Kreis ist nie dort gewesen. Du hast Recht gehabt, was die *Star Morning* betrifft. Die Schrift auf Teyr besagte, dass wir nach J't'p'tan gehen sollen.«

»Warum dann?«

»Weil ich es musste«, sagte sie. »Ich musste versuchen, meinen Vater zu finden.«

Luke starrte sie ein paar Sekunden lang an, aber als er dann sprach, klang seine Stimme erstaunlich weich. »Dachtest du denn, ich würde das nicht verstehen?«

»Ich hatte Angst vor dem, was ich dort vielleicht finden würde«, sagte sie und senkte den Blick. »Ich hatte Angst vor dem, was du vielleicht über mich denken würdest, falls sich herausgestellt hätte, dass mein Vater jemand ist, für den nicht einmal ich Respekt empfinden kann.«

»Also – das verstehe ich auch«, sagte Luke. »Ich glaube, Leia hat Angst gehabt, nach unserer Mutter zu suchen. Vielleicht würde ich, wenn ich Leia wäre, genauso denken.«

»Warum?«

Luke überlegte ein paar Augenblicke, ehe er antwortete. »Ihre Erinnerungen an unsere Mutter – das wenige, woran sie sich erinnert, und das wenige, was man uns gesagt hat – sind für sie sehr wertvoll. Es sind die Erinnerungen eines Kindes, unschuldig und idyllisch. Und die beschützt sie.«

»Sie beschützt sie? Vor was?«

»Vor der Realität«, antwortete Luke. »Nichts, was Leia auch über unsere Mutter erfahren könnte, könnte diese Erinnerungen besser machen – und vieles, was sie erfahren könnte, könnte sie auch beschädigen. Leia musste sich nie mit unserer Mutter in ihrer ganzen Komplexität auseinandersetzen. Was war das für eine Beziehung, die sie mit Vader hatte? Weshalb brachte sie seine Kinder zur Welt? Weshalb hat sie uns verlassen? Wenn man anfängt, sich solche Fragen zu stellen, riskiert man es, darauf eine Antwort zu bekommen, die einem nicht gefällt.«

»Aber für dich ist das anders?«

»Ich habe keine Erinnerungen, die ich schützen muss«, sagte er, und in seiner Stimme klang ein Anflug von wehmütigem Bedauern mit. »Ich will bloß wissen, von wem ich abstamme – was ich sonst noch in mir trage. Ich mache mir keine so großen Sorgen darüber, enttäuscht zu werden.« Wieder das wehmütige Lächeln. »Wenn ich freilich herausfinden würde, dass Mutter etwas damit zu tun hatte, Anakin Skywalker in Darth Vader zu verwandeln …«

»O nein«, sagte Akanah und drückte beruhigend seine Hand. »Ich kann dir versprechen – Nashira ist nicht so. Das musst du mir glauben.«

Er nickte. »Das tue ich.«

»Das ist so wichtig für mich – und ich fürchte, jetzt habe ich es zerstört«, sagte sie mit einem Zittern in der Stimme. »Ich wollte dir keinen Anlass geben, an mir zu zweifeln oder daran zu zweifeln, dass du mich auf dieser Reise begleitest.« Sie lächelte bedrückt. »Also habe ich dich natürlich angelogen. Es tut mir so leid, Luke. Ich hätte es besser wissen müssen. Ich habe von Anfang an gewusst, dass ich nie fähig sein würde, dich zu täuschen.«

Lukes Hand schloss sich um die ihre, und er drückte sie fest. »Hast du ihn gefunden?«

»Ja«, sagte sie, und ihre Augen wurden feucht. »In gewisser Weise schon. Ich habe ihn im Trasli-Distrikt gefunden. Er ist der unbedeutende Anführer einer schäbigen kleinen Bande, aufgeblasen von der Schmeichelei derer, die von ihm abhängig sind, und mit einem von Rokna Blau ausgebrannten Gehirn. Er hat sich nicht an meine Mutter erinnert. Er wusste nicht einmal, dass er eine Tochter hatte.« Tapfer bemühte sie sich zu lächeln. »Diese kleinen Stücke von uns, die andere mit sich herumtragen – manche kennen ihren Wert und andere gehen völlig sorglos damit um. Wenn du Nashira findest, wird sie dir mehr zu geben haben, als Joreb Goss mir gegeben hatte, das weiß ich.«

»Du hattest nicht viel Zeit«, sagte Luke. »Du kannst zurückkehren.«

»Nein. Mein Vater ist tot«, sagte sie schlicht. »Jemand anderer lebt jetzt in seinem Körper. Ich werde nie wieder von dieser Person sprechen.«

Luke spürte, dass ihre gefasste Haltung in diesem Augenblick auf reiner Willenskraft beruhte. Da war ein Zittern in ihrer Hand, in ihren Augen standen die Tränen, und ihre Haut brannte wie Feuer. Aber sie brachte es nicht über sich, ihn um mehr als Verzeihung zu bitten.

»Das verstehe ich auch«, sagte er sanft. »Ich weiß, wie man sich dabei fühlt, wenn einem diese Tür verschlossen wird und dahinter nur ein leerer Raum ist. Es tut mir so leid. Ich weiß, wie weh das tut.«

»Er war meine letzte Hoffnung auf einen Schlüssel für diese Tür«, sagte sie und konnte den Schmerz nicht länger aus ihrer Stimme verbannen. »Jetzt sind sie beide weg – meine Mutter und mein Vater. Wenn wir den Kreis nicht finden, werde ich immer alleine sein.«

Mit Worten allein war sie jetzt nicht mehr zu trösten, und ihre Not war zu groß, als dass man sie einfach ignorieren konnte. Mit einem leichten Ziehen an ihrer Hand und einem bedeutsamen, bestätigenden Blick lud Luke sie zu sich in die Koje ein.

Nach kurzem Zögern stieg Akanah durch den offenen Vorhang und kuschelte sich an ihn. Augenblicke später schluchzte sie leise, und ihr Körper zitterte dicht an den seinen gepresst.

Aber für Luke fühlten sich die Tränen mehr wie willkommene Erlösung als wie ein Zeichen der Qual an. Er hielt Akanah stumm an sich gedrückt und versuchte sie in eine Decke des Wohlbehagens einzuhüllen.

Die Galaxis kreiste wie ein Rad hoch über ihnen, und all der Tumult, der sie erfüllte, war weit entfernt und für den Augenblick vergessen.

III

LEIA

10

Vizekönig Nil Spaar kehrte zur Brutwelt der Yevethaner zurück: Mehr als ein Held und kaum weniger als ein Gott. Am Tag seiner Rückkehr versammelten sich mehr als drei Millionen der Reinen, um zuzusehen, wie die leuchtende Sphäre der *Aramadia* durch den bleiernen Himmel von N'zoth herabsank. Das imperiale Hyperkomm und das planetare Netz machten es möglich, dass die gesamte Bevölkerung der zwölf Stammwelten und die der neuen Welten der Zweiten Geburt sich der riesigen Menge auf Hariz anschlossen. Das Konsularschiff war von Scheinwerfern so strahlend hell angeleuchtet, dass es den Anschein hatte, als würde ein Fragment eines Sterns den Baumeister der Reinigung seinem Volk zurückbringen.

»*Ni toi darama*«, flüsterten sie. »Der Gesegnete kommt zu uns.«

Am Himmel hatten die Jagdmaschinen der Eskorte jetzt Rauchgeneratoren eingeschaltet und erzeugten damit Spiralen aus Rot und Purpur. Drei Millionen Gesichter waren dem Himmel zugewandt, wo die ungedämpften Pulsgeneratoren der *Aramadia* auf sie herabdröhnten. Ihre Herzen flogen dem Konsularschiff entgegen, und die Schallwellen wirkten auf sie, als würde die Hand des Vizekönigs selbst sie liebkosen.

»*Hi noka daraya!*«, riefen sie. »Die Helligkeit berührt mich!«

Tausende, die zu dicht bei den Barrikaden standen, verloren in den letzten Sekunden ihr Gehör, ehe die *Aramadia* hinter der Landeabschirmung aufsetzte, weil die feinen Haarzellen, die in den Vertiefungen entlang ihrer Schläfenkämme geschützt waren, so erschüttert wurden, dass das Blut aus ihnen rann. Sie sanken in ihrer Verzückung auf die Knie und schrien den Namen des Vizekönigs, beschmierten sich in ihrer Ekstase mit dem Blut die Brust als Zeichen ihrer Ehre.

»Ich war in Hariz dabei und habe *darama* Spaar begrüßt«, sollten die Tauben später voll Stolz sagen. »Meine Ohren erinnern sich an den glorreichen Klang seiner reinen, liebenden Macht, und kein geringeres Geräusch wird sie das je vergessen lassen.«

An Bord der *Aramadia* stand Nil Spaar in der Galerie seiner Räumlichkeiten an einem Fenster und blickte auf die gewaltige Menge hinaus. Der Sicherheitsschirm des Fensters verbarg ihn vor ihren Augen. Er aber konnte erkennen, dass seine Yevethaner wie ein mächtiger Teppich aus Gesichtern versammelt waren, ein Teppich, der fast bis zum Horizont reichte.

»Vizekönig«, sagte sein Adjutant Eri Palle, der ein paar Schritte hinter ihm stand, »erlauben Sie mir, dass ich Ihnen sage, wie sehr Sie heute geliebt werden. Jeder einzelne *nitakka* dort unten würde mit Freuden sein Blut geben, um Ihr Nest zu nähren. Jede einzelne *marasi* würde sich mit größtem Vergnügen als Brutgefährtin zur Verfügung stellen.«

»Sie schmeicheln mir mit Übertreibung«, sagte Nil Spaar.

»Nein, *etaias*«, protestierte der Adjutant. »Der Bevollmächtigte für Ihr Büro hier hat mir gesagt, dass er mit Angeboten überflutet worden ist. Die Torwache an Ihrem Besitz hat mehr als tausend *marasi* gezählt, die sich dort voll Hoffnung versammelt haben.«

»Tatsächlich«, sagte Spaar und sah sich zum ersten Mal nach ihm um. »Falls Sie erfahren, dass er sich selbst irgendwelche davon genommen hat, werden Sie sicher dafür sorgen, dass er in aller Öffentlichkeit und unter Schmerzen dafür bezahlt.«

»Er würde es nie wagen, sich Ihnen gegenüber so respektlos zu zeigen«, sagte Eri Palle entsetzt. »Er ist Ihnen ebenso loyal ergeben wie wir alle – so wie ich selbst.«

»Es gibt immer jemanden, der es wagt, Eri«, sagte Nil Spaar und wandte sich wieder von ihm ab. »Nur so kann ehrgeiziges Streben sich seinen Platz schaffen. Ich selbst habe es einmal gewagt. Oder haben Sie vergessen, wie Vizekönig Kiv Truun den Palast verlassen hat?«

Das Schiff bebte unter ihnen, als die Landestützen den Boden berührten und die Stabilisatoren das Gewicht des Schiffes übernahmen. Dann verhallte das ferne Dröhnen der Aggregate, und die vom Antrieb des Schiffes übertönten, vielfältigen Geräusche der Systeme und Maschinen der *Aramadia* wurden wieder hörbar.

»Ich erinnere mich daran«, sagte Eri. »Ich besitze immer noch den mit Kiv Truuns Blut bedeckten Uniformrock, um mich das nie vergessen zu lassen.«

Nil Spaar nickte und richtete sich dann vor dem Fenster zu seiner ganzen Größe auf. »Lassen Sie die Scheinwerfer dämpfen und schalten Sie die Schirme ab, Eri. Sie sollen mich sehen.«

Der Adjutant trat an den Schalter, und ein paar Augenblicke später sah die Menge, wie ein schmaler Streifen, der das Schiff in der Mitte umgab, sich nach innen zog und einen Balkon erzeugte.

Auf dem Balkon stand ein hochgewachsener Yevethaner in feierlichem Purpurrot, der jetzt grüßend die Hand erhob. Das projizierte polarisierte Bild wiederholte sich in Abständen rund um das Schiff. Ganz gleich wo die Getreuen standen, jeder konnte zur *Aramadia* aufblicken und den Führer aller Yevethaner sehen.

Die Menge brüllte ihren Willkommensgruß wie aus einem Mund heraus. Dieser Schrei aus drei Millionen Kehlen wetteiferte mit dem Brausen der Schubaggregate, den sie gerade noch gehört hatten, und ließ den Rumpf der *Aramadia* vibrieren.

Nil Spaar genoss ihre Hingabe. Es war ein Gefühl von beinahe ebenso süßer Eindringlichkeit wie die Umarmung seines Nests, ließ ihn aber vor Begehren schimmern. Sein Kampfkamm und sein Paarungskamm waren dunkelrot angeschwollen.

Das Brüllen und Schreien wollte nicht aufhören, bis Nil Spaar es nicht länger ertragen konnte und er mit einer für Eri bestimmten Handbewegung vom Fenster zurücktrat.

Der Adjutant schloss schnell die Schirme, so dass die Galerie wieder abgeschlossen war. Dann entfernte er sich von dem Vizekönig, dessen angeschwollene Kämme ihm nicht entgangen waren.

»Jetzt haben Sie es selbst gesehen, *etaias*«, sagte Eri und entfernte sich rückwärts. »Wie ruhmreich für Sie.«

»Ich möchte zu ihnen hinunter. Ist mein Gleiter bereit?«

»Der Verwalter des Hafens hat ein Fahrzeug bereitgestellt – ein Prozessionsfahrzeug, eigens für diesen Anlass von den Gilden von Giat Nor als Geschenk für Sie gebaut. Wie man mir sagt, ist es makellos gearbeitet.«

»Dann werde ich jetzt gehen und dieses Geschenk annehmen«, sagte Nil Spaar und ging auf den Eingang zu. »Danke, Eri. Bitte sorgen Sie dafür, dass meine Familie in den Palast gebracht wird, sobald die Menge sich aufgelöst hat.«

»Ja, Vizekönig«, sagte der Adjutant, und seine Gesichtszüge verdüsterten sich, als ihm bewusst wurde, dass ihm kein Platz im Prozessionswagen des Vizekönigs zugedacht war. Dann sank er schnell und voll Angst, sein Gesichtsausdruck könne seine Gefühle verraten haben, auf die Knie. »Ich bin geehrt, Ihnen dienen zu dürfen, *darama*«, sagte er leise.

Nil Spaars Fingerspitzen glitten über Eris Hals, als er an ihm vorbei zum Korridor ging. »Das freut mich zu hören«, sagte der Vizekönig. »Aber hüten Sie sich, zu sehr nach mehr zu hungern.«

Blind, stumm und voneinander isoliert rasten die 106 Schiffe der fünften Einsatzgruppe der Verteidigungsstreitkräfte der Neuen Republik durch den Hyperraum. Der Countdown für ihr Eintreffen am Koornacht-Sternhaufen lief.

»Ein so langer Sprung in eine heiße Zone gefällt mir gar nicht«, sagte General A'baht halblaut und schüttelte den Kopf.

Captain Morano, Kapitän des Flottenträgers *Intrepid*, dem Flaggschiff der Fünften Flotte, war der Einzige auf der Brükke, der nahe genug bei A'baht stand, um seine Worte hören zu können.

»Eine heiße Zone, General?«, fragte Morano. »Aus dem letzten Bericht unserer Streifenboote, ehe wir Coruscant verlassen haben, ging doch hervor, dass außerhalb des Sternhaufens alles ruhig ist. Ich dachte, wir würden bloß einen Strich am Himmel ziehen und sonst nichts.«

»In drei Tagen kann eine ganze Menge passieren, Captain.« A'baht blickte auf und sah auf die Zeitanzeige. »Wir werden es ja bald wissen.«

Das Einsatzkommando würde den Hyperraum so verlassen, wie es in ihn eingetreten war: Abstand, Geschwindigkeit und Timing bereits beim Start festgelegt. Vor dem Verlassen von Coruscant hatte sich die Fünfte Flotte so weit aufgefächert, wie es die Sprunglinien zu den Zielkoordinaten zuließen. Der Signalscout war als erster gesprungen, gefolgt von vorgezogenen Spähern und Signalschiffen, dann in weitem Abstand die Kampfschiffe mit ihren Schirmen. Eine Änderung unterwegs war nicht möglich. Die Ingenieure der Neuen Republik hatten immer noch keine Lösung für den Hyperraum-Blackout gefunden. Sobald der Sprung begonnen hatte, war die Formation der Flotte festgelegt.

Also hatten 106 Entscheidungen getroffen werden müssen, ehe die Flotte sich in Bewegung setzte, und die Zahl der möglichen Lösungen für diese Matrix war unendlich groß. Es gab Lösungen, die für eine bestimmte taktische Situation ideal und für andere katastrophal waren. Es war ein Ratespiel und anschließend ein Wartespiel, und A'baht hasste die langen Stunden, in denen er nichts anderes tun als darüber nachdenken konnte, ob er richtig vermutet hatte.

Die Sorge war stets, dass die taktische Situation sich geändert hatte. Und am allerschlimmsten war die Angst, dass der Feind die Sprungvektoren von Spionen oder einem Streifenboot erfahren und eine tödliche Überraschung für sie vorbereitet hatte.

Aus diesem Grund zog A'baht es vor, zuerst in eine Aufmarschzone zu springen, wo er auf den neuesten Stand gebrachte Berichte des Flottennachrichtendienstes entgegennehmen und die notwendigen Anpassungen vornehmen konnte, ehe er dann den abschließenden Sprung in die Zielzone anordnete. Auf diese Weise konnte er die Handlungsfrist für den Feind, die ihr Blackout erzeugte, auf allerhöchstens eine Stunde verringern.

Aber die Vorsicht hatte ihren Preis, und dieser Preis war in dem wertvollsten Gut zu bezahlen, das sie hatten – Zeit.

A'baht hatte Befehl, die Fünfte so schnell wie irgend möglich nach Koornacht zurückzubringen.

Es war zu spät, um Polneye oder New Brigia zu helfen, aber Prinzessin Leia und Admiral Ackbar wollten eine schnelle Machtdemonstration. Nur damit war es nach Überzeugung der Führung der Neuen Republik noch möglich, die plötzlich erwachte Raubgier von Yevetha einzudämmen und die Yevethaner davon abzuhalten, gierige Blicke auf Galantos, Wehttam oder irgendeine andere Siedlung außerhalb des Sternhaufens zu werfen. Captain Morano hatte es sehr treffend bildhaft ausgedrückt: Sie sollten einen Strich am Himmel ziehen, eine Grenze.

Der letzte Bericht der Streifenboote, die General Solo im Farlax-Sektor zurückgelassen hatte, hatte keinerlei feindliche Aktivitäten außerhalb von Koornacht und auch nur sehr wenig anderen Verkehr in diesem Bereich angezeigt – bloß ein paar Trampfrachter und ein vagabundierender Prospektor in mehr als hundert Kubiklichtjahren. Es hatte keine Angriffe auf das Territorium der Neuen Republik gegeben, keine Konfrontationen zwischen Streitkräften der Neuen Republik und Yevetha. Und die Mission hatte ihren Anfang in sicherem Territorium, dem Coruscant-System, genommen. Die Risiken eines direkten Sprunges schienen daher gering.

Aber es gab immer Risiken. *Und keine andere Wahl, als einfach durch die Tür hineinzuplatzen, ohne zu wissen, was auf der anderen Seite wartet,* dachte A'baht.

»Signalscout Wiedereintritt in zehn«, rief ein Taktikadjutant. »Neun Punkt acht ...«

»Alarmstufe eins bestätigen«, sagte Morano.

»Bestätigt«, erwiderte der leitende Offizier. »Alle Verteidigungssysteme bereit. Blitzalarmempfänger grün. Alle Waffenstationen besetzt. Flug 2 und Flug 4 auf Deck und heiß, für sofortigen Start bereit.«

»Danke, Lieutenant.«

Kein äußeres Zeichen ließ erkennen, dass irgendetwas geschehen war, als der Countdown Null erreichte. Irgendwo vor ihnen sollte jetzt der winzige Signalscout mit seiner Droidenbesatzung in den Echtraum eingetreten sein und beginnen, Blitzalarme und taktische Aktualisierungsmeldungen des Flottenamts zu empfangen und zu dekodieren. Aber ob das geschehen war, würden sie erst erfahren, wenn die *Intrepid* selbst die Tür passiert hatte.

An einem anderen Timer begann der Countdown für den kurzen Zeitraum bis zum Austritt der Sperrschiffe und Aufklärer. Die Geräusche auf der Brücke der *Intrepid* wurden jetzt lauter. Captain Morano wandte sich von der Statusanzeige auf dem Schirm ab, ging quer über die Brücke auf seine Kampfstation und schnallte sich an. Kurz darauf tat A'baht es ihm gleich.

»Da sind jetzt die Sperrschiffe«, stellte Morano unnötigerweise fest.

»Wie viele Kampfsprünge haben Sie gemacht, Captain?«, fragte A'baht mit leiser Stimme.

»Achtundreißig in der Runde«, sagte Morano und meinte damit die Kampfzentrale. »Neun auf der Brücke, alle seit dem Sturz des Imperiums.«

»Wie viele als Captain?«

»Kampfsprünge? Gar keine.«

»Dann würde ich vorschlagen, dass Sie sich jetzt einreden, dass Sie schon hundert hinter sich haben.«

»Warum?«

»Damit Ihre Crew, wenn die Sie in den letzten Sekunden vor dem Eintritt in den Echtraum ansieht, keinen Anlass sieht, sich mit Furcht abzulenken«, sagte A'baht. »Was auch immer auf uns wartet, ob Prinzessin oder Drache, man erwartet von uns, dass wir es umarmen. Mir fällt ein dorneanisches Kriegsgebet ein, das meine Mutter mich gelehrt hat: ›Ich bete darum, dass mein Sohn heute nicht stirbt. Aber wenn er sterben sollte, dann bete ich, dass er gut stirbt. Aber am allermeisten bete ich dafür, dass, wenn er lebt, es kein unehrenhaftes Verhalten ist, das ihn rettet.‹«

Captain Morano nickte. »Wetten Sie gerne, General? Prinzessin oder Drache?«

Der dritte und letzte Timer war jetzt angelaufen und näherte sich der Null. »Captain«, sagte A'baht, »ich bin nicht sicher, ob ich den Unterschied immer erkenne.«

Zu dem Prunkwagen hatten alle drei großen Handwerksgilden ihren Beitrag geleistet. Es war ein eindrucksvolles Fahrzeug mit elegant fließenden Linien und blitzenden Metallverzierungen. Der Motor summte gedämpft und kraftvoll. Die Einstiegsleiter war ein Meisterwerk, dessen elegante Sprossen sich in dem Augenblick, in dem Nil Spaar das eigentliche Fahrzeug betreten hatte, ineinander falteten und unter dem Chassis verschwanden. Die Kissen und Wandbespannungen der offenen Kabine waren mit dem Wappen des Spaar-Clans, den Symbolen des Vizekönigshauses und den ruhmvollen Namen der yevethanischen Geschichte bestickt und bildeten ein Meisterwerk von spektakulärer Schönheit.

Selbst der Fahrer des Wagens und die Wächter waren ihm zu Ehren speziell ausgewählt worden. Bei dem Fahrer handelte es sich um eine seltene genetische Kuriosität. Ein weißhäutiges Neutrum – mit einer Haut so fahl wie der Mittagshimmel und weder männlich noch weiblich. Es saß hochgewachsen und ausdruckslos in der Fahrernische vorne im Wagen, ein stummer Herold, dessen Anwesenheit allein schon davon kündete, dass da ein großer Mann kam. Die Wachen waren eine weitere Kuriosität: Serienzwillinge – im selben Geburtstank gewachsen und abgesehen vom Alter völlig identisch. Der Tradition nach galten Serienzwillinge als Glücksbringer und verfügten angeblich über die Gabe, ihren Segen ganz nach Wunsch durch Atem, Berührung und Blut weiterzugeben.

»Bevollmächtigter Raalk ...« sagte Nil Spaar und blickte aus der Kabine auf die kleine Versammlung im unteren Ladedock der *Aramadia* herab.

Der Bevollmächtigte von Giat Nor trat vor. »Gesegneter.«

»Ich bin sehr beeindruckt und erfreut«, sagte Nil Spaar. »Sorgen Sie dafür, dass die Gildenmeister erfahren, dass ihr Werk meinen Beifall gefunden hat.«

»Ich danke Ihnen, Gesegneter«, sagte Ton Raalk mit einer tiefen Verbeugung.

Nil Spaar nahm die Ergebenheitsgeste mit einem kurzen Nicken und einer Handbewegung zur Kenntnis. »Ich bin bereit. Fahrer, es kann losgehen.«

Die großen gewölbten Türen begannen sich nach außen zu öffnen. Als der Spalt sich weitete, erfüllte ein Geräusch die Ladebucht, das immer lauter wurde – der Klang tausender und abertausender freudiger Stimmen. Nur ein Teil der Menge konnte sehen, dass die Tür sich wieder öffnete. Aber die Kunde breitete sich schnell auch zu jenen aus, denen die Sicht versperrt war.

Als der Wagen den Rumpf der *Aramadia* hinter sich gelassen hatte, schloss Nil Spaar einen Moment lang die Augen und sog in einem langen Atemzug die üppig aromatische Luft in sich hinein. Sie kam ihm wie der erste Atemzug seit undenklichen Zeiten vor, der völlig frei vom Gestank des Ungeziefers war. Selbst an Bord des Schiffes hatte er stets den Eindruck, dass ihr unreiner Gestank an ihm klebte und wie eine Erinnerung an ihr Eindringen in das All in seiner Nase festhing. Erst die heißen Brisen von N'zoth konnten endlich dieses Gefühl wegblasen, ebenso wie es des läuternden Feuers der Flotte bedurft hatte, um das All von der giftigen Anwesenheit des Ungeziefers zu befreien.

Nil Spaar schlug die Augen auf und richtete sich zu seiner ganzen Größe auf. Ein Gefühl der Erneuerung durchpulste ihn. Eine Haltestange umgab die Kabine, aber er brauchte sie nicht. Der Prunkwagen beschleunigte so sanft und folgte dem Lenkausschlag so glatt, während er über die Landefläche glitt, dass Nil Spaar kaum das Gefühl hatte, sich überhaupt zu bewegen.

Der Wagen umkreiste die *Aramadia* zweimal, wodurch er den vorderen Reihen der Menge gestattete, einen Blick auf ihren Helden zu werfen, und löste zweimal eine nach vorne gerichtete Bewegung der Massen aus, die die Sicherheitskräfte mit Paralysefeldern zum Stehen brachten. Dann bog der Wagen in den breiten Korridor ein, der zur Stadtstraße führte. Nil Spaar seufzte erleichtert und zugleich erfreut auf, als Giat Nor vor ihm am Horizont erschien. Der Schrecken, der Imperial City gewesen war, verblasste aus seiner Erinnerung. Er war zu Hause.

Während sie durch den Korridor glitten, hallten von beiden Seiten die Rufe und Schreie seiner Getreuen. Er blickte in ihre Gesichter und sah Verzückung. Er blickte in ihre Augen und sah Hoffnung, tiefe Dankbarkeit und bedingungslose Hingabe.

»Halt«, rief Nil Spaar plötzlich nach vorne zum Fahrer. »Den Wagen anhalten.«

Das Fahrzeug kam so sanft zum Stillstand, wie sich eine Brise legt. Der ältere Wachmann vorne war aufgestanden und sah sich besorgt zu Nil Spaar um. »Gibt es ein Problem, Gesegneter?«

»Nein«, sagte Nil Spaar. »Ich möchte nur etwas tun.«

Er öffnete die Tür der Kabine, woraufhin sofort die Leiter ausgefahren wurde, um sein Gewicht aufzunehmen. Unten angelangt, ging er auf die Menge zu seiner Rechten zu, über die sich gespenstisches Schweigen legte, als er näher trat, so, als hätte die Nähe des Gesegneten sie alle stumm gemacht. Er bedeutete dem Wagen mit einer Handbewegung, ihm zu folgen, ging an der Sicherheitsgrenze entlang und musterte, was er dahinter sah.

Dann blieb er stehen und trat dichter an einen jungen *nitakka* heran, hochgewachsen und stark, mit gut ausgebildeten Kämmen und Buckeln.

»Du«, sagte Nil Spaar und deutete auf ihn. »Willst du mir dein Blut geben?«

Die Überraschung ließ das Gesicht des *nitakka* einen Moment lang erstarren, ehe die Freude es neu belebte. »Oh, ja, *darama!*«, rief der junge Mann und ging ohne zu zögern auf die Knie.

»Dann komm«, sagte Nil Spaar und bedeutete den Wachen mit einer Handbewegung, ihn durch die Sicherheitsgrenze passieren zu lassen. Als der *nitakka* in Reichweite war, zuckte der Arm des Vizekönigs vor und riss mit seiner Klaue eine Wange des Jungen auf, um damit symbolisch seinen Anspruch anzumelden, wobei die blutige Wunde das bevorstehende Opfer ankündigte. Die Menge bebte vor Erregung. Der *nitakka* zuckte mit keinem Muskel.

»Ich nehme dein Geschenk an«, sagte Nil Spaar. »Geh hinter meinen Wagen.«

Dann wandte Nil Spaar sich ab und ging auf die gegenüberliegende Seite. Die atemlose Stille wich jetzt schnell aufgeregten Stimmen, als die Menge seine Absicht zu ahnen begann. Ohne die lauten Angebote und Bitten zu beachten, ging er wieder parallel zur Sicherheitsgrenze wie vorher bei der Auswahl des *nitakka.* Diesmal galt sein Blick nur den jungen Frauen, die noch einen Paarungsbuckel und die weiche, runde Ausbuchtung eines *maranas* darin zeigten.

»Du«, sagte er schließlich, blieb stehen und deutete auf eine der Frauen. »Willst du mir deine Geburtskapsel geben?«

Die *marasi* konnte in dem Geschrei rings um sie unmöglich seine Worte gehört haben, aber sie beugte trotzdem den Kopf und kam zu ihm. Mit einer besitzergreifenden Berührung drehte Spaar sie herum, sodass sie ihm den Rücken zuwandte, und packte ihren Kopf im Paarungsgriff. Sie sank ohne Widerstand auf die Knie, und er ließ sie los, trat einen Schritt zurück und ließ von ihr ab.

»Ich nehme dein Geschenk an«, sagte er. »Geh hinter meinen Wagen.«

Der Prozessionswagen setzte sich wieder in Bewegung und hielt gleich darauf erneut für ihn an, und Nil Spaar stieg wieder in die offene Kabine. Dort spreizte er seine geballten Fäuste, wandte sein Gesicht den Getreuen zu und schrie den Ruf mit den alten Pflichten hinaus: Fleisch und Freude. Sie antworteten mit dem Gesang der Gnade des Alls, als würden sie damit seine Wahl billigen.

»Weiter«, befahl Nil Spaar dem Fahrer und ließ sich auf seinen Sitz zurücksinken. Das Wissen, das seine Berührung Leben verändern, sein Blick Ehre verleihen und seine Anwesenheit Ekstase auslösen und jede seiner Launen sofort befriedigt wurde, erfüllte ihn mit dem Bewusstsein profunder Macht.

Ich werde sehr vorsichtig sein müssen, um mich davon nicht übermäßig ablenken zu lassen, dachte Nil Spaar, während der Wagen seine Fahrt auf der Straße nach Giat Nor fortsetzte. Aber für den Augenblick wird es eine höchst angenehme Ablenkung sein.

Auf eine Distanz von einem halben Lichtjahr erfüllte der Kornacht-Sternhaufen den halben Himmel mit dem strahlend weißen Leuchten dicht beieinander liegender Sterne und beleuchtete die Schiffe der Fünften Flotte wie ein Scheinwerferstrahl.

Zugleich bombardierten lokale und Hyperkommsignale die Schiffe, die soeben aus dem Hyperraum aufgetaucht waren, und ließen die Stationen überall auf der Brücke der *Intrepid* zum Leben erwachen.

»Captain, wir haben einen Alarm der Priorität Eins vom Flottenamt«, meldete der leitende Kommunikationsoffizier. »Das Flottenamt hat den Konflikt auf Gelb Zwei hochgestuft. Ich habe fünf, wiederhole fünf Anlagen für General A'baht, Sicherheitsstufe hoch.«

Morano drehte seinen Sessel nach rechts. »Taktik – Meldung!«

»Alles klar, Captain. Sensoren melden keine Ziele. Sperrschiffe melden keine Kontakte. Streifenboote melden keine Kontakte.«

»Einsatzgruppe abfragen.«

»Beginne Abfrage, Sir.« Das war die erste Gelegenheit, um festzustellen, ob irgendwelche Schiffe der Einsatzgruppe unterwegs verloren gegangen waren. »Sperrschiff *Wayfarer* und Tender *Northstar* antworten nicht. Alle anderen melden sich zur Stelle.«

»Bestätige das«, rief der Koordinator der Einsatzgruppe. »Erhalte Nachricht, dass *Northstar* den Sprung wegen Navcompversagen verpasst hat, Eintreffen jetzt erwartet zwei-acht-vierzig. *Wayfarer* erlitt Hyperantriebsdefekt um Missionszeit null-neun-sechzehn und ist vorzeitig aufgetaucht. *Wayfarer* wird jetzt zur Reparatur zum Allandock geschleppt.«

»Streichen Sie sie von der Liste, Arky, und versetzen Sie die Vigilant auf ihre Position«, ordnete A'baht ruhig an.

»Aye, General.«

»Taktik – Aktualisierung«, rief Captain Morano.

»Immer noch klar, Sir.«

»Scannereinsatz beibehalten.« Morano drehte sich zu

A'baht herum. »Nichts dort draußen. Warum haben die uns auf Gelb Zwo hochgejagt?«

»Ich will meine Anlagen hier haben, Komm«, sagte A'baht und klappte ein Display aus der Armlehne seiner Liege.

Die Polarisatoren auf dem gesicherten Display stellten sicher, dass Morano die Nachricht von seinem Standort aus nicht lesen konnte. Deshalb versuchte er, in A'bahts Gesicht zu lesen, was ihm aber ebenso wenig gelang.

»Interessant«, sagte A'baht schließlich und klappte das Display wieder ein. »Der Gelb Zwo ist der Tatsache zuzuschreiben, dass die Yevethaner allem Anschein nach über unser Kommen informiert waren.«

»Wo sind sie dann?«

»Sie haben sich offenbar dafür entschieden, uns nicht zu begrüßen«, sagte A'baht. »Oder, was das betrifft, irgendwelche anderen aggressiven Schritte zu unternehmen. Sämtliche bewohnten Welten im Umkreis von zehn Lichtjahren melden ruhigen Himmel.«

»Also – das ist doch gut, oder? So wollen wir es doch, oder nicht?«

»So will es die Präsidentin«, sagte A'baht. »Ich wünschte, die Yevethaner wären hier. Ich würde mir ihre Flotte gerne einmal aus der Nähe ansehen. Wahrscheinlich können die sich unsere Flotte gründlich betrachten. Narth, was können wir tun, um ihnen das ein wenig zu erschweren?«

Der taktische Adjutant lehnte sich in seinem Sessel zurück. »Ein paar Schiffsbewegungen, Signalwechsel, einige Sprünge am Rande der Operationszone. Ich denke, eine Weile können wir sie einigermaßen konfus machen. Aber lange kann man sich mitten im Nichts nur schwer verstecken.«

»Bei allem Respekt, General, so wie ich es verstanden habe, erwartet man ja von uns zuallerletzt, dass wir uns hier draußen verstecken«, sagte Morano. »Und die Art von Manövern erhöht die Gefahr operativer Unfälle. Sie erinnern sich doch an die *Endor* und die *Shooting Star?*« Die zwei Allianzfregatten waren nach einem falsch abgestimmten Sprung kollidiert und mit der kompletten Besatzung in einer gewaltigen Feuerwolke verglüht. »Die sollen uns doch in unserer ganzen Schönheit zu sehen bekommen, damit sie wissen, was ihnen bevorsteht, falls sie aus ihren Verstecken kommen. Wenn sie auch nur einen Funken Verstand haben, werden sie dann begreifen, dass sie besser beraten sind, sich nicht mit uns anzulegen.«

»Es ist viel zu früh, um zu sagen, ob deren Denkweise sie für unsere Definition von ›Verstand‹ qualifiziert, Captain«, sagte A'baht. »Der Vizekönig der Duskhan-Liga hat ein paar recht markige Worte gebraucht, während wir unterwegs waren – einige davon über uns, einige über Prinzessin Leia und das alles in aller Öffentlichkeit. Sie können es sich selbst anhören – ich habe den Text auf Ihr Display weitergeleitet.«

A'baht blickte auf die strahlende Sternenpracht draußen. »Sie haben gewusst, dass wir kommen, und wollen uns nicht hier haben. Solange wir nicht wissen, wozu sie imstande sind, wird mir gar nicht wohl dabei sein, hier herumzuhängen. Wir sind auf offenem Feld, und die sind irgendwo im hohen Gras versteckt«, sagte er. »Sie wissen ja, wie Strategen sind – ganz gleich, welcher Spezies sie angehören.«

Captain Morano seufzte und sah zu seinem Taktikteam hinüber. »Das stimmt – sie lassen sich leicht in Versuchung führen und planen gern einen vernichtenden Erstschlag«, sagte er, und sein Taktikchef bestätigte die Richtigkeit seiner Aussage mit einem pflichtschuldigen Lächeln. »Wie wollen wir das also spielen?«

A'baht schnallte sich mit geübter Hand los und stand auf. »Wir sitzen hier und lassen sie schauen, weil genau das der Auftrag ist, den man uns erteilt hat. Wir verlegen die Streifenboote so weit nach vorne, wie wir das wagen, und halten sie am Rand in Bewegung. Und wir bleiben alle bemüht, sehr, sehr aufmerksam zu sein.«

Und für sich fügte A'baht hinzu: *Und dann hoffen wir, dass die Diplomaten und Politiker entweder eine Lösung für diese Geschichte finden oder dafür sorgen, dass wir die besseren Karten in die Hand bekommen – und zwar bald.* »Ich bin in meinem Bereitschaftsraum und kümmere mich um den Austrittsbericht«, sagte er. »Verständigen Sie mich sofort, wenn es irgendeine Veränderung der taktischen Lage geben sollte.«

Als er allein in seinem Bereitschaftsraum war, stellte General Etahn A'baht fest, dass der Blitzbericht aus dem Flottenbüro nicht fünf, sondern sechs Anlagen hatte.

Bei der sechsten handelte es sich um einen elektronischen blinden Passagier. Sie enthielt keinen Identifizierungscode und hatte die Länge null. Aber als A'baht den Code eingab, den er widerstrebend und mühsam auf Admiral Draysons Drängen auswendig gelernt hatte, erwies sich die Anlage als eine lange Depesche von Alpha Blue.

A'baht sah die Bilder der yevethanischen Kolonieschiffe bei der Landung auf Doornik-319, der yevethanischen Sternzerstörer über Polneye, der brennenden Felder auf der Kutag-Fabrikfarm, der verbrannten Täler auf New Brigia und fragte sich, weshalb das Flottenamt ihm all das vorenthalten hatte. Der ihm zugegangene Bericht hatte alle wichtigen Informationen enthalten – dass die Yevethaner Sternzerstörer imperialer Bauart besaßen, dass mehrere Kolonien im Sternhaufen von yevethanischen Streitkräften angegriffen worden waren und so weiter – aber das ganze Geschehen war jeglicher Realität beraubt und ebenso steril, blutleer und kalkuliert wie die Angriffe selbst gewesen.

Die Yevethaner waren mit solch brutaler Grausamkeit über die hell leuchtenden Sterne von Koornacht hereingebrochen, dass die sterilen Schlachtfelder nicht ausreichend Zeugnis für das Geschehen ablegen konnten. Die Millionen von Opfern hatten jetzt nur ein Gesicht, das des einzig bekannten Überlebenden – Plat Mallar, der gesehen hatte, wie das Feuer kam, dem er jedoch mit irrwitziger Tollkühnheit entkommen war. Aber das Flottenamt hatte A'baht auch Plat Mallars Gesicht vorenthalten. In den Berichten war er lediglich als »polneyanischer Pilot« erwähnt gewesen, als hätten die Verfasser des Berichts Angst, ihn als einen tapferen jungen Mann zu zeigen, der alles verloren hatte und dessen Worte an ein Gewissen rühren oder einen Kreuzzug auslösen könnten.

»Rekorder.«

Der kleine Stenodroide, der den Namen SCM-22 trug, rollte auf ihn zu und drehte und wand sich in einem Kreis, der das Doppelte seines eigenen Durchmessers ausmachte. »Optimiere«, sagte er mit hoher unverkennbar künstlicher Stimme. »Bereit.«

»Aufzeichnen. Anhang zu Eintrittsbericht für Einsatzkommandanten«, sagte Etahn A'baht. »Persönlich für Admiral Ackbar: Nach meiner Einschätzung ist es unwahrscheinlich, dass die augenblickliche Dislozierung der Fünften Flotte die Yevethaner von weiteren Aggressionen abhält oder ihnen den Nutzen vergangener Aggressionen streitig macht. Unsere Anwesenheit in dieser Position stellt keine direkte Bedrohung für yevethanische Besitzungen und auch keinen direkten Schutz für uns freundlich gesonnene Infrastrukturen dar. Ebenso wenig sind wir imstande, wirksam mit nur einem Interdiktor einen Ausbruch zu stoppen. Die yevethanische Flotte kann jederzeit unsere Position passieren, und uns bliebe dann nur, sie in ein Schlachtgebiet eigener Wahl zu verfolgen.«

Er hielt kurz inne, um seine Gedanken zu sammeln, und tippte sich dabei mit zwei Fingern an die Nase. »Meine Empfehlung lautet, Schiffe oder Schiffsverbände mit kombinierter Schlachtwertung von mindestens Stärke drei nach Galantos, Wehttam und jedes der anderen neuen Protektorate zu entsenden«, fuhr er dann fort. »Damit stellen wir unzweifelhaft klar, zum Schutz welcher Interessen wir hier Stellung bezogen haben. Außerdem könnte es die Yevethaner möglicherweise auch daran erinnern, dass es nicht das Gleiche ist, ihre Ziele erreichen zu können und sie zu halten. Wir müssen es den Yevethanern aber auch schwerer machen, sie zu erreichen. Die primären Hyperraumrouten, die aus dem Sternhaufen herausführen, sollten alle mit Interdiktionsfeldern abgesperrt werden, und zwar möglichst nahe bei den vorgeschobenen Stützpunkten der Yevethaner.

Die astrographische Analyse zeigt, dass es keine Einzelsprungausgangsrouten von N'zoth, Wakiza und den anderen bekannten Inneren Welten gibt – hier kommt uns die Dichte des Sternhaufens zu Hilfe. Aber es gibt trotzdem noch zu viele Wege, die nach draußen führen. Wir können mit den augenblicklich hier zur Verfügung stehenden Mitteln keine

Blockade von Koornacht durchführen. Jede andere Ansicht wäre völlig unsinnig.

In Hinblick auf die vorangegangenen Empfehlungen stelle ich in aller Form den Antrag, diesem Kommando sobald wie möglich folgende zusätzlichen Schiffseinheiten zur Verfügung zu stellen: Sämtliche verfügbaren Interdiktoren. Sämtliche verfügbaren Streifenboote. Mindestens vier zusätzliche Kampfschiffe, Fregatte oder darüber, für Einsatz bei den Protektoraten – ich will für derartige Einsätze hier keine Schiffe abzweigen, um den Yevethanern keine falsche Botschaft zu senden.

Schließlich sollten wir ins Auge fassen, an einem näher als Halpat liegenden Ort ein Logistikzentrum aufzubauen. Wenn unsere Anwesenheit hier die Yevethaner aus ihrer Reserve lockt, werden wir Verluste hinnehmen müssen, und ich möchte in Hinblick auf Verletzte und Gefallene darauf vorbereitet sein. A'baht, kommandierender Offizier, Fünfte.«

A'baht blickte auf und sah den kleinen Droiden an. »Das wär's. Ende. Abschluss.«

»Erledigt. Komprimierung – erledigt. Chiffrierung – erledigt. Bereit zur Sendung.«

»Senden«, sagte A'baht. Er blickte auf seinen Bildschirm und den Vorhang von Sternen darauf und fragte sich, ob ihn die räuberische Macht, die sich hinter diesem Vorhang verbarg, vielleicht gerade beobachtete.

Der nördliche Strand bei Illafian Point am westlichen Ufer des Westmeeres von Rathalay war breit und fast verlassen.

Wenn dieser Strand sich auf einer Fremdenverkehrswelt wie Amfar oder sogar irgendwo in den gemäßigten Zonen von Coruscant befunden hätte, hätte hier aller Wahrscheinlichkeit nach rege Aktivität geherrscht, und die Dünen wären mit Hotels und Erholungsstätten vollgepflastert gewesen. Der Mensch war nicht die einzige Spezies, die sich zur Sonne und zum Wasser hingezogen fühlte, als müsse sie sie anbeten.

Aber Han hatte ganz bewusst eine wenig bekannte Gegend gesucht und war von den langen, leeren Stränden mit ihrem feinen grauen Basaltsand begeistert. In über zwei Stunden hatte er mit Ausnahme seiner Familie lediglich zwei Leute gesehen. Da war ein älterer Mann gewesen, der am Rand des Wassers nach den winzigen juwelenähnlichen Muscheln gesucht hatte und stehen geblieben war, um den Kindern die Handvoll unbeschädigter Muscheln zu zeigen, die er gefunden hatte. Und dann war da noch ein thodianischer Langstreckenschwimmer gewesen, der draußen vorbeigezogen war, ohne sie überhaupt zur Kenntnis zu nehmen.

Anakin, Jaina und Jacen ließen bis jetzt noch keinerlei Anzeichen erkennen, dass der Reiz des Neuen, den das Spielen am Meer in sich barg, zu verblassen anfing. Sie hatten bis jetzt noch nie eine Wasserfläche gesehen, die so weit war, dass sie bis zum Horizont reichte, oder eine, die fleischfressende Tiere beherbergte, die groß genug waren, um einen Erwachsenen mit wenigen Bissen zu verschlingen, und das machte großen Eindruck auf sie. Sie ließen sich von Han vom Wrack des Sternfrachters *Just Cause* erzählen, der neunhundert Meter unter der Meeresoberfläche lag, und dessen Ladung an wertvollen Metallen vom Aberglauben und Schwärmen von Narkaa mit rasiermesserscharfen Zähnen bewacht wurden. Sie ließen sogar eine Visualisierungslektion Leias über sich ergehen, die sie aufforderte, sich vorzustellen, Seegeschöpfe zu sein, die zum ersten Mal das Land zu sehen bekamen.

Dann liefen sie weg, um zu spielen, wateten ins Meer hinaus und ließen Geschichten, Lektionen und Eltern hinter sich. Jacen war von dem, was er über die Narkaa gehört hatte, fasziniert und tauchte immer wieder unter, in der Hoffnung einen zu sehen. Jaina liebte die warme Strömung am Strand entlang und sagte, dass sie das Gefühl hätte zu fliegen, wenn sie sich davon tragen ließ. Und obwohl das Wasser fast so ruhig wie im Lake Victory war, stellten die kleinen Wellen, die sich am Ufer brachen und immer wieder versuchten, den Strand hinaufzukriechen, für Anakin eine Quelle ständiger Faszination dar.

Der einzige Makel in diesem friedlichen Bild war Leia. Sie war zwar körperlich anwesend, aber nicht im Geiste. Ihre Gedanken befassten sich mit Dingen, die weit von diesem friedlichen Strand entfernt waren – Dinge, die der Grund waren, dass Han sie hierher gebracht hatte, damit sie sie wenigstens auf eine Weile vergessen konnte. Aber die Politik und die Diplomatie und der Krieg hielten sie immer noch gefangen. Und dass Nil Spaar sich von einem potentiellen Verbündeten in einen entschlossenen Feind gewandelt hatte, war immer noch eine offene Wunde.

»Paps?«

Han drehte sich zu Jaina um, die sich unbemerkt herangeschlichen hatte und jetzt so nahe stand, dass das Wasser von ihrem nassen Badeanzug auf ihn heruntertropfte. »Tut mir leid, ich kann deinen Bruder nicht vor den Narkaa retten«, sagte Han und kniff die Augen zusammen. »Ich habe meinen Heldenanzug in der Kabine gelassen.«

Sie ignorierte seinen Versuch, sich über sie lustig zu machen, wie sie das immer tat, wenn sie irgendetwas wollte. »Jacen und ich wollen an den Strand hinuntergehen und Muscheln suchen. Dürfen wir?«

»Ja«, sagte er. »Aber geht nicht zu weit weg. Wenn ihr mich nicht mehr sehen könnt, kann ich euch auch nicht sehen.«

Ihr Blick sagte *Das weiß ich doch, Paps*. Aber Jaina hatte gelernt, ihre kleinen Siege nicht zu verspielen, hauchte deshalb nur »Danke!« und rannte dann wieder zu Jacen zurück.

Hans Blick wanderte zu Anakin hinüber, der am Wasser saß und im Sand kleine Tümpel und Flüsse aushob, um dann zuzusehen, wie die Wellen sie füllten, und wanderte zu Leia weiter, die mit ihrem Kommlink zwanzig Meter strandaufwärts gegangen war. Nach kurzem Zögern sprang er auf und ging auf sie zu.

Leias Gespräch war zu Ende, ehe er die Hälfte des Weges zu ihr zurückgelegt hatte. Also hörte er nichts mehr davon. Er sah nur, dass sie das Kommlink abschaltete, als wolle sie zu ihm zurückkommen. Als sie ihn kommen sah, hielt sie inne und wartete auf ihn. »Tut mir leid«, sagte sie und gab ihm einen Kuss auf die Wange. »Ich hatte nicht gedacht, dass das so lange dauern würde. Willst du immer noch schwimmen gehen.«

»Du kannst mir auch gerne vorher sagen, was es Neues gibt.«

»Admiral Ackbar sagt, die Fünfte hätte ohne Zwischenfälle Position bezogen. Keine Spur der yevethanischen Flotte.«

»Gut«, sagte Han. »Vielleicht war die ganze Aufregung umsonst.«

»Ich glaube nicht, dass Nil Spaar zu leeren Drohungen neigt. Ich glaube, er neigt eher zur Untertreibung.«

»Vielleicht, vielleicht auch nicht. Ich habe dich jedenfalls nicht aus Imperial City entführt, damit du im Badeanzug Strategiesitzungen abhältst.«

»Ich weiß«, sagte sie und griff nach seiner Hand. Sie setzten sich nebeneinander langsam in Bewegung. »Ackbar sagt, Senator Tuomi hat heute Morgen meine Legitimation angezweifelt.«

»Ach, geht das schon wieder los ...«

»Tuomi sagt, die Flüchtlingsbevölkerung von Alderaan hätte keinen staatlichen Charakter gehabt, und deshalb hätte sie lediglich Anspruch auf nichtstimmberechtige Mitgliedschaft und Vertretung durch einen Gesandten. Und ein Gesandter kann natürlich nicht Präsident des Senats sein.«

»Ist das nicht Schnee von gestern? Ist denn darüber nicht bereits endgültig entschieden worden, als der provisorische Rat aufgelöst wurde?«

»Seit damals sind eine Menge neuer Mitglieder hinzugekommen – Dranik ist eines davon. Mitglieder, die noch gar nicht dazugehörten, als die Alderaanfrage entschieden wurde, und die an jener Entscheidung auch nicht beteiligt waren. Ich denke, einige davon wollen jetzt auch etwas dazu sagen.«

»Aber können sie dir denn wirklich etwas *anhaben*?«

»Der Ministerrat könnte das theoretisch«, sagte sie. »Aber der Vorsitzende war mit meinem Vater befreundet. Ich glaube nicht, dass er es so weit kommen lässt.«

Han schüttelte den Kopf. »Ich muss dir das wirklich einmal sagen, Leia – ich bekomme von nichts so schnell Kopfschmerzen, als wenn ich zu begreifen versuche, wer hier wirklich wofür zuständig ist. Ich habe das Gefühl, dass jedes Mal, wenn ich mir einbilde, ich hätte es kapiert, wieder einer auftaucht, um die Hälfte der Ämter neu zu benennen und den Rest neu zu organisieren.«

Leia lachte. »Ja, ich kann mir gut vorstellen, dass es manchmal so aussehen muss. Aber du weißt ja, dass die Hauptsorge damals war, sicherzustellen, dass es nie wieder einen Palpatine geben würde – also zu verhindern, dass ein Einzelner zu viel Macht an sich reißt. Mon Mothma hat mir gesagt, dass den Senat Erfolge mehr beunruhigen als Misserfolge. Eine schwache Führung werden sie immer dulden. Aber wenn sie anfängt, Wirkung zu zeigen, dann bekommen sie Angst.«

»Und das ist Unsinn«, sagte Han. »Wie soll denn jemand bei einem solchen System etwas erreichen?«

»Das sollen sie ja nicht. Genau das ist es ja. Niemand soll über die Macht verfügen, die seiner Verantwortung entspricht. Ich vermute, dass es einige Angehörige des Senats gibt, die der Meinung sind, ich hätte diese Grenze überschritten«, sagte sie und hielt sich an seinem Arm fest. »Ackbar hat gesagt, Behn-kihl-nahm würde mich anrufen, wenn das Geschrei vorbei ist, und mir sagen, wie viele Senatoren Tuomi unterstützen.«

Han knurrte, nahm Leia das Kommlink weg und löste seine Hand aus der ihren. Er rannte mit ein paar Schritten zum Wasser hinunter, holte aus und warf das Kommlink so weit er konnte ins Meer. Es klatschte etwa an der Stelle, wo er vorher den thodianischen Schwimmer gesehen hatte, in die Wellen, und kurz darauf hob sich eine dunkle Silhouette über das Wasser und verschwand gleich darauf wieder.

»Han!« Leia brachte es fertig, in die eine Silbe zugleich Verwirrung und Tadel zu legen.

Er drehte sich zu ihr um. »Das musste ich einfach. Das hätte dich sonst umgebracht.«

»Was?«

»Schau uns doch an. Wir machen Urlaub, das erste Mal seit ewigen Zeiten«, sagte Han und ging langsam auf sie zu.

»Wir gehen Hand in Hand an einem wunderschönen Strand, selbst die Kinder geben einen Augenblick lang Ruhe – und wir reden von *Politik*.«

Sie seufzte. »Du hast Recht. Es ist schlimmer, als mir klar geworden war.«

»Glaub mir's. Die Neue Republik wird nicht gleich zugrunde gehen, wenn die Präsidentin mal einen Tag oder auch drei Tage nicht erreichbar ist. Und die werden auch diesen ganzen Schlamassel, während wir weg sind, nicht in Ordnung bringen – du bekommst schon noch Gelegenheit, mit Schrubber und Eimer zu arbeiten.«

»Oh, das beruhigt mich ja sehr.«

Han blieb stehen und drehte sie zu sich herum. »Leia, du hast denen wirklich genug gegeben. Kannst du nicht einmal ein paar Tage für dich – für uns – da sein? Wenn es dir hier nicht gefällt, oder du irgendetwas anderes machen möchtest, dann sag es mir. Dann werden wir etwas unternehmen. Und wenn ich dich noch weiter von deiner Burg wegschleppen muss, um den Bann zu brechen, den der Zauberer der Pflicht über dich gelegt hat …«

»Illafian Point ist schon in Ordnung«, sagte sie. »Hier ist es wunderschön. Und ich bezweifle, dass du einen Ort finden könntest, der weniger an Imperial City erinnert.«

»Dann hör auf, dir Sorgen zu machen. Versuche dich zu amüsieren. Deshalb bist du hier.«

Sie setzte sich wieder in Bewegung und zog ihn mit. »Ich will es versuchen, aber du wirst Geduld mit mir haben müssen«, sagte sie. »Ich habe es noch nicht gelernt, mich zu amüsieren.«

»Oh?«

»Ja, oh«, sagte sie. »Eine Prinzessin der Königsfamilie auf Alderaan zu sein war eine ziemlich ernsthafte Geschichte, wenn man es sich einmal richtig überlegt. Für Bail Organa bestand Entspannung und Spaß darin, sich irgendein unbekanntes Thema vorzunehmen und zu versuchen, dieses Thema bis ins letzten Detail zu ergründen.«

»Dann hast du wahrscheinlich auf dem Exerzierplatz Ferien gemacht?«

»Beinahe. Wir haben Freunde meines Vaters besucht oder sie als Gäste im Palast empfangen, und Bail hat dann immer gesagt, ›Leia, das ist mein alter Freund Brammelbrummel. Er ist der beste Experte im Nudelfischen, den ich kenne, und hat mir angeboten, dir beizubringen, wie man aus einem alten Pullover Schleppnetze macht …‹«

Han grinste breit. »Deshalb verschwinden meine alten Kleider also immer.«

Sie stieß ihm den Finger in die Seite. »Und auf die Weise habe ich meine sorglose Jugend praktisch übersprungen – ich war siebzehn, als ich als Senatsmitglied hierherkam.« Sie seufzte tief. »Oh, meine Sterne …«

»Was?«

»Mir ist gerade bewusst geworden, dass ich jetzt schon ebenso lange auf Coruscant bin, wie ich auf Alderaan gelebt habe. Ein wenig länger sogar.« Sie schüttelte den Kopf. »Ach, wenn mir das doch jetzt nicht eingefallen wäre. Dabei *mag ich* Coruscant gar nicht so sehr, und jetzt habe ich schon mein halbes Leben hier verbracht.«

»Tatsächlich – so viel? Bist du je in den Eishöhlen gewesen? Oder im Labyrinth in den Trophillgärten in East Minor? Hast du dir schon einmal eine Vorstellung im Kallarak-Amphitheater angehört?«

»Nein«, sagte sie und sah ihn mit großen Augen an.

»Habe ich mir es doch gedacht. Du kennst Coruscant gar nicht, Leia. Du kennst bloß Imperial City. Und zum größten Teil bloß die Konferenzzimmer.«

»Da hast du Recht«, gab sie zu. »Ich habe dir doch gesagt, dass ich nicht viel davon verstehe, mich zu amüsieren – habe ich dir jemals gesagt, was mein erster Eindruck von Imperial City war?«

»Ich glaube nicht.«

»Ich habe meinem Vater geschrieben, dass es so aussah, als ob eine Kolonie von Fröschen in die Braakensammlung der Königin gezogen wäre.« Leia lachte verschmitzt und legte Han den Arm um die Hüfte. »Bail fand das Braakenglas immer scheußlich. Er hat verstanden, was ich meinte.«

Dann gingen sie eine Weile schweigend weiter, und Leia ließ ihren Blick über das Meer, den Strand und den Himmel schweifen. »Hier ist es *wirklich* schön, Han«, sagte sie, als Anakin von seinen Grabungsarbeiten im Sand aufblickte und auf sie zugerannt kam. »Ich danke dir. Hier draußen fühle ich mich nicht wie einer von den Fröschen.«

11

»Admiral!« Die Schwester salutierte militärisch. »Kann ich Ihnen behilflich sein, Sir?«

»Ich habe erfahren, dass man Plat Mallar aus dem Bactatank entfernt hat«, sagte Admiral Ackbar und legte den Kopf dabei leicht zur Seite.

»Ja, Sir – vor etwa zwei Stunden. Es geht ihm gut. Dr. Yintal konnte kurz mit ihm sprechen.«

»Wo ist Dr. Yintal jetzt?«

»Ein Notfall, Sir. Da war ein Unfall draußen auf Biggs Field, noch gar nicht lange her …«

»Ja«, sagte Ackbar. »Ich weiß.«

»Wissen Sie Näheres, was passiert ist, Sir? Wir haben hier nur Gerüchte gehört …«

»Ein Flugschüler hat mit einer TX-fünfundsechzig den Anflug verpatzt und ist auf eine Zubringerbahn gestürzt«, sagte Ackbar. »Zwei weitere Trainingsmaschinen und ein Kommandoshuttle sind von den Trümmern getroffen worden. Nach meinen Informationen hat es drei Tote und sechzehn Verletzte gegeben.«

»Vielen Dank, Sir. Dann wissen wir schon ungefähr, worauf wir uns hier vorbereiten müssen.«

»Ja, ich werde Sie auch in allernächster Zeit nicht benötigen«, sagte Ackbar. »Hatten Sie gesagt, dass Plat Mallar sein Bewusstsein wieder erlangt hat?«

»Nur ganz kurz, Sir. Unmittelbar nachdem er aus dem Tank gekommen ist. Er und Dr. Yintal haben ein paar Worte gewechselt. Aber der Gefangene schläft jetzt.«

»Passen Sie auf, was Sie sagen – Plat Mallar ist kein Gefangener«, wies Ackbar sie scharf zurecht.

»Tut mir leid, Sir. Ich hatte gehört, dass er ein imperialer Pilot von einer imperialen Depotwelt sei …«

»Da sind Sie falsch informiert«, sagte Ackbar. »Er ist ein tapferer junger Mann, der sein Leben riskiert hat, um seinen

Mitbürgern zu helfen. Und ich bin sehr an seiner baldigen Genesung interessiert. Ich erwarte, dass er die beste Pflege bekommt, die dieses Haus bieten kann – haben wir uns da verstanden?«

»Ja«, sagte die Schwester kleinlaut. »Ich habe verstanden, Sir.«

»Ich würde ihn jetzt gerne besuchen. Ist er immer noch in Einheit fünf?«

»Ja, Sir. Ich bringe Sie zu ihm …«

»Das ist nicht notwendig«, wehrte Ackbar ab. »Kümmern Sie sich um Ihre Vorbereitungen.«

Der Bactatank in der Intensivpflegeeinheit Nummer fünf war nicht mehr besetzt und inzwischen bereits geleert. Ein junger grannanischer Mann mit Monitorbändern an der Stirn, dem Thorax und dem linken Handgelenk lag in dem IP-Bett daneben.

Ackbar trat neben das Bett, lehnte sich über den Patienten und musterte ihn. Plat Mallars Finger waren in seine Hautmanschette eingezogen, und seine Augenfalte war geschlossen und mit einem dünnen, glitzernden Sekret überzogen. Durch ein durchsichtiges Gasrohr wurde Methanogen in Plat Mallars Atmungssäcke gepumpt; ein undurchsichtiger roter Schlauch entfernte seine giftigen Abfallprodukte.

Aber seine Haut zeigte bereits wieder die für Grannaner typische Färbung, und er machte trotz der Umgebung, in der er sich befand, nicht mehr den Eindruck, als ob er sich am Rande des Todes befände.

»Gut«, sagte Ackbar halblaut im Selbstgespräch. »Sehr gut.«

In der Hoffnung, dass Plat Mallars Schlaf so tief und gesund war, wie es den Anschein hatte, zog Ackbar den sich selbsttätig jeder Körperform anpassenden Sessel neben das Bett und machte es sich darauf bequem, so gut das bei seiner riesigen Gestalt möglich war. Dann legte er sein Kommlink neben sich auf das Bett, um es schnell erreichen zu können, falls er angerufen wurde, stützte die Hände auf die Knie und nahm eine bequeme Haltung ein.

»Schlaf, mein Kleiner«, sagte er leise. »Schlaf und werde gesund. Wenn du so weit bist, werde ich hier sein.«

Han Solo lehnte sich über das Steuer nach vorne und sah seitlich zum Fenster hinaus auf die Stufen, die zum Haupteingang des Generalministeriums führten.

»Wo sind denn bloß der Schnüffler und der Schießer?« fragte er Leia. »Ich kann sie nirgends sehen. Du hast doch Nanaod nicht gesagt, dass du heute zurückkommst, oder? Willst du, dass ich mit hineingehe?«

»Nein«, sagte sie und raffte ihre Gewänder, um aussteigen zu können. »Aber ich hoffe, dass du zu Hause sein wirst, wenn ich heimkomme. Vielleicht brauche ich dich dann.«

»Wir werden da sein«, nickte Han. »Und du willst auch ganz bestimmt nicht, dass ich jetzt mitkomme?«

»Nein, wirklich nicht«, sagte sie. »Ich werde jetzt tun, was getan werden muss, und dann sehen wir ja, was passiert.«

Früher einmal war der Eingang zum Großen Ministerium das Empfangsportal für den imperialen Palast gewesen. Vierzig polierte Steinstufen führten zu drei mit Metallmosaik verzierten Türen unter einem mächtigen freitragenden Steinvordach hinauf, auf dem acht Sterne glänzten – Symbole der Unterzeichner der Gründungsurkunde der Neuen Republik.

Die Sicherheitsmonitore erfassten Leia in dem Augenblick, als sie aus dem Gleiter stieg. Ein Protokolldroide trat an den Türen auf sie zu und öffnete eine davon. Zielbewusst und mit langen Schritten ging sie die Hauptpromenade hinunter, ohne auf die überraschten Blicke und das neugierige Flüstern rings um sie zu achten.

Als sie die Hälfte des Weges zurückgelegt hatte, kamen der Schnüffler und der Schießer von hinten angerannt, um sich ihr anzuschließen. Sie verlangsamte ihre Schritte nicht, sondern setzte zielstrebig ihren Weg zum Zentralbüro des Generalministeriums fort.

Die Angestellten dort erhoben sich, als sie eintrat. Eine ältere Frau eilte ihr aus einem Hinterzimmer entgegen.

»Präsidentin«, sagte Poas Trell, die persönliche Referentin des ersten Administrators. »Man hat uns gar nicht verständigt, dass Sie kommen würden – der erste Administrator ist heute Morgen drüben im Senat …«

»Ist schon gut«, sagte Leia. »Es bedarf auch keiner besonderen Vorbereitungen. Wo ist der Staatsminister?«

»Minister Falanthas befindet sich in einer Besprechung mit der vorkaanischen Delegation. Ich könnte ihn ausrufen lassen …«

»Nein«, lehnte Leia ab. »Das ist ebenfalls nicht notwendig. Haben Sie die Dringlichkeitsanträge für Mitgliedschaft?«

»Die Originale? Ja, natürlich – sie sind in sicherer Verwahrung in Minister Falanthas Büro.«

»Die will ich haben«, sagte Leia. »Und eine Unterschriftstafel.«

»Selbstverständlich, Präsidentin. Und Sie wollen wirklich nicht, dass ich den Administrator und Minister Falanthas rufe?«

»Völlig unnötig. Die haben ihre Arbeit, und ich habe die meine«, sagte Leia. »Wir werden Ihren Konferenzraum benutzen, wenn er frei ist. Sie können als Zeugin unterschreiben.«

Plat Mallar regte sich in seinem Krankenbett und gab einen Laut von sich, den man für ein leises Stöhnen halten konnte. Admiral Ackbar legte sein Datapad beiseite, beugte sich vor und beobachtete, wie die Augenfalte des jungen Grannaners sich öffnete, und seine Augen etwas suchten, woran sie sich orientieren konnten.

»Guten Morgen«, sagte Ackbar und tätschelte Mallars Hand. »Haben Sie keine Angst. Wissen Sie, wo Sie sich befinden?«

»'rankenhaus«, antwortete Mallar krächzend.

»Ja. Sie befinden sich im Flottenlazarett der Neuen Republik auf Coruscant«, sagte Ackbar. »Und ich bin Ackbar.«

Plat Mallars Augen weiteten sich. »Cor'scant? Wie? Ich war – was ist mit Polneye – was ist passiert …«

»Das kann ich Ihnen alles zu seiner Zeit sagen. Einiges davon ist ziemlich schmerzlich für Sie«, sagte Ackbar ernst. »Aber das ist heute alles nicht wichtig.«

»Ich dachte – müsste sterben«, sagte Mallar. Jedes einzelne Wort kostete ihn Mühe.

»Heute fangen Sie wieder an zu leben. Und wenn Sie erlauben, werde ich hier sein und ihnen dabei helfen.«

Mallar hob zitternd die Hand ein paar Zentimeter und deutete auf ihn. »Wa' sin' Sie?«

»Ich bin Mon Calamari«, sagte Ackbar. »Und Sie sind Grannaner. Ich habe vor dem heutigen Tag noch nie einen Grannaner zu Gesicht bekommen. Sind Sie je einem von meiner Rasse begegnet?«

Mallar schüttelte leicht den Kopf.

»Dann können wir vielleicht voneinander lernen.«

»Uniform«, sagte Mallar. »Wa' sin' Sie? ' Sie mein 'rzt?«

Ackbar blickte an sich hinunter. Er trug Kampfuniform. »Ich bin bloß ein alter Sternenpilot, der zu dumm ist, um nach Hause zu gehen«, sagte er und stand auf. »Ich hole jetzt Ihren Arzt. Er hat Wichtigeres mit Ihnen zu besprechen.«

Poas Trell reichte Leia, die inzwischen Platz genommen hatte, den Stapel Anträge und runzelte dabei die Stirn. »Präsidentin, als Sie sagten, ich solle als Zeugin unterschreiben ...«

»Gibt es da ein Problem?«

»Präsidentin, Minister Falanthas ist von seinem Adjutanten verständigt worden, dass Sie hier sind. Er ist jetzt hierher unterwegs. Würde es Ihnen etwas ausmachen, noch ein paar Minuten zu warten ...«

»Ja«, sagte Leia. »Es gibt nichts zu diskutieren. Ich habe die Vollmacht, diese Anträge zu bewilligen, und beabsichtige das jetzt zu tun. Wo ist die Schreibtafel?«

»Meine Vertreterin holt gerade eine«, sagte Trell. »Sie kommt gleich.«

Leia schob fragend eine Augenbraue hoch. »Das sieht so aus, als ob wir ein paar zusätzliche Anträge erhalten hätten.«

»Ja, Präsidentin. Insgesamt sind es jetzt dreiundzwanzig, achtzehn von Farlax und fünf von anderswo. Der Administrator und Minister Falanthas haben mit dem Vorsitzenden Beruss über einen Vorschlag diskutiert, die vier Systeme aus der unmittelbaren Umgebung der Feindseligkeiten beschleunigt zu bearbeiten ...«

»Ich kann den ganzen Vorgang erheblich beschleunigen, wenn Sie jetzt bloß diese Schreibtafel herschaffen würden.«

Trell fühlte sich sichtlich unwohl in ihrer Haut. »Prinzessin, ich fühle mich hier gar nicht …«

»Zweifeln Sie an meiner Vollmacht, über diese Anträge entscheiden zu können?«

»Nein, natürlich nicht, Prinzessin Leia. Ich dachte nur, dass Sie es vielleicht für wünschenswert halten würden, mit Ihren leitenden Ministern über Ihre Entscheidung zu beraten, und das Ganze zeitlich mit …«

»Die Unterschriftstafel, bitte«, fiel Leia ihr ins Wort. »Sonst nehme ich die Anträge mit in mein Büro und erledige sie dort. Und dann informiere ich Nanaod, dass er eine neue persönliche Referentin braucht, weil die letzte wegen Insubordination entlassen wurde.«

Trell griff nach ihrem Kommlink. Ihre Finger drehten daran. »Faylee«, sagte sie ruhig. »Haben Sie schon eine Tafel gefunden?«

Gleich darauf öffnete sich die Tür, und eine Mitarbeiterin mit einer Unterschriftstafel trat ein. Trell deutete mit einer Kopfbewegung auf Leia, woraufhin die Angestellte die Tafel vor sie auf den Tisch legte und sich wieder entfernte.

»Würden Sie bitte Platz nehmen?«, forderte Leia sie auf und deutete dabei auf den Stuhl ihr gegenüber.

Als Trell der Aufforderung nachgekommen war, legte Leia den ersten Antrag auf die Tafel und schaltete das Rekordersystem ein. Die prismenförmige Ausbuchtung an der Oberseite der Tafel war mit drei Holoobjektiven ausgestattet – eines, um das Dokument selbst aufzuzeichnen, eines, um den Unterzeichner bei der Unterschrift zu erfassen, und eines für den gegenübersitzenden Zeugen.

»Präsidentin Leia Organa Solo in Vollmacht für die Neue Republik in Sachen Dringlichkeitsantrag von Galantos auf Mitgliedschaft«, sagte sie und griff nach dem Stift.

»Poas Trell, leitende Referentin des Ersten Administrators Engh als Zeugin.«

Leia unterzeichnete das Beitrittsgesuch mit schwungvollem Namenszug. »Genehmigt. Präsident Leia Organa Solo in

Vollmacht der Neuen Republik in Sachen Dringlichkeitsantrag von Wehttam für Mitgliedschaft …«

Als Leia nach dem fünften Dokument in den Stapel griff, zögerte Trell: »Beabsichtigen Sie, alle Farlax-Petitionen zu bewilligen?«

»Ich beabsichtige, sämtliche Petitionen zu bewilligen, ohne Ausnahme. Bitte fahren Sie fort.«

Trell holte tief Luft, schien etwas sagen zu wollen, entschied sich dann aber dagegen und faltete die Hände auf dem Tisch. »Poas Trell, leitende Referentin des Ersten Administrators …«

Minister Falanthas kam gerade noch so rechtzeitig an, dass Leia ihm beim Weggehen den Stapel genehmigter Anträge reichen konnte.

»Guten Morgen, Mokka«, sagte sie. »Tut mir leid, dass man Sie umsonst aus Ihrer Besprechung geholt hat. Aber da Sie schon einmal hier sind, darf ich Sie vielleicht bitten, dass sämtliche Regierungen sobald wie möglich verständigt werden. Nein, warten Sie – wissen Sie zufällig, ob Ratsmitglied Jobath sich noch auf Coruscant aufhält?«

»Ich glaube, er hält sich im Diplomatenkomplex auf.«

»Dann können Sie Galantos mir überlassen – ich würde den Ratsherren gerne selbst informieren.«

Als sie sich zum Gehen wandte, blickte Minister Falanthas auf den Stapel Dokumente, den er in der Hand hielt, und sah dann Leia an. »Was soll ich dem Vorsitzenden Beruss sagen?«

»Sagen Sie ihm, dass wir getan haben, was erforderlich und richtig war«, rief Leia ihm im Hinausgehen zu. »Sagen Sie ihm, dass wir uns jetzt den schwierigen Entscheidungen zuwenden können.«

»Dr. Yintal hat Sie mit ›Admiral‹ angesprochen«, sagte Plat Mallar, als er und Ackbar langsam durch den Gymnastikgarten im Hof des Flottenlazaretts gingen. »Er hat Sie nicht wie einen alten Sternenpiloten behandelt, sondern wie eine sehr wichtige Person.«

»Dr. Yintal ist für einen Arzt ungewöhnlich höflich«, sagte

Ackbar. »Wie fühlt man sich, wenn man sich wieder bewegen kann?«

»Besser, als wenn man im Bett liegt«, sagte Mallar. »War ich wirklich sechzehn Tage lang in diesem Tank?«

»Ich war da, als man Sie eingeliefert hat«, sagte Ackbar. »Sie haben wirklich übel ausgesehen.«

»Ist der Tag hier genauso lang wie ein Tag auf Polneye?«

»Ja, ich denke schon – ein Sonnenuntergang bis zum nächsten«, sagte Ackbar und schmunzelte dann über seinen eigenen Scherz. »Benutzt Polneye immer noch die imperialen Maßeinheiten und die Dezimaluhr?«

»Ja.«

»Ein Tag hier ist vierzehnhundert Standardzeitteile lang«, sagte Ackbar. »Dementsprechend können Sie Ihre Erwartungen einstellen.«

»Das ist kürzer«, sagte Mallar. »Auf Polneye ist der Tag achtzehnhundert ST lang. Aber trotzdem, sechzehn Tage ...« Sein Ausdruck wurde plötzlich besorgt. »Wie soll ich das alles jemals bezahlen?«

»Sie schulden uns nichts«, sagte Ackbar. »Ihre Versorgung hier ist ein Geschenk der Neuen Republik, und das machen wir gerne.« Er blieb stehen und wies auf eine Bank in der Nähe. »Möchten Sie eine Weile ausruhen?«

»Nein«, sagte Mallar. »Das Gehen tut mir gut.«

»Dann gehen wir weiter«, sagte Ackbar und setzte seinen schlurfenden Gang fort.

»Dr. Yintal hat gesagt, er habe keine Ahnung, was in Polneye vorgefallen ist«, meinte Mallar nach einer Weile. »Wenn Sie *wirklich* Admiral sind, heißt das dann, dass Sie vielleicht mehr wissen?«

»Ich fürchte, der letzte Bericht, den wir von Polneye bekommen haben, ist der Ihre«, sagte Ackbar. »Wir haben keine Verbindung herstellen oder einen Späher hineinschicken können.«

»In sechzehn Tagen? Warum nicht?«

»Plat Mallar, Sie müssen versuchen, sich mit der Vorstellung vertraut zu machen, dass Sie der einzige Überlebende jenes schrecklichen Überfalls sind«, sagte Ackbar.

»Aber Zehn Süd stand doch noch – und da war ein Transporter …«

»Wir haben die Aufzeichnungen aus Ihrem Abfangjäger analysiert«, sagte Ackbar. »Der Transporter wurde mit Droiden und anderen Geräten beladen. Ich fürchte, es gibt wenig Anlass zur Hoffnung.«

Mallar verstummte und sagte nichts mehr, bis sie den Hof zur Hälfte umrundet hatten. »Wer hat das getan?«, fragte er schließlich. »Können Sie mir wenigstens sagen, wer meine Familie getötet hat?«

»Der Angriff wurde von den Yevethanern ausgeführt«, sagte Ackbar.

»Die Yevethaner?«, fragte Mallar. »Wer sind die Yevethaner?«

»Eine Spezies aus dem Koornacht-Sternhaufen. Sie waren vom Imperium versklavt worden, haben aber dann anscheinend die Technologie des Imperiums gestohlen und vielleicht auch eine ziemlich umfangreiche Schlachtflotte. Einige andere Kolonien sind gleichzeitig angegriffen worden. Die uns vorliegenden Informationen sind alles andere als vollständig. Aber Sie sind tatsächlich der einzige uns bekannte Überlebende.«

»Und was werden Sie unternehmen?«

»Wir haben Maßnahmen ergriffen, um die anderen bewohnten Welten in der Umgebung von Koornacht zu schützen«, sagte Ackbar. »Wir sind noch am Überlegen, wie wir auf die yevethanische Aggression reagieren können.«

»Was ich gesehen habe, war keine Aggression«, sagte Mallar. »Das war reiner Mord. Das war nichts anderes als ein kaltblütiges Gemetzel.«

»Ja«, nickte Ackbar. »Das war es.«

»Dann verstehe ich nicht. Stimmt das denn alles nicht, was ich über die Neue Republik gehört habe? Sie haben den Imperator wegen der Ungerechtigkeiten abgesetzt, die unter seinem Regime verübt wurden. Sie haben sich gegen die ganze imperiale Raumflotte gestellt, um Ihre Prinzipien zu verteidigen. Stimmt das, oder ist das nur Propaganda?«

»Es stimmt.«

»Und Sie verfügen immer noch über eine große eigene Raumflotte?«

»Ja.«

Mallar blieb stehen und sah Ackbar an. »Werden Sie sie einsetzen?«

»Diese Entscheidung liegt bei der Regierung, nicht bei der Flotte«, sagte Ackbar. »Ich weiß nicht, wie die Regierung sich entscheiden wird.«

»Warum ist das so schwierig?«

»Sie werden das möglicherweise nicht verstehen, Plat Mallar, aber es ist nicht leicht, eine Demokratie zum Krieg zu veranlassen«, sagte Ackbar. »Nicht, solange sie nicht unmittelbar angegriffen worden ist. Alles muss diskutiert werden. Die Provokation muss ein größeres Gewicht als alle anderen politischen Erwägungen haben. Und es erfordert immer Zeit.« Ackbar schüttelte den Kopf. »Sechzehn Tage sind nicht genug Zeit.«

»Was glauben Sie, was geschehen wird? Sagen Sie mir ganz ehrlich, was Sie meinen«, sagte Mallar. »Das ist wichtig.«

Ackbar nickte. »Ich glaube, dass wir am Ende die Yevethaner zur Rechenschaft ziehen werden. Aber vorher wird es hier hässliche Auseinandersetzungen geben.«

»Ich danke Ihnen«, sagte Mallar. »Wissen Sie, wann ich aus dem Krankenhaus entlassen werden kann?«

»Sobald Dr. Yintal mit Ihrem Genesungszustand zufrieden ist«, sagte Ackbar. »Ich nehme an, das dauert mindestens noch einen Tag. Haben Sie schon Pläne gemacht?«

»Ja«, antwortete Plat Mallar. »Ich werde mich freiwillig zu Ihrem Pilotenkorps melden. Wenn Sie die Yevethaner zur Rechenschaft ziehen, möchte ich daran beteiligt sein. Das ist das Einzige, was für mich jetzt Bedeutung hat. Das Einzige, was wert ist, getan zu werden.«

Als Leia ihre Büros im fünfzehnten Stockwerk des Ministeriums erreichte, standen Alole und Tarrick im Eingangsbereich ihrer Suite und unterhielten sich. Sie hatten sich unauffällig so postiert, dass sie sie sowohl begrüßen wie auch aufhalten konnten. Aloles Gesicht hellte sich auf, als sie Leia sah.

»Prinzessin – wir haben gerade gehört, dass Sie wieder hier sind.«

»Das kann ich mir vorstellen«, sagte Leia mit einem schiefen Lächeln. »Wie geht es Ihnen, Alole?«

»Sehr gut, vielen Dank, Prinzessin.«

»Tarrick?«

»Ausgezeichnet, Präsidentin.«

»Wie wär's dann, wenn wir hineingehen und uns an die Arbeit machen würden?«

»Natürlich«, sagte Tarrick und lächelte.

Als sie sich alle drei in Leias Büro befanden, lockerte sich ihre Haltung. »Also – welchen Eindruck haben Sie denn von Ihrer Seite des Rettungsbootes aus von dem Schaden?«

»Jetzt, wo Sie hier sind, sieht es schon besser aus«, erwiderte Tarrick.

»Wir hatten ein wenig Probleme mit der Steuerung«, fügte Alole hinzu.

»So?«

»Ja, es gab eine ganze Menge Leute, die nach der Lenkung greifen wollten.«

Leia nickte. »Erwartet mich ein großes Programm?«

»Es geht«, meinte Alole. »Wir haben das meiste selbst erledigt. Aber Nanny möchte Sie so schnell wie möglich sprechen. Sie ist ziemlich hartnäckig.«

»Ich werde daran denken«, nickte Leia. »Alole, bitte rufen Sie drüben im Senat an, und fragen Sie, ob Bennie heute für mich Zeit hat.«

»Wird sofort erledigt«, sagte Alole und ging zur Tür. »Eine Liste mit den wichtigsten Punkten finden Sie auf Ihrem Datapad.«

»Vielen Dank«, sagte Leia und zog das Datapad zu sich heran. »Tarrick, sehen Sie zu, dass Sie Ratsmitglied Jobath zu fassen bekommen. Sagen Sie ihm, ich hätte interessante Nachrichten für ihn.«

»Er ruft seit vierzehn Tagen jeden Vormittag an«, sagte ihr Adjutant mit einem trägen Grinsen. »Ich denke, ich werde ihn schon herbekommen.«

Alole war an der Tür stehen geblieben. »Prinzessin …«

Leia blickte von ihrem Datapad auf. »Ja, Alole?«

»Schön, dass Sie wieder hier sind.«

»Sie könnten ja eine Liste machen«, schlug Leia vor. »Ich wette, Sie vertreten mit dieser Ansicht eine Minderheit.«

Als Behn-kihl-nahm eintrat, lächelte er und umarmte Leia, dann drehte er sich um und schloss die Tür zum Vorraum. »Wie geht es Ihnen, Prinzessin?«

»Besser«, sagte sie. »Wie geht es mir, Bennie?«

Der Vorsitzende des Verteidigungsrats suchte sich den größten Besuchersessel aus und machte es sich darauf bequem, ehe er Antwort gab. »Für den Augenblick sind Sie in Sicherheit. Fünf von sieben Vorsitzenden im Rat stehen auf Ihrer Seite. Und es ist auch nicht ernsthaft davon die Rede, den Regierenden Rat zusammenzurufen, um über einen Misstrauensantrag zu diskutieren.«

»Das klingt besser, als ich gehofft hatte. Wer sind denn meine Gegner? Borsk Fey'lya?« Der opportunistische Bothaner war Vorsitzender des Justizrates und hatte sich Leia gegenüber stets äußerst kühl gezeigt, nicht zuletzt auch wegen ihrer Freundschaft mit Ackbar.

»Natürlich«, sagte Behn-kihl-nahm. »Für ihn bringt es keinerlei Vorteile, Sie zu unterstützen – aber falls das Blatt sich wenden sollte, hat er sich bereits als Führer der Opposition hervorgetan. Da der Justizrat in keiner Weise für Krieg oder Diplomatie verantwortlich ist, kann Fey'lya das Spiel sowohl innen wie außen spielen.«

»Was heißt das?«

»Nun, im Augenblick sammeln sich die Unzufriedenen im Senat um ihn, einfach weil er mehr Profil als Sie gezeigt hat. Er braucht ihnen nicht einmal etwas zu versprechen, wenn sie am Ende auch vielleicht glauben werden, dass er das getan hat. Und wenn die Medien das suchen, was sie ausgewogene Berichterstattung nennen, dann kann er sich so provozierend geben, wie ihm das Spaß macht.«

»Sie wollen sagen, ich werde mich an den Klang seiner Stimme gewöhnen müssen.«

»Wann immer die Medien sich um Sie kümmern werden,

wird er auch da sein. Wenn es in einem Monat oder zwei vielleicht dazu kommen sollte, dass man Sie *tatsächlich* aus Ihrem Amt entfernt, hat er auf die Weise bis dahin genügend Macht und Status erworben, um eine Chance auf das Amt des amtierenden Präsidenten zu haben.«

Leia nickte und runzelte die Stirn. »Aber Sie selbst wären doch ganz sicherlich in einer wesentlich stärkeren Position als er.«

»Nein, in diesem Szenario würde es mir sehr schaden, dass ich mich für Sie eingesetzt habe«, sagte der Vorsitzende. »Wenn Sie abgesetzt werden, sei es nun durch den Senat oder den Regierenden Rat, wird man ganz bestimmt nicht an mich mit der Bitte herantreten, Ihre Nachfolge zu übernehmen.«

»Und wenn ich *jetzt* zurücktreten würde?«

Behn-kihl-nahm zuckte die Achseln und ließ sich tiefer in seinen Sessel sinken. »Dafür haben Sie jetzt keinerlei Anlass – nicht einmal um ernsthaft darüber nachzudenken.«

»Aber auf Sie würde kein Makel fallen«, beharrte sie. »Und er hätte dann keine Chance, seine Machtbasis zu verbreitern.«

»Wir stehen bereits da, wo wir hingehören, Sie und ich«, sagte Behn-kihl-nahm. »Es gibt keinerlei Notwendigkeit, von einem Wechsel zu sprechen. Das ist unnötige Zeitvergeudung.«

»Ich werde versuchen, mich daran zu erinnern, wenn Borsk Fey'lya von der Rednerbühne des Senats aus davon spricht«, sagte Leia. »Und wer ist der zweite Vorsitzende, der sich mit Fey'lya zusammengetan hat?«

»Das ist Vorsitzender Rattagagech, aber ich würde nicht sagen, dass er sich auf die Seite des Vorsitzenden Fey'lya geschlagen hat«, erklärte Behn-kihl-nahm.

Als Leia den Namen hörte, war ihr sofort klar, weshalb ihr väterlicher Freund diesen Unterschied machte. Der nachdenkliche, gelehrtenhaft wirkende Elomin, der den Vorsitz im Rat für Wissenschaft und Technik hatte, war in fast jeder Hinsicht das genaue Gegenteil des vulgären Bothaners. »Kennen Sie seine Gründe?«

»Es ist so, wie Sie es sich vorstellen können«, meinte Behn-kihl-nahm. »Die Elomin lieben Ordnung. Nach den Ereignissen der letzten paar Wochen sieht er in Ihnen eine Quelle von gesellschaftlichem und politischem Chaos, keine Kraft, die für Stabilität und Ordnung sorgt.«

»Das kann ich ihm ja wahrscheinlich gar nicht verübeln«, sagte Leia. »Gibt es Unschlüssige?«

»Vorsitzender Praget hat sich mir gegenüber unschlüssig geäußert«, nannte Behn-kihl-nahm den Leiter des Ausschusses für Nachrichtendienste und Sicherheit. »Aber das gilt natürlich nur für den Augenblick. Vieles hängt davon ab, was Sie als nächstes unternehmen werden. Die Begeisterung für einen Krieg ist äußerst gering. Wenn Sie einen zu aggressiven Kurs einschlagen, könnte das leicht dazu führen, dass zwei, vielleicht sogar drei weitere Mitglieder des Rates einen Misstrauensantrag unterstützen. Und dann gäbe es nichts, was Sie vor einer Abstimmung im Senat schützt.«

»Wie groß ist denn die Begeisterung für Gerechtigkeit?«

Behn-kihl-nahm zuckte die Achseln. »Auch nicht sehr groß. Der Tod von Fremden, noch dazu solchen, die eine halbe Galaxis von uns entfernt im Koornacht-Sternhaufen sterben, wiegt nicht schwer im Vergleich mit der Aussicht darauf, dass patriotische Piloten der Republik den Tod finden und auf friedlichen Republikwelten kämpfen müssen. Es gibt durchaus einige, die wegen dieser Ereignisse zum Krieg bereit wären, aber wesentlich mehr, die darin lediglich eine politische Krise sehen.«

»Da fällt mir ein«, meinte Leia plötzlich, »Senator Tuomi hat doch die Rechtmäßigkeit meines Amtes angezweifelt. Was ist denn daraus geworden?«

»Das ist vorbei und vergessen. Vorsitzender Beruss hat diesen Unsinn unter einem Berg von Geschäftsordnungspunkten vergraben. Und ich konnte die Parade zum Rednerpult auf zehn Redner beschränken.«

»Wären es wesentlich mehr gewesen, wenn Sie nicht mit einer Axt in der Hand am Ende der Schlange erschienen wären?«

Behn-kihl-nahm tat die Frage mit einer Handbewegung ab. »Das ist einfach Lärm, das muss man ignorieren. Die wesentlich wichtigere Frage betrifft die Zukunft. Was wollen Sie bezüglich der Yevethaner unternehmen?«

»Wozu sind wir stark genug?«, fragte Leia. »Welche Wahlmöglichkeiten habe ich denn, die nicht automatisch dazu führen, dass ich Fey'lya oder Praget oder Cion Marook die Präsidentschaft übergebe?«

»Vielleicht sollten Sie sich mit der Frage auseinander setzen, was getan werden *sollte,* und dann können wir uns gemeinsam damit beschäftigen, wie wir das überleben.«

»Was getan werden sollte ...« Leia schüttelte den Kopf. »Wir *sollten* die Yevethaner nach N'zoth zurücktreiben und dann ein planetarisches Interdiktionsfeld um sie herum errichten, das erst nach tausend Jahren wieder geöffnet wird. Und selbst das wäre wahrscheinlich noch eine viel zu milde Strafe.«

»Sie sind milder gestimmt als ich«, sagte Behn-kihl-nahm. »Die einzige gerechte Strafe, die ich mir vorstellen kann, wäre, sie das erdulden zu lassen, was sie *ihren* Opfern angetan haben. Aber das ist natürlich unmöglich – wenn wir so etwas tun würden, dann würde das sämtliche Prinzipien unserer Deklaration verletzen.« Er nahm sich ein Bonbon aus der Schale, die neben seinem Sessel auf einem niedrigen Tischchen stand. »Aber ich könnte durchaus untätig zusehen, wenn jemand anderer das tun würde.«

»Sie sind stärker als ich«, sagte Leia. »Ich müsste mich wahrscheinlich abwenden.«

Behn-kihl-nahm ließ das Bonbon in seinem Mund verschwinden. »Aber während wir darauf warten, dass dieser Rächer auftaucht ...«

»Vielleicht sollte ich eine Sitzung mit dem Verteidigungsrat ansetzen und mir eine Vorstellung davon bilden, wie weit wir wirklich gehen wollen.«

»Ich würde es vorziehen, wenn Sie mit einem Vorschlag vor den Rat treten würden, nicht mit einer Frage.«

»Wenn ich vor den Rat trete und darauf bestehe, dass wir die Fünfte Flotte einsetzen, um die Yevethaner zu züchtigen, dann wird jeder von ihnen sich an das erinnern, was Tig Peramis hinsichtlich unserer Absichten mit jener Flotte gesagt hat, und an das, was Nil Spaar über meine Herkunft gesagt hat. Wenn wir irgendetwas tun wollen, womit das Leben von Soldaten riskiert wird, die die Uniform der Neuen Republik tragen, dann muss die Initiative vom Verteidigungsrat kommen.«

Behn-kihl-nahm schüttelte den Kopf. »Sie kann nur von Ihnen kommen und sonst von niemandem.«

»Dann wird es nicht dazu kommen«, erklärte Leia ausdruckslos. »Nil Spaar hat mir in dieser Hinsicht die Hände gebunden. Senator Hodidiji und Senator Peramis haben ihm das Seil dafür in die Hand gegeben. Und ich habe es mir gefallen lassen, weil er dabei gelächelt hat.«

»Diese Entscheidung braucht nichts mit Leia Organa Solo zu tun zu haben.«

»Womit denn sonst?«

»Vielleicht mit Plat Mallar«, sagte der Vorsitzende. »Er könnte das Symbol für das werden, was wir tun müssen.«

Leia schüttelte bereits den Kopf, ehe Behn-kihl-nahm zu Ende gesprochen hatte. »Ich werde ihn nicht dazu benutzen«, sagte sie. »Ich will keinen Nutzen aus seinem tragischen Schicksal ziehen. Wenn die Ermordung von einer Million oder mehr vernunftbegabter Wesen und die Zerstörung von einem Dutzend planetarischer Gemeinschaften nicht ausreicht – wenn die Mitglieder des Rates tatsächlich ein lebendes Opfer brauchen, das ihnen vorgeführt wird, um sie zum Handeln zu bewegen –, dann Schande über sie. Und Schande über uns.«

Behn-kihl-nahm stand auf, als wolle er gehen. »Schande ist in der Politik etwas Seltenes«, sagte er und strich über seinen Umhang. »Und auf Coruscant gibt es im Augenblick mehr Politiker als Staatsmänner.«

»Das will ich einfach nicht glauben.«

»Trotzdem ist es so. Überlegen Sie es sich gründlich, Prinzessin. Sie werden nur eine einzige Chance bekommen, sie zu führen«, sagte der Vorsitzende. »Wenn Sie die verspielen, werden Sie keine andere Wahl haben, als *denen* dorthin zu folgen, wo sie hinwollen. Und ich kann Ihnen nicht versprechen, dass sie sich für ein erträgliches Ziel entscheiden werden.«

Der Bildschirm zeigte nur Störmuster, bis General A'baht den Dechiffriercode eingegeben hatte, den er auf Wunsch Admiral Hiram Draysons auswendig gelernt hatte. Wenige Sekunden später – es dauerte länger als die übliche Hyperkommverzögerung – verwandelten sich die Störmuster in das Gesicht des Direktors von Alpha Blue.

»General A'baht«, begrüßte Drayson ihn mit einem Kopfnicken. »Danke, dass Sie sich die Zeit nehmen ...«

»Drayson«, knurrte A'baht. »Vielleicht können *Sie* mir erklären, was da eigentlich los ist.«

»Sie erhoffen sich möglicherweise zu viel«, sagte Drayson. »Das hier ist schließlich Coruscant. Welche Eigentümlichkeit beunruhigt Sie denn speziell?«

»Ich habe nicht einmal eine Stunde nach unserem Eintreffen an einem unserer Einsatzorte zusätzliche Verstärkung angefordert«, sagte A'baht. »Die einzige Reaktion darauf war Schweigen. ›Wird vom strategischen Kommando des Flottenamtes überprüft‹, sagt man mir. Aber kein einziges Mitglied des Kommandostabes hat mit mir Verbindung aufgenommen.«

»Das strategische Kommando wartet auf Anweisungen von weiter oben«, sagte Drayson. »Solange diese Vorgänge nicht geklärt sind, glaube ich nicht, dass Sie mit irgendwelcher Verstärkung rechnen können – es sei denn, Sie sollten unmittelbar angegriffen werden.«

»Wie lange wird es denn dauern, bis eine Lösung gefunden ist?« fragte A'baht. »Ich habe mich gezwungen gesehen, Schiffe der Fünften für Wehttam und Galantos abzuziehen. Die anderen benachbarten Systeme sind immer noch ohne jeden Schutz. Und jeden Tag, den wir hier draußen herumhängen und im leeren Weltraum Patrouille fliegen, setzen sich die Yevethaner auf den Welten, die sie erobert haben, noch fester. Wir können sie doch nicht für ihre Aggression noch belohnen. Wir müssen etwas tun und sie bestrafen.«

»Ich bin nicht derjenige, den Sie überzeugen müssen.«

»Wer ist es dann? Wir erreichen hier mit unserer Anwesenheit überhaupt nichts. Die Yevethaner wissen inzwischen ganz bestimmt bereits, dass die Flotte bloß eine leere Drohung darstellt.«

»Die Prinzessin will das Richtige tun«, sagte A'baht. »Sie wird unsere Hilfe brauchen, um sicherzustellen, dass das Richtige geschieht.«

»Was für Hilfe?«

»Sie müssen anschaulichere Beweise der yevethanischen Greueltaten finden«, sagte Drayson. »Ohne solches Material hat Prinzessin Leia keine Chance, die Widerstände im Senat zu überwinden.«

A'bahts Lippen verzogen sich zu einer stummen Grimasse der Wut. »Ich wüsste nicht, wie wir noch mehr tun könnten, als wir bereits getan haben. Ich habe Streifenboote bis dicht an die Grenze geschickt, sogar noch ein Stück darüber hinaus. Auf diese Distanz liefert uns unsere Sensortechnologie einfach nichts Brauchbares. Ich habe schon genügend Schwierigkeiten, gute taktische Informationen zu bekommen – eine Dokumentation der Massaker ist praktisch ausgeschlossen.«

»Ich hoffe, Sie setzen Ihre Bemühungen fort, auch wenn es schwierig ist.«

»Wenn Sie damit fragen wollen, ob die Scouts und Streifenboote noch im Einsatz sind, kann ich die Frage bejahen«, sagte A'baht. »Aber für das, was Sie haben möchten, ist es jetzt zu spät. Nach dem zu schließen, was ich von Ihnen bekommen habe, haben die Yevethaner nicht viel Beweismaterial zurückgelassen. Und warum reicht eigentlich das, was Sie haben, für Leia nicht schon aus?«

»Es geht nicht darum, was Leia gesehen oder nicht gesehen hat«, meinte Drayson etwas verschwommen. »Es geht darum, was sie dem Senat ohne Einschränkung zeigen kann. Wenn sie denen unabhängiges Nachrichtenmaterial zeigt, etwas, das nicht vom NRN oder der Flotte kommt, wird niemand mehr danach fragen, was sie ihnen eigentlich zeigt, und alle werden sich bloß auf die Herkunft des Materials stürzen.«

»Über diese Herkunft habe *ich* auch Fragen«, warf A'baht mürrisch ein. »Sie müssen Schiffe innerhalb von Koornacht gehabt haben, um diese Holos zu beschaffen – Schiffe, die entweder unentdeckt positioniert waren oder solche, die sich schnell genug bewegen konnten, um dort einzutreffen, ehe die Feuer verloschen waren. Ich würde sehr gerne wissen, was für Scouts dazu imstande sind.«

»Und genau diese Fragen dürfen Leia nicht gestellt werden«, sagte Drayson. »Sie braucht Nachrichtenmaterial, das klar und deutlich und von ganz gewöhnlicher Herkunft ist. General, ich schlage Ihnen vor, einen Scout in Zone Neunzehn zu schicken.«

»Zone Neunzehn?« A'baht warf einen Blick auf seine Taktikkarte. »Das ist ein Drittel des Weges um den Sternhaufen herum in Richtung auf die Kernwelten – weit außerhalb des Gebiets, wo wir Patrouillen eingesetzt haben.«

»Dann schlage ich vor, dass Sie Ihre Patrouillenzone ausweiten.«

»Warum?«

»Zufälligerweise befindet sich Zone Neunzehn auf dem Sichtvektor, der Wakiza und Doornik Drei Neunzehn verbindet, dem vorgeschobenen Stützpunkt der Yevethaner. Ich glaube, Sie werden dort Gelegenheit haben, mit den Hyperkommscannern einige Signale aufzufangen.«

»Yevethanische Signale?«

»Ja, natürlich.«

A'baht gab einen vieldeutigen Grunzlaut von sich. »Und wann ist mit dieser Gelegenheit zu rechnen?«

»Oh – ich vermute, dass zwischen diesen beiden Standorten ziemlich viel Verkehr herrscht«, meinte Drayson leichthin. »Ich wäre keineswegs überrascht, wenn Sie bereits in den ersten paar Stunden dort etwas auffangen würden.«

»Was ich natürlich sofort an das Flottenamt weitergeben müsste.«

»Natürlich.«

»Wird es von dort zu Leia gelangen?«

»Es würde jedenfalls nicht sehr lange dauern, denke ich.«

A'baht nickte. »Es könnte sein, dass wir den Yevethanern

jetzt lange genug gezeigt haben, wie man einen Patrouilleneinsatz fliegt. Wenn ich die Patrouillenzone um die Hälfte ausdehne, macht sie das vielleicht nachdenklich.«

»Vielen Dank, dass Sie meinen Vorschlag berücksichtigen wollen, General«, sagte Drayson mit einem freundlichen Lächeln. »Oh, und dann wäre da noch etwas ...«

»Was denn?«

»Da hier vermutlich noch ein paar Tage, möglicherweise sogar Wochen vergehen werden, bis sich konkret etwas tut, könnten Sie vielleicht in Erwägung ziehen, ob Sie nicht doch für jedes der anderen bewohnten Systeme ein kleineres Schiff erübrigen können.«

»Ich bin überzeugt, dass nichts unterhalb der Fregattenklasse einem ersten yevethanischen Angriff standhalten könnte, und in dieser Klasse habe ich keine Schiffe mehr übrig«, sagte A'baht.

»Sie haben natürlich Recht«, räumte Drayson ein. »Eine Korvette oder ein Patrouillenbegleitboot würde wahrscheinlich keinen Eindruck auf die Yevethaner machen und sie ganz sicherlich nicht abwehren können. Ich hatte nur gedacht, dass Ihre Anwesenheit vielleicht symbolisch ...«

Plötzlich begriff A'baht, worauf Drayson hinauswollte. – *Es sei denn, wir werden direkt angegriffen, sagen Sie. Sie möchten also, dass ich die Yevethaner mit einem bequemen Sieg ködern soll.*

»Das Einzige, was noch schlimmer ist, als diese Planetenbevölkerungen ungeschützt zu lassen, ist ihnen eine Illusion der Sicherheit zu geben«, meinte A'baht knapp. »Und das Einzige, was noch schlimmer ist, als von Männern zu verlangen, dass sie auf Ihr bloßes Wort hin ihr Leben riskieren, ist, sie in einen Kampf zu schicken, von dem man von vorneherein weiß, dass sie ihn nicht gewinnen können. Meine Piloten und Mannschaften sind keine Symbole, Admiral Drayson. Und ich werde auch keinen Verrat an ihnen üben, indem ich sie dazu mache.«

»Ich verstehe diese Gefühle, General«, sagte Drayson. »Ich teile sie auch. Trotzdem sollten Sie einmal darüber nachdenken, ob Sie sich dort wirklich in einer anderen Lage befinden als eine Korvette im Orbit um Dandalas oder Kktkt. Wenn die Yevethaner Ihren Verband angreifen würden, würde das so manches erleichtern.«

»Wollen Sie damit sagen, dass man uns hierher geschickt hat, um die Yevethaner in einen Krieg hineinzuziehen?«

»Ich sage nur, dass Sie selbst die Entscheidung treffen müssen, wie weit Sie Ihren Arm in das Maul des Rancor stecken wollen«, sagte Drayson. »Zone Neunzehn, General. Wie auch immer Sie sich sonst entscheiden, bitte, behalten Sie dieses Ziel im Auge.«

Das Rekrutierungsbüro im Flottenhauptquartier befand sich dicht am Haupttor und war zu Fuß ein gutes Stück Weg vom Lazarett entfernt. Ackbar, der an die ärztliche Untersuchung dachte, hatte Plat nicht dazu bewegen können, bis zum nächsten Morgen zu warten. Aber die langen energischen Schritte, mit denen Mallar seinem Ziel entgegenstrebte, schienen Dr. Yintals Urteil zu bestätigen, dass der Überlebende von Polneye entlassen werden konnte.

Als sie schließlich vor dem kleinen weißen Kuppelbau mit dem Flottenwappen standen, musste Ackbar erneut klein beigeben – diesmal war es darum gegangen, ob er Mallar in das Büro begleiten solle.

»Ich muss da hineingehen, ohne dass jemand meine Hand hält«, hatte Mallar gesagt. »Das ist für mich sehr wichtig. Ich will weder Mitleid noch irgendwelche Gefälligkeiten von Freunden alter Sternpiloten.«

»Ganz wie Sie wollen«, hatte Ackbar sich dem entschlossenen Willen des jungen Grannaners gebeugt. Er machte es sich in einem Warteraum bequem, in dem sich normalerweise nur Zivilisten aufhielten, und amüsierte sich darüber, wie die überraschten Mitarbeiter der Rekrutierungsstelle sich gegenseitig darin überboten, ihn zu grüßen.

Es dauerte beinahe eine Stunde, bis Mallar zurückkehrte. Aber eigentlich hätte die Prozedur zwei Stunden in Anspruch nehmen sollen. Und als er aus der Tür kam, sah er noch schlechter aus, als ob er nur krank wäre – seine Augen waren leer und völlig leblos. Ackbar stand schnell auf und eilte ihm entgegen.

»Was ist denn passiert?«, fragte er. »Nein, lassen Sie nur – an der Wachstation ist ein Gleiter. Kommen Sie. Ich bringe Sie schnell ins Lazarett zurück.«

»Man hat mich abgewiesen«, sagte Mallar mit einem Ausdruck, in dem sich Verblüffung und Bedrücktheit mischten.

»Für die Pilotenausbildung?«

»Für alles und jedes. Er hat mich abgewiesen. Die lassen nicht zu, dass ich mich für *irgendetwas* freiwillig melde.«

»Das ist doch absurd«, sagte Ackbar. »Warten Sie hier.«

Ohne irgendwelche Ehrenbezeigungen zu erwidern, stürmte Ackbar durch den Vorraum und vorbei an den einzelnen Besprechungsräumen unmittelbar in das Büro des Leiters der Rekrutierungsstelle.

»Admiral Ackbar?«, sagte der Mann und stand überrascht auf, als Ackbar unangekündigt in sein Zimmer schoss. »Sir«, fügte er dann hinzu und salutierte.

»Major, jemand von Ihren Leuten hat sich gerade mit einem Bewerber namens Plat Mallar befasst«, herrschte Ackbar ihn an. »Ich möchte, dass Sie den Betreffenden sofort herbestellen und ihm ein paar Fragen stellen.«

»Wird sofort erledigt, Admiral.« Der Major beugte sich über sein Kommlink und erteilte einen Befehl. »Es tut mir schrecklich leid, wenn da etwas schief gelaufen ist, Admiral …«

Weiter kam er nicht, denn in dem Augenblick trat ein hochgewachsener Lieutenant ein, worauf Ackbar den Major völlig ignorierte.

»Wie heißen Sie?«, wollte Ackbar wissen, nachdem ihm ein Blick auf das Abzeichen über der rechten Uniformtasche gezeigt hatte, dass der Offizier Corellianer war.

»Lieutenant Warris, Sir.«

»Würden Sie mir bitte Ihre Entscheidung hinsichtlich Plat Mallar erklären?«, forderte er.

Der Rekrutierungsoffizier wirkte einen Augenblick lang verblüfft. »Sir, ich verstehe nicht. Er war unqualifiziert«, erklärte Warris.

»Unqualifiziert?«

»Ja, Sir«, erklärte Warris. »In den Vorschriften steht eindeutig, dass ein Bewerber eine konzessionierte Schule oder ein entsprechendes Programm absolviert haben muss. Plat Mallars Programm ist nicht einmal im System enthalten.«

»Natürlich nicht, Sie Schwachkopf – haben Sie zufällig bemerkt, wo der Mann *herkommt*?«

»Ja, Sir. Aber das ist ein anderes Problem, Sir. Er kann nicht in die Flotte aufgenommen werden – er ist kein Bürger der Neuen Republik. Es ist sogar noch schlimmer als das – er ist ein Bürger von Polneye, einem Planeten, der offiziell noch als mit dem Imperium verbündet in den Listen steht. Ich konnte ihn unmöglich akzeptieren, Sir.« Der Rekrutierungsoffizier blickte hilfesuchend zu seinem Vorgesetzten. »Gibt es besondere Umstände, die man mir nicht mitgeteilt hat …«

»Admiral, Lieutenant Warris hat völlig korrekt gehandelt«, sagte der Major. »Wenn dieser Bewerber nicht nachweisbar Bürger einer Mitgliedswelt ist, können wir ihn nicht einmal für den Flottendienst in Betracht ziehen, geschweige denn rekrutieren.«

»Bürokratischer Unsinn«, wütete Ackbar, und seine Stimme wurde lauter. »Denkt denn niemand mehr daran, den Mut und die Ehre eines Mannes zu messen – den Kampfgeist, der in ihm steckt, und die Gründe, die ihn bewegen? Müssen denn alle in dieselbe Form gepresst und abgestempelt werden wie Sturmtruppler, um hier Ihre Billigung zu finden?« Er entließ den Lieutenant mit einer Handbewegung. »Gehen Sie.«

Warris entfernte sich dankbar, und Ackbar wandte sich wieder seinem Vorgesetzten zu.

»Admiral, wir könnten die Bewerbung selbstverständlich noch einmal prüfen, wenn Sie uns einen Hinweis geben könnten, in welchem Zusammenhang …«

»In welchem Zusammenhang«, wiederholte Ackbar ungläubig. »Es genügt also nicht, dass ein Mann bereit ist, eine Uniform anzuziehen und neben Leuten zu kämpfen, die er überhaupt nicht kennt, bloß weil er dieselben Ideale wie sie hat – nein, sein Angebot muss aus dem richtigen Zusammenhang kommen, und seine Schulpapiere müssen stimmen, und seine Arme dürfen nicht zu lang sein, und seine Blutgruppe muss in den Sanidroiden gespeichert sein.« Ackbar schüttelte angewidert den Kopf. »Wie die Dinge sich doch verändert haben. Ich kann mich noch gut erinnern, wie froh wir um jeden waren, der bereit war, an unserer Seite zu kämpfen.«

»Admiral – es muss doch Normen geben ...«

Der Tonfall des Majors klang besänftigend, doch Ackbar wollte jetzt nicht besänftigt werden. »Major, stellen Sie sich einmal die Frage, wie viele ganz alltägliche Helden der Rebellion – nicht nur die Namen, die jeder kennt – sich nach Ihren Regeln dafür qualifiziert hätten, für Ihre Freiheit zu kämpfen«, sagte Ackbar und beugte sich über seinen Schreibtisch. »Und wenn Sie es sich überlegt haben, hoffe ich, dass Sie sich schämen werden.« Damit drehte er sich um und verließ mit langen Schritten das Büro, ohne auf Antwort, geschweige denn eine Ehrenbezeugung zu warten.

Als er die Hälfte des Korridors zurückgelegt hatte, kam Ackbar sein Ausbruch schon etwas albern vor. Aber als er dann den Warteraum erreichte, erfüllte ihn tiefe Traurigkeit.

Dort waren nämlich sämtliche Plätze leer. Allem Anschein nach war Plat Mallar von der Abweisung zutiefst verletzt worden und hatte nicht auf ihn gewartet. Der junge Grannaner hatte das Rekrutierungsbüro verlassen, ohne irgendeine Nachricht zu hinterlassen, war durch das Tor des Lazarettkomplexes hinausgegangen und irgendwo in der Stadt verschwunden.

Ackbar wandte sich an den Torwächter und zeigte auf den neben dem Eingang geparkten Gleiter. »Diesen Gleiter brauche ich jetzt.«

12

Aus langer Erfahrung – sowohl auf Coruscant wie auch auf Mon Calamari – wusste Admiral Ackbar, dass in jeder Regierungsbürokratie die Grenze, die den inneren vom äußeren Kreis trennte, einzig und allein in Beziehungen und damit im Zugang zu wichtigen Personen begründet war. Wenn man dem inneren Kreis angehörte, führte man ein persönliches Gespräch mit der Präsidentin, indem man einfach einen der Öffentlichkeit nicht zugänglichen Gang benutzte und ihr Büro durch die hintere Tür betrat; wenn man anrief, sprach man direkt mit der Präsidentin, und wenn man einen Brief schickte, erhielt man eine persönliche Antwort.

Ackbar hatte diesen Sonderstatus während der ganzen Zeit genossen, in der Leia das oberste Amt im Staate innehatte, zuerst als Staatschefin der provisorischen Regierung und dann als Präsidentin der Neuen Republik. Selbst bei der relativ offenen Amtsführung, die sie pflegte, gehörte er damit einem auserwählten Kreis an.

Die hintere Tür stand natürlich Han offen. Und Mon Mothma, die nach einem hässlichen Zwischenfall mit einem Attentäter ihr Amt aufgegeben hatte und Distanz zum Palast suchte. Nanaod Engh, der nicht gerade ein Freund Leias war, aber infolge seiner Amtspflichten fast täglich mit ihr zu tun hatte. Behn-kihl-nahm, auch wenn dieser zu gute Manieren hatte, um nicht dem Protokoll des hohen Amtes zu folgen. Tarrick und Alole. Und Ackbar.

Wenigstens war es so gewesen, ehe die Kontakte mit Yevetha Krisencharakter angenommen hatten. Als Ackbar freilich hatte feststellen müssen, dass er zur Residenz der Präsidentin keinen Zugang mehr hatte, dass sein Schlüssel gelöscht und damit sein Status als Beinahe-Mitglied der Familie aufgehoben worden war, war dies für ihn ein ziemlicher Schock gewesen. Er hatte sich deshalb dafür entschieden, sich der Präsidentensuite im fünfzehnten Stock durch die vordere Tür zu nähern, und versuchte sich dabei auf eine weitere Zurückweisung einzustellen.

Aber die Sicherheitswachen vor der Suite machten keine Anstalten, Ackbar aufzuhalten, und obwohl die Mitarbeiter im Vorzimmer einigermaßen überrascht wirkten, ihn dort zu sehen, versuchte auch dort niemand, ihm den Zugang zu den hinteren Räumen zu verwehren.

»Guten Morgen, Admiral«, sagte Alole und blickte lächelnd von ihrem breiten Schreibtisch auf. »Gehen Sie nur hinein – sie ist in ihrem Konferenzzimmer und sieht sich die Senatsdebatte der letzten Woche an.«

Als er in ihrem Büro die Tür zum Konferenzraum erreicht hatte, zögerte Ackbar kurz. Leia stand am anderen Ende des Raums und wandte ihm den Rücken zu, während sie auf das Bild von Senator Tuomi auf dem Holoschirm blickte. Sein Tonfall war bedächtig, aber was er sagte, klang eher aufrührerisch.

»Ist diese Tür noch für mich offen?«, dröhnte Ackbars Stimme durch den Raum.

Leia wandte sich nur so lange von Tuomis Holobild ab, um einen kurzen Blick nach hinten zu werfen. »Wenn Sie sich nicht den Weg an Tarrick vorbei freischießen mussten, steht die Tür noch offen.«

»Ich werde versuchen, künftig darauf zu achten, ob Waffen im Vorzimmer sind.«

Leia hielt die Aufzeichnung an und wandte sich jetzt zu Ackbar um. »Haben Sie wirklich geglaubt, Sie könnten hier nicht willkommen sein?«

»Wir hatten seit Ihrer Rückkehr noch keine Gelegenheit, miteinander zu reden, und während Ihrer Abwesenheit haben wir nur ein einziges Mal gesprochen – und das war ein kurzes dienstliches Gespräch, wie ich mich erinnere«, sagte Ackbar. »Vorher – nun, ich weiß nicht, ob man mich zu der Besprechung am Abend dieser Piratensendung eingeladen hätte, wenn es sich hätte einrichten lassen, mich auszuschließen. Offen gestanden, in letzter Zeit hatte ich Angst, meinen Schlüssel wieder auszuprobieren.«

»Dann haben Sie Han also auch nicht gesehen? Ich habe

ihm gesagt, er soll Ihnen Bescheid sagen, dass das in Ordnung gebracht ist. Und ich dachte die ganze Zeit, Sie würden mir aus dem Weg gehen«, sagte Leia, ging auf ihn zu und umarmte ihn. »Ich kann Ihnen nicht lang böse sein. Und außerdem – Sie gehören zu den wenigen Leuten, auf die ich auch dann höre, wenn ich böse auf sie bin.«

Ackbar klopfte Leia mit seiner riesigen Hand auf die Schulter und seufzte. »Freut mich, das zu hören.«

»Sie haben mir gefehlt«, sagte sie und löste sich aus der Umarmung. »Anakin hat auch immer wieder nach Ihnen gefragt. Sie waren wie vom Erdboden verschwunden. Was haben Sie denn in letzter Zeit gemacht?«

»Ich war ziemlich beschäftigt«, sagte Ackbar und deutete auf das Hologerät. »Warum sehen Sie sich diesen Unfug an? Es kann doch nicht angenehm sein, sich anzuhören, wenn jemand so über einen spricht, und ich begreife wirklich nicht, welchen Sinn das haben soll.«

Leia sah sich nach Tuomis Gesicht um. »Wahrscheinlich liegt es daran, dass ich unter morbider Neugierde leide und gern wissen möchte, ob Verleumdung eigentlich vor gar nichts Halt macht.«

»›Habgier und Neid kennen im Herzen kleiner Geister keine Grenzen.‹ Das ist eines meiner Lieblingszitate von Toklar, einem vielzitierten Mon Calamari-Philosophen«, fügte Ackbar hinzu.

»War das nicht auch der, der gesagt hat, ›Sieh dich nicht um – irgendetwas könnte dich einholen‹?«, fragte Leia locker.

»Das glaube ich nicht«, sagte Ackbar. »Aber von Toklar stammt ›An einen Stich erinnert man sich länger als an tausend Liebkosungen‹. Für jede Stimme, die Tuomis Antrag unterstützt hat, hat es hundert gegeben, die ihn als unsinnig, ungerecht und grausam bezeichnet haben. Die sollten Sie sich anhören.«

»Persönlich bin ich gar nicht beleidigt«, sagte Leia. Sie richtete ihre Fernbedienung auf den Holoschirm und beendete die Projektion. »Aber denen von uns, die die Vernichtung von Alderaan überlebt haben, tut es weh, wenn man so von unserer untergegangenen Heimat spricht. Und außerdem hat es den Anschein, als würde jetzt jeder daran etwas auszusetzen finden, dass ich hier bin.«

»Die Leute finden immer das, was sie suchen«, sagte Ackbar. »Sie müssen nach ihren Motiven forschen, nicht auf ihre Worte hören.«

»Tuomi sagt, dass sein Motiv die Gerechtigkeit ist«, meinte Leia mit einem Achselzucken. »Alderaan ist eine Nation von Flüchtlingen, sechzigtausend Leute ohne Land, abgesehen von unseren Botschaften hier und auf Bonadan. Tuomi vertritt fünf bewohnte Planeten und fast eine Milliarde Bürger. Warum sollte Alderaan über Bosch herrschen, fragt er.«

»Aber was Sie hier tun, tun Sie doch nicht für Alderaan. Sie tun es für die Neue Republik.«

»In der Alderaan laut Tuomi nur aus falsch verstandenem Mitleid Mitglied ist.«

»Tuomi ist eine unwissende Kaulquappe«, sagte Ackbar verächtlich. »Die Mitgliedschaft Alderaans ist kein reiner Akt der Höflichkeit und verletzt auch nicht die Charta. Die Neue Republik ist eine Allianz von Personen, nicht von Planeten.«

Leia nickte. »Etwas, das häufig vergessen wird. Selbst hier.«

»Dann maße ich mir an, Sie daran zu erinnern, dass die Struktur der Neuen Republik so geschaffen wurde, wie sie ist, um eine Vorherrschaft der bevölkerungsreichsten Welten zu vermeiden – um das zu verhindern, was Kerrithrarr die Tyrannei der Fruchtbarkeit nannte«, erklärte Ackbar.

Leia lachte trocken und warf dann ihr Haar in den Nakken. »Ich kann mich noch gut an diese Auseinandersetzung erinnern.«

»Vielleicht erinnern Sie sich auch noch an ein anderes Zitat, das mir lieb geworden ist«, sagte Ackbar. »›Heute werden wir eine galaktische Familie – eine Familie der Großen und der Kleinen, der Jungen und der Alten, mit Ehre für alle und Gefälligkeiten für niemanden.‹«

Leia erkannte die Worte aus ihrer eigenen Rede am Tage der Wiederherstellung. »Jetzt spielen Sie unfair.«

»Sie erinnern sich doch hoffentlich noch an das, was Sie damals gesagt haben.«

»Natürlich tue ich das.«

»Dann ist es doch belanglos, ob Alderaan jetzt sechzigtausend oder sechshundert oder sechs bedeutet.«

»Ja, das ist es«, nickte Leia. »Die genaue Zahl hat nur für die Buchhalter und die Verwalter Bedeutung. Unser Anspruch auf Mitgliedschaft ist berechtigt und moralisch – ganz gleich, was andere sagen.«

»Es freut mich, das aus Ihrem Munde zu hören«, sagte Ackbar und griff in eine Tasche, die an seinem Gürtel hing. »Ich habe hier etwas mitgebracht, was Sie unterschreiben sollten.« Er faltete ein einzelnes Blatt blaues Dokumentenpapier auseinander und reichte es ihr. »Das ist ein Dringlichkeitsantrag für die Mitgliedschaft von Polneye, eingebracht von seinem Vertreter auf Coruscant.«

Leia warf Ackbar einen fragenden Blick zu, während sie um den Tisch herum zum Fenster ging. »Ich glaube, ich bin manipuliert worden.«

»Dieser Antrag ist ebenfalls gerechtfertigt und moralisch – ganz gleich, was andere davon halten.«

»Gibt es Grund zu der Annahme, dass noch jemand auf Polneye den yevethanischen Angriff überlebt hat?«

»Nein«, sagte Ackbar. »Warum ist das wichtig?«

»Wenn Plat Mallar einen Sitz im Senat will ...«

»Plat Mallar will in der Kanzel eines Jägers sitzen. Der Senatssitz für Polneye wird leer bleiben, solange keine anderen Überlebenden gefunden werden – als Erinnerung.«

»Das Ganze trägt Ihre Handschrift, Ackbar.«

»Ich versuche dem Jungen zu helfen«, räumte Ackbar ein. »Aber er hat seinen eigenen Kopf.«

»Lassen Sie mich eine andere Frage stellen«, sagte Leia. »Haben Sie ihm gesagt, dass ein Angebot von Jobath von Galantos vorliegt, ein Angebot auf Asyl und Mitgliedschaft in der Fia?«

»Plat hat mit Jobath gesprochen.«

»Und?«

»Wenn man Sie in den Tagen nach der Vernichtung Alderaans eingeladen hätte, Bürgerin von Lafra oder Ithor zu werden – was hätten Sie da gesagt?«

Leia legte das Dokument auf den Tisch und senkte den Kopf, presste die Handflächen zusammen und führte die Fingerspitzen zum Mund. »Man kritisiert mich bereits heftig wegen der Anträge, die ich bei meiner Rückkehr bewilligt habe.«

»Wenn das so ist, dann wird ein weiterer sicherlich auch nichts mehr ausmachen«, sagte Ackbar. »Aber für den Polneyaner wird es sehr viel bedeuten. Und eines muss ich hinzufügen – ob es Ihnen nun etwas bedeutet oder nicht -, ich war jedenfalls stolz auf Sie und das, was Sie getan haben.«

Leia runzelte die Stirn, beugte sich vor und studierte das Dokument aufmerksam. »Wissen Sie«, sagte sie dann langsam, »ich habe mich dabei auch recht wohl gefühlt.« Sie schaltete mit der Fernbedienung ihr Komm ein. »Alole – bringen Sie mir ein Unterschriftstablett, bitte. Admiral Ackbar hat mich auf einen Antrag aufmerksam gemacht, den ich übersehen hatte.«

Belezaboth Ourn, Sonderkonsul der Paqwepori, schritt unruhig im Schlafraum seiner Behausung im Diplomatenkomplex auf und ab.

Er vergewisserte sich jetzt schon zum zehnten Mal, dass das winzige Kästchen, das der yevethanische Vizekönig ihm gegeben hatte, korrekt an dem viel größeren Hyperkommrelais angebracht war. Eine andere Möglichkeit um festzustellen, ob es irgendwelche technischen Gründe dafür gab, weshalb er fünf Stunden, nachdem er eine dringliche Botschaft mit der Bitte um ein Gespräch mit Nil Spaar abgesetzt hatte, immer noch auf- und abgehen und warten musste, hatte Ourn nicht.

Und Belezaboth Ourn mochte es nicht, wenn man ihn warten ließ.

Sein Schiffsingenieur hatte das kleine versiegelte Kästchen mit allen ihm zur Verfügung stehenden Mitteln untersucht und es dann, nachdem eine Entladung aus dem Kästchen seine Testinstrumente zerstört hatte, Ourn mit einem Achselzucken zurückgegeben. Ourn wusste lediglich, dass, wenn das Kästchen am Hyperkomm befestigt war, eine Verbindung zwischen den beiden Geräten bestand, und dass das Kästchen seinerseits mit einem yevethanischen Hyperkomm an einem unbekannten Ort verbunden war.

Er murmelte eine Verwünschung, die Nil Spaars Fruchtbarkeit betraf, und verlangte dann, dass man ihm einen Tokovogel und ein Schlachtermesser brachte. Er saß jetzt seit Wochen auf Coruscant fest, konnte nicht abreisen und wartete darauf, dass der Vizekönig seine Versprechungen hielt. Er hatte nicht länger Lust, in diesem Zimmer festzusitzen, nichts essen zu können und darauf zu warten, dass der Vizekönig seine Anrufe beantwortete.

Die *Mother's Valkyrie* befand sich immer noch auf derselben Stelle im Raumhafen, wo sie beim Abflug des yevethanischen Schubschiffes *Aramadia* beschädigt worden war. Da er knapp bei Kasse war und ohnehin vorhatte, den Kutter als Schrott zu verkaufen, sobald das ihm von Nil Spaar versprochene Schiff geliefert worden war, hatte Ourn es abgelehnt, Reparaturarbeiten in Auftrag zu geben. Daraufhin hatten die Bodenmannschaften des Raumhafens die *Valkyrie* mit einer Art Traglufthalle, die ein Beschlagnahmesiegel trug, abgedeckt, als die unbezahlten Liegegebühren angewachsen waren.

Es war äußerst peinlich, das Konsularschiff von Paqwepori dort in Schuldhaft vor aller Augen präsentieren zu müssen. Und Schlange stehen zu müssen, um Coruscant auf einem Shuttle zu verlassen, würde erniedrigend sein. Darüber hinaus war es einfach unvorstellbar, dass die Delegation – ohne einen Pfennig an Bord – eines der ausgeleierten Trampraumers, die Paqwepori anliefen, nach Hause zurückkehrte.

Es gab nur eine einzige akzeptable Lösung, und an die klammerte Ourn sich unerschütterlich: Nil Spaar musste sein Versprechen halten, ihm zum Ausgleich für den Schaden an der *Valkyrie* und andere Dienste, die Ourn Nil Spaar erwiesen hatte, ein yevethanisches Schubschiff liefern. Dann konnte die Delegation Coruscant nicht nur im großen Stil verlassen, sondern auch auf eine Weise, die jedem zeigte, dass die Paqwepori mächtige Freunde hatten.

Es war nur sehr beunruhigend, dass Nil Spaar so häufig

nicht zu erreichen war, wenn Belezaboth Ourn versuchte, ihn zu sprechen. Die letzten beiden Male, die er angerufen und Informationen geliefert hatte, hatte man Ourn an irgendwelche Subalterne verwiesen. Und seine letzten drei Versuche, seit er beschlossen hatte, seine Kenntnisse für sich zu behalten und darauf zu bestehen, nur mit Nil Spaar selbst zu sprechen, hatten überhaupt kein Ergebnis gezeigt.

Bei diesem vierten Versuch hatte Ourn einen Köder ausgelegt, indem er die Mitteilung hinterlassen hatte, er verfüge über Informationen bezüglich wichtiger neuer Entwicklungen in der Nähe von Koornacht. Aber trotzdem wartete er jetzt bereits seit fünf Stunden.

Der Tokovogel und eine Antwort von Yevetha trafen gleichzeitig ein, und Ourn verjagte den Überbringer des Ersteren unfreundlich, um Letztere zu empfangen. Zu seiner Freude war das Gesicht, das auf seinem Holoempfänger erschien, das von Nil Spaar.

»Belezaboth Ourn«, sagte Nil Spaar. »Was ist das für ein Geräusch?«

Das Quieken des Tokovogels war aus dem Vorzimmer noch deutlich zu hören. »Vizekönig! Es ist mir eine Ehre und eine Freude zugleich, wieder Gelegenheit zu haben, Sie zu sprechen. Achten Sie nicht auf den Lärm – das ist ein wildes Tier draußen, sonst nichts. Was für Neuigkeiten haben Sie für mich? Gibt es etwas Neues, was die Lieferung meines Schiffs angeht?«

Ourn hatte das Gefühl, in den ausdrucksvollen Augen des Yevethaners Bedauern lesen zu können. »Konsul, diese Angelegenheit ist inzwischen höchst peinlich geworden«, sagte Nil Spaar. »Meine Leute und die Ihren befinden sich beinahe im Krieg …«

»Nein, nicht unsere Leute!«, fiel Ourn ihm verstimmt ins Wort. »Hören Sie, bei den Streitkräften der Neuen Republik gibt es keinen einzigen Paqwepori-Bürger – keinen einzigen! Der Genosse hat es ausdrücklich verboten.«

»Ich kann nur hoffen, dass das ein Beispiel für andere Herrscher sein wird«, sagte Nil Spaar. »Aber es gibt eine große Flotte, die nur darauf wartet, in unser Territorium einzudringen. Und dass Paqwepori nicht an dieser Flotte beteiligt ist, scheint Sie nicht zu stören.«

»Oh, diese Flotte ist nichts als Kraftmeierei«, wehrte Ourn ab. »Die Prinzessin hat weder den Willen, sie einzusetzen, noch die politische Unterstützung dafür.«

»Auf mich macht sie den Eindruck einer mächtigen und schlauen Diktatorin«, sagte Nil Spaar. »Ich kann nicht glauben, dass sie sich zu leeren Drohungen herablassen würde.«

»Wenn Sie hören könnten, wie sie jeden Tag im Senat angegriffen wird, dann wüssten Sie, wie schwach sie ist. Man hat sogar Zweifel daran vorgebracht, dass sie das Recht hat, die Neue Republik anzuführen. Es geht sogar die Rede, dass sie abgesetzt wird.«

»Mich beschäftigt mehr, ob die Flotte, die uns hier bedroht, zurückgerufen wird«, sagte Nil Spaar. »Sie werden begreifen, dass ich darüber nicht einfach hinwegsehen kann.«

»Aber was ist mit Ihrem Versprechen? Mit den Gefälligkeiten, die ich Ihnen erwiesen habe?«

»Wir stehen in der Schuld der Paqwepori, das stimmt, aber es gibt Mitglieder meiner Regierung, die Zweifel daran haben, ob wir einem Verbündeten von Leia Organa Solo vertrauen dürfen …«

»Ich hätte mich selbst in aller Öffentlichkeit gegen sie ausgesprochen, wenn der Vorsitzende nur zugelassen hätte, dass ich …«

»Und dann gibt es hier Stimmen, die sich dafür aussprechen, dass wir die *Queen of the Valkyries* selbst behalten, um uns gegen die Flotten und Armeen zu verteidigen, die Leia gegen uns einsetzt. Ich sehe im Augenblick und unter diesen Umständen wirklich keine Möglichkeit, das Schiff an Sie zu liefern.«

Die Kinnlade des Konsuls war bei jedem Wort des Yevethaners weiter heruntergefallen. »Das ist ja schrecklich – unvorstellbar!«, erregte er sich. »Können Sie wirklich gar nichts unternehmen?«

Nil Spaar schnippte mit dem Finger gegen seine Wange, eine Geste, die bei den Paqwepori Resignation ausdrückte. »Vielleicht wäre es möglich – aber nein. Es ist mir wirklich peinlich, noch mehr zu erbitten, wo ich doch schon in Ihrer Schuld stehe.«

»Sagen Sie es ruhig! Bitte! Kann ich Ihnen irgendwie weiter behilflich sein?«

»Ich hatte nur gedacht, wenn Sie mir die Mittel verschaffen würden, um die anderen zu überzeugen – wenn ich denen hinreichend Anlass liefern könnte, um Ihnen zu vertrauen – damit sie auch wissen, dass Sie so ehrenwert sind, wie ich das von Ihnen weiß …«

»Ja, selbstverständlich – aber was muss ich tun? Wollen Sie, dass ich Coruscant verlasse? Wollen Sie, dass wir die Neue Republik verlassen?«

»Nein, nein – unter gar keinen Umständen. Bleiben Sie als unser Freund dort«, sagte Nil Spaar. »Halten Sie Ihre Augen und Ohren offen, und informieren Sie uns über die Machenschaften der Diktatorin, die uns betreffen. Liefern Sie uns einen objektiven Bericht über alle ihre Maßnahmen. Geben Sie uns die Informationen, die wir brauchen, um zu gewährleisten, dass diese Konfrontation nicht außer Kontrolle gerät. Nur so können wir das Versprechen halten, das wir Ihnen gegeben haben. Das wäre ein Beweis Ihrer Loyalität.«

»Aber selbstverständlich«, sagte Ourn. »Selbstverständlich! Ich hätte das ohnehin getan. Ich habe ohnehin hauptsächlich deshalb angerufen, weil ich Sie über den neuesten Machtmissbrauch Leias informieren wollte. Selbst *ihre* Freunde sind davon schockiert – sie ist aus dem Urlaub zurückgekehrt und hat mehr als zwanzig neuen Systemen die Mitgliedschaft gewährt und sich dabei über alle protokollarischen Gepflogenheiten hinweggesetzt …«

»Nein«, sagte Leia entschieden und eilte an Nanaod Engh vorbei, als wäre er ein Bettler auf der Straße. »Ich will keine Kabinettssitzung einberufen. Ich habe dem Kabinett noch nichts zu sagen. Der Verteidigungsrat ist noch nicht zusammengetreten. Und der Vizekönig hat noch nicht zu erkennen gegeben, was er vorhat.«

Engh warf Behn-kihl-nahm einen hilfeheischenden Blick zu. »Wollen Sie mit ihr sprechen, Vorsitzender?«

»Leia – Sie brauchen noch keine Antworten für das Kabinett zu haben«, sagte Behn-kihl-nahm. »Zeigen Sie sich ihnen einfach. Geben Sie zu erkennen, dass Sie die Dinge im Griff haben. Eine Regierung ist wie ein Organismus – und dieser Organismus hier hat zwei Erschütterungen hinnehmen müssen, die so schwer waren, dass er völlig durcheinander geraten ist.«

»Es tut mir leid, aber das kann nicht alles von mir abhängen. Es gibt einen Grund dafür, dass wir ein Kabinett haben, und dieser Grund ist, dass ich mich nicht um all diese ›Systeme‹ kümmern muss. Also möchte ich, dass die Minister sich um die Dinge kümmern, für die sie verantwortlich sind, und ich werde mich der Dinge annehmen, für die das Staatsoberhaupt zuständig ist.«

»Aber das müssen Sie ihnen sagen und ihnen zeigen, dass Sie sich der Lage bewusst, anwesend und aktiv sind«, riet Behn-kihl-nahm. »Sie müssen dafür sorgen, dass alle am gleichen Strang ziehen, sonst haben Sie, ehe Sie wissen, wie Ihnen geschieht, neun kleine Königreiche um sich, die alle auf ihre Ausschüsse drüben im Senat blicken statt auf Sie. In gewissem Umfang ist das sogar schon geschehen.«

»Es gibt eine ganze Menge Regierungsarbeit, die überhaupt nichts mit Koornacht, dem Verteidigungsrat, Schwarzen Flotten und Staatsgeschäften zu tun hat«, sagte Engh. »Vielleicht sollte es nicht nötig sein, die Minister und ihre Stäbe zu beruhigen. Aber im Augenblick ist es eben so.«

»Und ich brauche mich nicht an den Füßen aufhängen und vier Stunden lang ausfragen zu lassen.«

»Dazu wird es nicht kommen«, sagte Engh. »Sie werden die Versammlung führen, nicht die Minister. Danken Sie ihnen für die Arbeit, die sie geleistet haben. Verlangen Sie Berichte. Geben Sie zu, dass uns schwere Zeiten bevorstehen. Fordern Sie sie auf, ihre Aufgaben mit Bedacht wahrzunehmen. Versprechen Sie, dass Sie ihnen mehr sagen werden, sobald Sie es können. Machen Sie ihnen klar, dass sie es damit *Ihnen* erst möglich machen, *Ihre* Arbeit zu tun.«

»Das sollten Sie alle wissen, ohne dass ich es ihnen sagen muss«, protestierte Leia. »Warum bedarf es jetzt einer aufmunternden Rede von mir? Bei allen Sternen, während der Rebellion stiegen unsere Piloten in ihre Maschinen und wussten, dass der Feind im Verhältnis fünf zu eins und mehr in der Überzahl war, und niemand musste ihnen die Hand halten.«

»Das waren andere Umstände und eine andere Zeit«, sagte Behn-kihl-nahm schlicht. »Leia – Sie haben noch nie irgendein Regierungsamt ausgeübt, außer dem allerhöchsten. Bitte, vertrauen Sie denen von uns, die besser mit der Betrachtungsweise von unten vertraut sind, und hören Sie auf unseren Rat.«

Leia seufzte und sah den ersten Administrator an. »Wann schlagen Sie dann vor, dass wir es tun? Heute Nachmittag?«

»O nein – das würde dem Ganzen den Stempel einer Notmaßnahme aufdrücken, und das ist das Allerletzte, was Sie wollen. Nein, Sie brauchen heute Nachmittag nur eine Einladung für heute in drei Tagen auszusprechen – wie es üblich ist. Das reicht bereits aus und genügt als die Botschaft, die Sie aussenden wollen. Für den Rest sind drei Tage von heute an genug.«

»Also schön. Dann in drei Tagen«, erklärte Leia mürrisch. »Würde jemand von Ihnen es Alole beim Hinausgehen sagen?«

Die erste Plenarsitzung des Kabinetts nach Leias Rückkehr verlief überraschend glatt. Außenminister Mokka Falanthas war zwar anzusehen, dass er über Leias Einmischung in seine Amtspflichten verstimmt war, äußerte sich aber nicht dazu, als er über die Arbeit des diplomatischen Corps berichtete. Was die übrigen Kabinettsmitglieder anging, so musste Leia zugeben, dass man ihnen die Freude darüber, dass alles wieder seinen geregelten Lauf nahm, ansehen konnte.

Außerdem gelang es Leia, die Sitzung in knapp zwei Stunden abzuwickeln, wodurch sie Gelegenheit bekam, einige wirklich wichtige Dinge zu erledigen, ehe sie sich mit Han zum Mittagessen traf. Aber ganz entkam sie ihren Peinigern nicht – Nanaod Engh folgte ihr aus dem Kabinettssaal zu den Turbolifts.

»Haben Sie jetzt ein wenig Zeit für mich, Prinzessin?« erkundigte sich Engh. »Es gibt da noch etwas, das ich mit Ihnen unter vier Augen besprechen wollte.«

»Ich hatte vor, mir in Ruhe einiges neue Material anzusehen, das in der Nacht von General A'baht hereingekommen ist«, sagte Leia. »Ich habe am Ersten einen Termin mit dem Verteidigungsrat, wie Sie wissen.«

»Ja, das ist mir bekannt.«

»Nun gut, Sie haben von hier bis zu meiner Bürotür Gelegenheit, mich davon zu überzeugen, dass Ihr Anliegen wichtiger ist.«

»Ich denke, es hat möglicherweise sogar damit zu tun, Prinzessin«, erklärte Engh. »Hat Alole Ihnen gezeigt, was in letzter Zeit auf den Ministeriumskanälen zu sehen war?«

»Ich verstehe nicht. Sie sieht sich alles an und zeigt mir die Meldungen und Anfragen, um die ich mich kümmern muss. Das wissen Sie doch.«

»Entschuldigung – ich habe mich unklar ausgedrückt. Ich habe die öffentlichen Sendungen gemeint. Die Meinungsumfragen, die Anrufe aus der Bevölkerung, die Äußerungen in den Ausschüssen.«

»Nein«, sagte Leia und rief den Lift. »Warum sollte ich?«

»Nun – um sich eine Vorstellung zu machen, wie all das in der Öffentlichkeit aufgenommen wird, draußen, außerhalb von Coruscant, fern der Regierungsmaschinerie. Um zu sehen, wie die Allgemeinheit auf die Nachrichten reagiert.«

»Fahren Sie fort«, bat Leia, als der Lift eintraf.

»Die Sache mit den neuen Mitgliedern zum Beispiel – eindeutig gemäß der Gründungscharta von Ihren Vollmachten gedeckt«, sagte Engh und folgte ihr in die Kabine. »Jeder hier weiß, dass die neuen Mitglieder sich verpflichten mussten, die Charta zu respektieren wie alle anderen, und dass das, was geschehen ist, nicht nur aus formellen Gründen geschehen ist, sondern auch hohen Symbolwert hat.«

»Ich hätte eigentlich gehofft, dass das alles keiner Erklärung bedarf«, sagte Leia, als die Lifttüren sich schlossen. »Nur vielleicht für Minister Falanthas.«

»Das ist eine Sache des persönlichen Umgangs, und Sie

beide werden das sicherlich zu gegebener Zeit miteinander klären«, sagte Engh. »Aber draußen in den Hauptstädten herrscht große Sorge wegen der jüngsten Ereignisse – man spricht davon, dass Sie Ihre Vollmachten überschritten hätten, dass Sie Sonderprivilegien gewähren und ganz nach eigenem Gusto entscheiden, manchmal sogar übereilt.«

»Sprechen Sie jetzt von Regierungskreisen oder von der Öffentlichkeit?«

»Teils von den Regierungen draußen, teils von Technokraten – und dann auch von den Bürgern auf einer Menge Planeten. Es kommt viel Kritik herein – häufig Kritik, die primitiv formuliert ist und auch auf Unwissenheit beruht, aber es gibt sie jedenfalls.«

»Und Sie sind der Ansicht, ich sollte das alles lesen?«, wunderte sich Leia. »Hören Sie, Nanaod – ich verstehe wirklich nicht, warum Sie mich darauf aufmerksam machen. Ich bin selbst mit der Lage unzufrieden. Weshalb sollte es mich also wundern, wenn andere das auch sind? Was kann man da machen?«

»Nun, wir haben unten schon seit ein paar Tagen darüber geredet«, meinte Engh. »Die inzwischen ziemlich einhellige Meinung ist, dass diese verfahrene Situation darauf zurückzuführen ist, dass wir die Neue Republik nicht richtig auf das vorbereitet haben, was auf uns zugekommen ist, und dass wir, als das Problem da war, die Bevölkerung nicht schnell genug informiert haben. Ich würde gerne ein paar Mitarbeiter auf die Sache ansetzen, vorzugsweise so, dass Sie mit jemandem in Ihrem Büro Verbindung halten – ich hatte gedacht, Tarrick würde sich dafür am besten eignen.«

Der Turbolift kam sanft im fünfzehnten Stock zum Stillstand, und die Türen öffneten sich. »Was sollen diese Leute denn tun?«

»Nun, ich hatte an ein Programm gedacht, um Ihr Bild in der Öffentlichkeit ein wenig aufzupolieren. Meiner Ansicht nach kommt es überwiegend darauf an, einige Dinge bekannt zu machen – eher zu informieren, als zu beeinflussen. Und dann sollten wir vielleicht ins Auge fassen, Sie für die Medien etwas erreichbarer zu machen, nicht nur für die großen Gesellschaften, die hier ihre Büros haben, sondern auch die regionalen und lokalen Netze ...«

»Jetzt wollen Sie wohl, dass ich Interviews gebe? Und was kommt dann? Vielleicht noch Raumhäfen eröffnen? Eine Holoaufzeichnung von mir, wie ich in dem Sklavenkostüm eines Hutts für Han tanze?«

»Also hören Sie, niemand hat vorgeschlagen ...«

»Aber so weit würde es am Ende kommen. Dazu bin ich nicht hier«, erklärte Leia entschlossen. »Und außerdem wäre ich zutiefst bedrückt, wenn ich feststellen müsste, dass man jemanden, der seine Amtspflichten schlecht erfüllt hat, einfach anders zu präsentieren braucht und damit erreichen kann, dass die Leute ihn nur wegen eines netten Lächelns mögen. Ich habe alle Kritik verdient, die man im Augenblick an mir übt, und ich werde mir Mühe geben, den Respekt zurückzugewinnen, den ich verloren habe – und nicht etwa etwas Falsches, Unechtes an seine Stelle rücken.«

»Aber davon reden wir doch gar nicht, Leia«, widersprach Engh. »Wir reden lediglich davon, Ihre Vorstellungen nicht nur dem Senat, sondern auch denjenigen zugänglich zu machen, die von den Senatoren vertreten werden. Wir reden davon, dass wir gegen Fehlinformationen und falsche Eindrücke kämpfen wollen, ehe sie sich genügend festsetzen, um für die Wahrheit gehalten zu werden. Leia, für Sie kann das nur eine Stärkung bedeuten.«

Sie näherten sich jetzt dem Präsidentenflügel. »Erwartet man von mir, dass ich das Richtige tue, Nanaod, oder das, was populär ist? Wo ist die Grenze zwischen dem Wunsch, verstanden zu werden, und dem Wunsch, geliebt zu werden?« Sie blieb stehen, versperrte ihm damit den Weg und sah ihm in die Augen. »Was hilft es mir denn, wenn ich der Neuen Republik die Führung gebe, die jeder von mir erwartet, und hinter mir steht ein kleiner Mann, der mir zuflüstert, dass die Leute noch nicht eingesehen haben, dass sie dahin müssen, wo ich weiß, dass unser Ziel liegt? Machen Sie es nicht noch schwerer, als es schon ist, Nanaod. Ich muss Ihnen nämlich sagen, es ist jetzt schon schwer genug.«

»Ich will Ihnen doch bloß all die Mittel an die Hand geben, die Sie brauchen, um erfolgreich zu sein«, sagte Engh. »Und Ihr Bild in der Öffentlichkeit gehört einfach mit dazu.«

»Bloß bedarf es der Rehabilitierung.«

»In manchen Kreisen – wo der Klatsch, die Gerüchte und die Nachrichten Ihnen nicht gerecht geworden sind. Hier geht es nicht darum, die Wahrheit mit Lügen zu vernebeln, Leia – es geht vielmehr darum, die Nebel aufzulösen, die andere schaffen.«

»Mon Mothma hat nie Imagestrategen gebraucht, und sie hat uns durch schwerere Krisen geführt als die gegenwärtige«, sagte Leia. »Nein, ich bin nicht interessiert.«

»Wollen Sie wenigstens darüber nachdenken? Wenn Sie sich vielleicht doch einiges von dem ansehen würden, was hereinkommt, würden Sie unsere Sorge verstehen -«

»Die verstehe ich schon«, sagte Leia. »Ich will bloß mit dieser Art von Hilfe nichts zu tun haben. Und jetzt habe ich zu arbeiten.«

Engh bedrängte sie nicht weiter, aber Leia konnte das Gespräch nicht aus ihrem Kopf verdrängen, als sie ihr Büro betrat. Stunden später beschäftigte es sie immer noch, und sie erzählte Han davon, als sie mit ihm und den Kindern am Wasserfall saß und das Mittagessen einnahm.

Sie erwartete sein Mitgefühl, aber Hans Gesichtsausdruck ließ sie erkennen, dass er anderer Meinung war als sie.

»Was? Was ist denn?«

»Nichts. Gar nichts – sprich nur weiter, ich höre zu.«

»Nein, den Blick kenne ich«, beharrte Leia. »Das ist dein ›Ich werde das jetzt nicht sagen, weil es alles nur schlimmer macht‹-Blick, bei dem du versuchst, dir auf die Zunge zu beißen. Nur zeigst du mir immer, welche Mühe du dir gibst, um nett zu sein. Ich werde wohl nie begreifen, wie du mit dem Gesicht je beim Sabacc gewinnen konntest.«

»Genauso gut kenne ich diese Rede«, sagte Han, und sein Mund verzog sich zu einem schiefen Grinsen. »Das ist deine ›Jetzt werde ich solange an ihm herumbohren, bis er wütend genug ist, um doch mit dem herauszuplatzen, was er denkt‹-Rede. Und die funktioniert nicht mehr.«

»Warum sagst du es mir dann nicht gleich? Dann können wir uns den ganzen Ringkampf sparen?«

»Es hat wirklich nichts zu bedeuten …«

»Warum musst du jetzt noch versuchen, die Pille zu verzuckern?«

»Weiber«, stöhnte Han. »Immer wollen sie, dass man ihnen sagt, was man denkt, aber was man auch sagt – es ist immer falsch.«

»Solange du dich an die Regeln hältst …«

»Oh ja, freilich. Was mir wirklich Angst macht, ist, dass Jaina langsam auch schon so weit ist.« Han seufzte. »Vor ein paar Tagen habe ich von einem alten Schmugglerkumpel gehört, der sich draußen auf Fokask niedergelassen hat und jetzt ein ehrliches Leben zu führen versucht. Habe seit Jahren nichts mehr von ihm gehört.«

»Und warum jetzt?«

»Er hat mir eine Kopie eines Kommentars und ein halbes Dutzend Briefe vom *Fokask Banner* geschickt, das ist dort draußen anscheinend so etwas wie ein Newsnet. Die Überschrift des Kommentars lautete so ähnlich wie ›Sehnt sich Prinzessin nach verlorener Krone?‹«

»Mmm. Was stand denn in dem Kommentar?«

»Ach, weißt du, so genau habe ich ihn nicht gelesen – warum sollte ich auch?« Ihre Augen ließen ihn nicht los, drängten ihn weiterzureden. »Na ja, es ging darum, dass die dich immer als eine Hüterin der besten Werte der Alten Republik gesehen haben. Aber jetzt würdest du anfangen, dich an einer noch älteren Idee zu erwärmen, dem göttlichen Recht der Monarchen – was auch immer das bedeutet. Wahrscheinlich habe ich es gar nicht richtig mitgekriegt. Du kannst den Artikel ja selbst lesen, wenn du wirklich möchtest.«

»Und was hat dein Freund dazu zu sagen gehabt?«

Han verzog das Gesicht und wich ihrem Blick aus, wollte sich offensichtlich vor einer Antwort drücken.

»Sag es mir einfach.«

»Also – er hat eigentlich gar nicht so viel gesagt. Er hat an den letzten Brief vom *Banner* bloß eine kurze Notiz angehängt. ›Tun die euch da in Coruscant irgendetwas ins Trinkwasser? Ich habe sie als ein richtig nettes Mädchen kennen gelernt.‹« Han zuckte die Achseln. »Es hat ja nichts zu bedeuten, bloß, dass ich ihn jetzt umbringen muss.«

»Nein, das musst du nicht.«

Seine Miene war undurchdringlich. »Doch. Er hat mein Mädchen beleidigt. Ich muss sie alle umbringen.«

»Hör jetzt auf, bevor die Kinder dich hören«, sagte sie, versetzte ihm einen Schubs und legte dann den Kopf auf seine Schulter.

Han legte den Arm um sie. »Vielleicht lasse ich ihn leben, wenn er es zurücknimmt.« Und nach einer längeren Pause fügte er hinzu: »Aber er muss es ernst meinen.« Wieder eine Pause. Und dann wurde sein Tonfall ernst. »Und wie du gesagt hast, bevor die Kinder ihn hören.«

Leia sagte nichts mehr. Aber wie sie an Han gekuschelt dastand und Jaina, Jacen und Anakin zusah, wie sie am Wasserfall spielten, brannten fünf Worte in ihren Ohren: *Bevor die Kinder es hören.* Als sie in ihr Büro zurückkehrte, bat sie Alole, ihr ein paar Proben der in den letzten Tagen eingegangenen Mitteilungen und Briefe vorzulegen. Kurz nachdem Alole sie ihr gebracht hatte, rief Leia Nanaod Engh an.

»Ich habe über das nachgedacht, was Sie gesagt haben«, meinte sie. »Bitte sehen Sie zu, was sich machen lässt.«

»Wir kümmern uns sofort darum«, versprach Engh.

Der eine jung, der andere alt, der eine noch neu, der andere erfahren, stiegen der Grannaner und der Mon Calamari aus ihrem Flottengleiter und gingen im Gleichschritt – freilich ohne sich dessen bewusst zu sein – über die Parkfläche auf den weißen mit rot abgesetzten Abfangjäger zu, der in etwa fünfzehn Meter Entfernung auf seinen Landekufen stand.

»Das wollte ich Ihnen zeigen«, sagte Admiral Ackbar. »Haben Sie schon einmal einen solchen Vogel gesehen?«

»Ja«, sagte Prat Mallar und duckte sich unter die halb hochgeklappten Tragflächen, um die Flügelsparren betrachten zu können. »Mein Großvater hatte ein Computerprogramm mit Feindsilhouetten. Das ist eine Variante eines Incom T-fünfundsechzig X-Flüglers, nicht wahr?«

»Stimmt genau. Nur das Leitwerksprofil ist breiter, und er hat ein Doppelcockpit.«

»Die Laserkanonen an den Flügelspitzen sind Attrappen«, fügte Mallar hinzu. »Übungsmaschine?«

Ackbar nickte. »Das ist ein TX-fünfundsechzig Primärtrainer. Die X-Flügler sind inzwischen nicht mehr die neuesten Jäger der Flotte, aber jeder einzelne Pilot, den wir in der Flotte haben, hat seine ersten hundert Stunden in einem solchen Vogel absolviert, und jeder neue Pilot in den nächsten paar Jahren wird das wahrscheinlich auch.«

Mallar kauerte sich nieder und inspizierte die Unterpartie des Leitwerks. »Ein ziemlicher Unterschied zu einem TIE-Abfangjäger.«

»Ja, das kann man wohl sagen. Speziell ein Unterschied, den Sie ganz besonders schätzen sollten – Hyperantrieb.«

Ein kurzes Lächeln huschte über das Gesicht des jungen Mannes. »Einer von denen ist an dem Tag, an dem ich aus dem Tank kam, abgestürzt, nicht wahr? Die Ärzte haben davon geredet.«

Ackbar drehte sich um und zeigte über das Flugfeld. »Ja, das war dort drüben auf Taxiway Zweiundzwanzig. Nicht der Erste und sicher nicht der Letzte«, sagte er mit einem leichten Kopfschütteln. »Wir können tun, was wir wollen, die kommen manchmal mit der Idee aus dem Simulator, dass ihr Mentorpilot, wenn sie einen Fehler machen, einfach die Übung noch einmal neu einstellt.« Er zuckte die Achseln. »Und dann passiert es natürlich manchmal, dass ein Schiff einfach zerbricht.«

»Mein Techniklehrer hat immer gesagt, anhalten ist gar nicht schwer, *sanft* anhalten ist die Kunst – und jedes Mal, wenn man den Boden verlässt, sollte man besser zweimal nachsehen und sich vergewissern, dass alle Schrauben angezogen sind, sonst lässt einen die Schwerkraft durchfallen.«

»Ihr Lehrer hat sein Handwerk anscheinend verstanden.«

»Ja«, sagte Mallar. »Er hieß Bowman York, und er hat sein Handwerk verstanden. Er fehlt mir.«

Ein gigantischer Militärtransporter stieg in der Nähe auf und brauste über sie hinweg in den Weltraum. Plat Mallar sah ihm mit wehmütiger Miene nach, bis er am Himmel verschwunden war.

»So mühelos – so viel Kraft und so präzise gesteuert.« Er sah wieder Ackbar an. »Wissen Sie, sonst hat mich nichts interessiert, bis dann die Yevethaner kamen. Die Bomben nicht und auch die Laserkanonen nicht. Bloß Fliegen. Bloß Schiffe in ihrer Eleganz, wie sie aus den Wolken heruntersinken oder am Himmel verschwinden. Jeden Tag waren welche zu sehen, als ich noch jung war. Mom hat immer gesagt, ich hätte damals stundenlang am Fenster gesessen und gewartet, bis eines kam, und dann hätte ich das ganze Haus zusammengerufen.«

Ackbar deutete mit einer kleinen Kopfbewegung auf den Trainer. »Möchten Sie gerne eine Runde drehen?«

»Ich habe die ganze Zeit gedacht, Sie würden mich das vielleicht fragen, und versucht, mir einzureden, dass es dann für mich nur noch schlimmer wäre«, sagte Mallar.

»Und, haben Sie es geschafft?«

»Nein. Ja, das würde ich sehr gerne. Lässt sich das einmal machen?«

Anstelle einer Antwort kletterte Ackbar die Einstiegsleiter hinauf, griff in das offene Cockpit und warf dem verblüfften Plat Mallar einen Flughelm zu.

»Jetzt?«

»Warum nicht?«

»Brauche ich denn sonst gar nichts?«

»Doch, einen Mentorpiloten«, sagte Ackbar, griff wieder ins Cockpit und holte einen weiteren Helm heraus. »Das bin ich.«

»Nein, ich dachte – warten Sie, wir drehen doch einfach so zum Spaß eine Runde, oder?«

Ackbar kletterte mit dem Helm unter dem Arm die Leiter herunter. »Sie denken an eine Flugkombination?«

»Nun – ja.«

»Im Ladeabteil des Gleiters«, sagte Ackbar und deutete mit dem Kopf nach hinten. »Wie wär's, wenn Sie sie holen würden?«

Mallar eilte zu dem Gleiter und kam kurz darauf mit einem Arm voll braunem Stoff zurück. »Welche ist für mich?«

»Die oben«, erwiderte Ackbar. »Die mit Ihrem Namen drauf.«

Einen Augenblick lang starrte Mallar den Mon Calamari mit weit aufgerissenen Augen an. Dann fiel Ackbars zusammengeknüllte Flugkombination auf den Boden, als Mallar die seine ausschüttelte und mit zitternden Händen darüber strich, bis er den Streifen mit seinem Namen über der rechten Tasche gefunden hatte. Dann blickte er staunend zu Ackbar auf.

»Das haben Sie sich selbst verdient«, erklärte Ackbar. »Mit dem, was Sie getan haben, als die Yevethaner nach Polneye kamen – und so etwas zählt mehr als ein Testergebnis oder irgendwelcher schriftliche Kram. Und ich habe die Absicht, Sie jetzt so auszubilden, wie man mich ausgebildet hat, mit Blick auf das, was Sie schon wissen, und mit einer lockeren Hand am Knüppel. In den schlimmsten Tagen der Rebellion haben wir Piloten nach zehn Stunden Simulatorzeit noch in den Kampf geschickt, weil Krieg war. Nun, Polneye befindet sich mit N'zoth im Krieg. Und falls das für Sie noch wichtig ist und es sich irgendwie schaffen lässt, werde ich dafür sorgen, dass Sie einsatzbereit sind und nach Koornacht zurückkehren können, noch bevor der Krieg vorbei ist.«

»Ja«, sagte Mallar leise und mit leuchtenden Augen. »Ja, das will ich.«

Ackbar nickte. »Im Stützpunkt gibt es einen Korridor – ich zeige ihn Ihnen später – dessen Wand mit kleinen Metalltafeln bedeckt ist, eine für jeden Piloten von diesem Stützpunkt, der im Einsatz von diesem Stützpunkt aus gestorben ist. Die Wände und die Decke in jenem Korridor sind fast völlig mit solchen Tafeln bedeckt. Und wenn wir für jeden Piloten, der zum Training hier war und irgendwo dort draußen gefallen ist, im Feuer feindlicher Kanonen oder in einem Schiff, das einfach auseinander gebrochen ist, eine Tafel aufhängen wollten, müssten wir die ganze Fassade des Kontrollturms damit bedecken.«

»Ich verstehe«, sagte Mallar.

»Das glauben Sie bloß – wie jeder in Ihrem Alter«, sagte Ackbar und schüttelte den Kopf. »Hören Sie mir bitte einen

Augenblick zu. Wenn alte Leute Kriege anfangen, sterben junge Leute. Und jeder Held in jedem Krieg, den es seit Anbeginn aller Zeiten gegeben hat, ist an jenem Morgen mit Kameraden hinausgezogen, die genauso mutig waren wie er, aber nicht ganz so viel Glück hatten. Sie haben schon eine ganze Menge von Ihrem Glück verbraucht, Plat Mallar, als Sie hierher gekommen sind. Und niemand, niemand irgendwo auf der Welt würde je auch nur ein Wort zu Ihnen sagen, falls Sie sich dazu entscheiden sollten, diese Flugkombination *nicht* anzuziehen, sondern statt dessen einfach nur hier leben würden. Sie haben Ihr Leben diesen Plünderern dort draußen gestohlen. Sie brauchen es nicht noch einmal aufs Spiel zu setzen.«

»Das weiß ich«, sagte Plat Mallar hoch aufgerichtet. »Und ich danke Ihnen, dass Sie mich daran erinnert haben, dass ich eine Wahl habe. Aber ich habe mich dafür entschieden, diese Kombination zu tragen, und ich hoffe, dass ich die Chance bekomme, etwas Wichtiges zu tun – zumindest etwas, das für mich wichtig ist.«

»Also gut«, sagte Ackbar. »Dann wollen wir anfangen. Sie müssen noch eine Menge lernen.«

13

Das letzte Holobild des yevethanischen Angriffs auf Morning Bell verblasste. Die Saalbeleuchtung im Auditorium des Verteidigungsrates wurde wieder eingeschaltet, und Leia musterte die an dem V-förmigen Tisch versammelten Senatoren.

Unter den acht war ein neues Gesicht, was möglicherweise eine Veränderung im Kräfteverhältnis bedeutete: Tig Peramis von Walalla war nicht mehr da, seinen Platz hatte Nara Deega von Clak'dor VII, ein Bith, eingenommen. Nach der Auseinandersetzung über den Einsatz der Fünften Flotte war es für Leia eine Erleichterung, sich nicht weiter mit dem hitzigen Peramis auseinander setzen zu müssen, der sich inzwischen, seit er die Austrittsartikel für seine Heimatwelt eingereicht hatte, in einer Art Niemandsland befand.

Aber der beängstigend intelligente Deega war wie die überwiegende Mehrheit seiner Spezies im tiefsten Grunde seines Wesens Pazifist. Ein vernichtender Bürgerkrieg hatte Clak'dor VII in einen ökologischen Alptraum verwandelt, in dem das Leben nur noch in Kuppelstädten möglich war. Leia erwartete daher nicht, dass Deega fügsamer sein würde, als Peramis das gewesen war.

Leia trat in die Mitte des V, und alle Augen wandten sich ihr zu. Auf Empfehlung von Enghs Beratern hatte sie auf die wallenden Gewänder des Königshauses von Alderaan verzichtet und trug stattdessen schlicht geschnittene Zivilkleidung, die an einen Fluganzug erinnerte – »Kleidung für den Straßenkampf« hatte Han es genannt. Sie hatte lediglich eines der Ehrenzeichen angelegt, die man ihr verliehen hatte: den kleinen blauen Feuerkristall des Hauses Organa.

»Die Frage, die ich Ihnen vortragen möchte, ist ganz einfach«, sagte Leia. Es waren die ersten Worte, die sie seit Betreten des Saales sprach. »Wie wollen wir auf das, was Sie gerade gesehen haben, reagieren?

Diese Bilder dokumentieren sowohl die mörderische Brutalität als auch die Expansionspläne der gegenwärtigen yevethanischen Regierung«, fuhr sie fort. »Was Sie hier selbst gesehen haben, ist von Xenophobie geleiteter Genozid der schlimmsten Art – und die Yevethaner sind für ihre Brutalität mit neuen Welten belohnt worden, die sie besiedeln und deren Bodenschätze sie sich zunutze machen können. Ein solcher Erfolg kann ihnen nur Appetit auf neue Eroberungen machen – aber selbst, wenn sie sich mit dem Erreichten zufrieden geben sollten, würden sie damit Nutzen aus Verbrechen gegen den Frieden und die Moral ziehen.

Wenn man vom Koornacht-Sternhaufen absieht, enthält der Farlax-Sektor mehr als zweitausend bewohnte Systeme, von denen etwa dreihundert der Neuen Republik angehören. Keines davon ist stark genug, um alleine Yevetha Widerstand zu leisten.

Wir haben uns bereits zu unserer Verantwortung für den Schutz der friedlichen Bewohner von Farlax bekannt, indem wir die Fünfte Flotte geschickt haben, die sich zwischen sie und die Yevethaner gestellt hat. Aber das ist allenfalls eine Eindämmungslösung. Wir verfügen nicht über die Mittel, permanent dort eine ganze Schlachtflotte zu stationieren. Am Ende werden wir vor der unangenehmen Wahl stehen, entweder diese Systeme aufzugeben oder Verstärkung zu schicken und mit den Yevethanern zu kämpfen.

Ich glaube, wir müssen diese Wahl jetzt treffen, solange die Initiative noch bei uns liegt – ehe die Yevethaner uns zum Handeln zwingen. Wir müssen Mittel und Wege finden, die Rechnung der Yevethaner zu durchkreuzen, sonst wird das, was Sie gerade gesehen haben, nur der Anfang sein. Zunächst sollten wir den Versuch machen, ihre Bereitschaft zum Krieg zu verändern. Wir sollten aber darauf vorbereitet sein, ihnen die Mittel zu nehmen, einen Krieg zu führen.

Und deshalb bin ich heute hier – ich erbitte Ihren Rat für Maßnahmen gegen die Yevethaner und Ihre Unterstützung bei deren Durchführung.«

Leias Vortrag war der einzige Teil der Sitzung, über den

sie Kontrolle hatte und erwies sich als ihr bester Moment des ganzen Morgens. Als sie auf ihren Platz zurückkehrte, ergriff Behn-kihl-nahm das Wort und legte fest, wie die sich anschließende Diskussion verlaufen sollte. Sobald diese Diskussion freilich begann, war sofort zu erkennen, dass die Meinungen im Rat geteilt waren, und Leias Widersacher begannen sofort, die Grundlagen ihres Vortrags in Zweifel zu ziehen.

»Woher stammen diese Bilder, die Sie uns gezeigt haben?« fragte Senator Deega.

Leia stand auf. »Senator, sie sind von den Yevethanern aufgezeichnet und von einem Scout abgefangen worden, der am Rand des Koornacht-Sternhaufens patrouilliert.«

»Dann sind sie also völlig undokumentiert?«

»Was wollen Sie damit sagen, Senator? Wenn es nötig ist, kann ich jemanden hierher holen, der Zeit, Ort und Art der Aufzeichnung dieser Bilder bestätigen kann.«

»Sie haben mich missverstanden, Präsidentin Solo«, sagte Senator Deega geduldig. »Wenn Sie die Aufzeichnungen nicht selbst gemacht haben, wissen Sie nicht, was aufgezeichnet wurde. Sie haben gesagt, diese Bilder würden die Vernichtung gewisser Siedlungen innerhalb des Koornacht-Sternhaufens dokumentieren. Aber objektiv betrachtet, dokumentieren sie gar nichts. Welche Planeten waren das? Wer befand sich an Bord jener Schiffe? Wann haben diese Ereignisse stattgefunden? Wer hat diese Bilder in dieser Reihenfolge angeordnet?«

»Falls der Rat glaubt, nicht genug gesehen zu haben und bereit ist, die Zeit dafür aufzuwenden, kann ich die gesamte ungeschnittene Aufnahme zeigen – die ganzen elf Stunden.«

»Sie missverstehen mich immer noch, Präsidentin Solo«, sagte Deega. »Sie können uns nicht beweisen, dass diese Bilder nicht während der Rebellion aufgezeichnet wurden, Lichtjahre vom Koornacht-Sternhaufen entfernt. Falls Sie überhaupt aufgezeichnet wurden – der Bildqualität nach könnten sie ebenso gut Produkt eines Trickstudios sein.«

An dem Punkt schaltete Behn-kihl-nahm sich ein. »Senator Deega, da Sie ein neues Mitglied in diesem Rat sind, gehe ich davon aus, dass Sie noch nicht viel Erfahrung hinsichtlich der Auswertung nachrichtendienstlicher Unterlagen haben. So sehr wir in diesen Dingen alle gerne absolute Sicherheit hätten, erlaubt uns die technische Spionage häufig nicht den Luxus der exakten Maßstäbe, die ein Wissenschaftler an Beweismaterial oder ein Mathematiker an die daraus zu ziehenden Schlüsse anlegt. Manchmal müssen wir unseren Spionen einfach vertrauen – oder, wenn das zu viel verlangt ist, unseren Augen.«

Das ließ die Senatoren Bogen und Yar schmunzeln, und brachte Deega zum Schweigen. Aber Senator Marook sprang sofort in die Bresche.

»Ich habe keine Zweifel, dass im Koornacht-Sternhaufen schreckliche und schändliche Dinge geschehen sind«, sagte der Hrasskis, und seine Luftsäcke pulsierten dabei langsam. »Ich stelle nicht in Frage, was Prinzessin Leia uns *gezeigt* hat.«

Leia wartete und wusste nicht, ob seine Worte zu einem Vertrauensvotum führen würden.

»Offen gestanden, diese Präsentation scheint mir hinreichend realistisch, so dass ich nicht den Wunsch verspüre, mehr davon zu sehen oder mir das bisher Gesehene genauer anzusehen. Mir reicht es zu wissen, dass die Sterbenden schreien – ich glaube nicht, dass ich diese Vorgänge besser verstehe, wenn ich länger zuhöre«, sagte Marook. »Meine Frage gilt nur der Behauptung der Prinzessin, dass hier große Eile geboten ist. Vielleicht kann sie mich in dem Punkt näher aufklären.«

»Ich will mir alle Mühe geben«, sagte Leia vorsichtig.

»Diese Aufzeichnungen – die sind nach Ihrem besten Wissen vor Tagen, vielleicht sogar vor Wochen angefertigt worden, ja?«

»Das stimmt.«

»Also ist das, was Sie uns gezeigt haben, Geschichte. Keine dieser Tragödien kann verhindert oder auch nur gemildert werden.«

»Nein ...«

»In welcher Weise unterscheidet sich das dann von Greueltaten der imperialen Zeit, die noch nicht gerächt worden sind? Warum kommen wir nicht zusammen und diskutieren, wie und wann wir eine Invasion der Kernwelten unternehmen wollen, um dort die Greueltaten Palpatines zu rächen? Ist das, was Sie als dringlich bezeichnen, nicht in Wirklichkeit auf den Rückgang Ihrer politischen Macht zurückzuführen, und darauf, dass Sie dringend einen dramatischen Sieg brauchen, um Ihr Prestige wieder herzustellen?«

Das veranlasste Tolik Yar wütend aufzuspringen und zu Leias Verteidigung seinerseits Anklagen in den Raum zu stellen: »Mutige Worte von einem Verräter, der insgeheim die *Aramadia* besucht und mit Nil Spaar ein Komplott geschlossen hat. Sie haben uns nie erklärt, was Sie dort getan haben – außer dass Sie Ihren Eid verraten und Schande über Ihr Volk gebracht haben ...«

Marook versuchte, sich mit geballten Fäusten auf ihn zu stürzen, was die Senatoren Bogen und Frammel dazu veranlasste, sich zwischen sie zu stellen, und Deega, aus dem Saal zu flüchten. Unterdessen lehnten sich Senator Cundertol von Bakura und Senator Zilar von Praesitlyn in ihre Sessel zurück, als wäre die Auseinandersetzung eine unterhaltsame Lektion.

»Sehen Sie?«, sagte Cundertol und lehnte sich zu seinem Sitznachbarn hinüber. »Diese Aliens streiten sich dauernd, wenn man ihnen den geringsten Anlass dazu gibt. Das liegt in ihrem Wesen. Man kann sie nicht aufhalten – warum es also versuchen? Weshalb sollen wir die Schwachen vor den Starken schützen? Weshalb nicht die Schwachen einfach fallen lassen und dann mit den Starken ein Bündnis schließen?«

Behn-kihl-nahm musste seine ganze Überredungskunst einsetzen, um alle an den Tisch zurückzuholen und die Sitzung weiterzuführen. Aber inzwischen war jede Chance auf ein einstimmiges Ergebnis dahin.

Die Sitzung schleppte sich noch drei von Streit und Zwietracht erfüllte Stunden dahin. Am Ende sah Leia sich gezwungen, sich mit einem Kompromiss zufrieden zu geben, der niemanden im Raum befriedigte, geschweige denn sie und den Vorsitzenden. Der Plan war Deega zu tollkühn, Marook zu übereilt, Cundertol zu interventionistisch, blieb weit hinter dem zurück, was Behn-kihl-nahm für möglich gehalten hatte, und war für Tolik Yar und den Rest des Rates zu ängstlich.

Aber alle acht waren bereit, ihn zu unterstützen, als sie den Konferenzsaal verließen, und damit war dieser Plan das Beste, was Leia sich erhoffen konnte.

»Danke, Vorsitzender«, sagte Leia nach der Abstimmung. »Ich werde den Rat rechtzeitig vor der Bekanntgabe verständigen. Ich muss mich noch mit Admiral Ackbar besprechen und General A'baht verständigen. Aber das sollte nur eine Frage von Stunden sein.«

Die Vorbereitungen dauerten länger als die Ausführung.

»Jetzt habe ich eine komplizierte Frage, Prinzessin«, sagte Han und kratzte sich am Kopf, während er auf den Referenzschirm des Holorekorders sah. »Wie wollen wir denn genau wissen, dass Nil Spaar die Nachricht erhalten hat, wo er doch offiziell nicht mit dir spricht?«

»Wir haben drei verschiedene Holokommcodes von seinem Besuch hier – zwei für die *Aramadia* und einen für den Stab des Vizekönigs«, sagte Leia. »Die Nachricht wird an alle drei abgesetzt werden.«

»Wir werden auf Kanal Eins alle Mitgliedsregierungen verständigen«, fügte Außenminister Mokka Falanthas hinzu. »Da die Yevethaner selbst den Kanal Eins für Nil Spaars letzte Ansprache benutzt haben, wissen wir, dass sie ihn abhören *können* – und wenn sie es können, ist mit hoher Wahrscheinlichkeit anzunehmen, dass sie es auch tun.«

»Wir werden darüber hinaus Streifenboote einsetzen, die die Nachricht über Breitband- und Laserrichtstrahler aus den Randgebieten von Koornacht absetzen«, sagte General Rieekan. »Diese Signale werden die yevethanischen Wachschiffe in allerhöchstens acht Stunden und Doornik Drei Neunzehn vierunddreißig Stunden später erreichen.«

»Und falls sie das aus irgendeinem Grunde alles bewusst ignorieren, dann kann ihnen nicht verborgen bleiben, wenn wir zwei Tage später diese Botschaft wiederholen und sie von den Medien an die allgemeine Bevölkerung abstrahlen lassen, um sie auf das vorzubereiten, was möglicherweise auf sie zukommt«, sagte Behn-kihl-nahm. »Ich bezweifle nicht, dass Yevetha immer noch Spione auf Coruscant hat. Die werden über die Entwicklung informiert sein.« Er zuckte die Achseln. »Möglicherweise wissen sie es jetzt schon.«

Leia hörte auf, an ihren Gewändern herumzuzupfen und blickte auf. »Wo ist Ackbar? Hat ihn jemand gesehen?«

»Ja«, sagte Han. »Er war mit einem dicken Bündel unter dem Arm zu seinem Büro unterwegs und hat irgendetwas vor sich hingemurmelt. Ich denke, vielleicht hatte er irgendwelche Probleme mit seiner Paradeuniform.«

Leias Gesicht entspannte sich zum ersten Mal seit Stunden. Sie lächelte. »Wenn er den Mon Calamari Battle Dress gesucht hat, den er auf Endor getragen hat, dann kann das eine Weile dauern.«

Han zupfte unbehaglich an seiner eigenen Uniform und meinte dann missmutig: »Ich hätte auch einen Schneider gebraucht. Hoffentlich sehen wir nicht albern aus, statt jemandem Angst zu machen, wenn wir so hinter dir stehen.«

Behn-kihl-nahm klopfte Han auf die Schulter. »Keine Sorge – ich bin sicher, dass das richtige Signal durchkommt. Und Ihre Anwesenheit ist ebenso für die Augen unserer Leute bestimmt wie für die der Yevethaner.«

In dem Augenblick traf Ackbar im strahlenden Glanz seiner weißen Admiralsuniform ein.

»Sind das jetzt alle?«, rief der junge Berater aus dem Mitarbeiterstab Nanaod Enghs. »Darf ich Sie alle mit Ausnahme der Prinzessin bitten, sich jetzt hier unter dem Transparent aufzustellen?«

Der junge Mann arrangierte seine Statisten an der Wand hinter der Stelle, wo Leia sitzen sollte. Han, Ackbar und Rieekan, alle in Uniform, links von der Fahne mit den goldumränderten Insignien der Neuen Republik, Engh, Behn-kihl-nahm und Falanthas, alle in Diplomatenkleidung, zur Rechten. Dann holte er Leia und ließ sie auf dem Stuhl in der Mitte, der fast gänzlich unter ihren Gewändern verschwand, Platz nehmen. Er trat ein paar Schritte zurück, musterte sein

Werk und musterte dann die Gruppe ein paar Sekunden lang auf dem Referenzschirm.

»So, mehr kann ich jetzt nicht mehr tun«, erklärte er. »Prinzessin, Sie können jederzeit anfangen, sobald die Techniker bereit sind.«

Die Techniker waren kurz darauf bereit. Dann endlich war der Augenblick für Leia gekommen.

»Ich bin Prinzessin Leia Organa Solo, Präsidentin des Senats, Staatschefin der Neuen Republik und Oberbefehlshaberin der Verteidigungsstreitkräfte. Ich wende mich an Nil Spaar, Vizekönig der Duskhan-Liga, an die Regierungen von N'zoth, Wakiza, Zhina und der anderen yevethanischen Welten im Koornacht-Sternhaufen sowie an die Kommandeure der yevethanischen bewaffneten Streitkräfte überall.

Vizekönig Nil Spaar hat vor der Öffentlichkeit die Verantwortung für schwere Verbrechen gegen die Bewohner von Morning Bell, Polneye, New Brigia, Doornik Sechs Achtundzwanzig und andere legitime Siedlungen im Koornacht-Sternhaufen übernommen.

Eines dieser Verbrechen war das durch nichts gerechtfertigte Massaker an den Bewohnern dieser Welten und die ungesetzliche und nach allen Regeln der Moral schändliche Beschlagnahmung ihrer Häuser, Besitztümer und ihres Territoriums.

Diese Handlungen stehen in krassem Widerspruch zu den fundamentalen Rechten aller vernunftbegabten Wesen und aller friedlichen Welten überall, ebenso wie sie die fundamentalen Grundsätze der Moral verletzen. Und da dies Rechte und Prinzipien sind, denen sich die Neue Republik uneingeschränkt und unwiderruflich sowohl dem Gesetz wie auch dem Geiste nach verpflichtet fühlt, weise ich hiermit Vizekönig Nil Spaar und die regierenden Körperschaften von Yevetha an, sich unverzüglich von diesen unrechtmäßig in Besitz genommenen Systemen zurückzuziehen, jeden Anspruch darauf aufzugeben, alle dort konfiszierten Besitztümer freizugeben und alle augenblicklich in Gewahrsam befindlichen Gefangenen unverletzt freizugeben. Sollte das nicht schnell und in befriedigender Weise geschehen, bleibt uns keine andere Wahl, als diese Weisung mit allen uns zur Verfügung stehenden Mitteln gewaltsam durchzusetzen.«

Sie starrte mit brennenden Augen in das Objektiv des Holorekorders. »Unterschätzen Sie unsere Entschlossenheit und unseren Willen nicht – sie sind unerschütterlich. Ziehen Sie sich von den Welten zurück, die Sie im Widerspruch zu jedem Gesetz und in Missachtung jeglicher Moral in Ihre Gewalt gebracht haben – oder wir werden Sie vertreiben. Sie haben keine andere Wahl. Die Neue Republik wird nicht zulassen, dass die Machthaber von Yevetha Nutzen aus solchen Handlungen ungezügelter Barbarei ziehen.

So angeordnet und aufgezeichnet am heutigen Tag vor diesen Zeugen in Imperial City, Coruscant, von Präsident Leia Organa Solo.

Ende der Sendung.«

Als der technische Stab zu erkennen gab, dass die Aufzeichnung abgeschlossen war, löste sich die kleine Gruppe überraschend schnell auf. Ackbar, Behn-kihl-nahm und Han gratulierten ihr alle, aber nur Han blieb länger.

»Das hat sehr beeindruckend geklungen, Leia«, sagte er und drückte sie an sich. »Wenn ich derjenige gewesen wäre, zu dem du gesprochen hast, dann würde ich jetzt wissen, dass du es ernst meinst. So – und wie lange werden wir jetzt warten?«

»Ich hoffe, dass wir nicht sehr lange warten müssen«, sagte sie. »Aber ich habe keinen festen Termin gesetzt. Wir werden ihnen genug Zeit lassen, um sich ihre Entscheidung zu überlegen. Ich bin sicher, dass wir bald von jemandem hören werden.«

»Und wenn nicht?«

»Dann konzentriert sich alles auf Doornik Drei Neunzehn«, sagte sie. »Das ist der einzige Ort, den wir genügend gut überwachen können, um zu wissen, ob die Yevethaner anfangen zu packen oder immer noch einziehen. Deshalb ist das der Planet, den wir am schärfsten beobachten werden.«

Das Warten war schwer.

Eine Stunde verstrich, die ihnen in der Erregung des Augenblicks nur wie ein paar Minuten vorkam. Die nächste Stunde dauerte einen ganzen Tag. Der erste Tag dauerte eine Ewigkeit. Aus Erwartung wurde Besorgnis, aus Besorgnis Unruhe. Bald schlug die Unruhe in Ungeduld um, und die Ungeduld wurde zur nagenden Qual.

Der zweite Tag war noch länger.

Und nirgends war das Warten qualvoller als an der Grenze von Koornacht. Alle 106 Schiffe der Fünften Schlachtgruppe waren rund um die Uhr in Kampfbereitschaft. Geschwader voll bewaffneter Jäger und Abfangjäger starteten und landeten auf den Flugdecks der Träger, während die Verteidigungsschirme auf volle Kampfdichte hochgefahren wurden.

Am Ende des zweiten Tages wurde das Ultimatum mit einigen ausgewählten Bildern aus den Alpha Blue-Aufzeichnungen der Öffentlichkeit zugänglich gemacht. Die Reaktion war überraschend gedämpft und überwiegend positiv.

»Das ist beruhigend, hat aber nicht viel zu bedeuten«, warnte Behn-kihl-nahm Leia. »Der Senat hält mit seiner Kritik zurück, bis es irgendwelche Andeutungen – in Gestalt von Nachrichten aus Farlax – gibt, nach denen die Senatoren ihre Entscheidung treffen können, auf welche Seite sie sich schlagen wollen. Bis dahin fällt es ihnen nicht schwer, sich edel zur loyalen Unterstützung der Präsidentschaft und als Verteidiger der Charta zu geben. Und die Reaktion der Öffentlichkeit – wahrscheinlich werden Sie feststellen, dass die meisten beiläufigen Beobachter zwar den Prinzipien Beifall spenden, aber die Risiken nicht begreifen. Die Leute genießen die Demonstration von Stärke, und es erscheint ihnen gut und richtig, dass wir fremden Völkern etwas diktieren. Sie erwarten, dass die Yevethaner klein beigeben, und dass das alles in wenigen Tagen vorbei ist. Dass das zum Krieg führen könnte, ist für die meisten undenkbar.«

Aus zwei Tagen wurden drei und schließlich fünf. Das Ultimatum wurde jeden Tag um siebzehn Uhr wiederholt, aber aus dem Inneren des Koornacht-Sternhaufens kam keinerlei

Reaktion. Es wurde immer deutlicher, dass die Yevethaner die Botschaft ignorierten.

Am sechsten Tag kam eine stationäre Sonde von Alpha Blue in der Nähe von Doornik Drei Eins Neun aus dem Hyperraum und zeichnete das Eintreffen einer kleinen Flotte auf – drei sphärische Schubschiffe und ein Sternzerstörer imperialer Bauart. Die Aufzeichnung wurde mit Erfolg an eine Repetierstation außerhalb des Sternhaufens weitergeleitet, aber die Sonde selbst war weit über ihre Kapazität hinaus auf Station gewesen und löste sich auf, als sie versuchte, wieder in den Hyperraum zu verschwinden.

Unmittelbar, nachdem er sie erhalten hatte, brachte Drayson die Nachricht zu Leia in deren Residenz.

»Ich fürchte, unsere Sonde hat im Echtraum Wrackteile hinterlassen«, sagte er bedauernd. »Das könnte die Dinge komplizieren.«

»Es zeigt ihnen nur, dass wir sie beobachten – und dass sie das nicht feststellen können«, sagte Leia. »Vielleicht hilft uns das sogar ein wenig.«

»Mag sein, aber jedenfalls war es die letzte Sonde, die ich in diesem System hatte«, erklärte Drayson. »Und es ist schwieriger, sie dorthin zu bringen, als sie zu verstecken, wenn sie einmal dort sind. Vermutlich wird das für die voraussehbare Zukunft der letzte Bericht von Doornik Drei Neunzehn sein.«

»Lassen Sie mich zu Han gehen, dann sehen wir uns das an«, sagte sie. »Und dann sollten wir noch Behn-kihl-nahm und Ackbar verständigen.«

»Die Freiheit habe ich mir bereits genommen«, sagte Drayson. »Bennie ist bereits auf dem Weg zu uns. Aber Admiral Ackbar ist in einer TX-fünfundsechzig unterwegs, und es wird wenigstens noch eine Stunde dauern, bis er hier sein kann.«

»Gut, wir warten auf Bennie.«

»Er hat gesagt, wir sollten nicht warten.«

»Na schön«, meinte Leia. »Dann eben nicht.«

Han, Leia und Admiral Drayson sahen sich die ungefähr fünf Minuten lange Übertragung an – zwanzig Clips, jeder zwanzig Sekunden lang und einen Zeitraum von sechs Stunden umfassend. Sie dokumentierten das Eintreffen von vier Schiffen und Landungen an weit auseinander liegenden Punkten durch drei dieser Schiffe. Als die Aufzeichnung zu Ende war, blickte Leia überrascht auf.

»Das reicht nicht«, sagte sie. »Wir können nicht feststellen, ob diese Schiffe leer oder voll gelandet sind. Und wir können nicht erkennen, ob sie wieder abgeflogen oder geblieben sind.«

»Warten Sie«, sagte Drayson. »Das ist eine Aufzeichnung mit verstärkter Auflösung. Wir können uns eine Zoomansicht der beiden letzten Clips ansehen, wo das zweite Schubschiff sich fast unmittelbar unter der Sonde befand.«

Die verbesserten Bilder lösten ihre Zweifel auf. Man konnte auf ihnen eine glasig verbrannte Landefläche mitten im freien Feld und einen Zug von Frachtpaletten erkennen, jede einzelne von der Größe eines leichten Frachters, die von dem Schubschiff weggeschleppt wurden.

»Das ist es«, sagte Leia. »Das ist ihre Antwort.«

Han schüttelte den Kopf und runzelte die Stirn. »Ich denke, die Übersetzung lautet: ›So? Wirklich? Mal sehen, ob ihr uns zwingen könnt.‹« Er atmete tief durch. »Und was nun?«

»Wir warten, bis Bennie hier ist«, sagte Leia. »In der Zwischenzeit möchte ich mir das noch einmal ansehen.«

Am Ende waren in der Residenz Engh, Rieekan, Falanthas, Behn-kihl-nahm und Ackbar versammelt. Die Aufzeichnungen wurden mehrere Male abgespielt, besonders die letzten Clips. Alle, die die Szenen sahen, waren tief beunruhigt.

»Bennie? Was tun wir jetzt?«, fragte Leia. »Sollen wir ein weiteres Ultimatum stellen? Ihnen sagen, dass wir wissen, was sie tun, darauf bestehen, dass sie aufhören? Vielleicht diesmal mit einer festen Frist und unter Nennung der Konsequenzen, wenn sie nicht reagieren?«

Obwohl Behn-kihl-nahm nicht darauf einging, konnte man am Arbeiten seiner Unterkiefer sehen, dass ihn der Gebrauch seines Spitznamens beeindruckt hatte. »Ich kann mir nur schwer vorstellen, was für Zauberworte wir benutzen müssten, um unsere Warnung glaubwürdiger zu machen als die, die wir bereits ausgesprochen haben.«

»Wir sollten ihnen mehr Zeit lassen«, empfahl Minister Falanthas. »Vielleicht gibt es innere Auseinandersetzungen – Differenzen zwischen der Führung des Militärs und der Regierung. Was wir auf Doornik Drei Neunzehn sehen, hat vielleicht mit der endgültigen Lösung nichts zu tun. Wenn wir zu massiv reagieren, könnte sie das stärker gegen uns einnehmen.«

»Das wenige, was wir wissen, deutet nicht darauf hin, dass es in der Duskhan-Liga Meinungsverschiedenheiten oder unklare Machtverhältnisse gibt«, sagte Ackbar. »Nil Spaar handelt mit der Entschlossenheit und der Initiative eines Autokraten – eines absoluten Machthabers.«

»Er fordert dich auf, Farbe zu bekennen, Leia«, sagte Han. »Anders kann man das nicht deuten.«

Rieekan nickte. »Der Ansicht bin ich auch.«

»Ja«, pflichtete Ackbar ihnen bei. »Diese Schiffe haben Hyperantrieb. Wenn sie von N'zoth gekommen sind, sind sie dort abgeflogen, *nachdem* wir die erste Warnung ausgesandt haben.«

»Dann muss ich den Verteidigungsrat einberufen«, sagte Leia und sah dabei den Vorsitzenden an.

Behn-kihl-nahm senkte den Kopf. »Und wenn Senator Marook und Senator Deega sich diesmal durchsetzen – jetzt, wo der Einsatz ja eindeutig höher ist? Rufen wir dann die Fünfte Flotte nach Hause zurück?«

Leia stand auf und ging ans Fenster. Sie sah auf den Garten hinaus, dessen Hecke vom fernen Lichtschein von Imperial City beleuchtet war. »Wir wissen nicht, was auf N'zoth abläuft«, sagte sie schließlich. »Wir wissen nur, was auf Doornik Drei Neunzehn geschieht, und das ist etwas, was wir nicht hinnehmen können.« Sie drehte sich um und sah die im Zimmer Versammelten mit vor der Brust verschränkten Armen an. »Unterstützen Sie eine Blockade von Doornik Drei Neunzehn?«

Einer nach dem anderen nickte oder äußerte sich zustimmend. Drayson antwortete als Letzter.

»Ich glaube nicht, dass es leicht sein wird, die Yevethaner von unserer Entschlossenheit zu überzeugen oder davon, dass sie verletzbar sind«, sagte er langsam. »Aber mir scheint das ein vernünftiger nächster Schritt, selbst wenn er sich als unzureichend erweisen sollte.«

Leia nickte und kam dann langsam vom Fenster wieder an den Tisch zurück. »Admiral Ackbar, verfügt General A'baht über genügend Mittel für eine sichere Blockade dieses Systems?«

»Darüber sollten wir uns mit ihm beraten«, empfahl Ackbar. »Da es dort bereits mindestens einen yevethanischen Sternzerstörer gibt, wird es notwendig sein, dass der General mit überwältigender Stärke dort auftritt, wenn er nicht sofortige Feindseligkeiten riskieren will.«

»Wir sollten uns die Regeln für eine planetarische Blockade ins Gedächtnis rufen und die Lage überdenken«, sagte Leia.

Behn-kihl-nahm erhob sich. »Madam Präsident, wenn Sie mich bitte entschuldigen würden – die noch zu treffenden Entscheidungen erfordern meine Anwesenheit nicht, und ich würde gerne zu meiner Familie nach Hause gehen. Minister Falanthas – würden Sie mitkommen? Es gibt da eine Kleinigkeit, die ich mit Ihnen besprechen muss …«

Als die Plätze zu seiner Linken und seiner Rechten sich plötzlich geleert hatten, fand auch Nanaod Engh einen Vorwand, um sich zu entfernen. Als Engh gegangen war, warf Leia Ackbar einen fragenden Blick zu.

»Diese Entscheidungen sind schon für Soldaten schwer genug«, sagte Drayson. »Sie dürfen es ihnen nicht verübeln, wenn sie sich davon weit genug distanzieren, um schlafen zu können.«

»Ich finde es nur ungerecht, dass *sie* dieses Glück haben«, meinte Han brummig und seufzte dann. »Ach was, zum Teufel. Jetzt geht das wieder los.«

»Nein«, sagte Leia entschlossen. »Wir tun das, um einen Krieg zu verhindern, nicht um einen anzufangen. Aber das bedeutet auch, dass wir Nil Spaar eine Lehre erteilen und ihm klarmachen müssen, dass er uns falsch eingeschätzt hat.

Und das wird General A'bahts eigentliche Mission sein. Das und nicht mehr als das.«

General A'baht wandte sich von dem Bildschirm mit dem Blockadebefehl ab. »Endlich«, sagte er. Und dann noch einmal: »Endlich.«

»Was?«, fragte Captain Morano.

»Wir dringen in den Sternhaufen ein«, erklärte A'baht. »Wir werden nicht zulassen, dass die Yevethaner Doornik Drei Neunzehn als vorgeschobenen Stützpunkt benutzen.« A'baht sah an Morano vorbei zu dem Lieutenant an der Kommstation. »Rufen Sie meinen taktischen Stab. Aktivieren Sie die Sekundärschirme. Und befehlen Sie Bereitschaft zur Umgruppierung.«

Am Ende wurden einunddreißig Schiffe der Fünften Einsatzgruppe der Verteidigungskräfte der Neuen Republik dazu auserwählt, in das sechs Planeten umfassende System des blauweißen Sterns, der in den Katalogen als Doornik 319 registriert war, einzudringen. Das Kampfgeschwader wurde von dem Flottenträger *Intrepid,* den Schlachtkreuzern *Stalwart, Illustrious, Liberty* und *Vigilant* sowie den Angriffsträgern *Repulse* und *Shield* angeführt. Drei Minuten vor Beginn des Blockademanövers wurde eine weitere Hyperkommbotschaft von Prinzessin Leia an die Yevethaner abgesetzt.

»Die yevethanische Regierung hat sich in Missachtung unserer Anweisungen dazu entschieden, die Stützpunkte und Siedlungen auf illegal besetztem Territorium mit Nachschub zu versorgen«, sagte Leia. »Ich ordne deshalb die sofortige Blockade solcher Standorte nach unserer Wahl an.

Der erklärte Zweck dieser Blockade ist es, jeglichen Verkehr in Richtung auf die Blockadesysteme zu verhindern und in friedlicher Weise den Rückzug yevethanischer Bürger und die Entfernung yevethanischer Anlagen zu überwachen. Aber nehmen Sie zur Kenntnis – falls es zu irgendwelchen feindseligen Maßnahmen gegen an der Blockade beteiligte Schiffe der Neuen Republik kommen sollte, sind unsere Kommandanten bevollmächtigt, sofort mit aller notwendigen Gewalt zu reagieren.

Um unnötiges Blutvergießen zu vermeiden, rufe ich Vizekönig Nil Spaar auf, sofort und eindeutig Ihre Absicht zu erklären, dieser Rückzugsaufforderung nachzukommen und durch Ihr Verhalten die Ernsthaftigkeit Ihrer Absichten unzweideutig zu bestätigen.

Jede andere Verhaltensweise, zu der Sie sich entscheiden sollten, wird zum Krieg führen.«

Gut gesprochen, dachte General A'baht mit widerwilligem Respekt. *Starke Worte. Möge der Vizekönig den Stahl in deiner Stimme hören und das Leben der Söhne und Töchter unserer Mütter verschonen.*

»Wiedereintritt Signalscout *jetzt*«, tönte der Sprungmanager.

»Bestätige Alarmstufe Null«, sagte Captain Morano.

»Bestätigt!«, rief der Eins A. »Alle Verteidigungssysteme aktiv. Schilde auf Automatik bei Wiedereintritt geschaltet. Blitzalarmempfänger grün. Alle Stationen besetzt. Alle Waffensysteme in Bereitschaft. Abfangjäger Zwei Fünf Acht, Jäger Rot Gold Schwarz auf Flugdeck und heiß.«

»Eintritt Sperrlinie *jetzt*«, tönte der Sprungmanager.

Captain Morano zog nervös die Gurte fest, die ihn auf seiner Andruckliege sicherten. »Und wie viele Kampfsprünge haben *Sie* gemacht, General?«, fragte er A'baht.

»Zu viele und nicht genug«, antwortete A'baht.

»Das verstehe ich«, sagte Morano. »Sagen Sie – wie ging doch dieses dorneanische Kriegsgebet?«

»Das habe ich bereits für uns gesprochen«, sagte A'baht und nickte.

»Achtung, an alle!«, rief der Sprungmanager. »Echtraumeintritt in fünf – vier – drei – zwei ...«

»An alle, nicht vergessen, dort draußen ist wenigstens ein großer Sternzerstörer – Sehen wir zu, dass wir ihn *schnell* finden!«, rief Morano.

»... eins ...«

Der Sprungalarm tönte, und auf den Brückenbildschirmen waren nur noch weiße Streifen zu sehen. Als die Streifen plötzlich in sich zusammenbrachen und an ihre Stelle ein strahlendes Sternenfeld trat, füllte ein braunweißer, zu zwei

Dritteln von Nacht umhüllter Planet den größten Teil des vorderen Bildschirms.

»Verdammt, so viele Sterne«, entfuhr es einem der Offiziere, der damit auf das atemberaubende Bild des Sternhaufens von innen reagierte. »Wie sollen denn die Richtschützen vor einem solchen Hintergrund ihre Ziele finden?«

»Ich bitte mir Ruhe aus«, brauste A'baht auf. »Ich will eine Kopfzählung.«

»Zähle Einsatzgruppe, Sir.«

»Taktik!«, rief Morano. »Wo sind Sie?«

»Sensoren melden keine Ziele. Sperrschiffe melden keine Kontakte. Streifenboote melden keine Kontakte.«

»Wo ist dieser Sternzerstörer?«

»Das weiß ich nicht, Sir.«

»Er muss auf der anderen Seite des Planeten sein«, sagte Morano zu A'baht gewandt. »Ich weiß nicht, ob das ein Glück für die oder für uns ist.«

Von den Stationen überall auf der Brücke der *Intrepid* trafen weitere Berichte ein.

»General, Zählung abgeschlossen – alle Schiffe auf Station.«

»Hangarchef meldet Abflug aller Einsatzjäger, Captain. Jägereskorte bezieht Position.«

»Schieben wir die vorderen Sperrschiffe ein wenig weiter vor und sehen uns die andere Seite an«, sagte A'baht. »Schon irgendwelche Meldungen von den Bodenpeilungen?«

»Sechs – jetzt sieben – Landepunkte mit anliegenden Bauten lokalisiert«, kam die Meldung von der Sensorstation. »Keine Schiffe irgendeines Designs auf dem Boden.«

Morano sah sich nach A'baht um. »Vielleicht waren die doch so klug und sind abgehauen, ehe wir hierher kamen?«

»Warten wir ab, bis wir von den Vorposten gehört haben«, sagte A'baht und griff an sein Einsatzkomm. »Hier Leiter Einsatzgruppe, alle Einheiten. Formation öffnen und zugewiesene Orbits einnehmen. Alarmstufe bleibt unverändert.«

Im Laufe der nächsten halben Stunde ging die fast hektische Aktivität der ersten paar Augenblicke auf ein erträglicheres Niveau zurück. Als dann die Klarmeldung von den Vorposten einging, verteilten sich die Schiffe in Blockadeformation – die großen Schiffe bezogen Nord-Süd-Positionen im mittleren Orbit, die Sekundärschiffe Ost-West-Positionen im hohen Orbit, und der Schutzschirm aus Vorpostenschiffen und Streifenbooten breitete sich darüber aus.

Während der ganzen Zeit wurde der yevethanische Sternzerstörer nicht entdeckt, ebenso wenig entdeckte man irgendwelche Schubschiffe, weder auf dem Planeten noch im Orbit. Morano blickte mit gefurchter Stirn auf die Peilanzeigen, und A'baht schlug mit der Faust auf die Armlehne seiner Einsatzliege und fragte sich, ob ihrem Glück wohl zu trauen war.

»Kein Drache heute?«, fragte Morano schließlich. »Die Prinzessin wird sich freuen.«

A'baht schüttelte den Kopf. »Irgendetwas stimmt da nicht.«

»Vielleicht erweisen sich die Yevethaner am Ende als der Typ von Schläger, der den Schwanz einzieht, wenn man ihm zeigt, dass man keine Angst vor ihm hat.«

»Nein«, widersprach A'baht. »Nein, das passt nicht zu deren Persönlichkeit. Die sind härter – und kälter – als das. Ich möchte, dass sofort Scouts zu den anderen Planeten im System ausgesandt werden. Ich habe das Gefühl, dass die Yevethaner sich nicht sehr weit entfernt haben.«

»Zu Befehl, Sir.«

Aber sie bekamen keine Chance mehr, den Befehl auszuführen. Die Kontaktalarme ertönten, und der Taktikoffizier schrie: »Captain! Feind im Anflug, sechs, acht, zehn, fünfzehn, alle Vektoren, sehr hohe Abschlussgeschwindigkeit – die müssen in Mikrosprüngen hinter den Vorposten hereingekommen sein -«

Etwas detonierte an den vorderen Partikelschilden der *Intrepid* und tauchte die ganze Brücke in blendendes Licht, bis die Dämpfer ansprangen. Die Schilderschütterung ließ das Schiff leicht unter ihnen schwanken.

»Wo ist das hergekommen?«

»Wir bekommen Bodenfeuer, General – Ionenkanonen

und Hochgeschwindigkeitsflugkörper. Drei Abschussstellen.«

»Taktik – auf den Schirm.«

Der vordere Bildschirm verwandelte sich in ein dreidimensionales Taktikdisplay, welches die Schiffe der Einsatzgruppe in drei den Planeten umgebenden Schalen zeigte. Die angreifenden Feindschiffe befanden sich bereits innerhalb der äußeren Schale und schossen auf die größeren Schiffe zu.

»Hier Einsatzleiter«, sagte A'baht grimmig. »Alle Schiffe Feuer frei, verteidigen Sie sich.«

»Alle Batterien Feuer erwidern. Abwehrprotokoll«, befahl Morano. »Taktik, Feindstärke melden.«

»Zähle drei, wiederhole drei Sternzerstörer der Imperiumsklasse; sechs, wiederhole sechs Schubschiffe Aramadiaklasse; ein weiteres Kriegsschiff unbekannter Konfiguration und Bauweise.«

Das alles geschah so schnell, dass man auf der Brücke der *Intrepid* nicht aus der Überraschung herauskam. Die angreifenden Sternzerstörer stürzten sich mit hoher Geschwindigkeit auf sie, und ihre vorderen Batterien feuerten ohne Unterlass. A'bahts besonderes Interesse galt den sphärischen Schubschiffen. Ihre riesige Silhouette ließ die Schiffe yevethanischer Konstruktion verletzbar erscheinen, aber es zeigte sich, dass dem nicht so war. Sie setzten – allem Anschein nach ohne überhaupt ihre Schilde zu öffnen – ganze Torpedosalven ab und dazu Salven gesteuerter Gravitationsbomben, wie er sie noch nie zuvor gesehen hatte. Dabei feuerten die ganze Zeit schwere Laserbatterien aus sechs verborgenen und über die ganze Schiffsfläche verteilten Geschützpforten.

Ein Schwarm aus vier yevethanischen Gravitationsbomben nahm sich das leichte Begleitschiff *Trenchant* im hohen Orbit zum Ziel und setzte dort seine Partikelschilde mit einer abgestimmten Detonation außer Gefecht. Augenblicke später traf es ein Protonentorpedo im vorderen Brückenbereich und ließ die *Trenchant* in einem sich schnell aufblähenden Feuerball verschwinden.

»Alle Abwehrbatterien Ziel auf diese langsamen Bomben«, befahl der Taktikoffizier des Schiffes. »General, Sir, *Liberty* meldet sechs Jäger verloren, Seitenschilde auf ein Viertel. *Repulse* rückt vor, um *Liberty* zu schützen.«

Morano hieb mit der Faust auf seine Armlehne. »Wir sind denen zahlenmäßig überlegen, aber für diese Art Angriff falsch gruppiert. Wir sind zwischen denen und dem Planeten eingesperrt und haben keinen Manövrierraum.«

»Geduld, Captain«, mahnte A'baht. »Wir brauchen noch ein wenig.«

Der Peiloffizier wandte sich von seiner Station ab. »General – die feindlichen Schiffe halten den Kontakt nicht. Sie machen nur einen Durchflug und entfernen sich dann zu mehreren Zielen. Möglicherweise kommen hinter denen noch mehr.«

»Behalten Sie Ihre Mutmaßungen für sich, solange Sie nicht gefragt werden«, sagte A'baht. »Oberst Corgan, wo stehen wir?«

Der Taktikoffizier blickte mit gerunzelter Stirn auf seine Konsole. »Noch fünfzig Sekunden, General. Dann bin ich sendebereit.«

»Fünfzig Sekunden also«, sagte A'baht. »Einsatzleiter – alle Sekundärschiffe bereithalten, Orbit zu verlassen und Vektor fünf fünf zwo zu übernehmen. Alle Primärschiffe, Rückzug sichern.«

Der Kommchef gab A'baht über seine Konsole ein Signal. »Sir, die Captains der *Illustrious* und der *Liberty* erbitten Genehmigung zur Verfolgung.«

»Abgelehnt«, entschied A'baht. »Einsatzleiter an alle Schiffe. Trümmer einsammeln und mitnehmen – ich möchte, dass alle Leichen geborgen sind, ehe wir springen.«

Der Taktikoffizier schien damit nicht einverstanden. »Sir – wir werden mit denen fertig. Wir brauchen bloß neu zu gruppieren und zu verfolgen …«

»Und mit welchen Verlusten unter diesen Bedingungen? Lieutenant, wir sind nicht hierher gekommen, um um jeden Preis zu gewinnen, in einer Schlachtzone, die die gewählt haben, und zu einem Zeitpunkt, der denen passt«, sagte A'baht. »Wir sind hierher gekommen, um Informationen zu sammeln, die wir brauchen, um das nächste Mal zu gewinnen. Und dieses nächste Mal wird früher kommen, als die glauben.«

»Zu Befehl.«

»Auf Sendung«, sagte Colonel Corgan. »Befehl abgesetzt.«

A'baht nickte. »Einsatzleiter – Sekundärschiffe Orbit verlassen. Wir haben bekommen, was wir brauchten – jetzt kriegen die Yevethaner das, was sie verdienen.« Er schaltete sein Hyperkomm auf den Zerhackerkommandokanal und drückte den Sendeknopf. »Alle Gruppen, authorisiere kaph-samekh-neun-Chiffre-neun-go-daleth. Zeigt's ihnen.«

Die achtzehn Schiffe der Einsatzgruppe Aster warteten in ihrer Aufmarschzone zwei Lichtstunden über der Ekliptik des Doornik 319-Systems. Sie erhielten ihre Befehle vom Kommandeur der Einsatzgruppe, Commodore Brand, an Bord des Sternkreuzers *Indomitable.*

»Bereitschaftsalarm für alle Schiffe«, ordnete er an. »Die Yevethaner haben sich der Blockade widersetzt. Wir greifen jetzt an. Sie erhalten in Kürze von der Taktik aktualisierte Ziel- und Sprungvektordaten. Der Countdown für den Sprung beginnt auf mein Kommando. Anweisung an alle Batterien: positive Zielerfassung sicherstellen. Dort unten wird es eng werden.«

Zwei Lichtstunden unter der planetaren Ebene erhielten die zwanzig Schiffe der Einsatzgruppe Blackvine von Commodore Tolsk ähnliche Anweisungen. Die Befehle wurden über die einzelnen Rangstufen schnell nach unten und von der Brücke nach außen weitergegeben und erreichten sogar die in den Cockpits ihrer Jäger und Angriffsmaschinen auf den Hangardecks wartenden Mannschaften.

»Du achtest doch auf die Dreiermaschine, ja?«, rief Skids aus dem Cockpit des K-Flüglers nach vorne. »Von hier hinten kommt sie mir ein wenig heiß vor.«

»Das habe ich im Griff«, antwortete Esege Tuketu. »Aber hier drinnen wird alles ein wenig heiß laufen, bis die aufmachen und anfangen, uns rauszuschubsen. Wir kriegen das schon hin.«

»Ich will bloß nicht jemanden ›Verdammter Mist!‹ rufen

hören, wenn wir im Sturzflug auf einen dieser Sternzerstörer zurasen«, sagte Skids.

»Ist versprochen – du wirst es nicht hören«, sagte Tuke.

»Gut.«

»... ich werd's mir bloß denken.«

»Ist es schon zu spät, oder habe ich noch Zeit, mir einen anderen Piloten zu suchen?«

Vor ihnen schoben sich jetzt die an gepanzerte Muschelschalen erinnernden großen Tore von Hangar Fünf langsam auseinander. »Dafür ist's jetzt zu spät«, sagte Tuke. »Pass nur auf, dass unsere Eier alle sicher und gut verwahrt sind. Ich möchte nicht, dass eines zu früh bricht.«

»Du brauchst dieses Ding bloß gerade aufs Ziel zu richten, dann musst du dir darüber keine Sorgen machen.«

Die Bomber des vierundzwanzigsten Geschwaders beschleunigten gleichmäßig auf ihren vorgeschriebenen Bahnen – zuerst die zwei Reihen K-Flügler der Gruppe Schwarz, dann Grün, dann Rot. Der gefährlichste Teil dieser Gruppenstarts war das exakte Timing – die K-Flügler waren so dicht hintereinander aufgereiht, dass Ungeduld in den hinteren Reihen ein halbes Geschwader vernichten konnte.

»Gruppenführer Rot klar«, rief Tuke der Zentrale der *Indomitable* zu, als sein Zielerfassungssystem aufleuchtete. »Erfassen Ziel.«

»Sieh dir das an – die haben eine richtige Festbeleuchtung für uns eingeschaltet«, staunte Skids über das Lokalkomm und sah sich nach allen Richtungen um. »Ich hab noch nie einen Himmel so voller Sterne gesehen.«

Gruppe Rot kippte nach unten ab und jagte auf das letzte von vier yevethanischen Schubschiffen zu, die in einer Reihe, die bis nach Doornik 319 reichte, angeordnet waren. Augenblicke später nahmen sie ihre Begleitjäger auf – die E-Flügler der Gruppe Blau des 16. Jägergeschwaders.

»Der Letzte gehört uns, Gruppenführer Blau«, sagte Tuke. »Gruppe Rot, macht eure Eier scharf und bestätigt Zielerfassung.«

Jeder der sechs Bomber war mit zwei dicken T-33-Plasmatorpedos bestückt, die von den Mannschaften als Schildknacker oder faule Eier bezeichnet wurden. Die Plasmasprengköpfe der T-33 waren so konstruiert, dass sie an der Schildaußenseite detonierten, anstatt sie zu durchdringen, wobei sie die intensivste Strahlung erzeugten, die irgendeine Waffe der Neuen Republik hervorbrachte, das Mehrfache der Leistung der Ionenbatterien eines Kriegsschiffes.

Der ausgerichtete Strahlungskegel war dazu bestimmt, die Schildgeneratoren zu überlasten, entweder, indem sie vom Feedback ausbrannten oder im Rückstau in den Grenzbereich getrieben wurden. Sobald auch nur ein Generator ausgefallen war, würden die Turbolaser der Kanonenfregatten mit den Türmen, die die Partikelschilde trugen, leichtes Spiel haben. Wenn alles planmäßig ablief, würden die Trägerschiffe, die sich bereits hinter die Kreuzer zurückgezogen hatten, nie in unmittelbare Kampfhandlungen mit dem Feind verwickelt werden.

Bei ihrem Eintritt in das System waren sie verblüffend nahe bei ihren Zielen herausgekommen, nämlich nur 16000 km von ihnen entfernt, und deshalb wuchs das Schubschiff auf den Bildschirmen schnell zu bedrohlicher Größe an, als die Bomber jetzt auf Angriffsgeschwindigkeit beschleunigten. Auf dreitausend Kilometer Distanz befahl Tuketu seiner Gruppe, die offene Sechseckformation einzunehmen, die ihnen allen beim Anflug reichlich Manövrierraum und beim Rückflug ungehinderte Startpositionen sicherte.

Von feindlichen Abfangjägern war keine Spur zu sehen, aber auf fünfzehnhundert Kilometer Distanz bekamen sie das erste Abwehrfeuer von dem Schubschiff. Tuketu steuerte den K-Flügler geschickt auf Zickzackkurs und wies seinen Waffentechniker auf die Chance hin, die das feindliche Sperrfeuer bot.

»Die schießen durch ihre Schilde, Skids – die Streuung liefert uns die exakte Distanz bis zur Schildgrenze.«

»Bin schon dran«, antwortete Skids über seine Kontrolldisplays gebeugt.

»Bisschen fix«, sagte Tuketu. »Nähern uns schnell Abwurfpunkt.«

Ein Knistern war zu hören, als ein Ionenschuss in nur

zwanzig Meter Distanz an dem Bomber vorbeifegte. »Gruppenführer Rot, Rot Fünf – hört ihr, was da über das Kommandokomm reinkommt?«

In dem Augenblick, in dem er die Frage gestellt hatte, wurde Tuketu bewusst, dass da weitere Stimmen im Cockpit waren. »Schluss mit dem Geplapper, Gruppe Rot«, sagte er automatisch. »C Eins muss offen bleiben.«

»Gruppenführer Rot, das sind wir nicht – das geht über das ganze Spektrum, C Eins, C Zwei, die Einsatzfrequenz, das Hyperkomm der Fünften – hören Sie das, Gruppenführer Rot? Hören Sie, was die sagen?«

Der Abwurfpunkt war beinahe erreicht. Esege Tuketu zwang sich dazu, sich auf die Geräusche zu konzentrieren, die er bisher nur als zufällige Störgeräusche eingestuft hatte.

»... ich bin der Kubaz namens Totolaya. Ich wohne in der Kolonie Morning Bell. Ich bin eine Geisel der Yevethaner. Wenn Sie angreifen, werde ich getötet ...«

Auf C Zwo lautete die Botschaft: »Ich bin Brakka Barakas, ein Gemeindeältester von New Brigia. Ich bin eine Geisel der Yevethaner. Wenn Sie uns angreifen, werde ich getötet ...«

»Gruppenführer Rot, Rot Vier. Sollen wir abbrechen?«

»Hier Rot Zwei – Tuke, was sollen wir machen?«

Die Entscheidung musste sofort getroffen werden. »Auf Ziel bleiben. Abwerfen«, befahl Tuke knapp.

In dem Augenblick traf ein Ionenschuss aus einer Batterie des Schubschiffs Rot Vier voll am Backbordaggregat. Die Ladung zuckte wütend über den Bomber. Ehe sie die Eier erreichte, gab der Waffentechniker von Rot Vier sie frei.

»Eier ab!«, rief Skids.

»... ich bin Liekas Tendo, ein Mineningenieur von Morath. Ich befinde mich in einer Sicherheitszelle auf irgendeiner Art von Sternenschiff. Die sagen, dass diese Kreaturen, die uns gefangen halten, Yevethaner sind. Sie sagen, wenn Sie uns angreifen, werde ich getötet. Bitte, greifen Sie uns nicht an ...«

Tuketu zog den Knüppel scharf zu sich heran und fuhr damit die Leistung des dritten Motors hoch. Der sofort einsetzende Schub veränderte die Bahn des Bombers, riss ihn von dem Schiff, den Schilden und den unmittelbar bevorstehenden Explosionen weg. Wie jedes Mal brachte das Manöver Tuketu an den Rand der Bewusstlosigkeit.

»… ich bin Crandor Ijjix von der Norat-Souveränität. Ich bin von Invasoren als Geisel festgenommen worden und werde auf ihrem Schiff gefangen gehalten. An alle Schiffe der Neuen Republik – greifen Sie nicht an, sonst werden wir alle vernichtet …«

Rot Vier schaffte das Wendemanöver nicht. Von dem Ionenschuss beschädigt, fiel der K-Flügler auf das Schubschiff zu, nur den Bruchteil einer Sekunde hinter seinen eigenen Torpedos. Als die Plasmaeier den Schildrand erreichten, wurde Rot Vier von einem doppelten Feuerball eingehüllt. Die Fragmente, die davongewirbelt wurden, waren nicht viel größer als Staubkörner.

»Jojo …« Tuke schloss die Augen einen Moment lang. »Skids, Resultate melden.«

»Negativ – negativ – Schild steht noch«, schimpfte Skids. »Rot Zwei, Drei und Fünf haben ihre Eier nicht gelegt, wiederhole nicht gelegt.«

»Gruppenführer Rot, hier Rot Drei, Waffenoffizier. Tuke, es tut mir leid – ich hab's einfach nicht fertig gebracht. Nicht, wenn Geiseln darum betteln, dass ich es nicht tue.«

»Verdammt – du kannst dich auf ein Kriegsgericht gefasst machen, Kondor.«

»Ich nehme die Konsequenzen auf mich. Aber ich wollte nicht mithelfen, die Leute zu ermorden, denen wir helfen wollen.«

»Gruppenführer Blau an Gruppe Rot – vielleicht könnt ihr das zu Hause miteinander ausmachen. Ziel setzt jetzt eigene Vögel ab. Zehn sind bereits unterwegs, weitere kommen nach.«

Nach einem Blick auf seinen Bildschirm schob Tuketu den Knüppel nach vorne und drehte seinen Bomber herum, so dass die Nase wieder auf die *Indomitable* wies. »Rot Zwei, Rot Drei, Rot Fünf, sucht euch eine sichere Stelle zum Abwerfen eurer Bombenlast aus. Alles nach Hause, so schnell es geht. Gruppenführer Rot an Flugkommando – Fünf kommt zurück, ETA vier Minuten.«

Die vier Minuten waren die Hölle. Die yevethanischen Jäger waren schnell und gefährlich, und die in der Minderzahl befindlichen E-Flügler konnten sie nicht abhalten. Rot Drei erwischte es nach dem Abwerfen der Bomben. Rot Fünf bekam einen Treffer am Backbordflügel und einen weiteren dicht hinter dem Cockpit, worauf der Bomber unmittelbar vor dem Schutzschirm des Kreuzers *Gallant* in einem Feuerball zerplatzte. Gruppe Blau erging es noch schlechter – nur einer der Bomber schaffte es zu der vergleichsweise sicheren Zuflucht im Hangar der *Indomitable*.

Den Helm unter den Arm geklemmt, die Augen tief in den Höhlen liegend und totenbleich stand Esege Tuketu neben dem Einsatzleiter, als die Gefallenen auf der Statustafel registriert wurden. Jojo, Keek, Dopey und der Bär. Pacci. Nooch.

Als Mirandas Name kam, konnte er die blutige Litanei nicht länger ertragen, drehte sich um und ging.

Bleich sah General A'baht von der Brücke der *Intrepid* aus zu, wie sich über die ganze Kampfzone verteilt Variationen des gleichen Themas abspielten.

Jeder Bomber, jeder Begleitjäger, jedes Kampfschiff der Einsatzgruppe Aster ebenso wie der Einsatzgruppe Blackvine erhielten auf jedem einzelnen Kommkanal, den die Flotte benutzte, ständige Bitten von Geiseln, sie zu verschonen. Genügend Kanoniere zögerten, und genügend Piloten kehrten um, so dass kein einziges Kriegsschiff der Yevethaner beschädigt wurde.

Und beim Rückzug – sowohl den spontan einsetzenden Absetzbewegungen der einzelnen Bomber als auch dem offiziellen Rückzug, den er wenige Minuten später anordnete – wurden neunzehn der kleinen Maschinen der Flotte zerstört. Ein Hangarfeuer auf dem Träger *Venture* vernichtete weitere vierzehn und machte alle drei backbordseitigen Startflächen unbrauchbar. Der Kreuzer *Phalanx* bekam einen Treffer am Bug ab, als er einen beschädigten E-Flügler mit einem Traktorstrahl in seine Schilde zog, und der Schaden setzte die gesamte Vorderpartie des Schiffes bis zum vierzehnten Schott außer Gefecht.

Insgesamt hatten sie, wenn man den Verlust der *Trenchant* mitrechnete, über tausend Kämpfer verloren.

Aber der gesamte Preis der Niederlage ging weit darüber hinaus, das wusste A'baht. Und der Blutpreis, den das verlorene Gefecht insgesamt kosten würde, war überhaupt nicht abzuschätzen.

Sie haben keine Angst vor uns. Sie haben keine Angst vor dem Sterben. Wir können sie nur mit Gewalt bezwingen – das ist der Krieg, den wir nicht führen wollten.

Die *Intrepid* hielt sich geschützt vom grellen Licht des Sterns von Doornik 319 versteckt, während die Streitkräfte der Fünften Flotte einzeln oder zu zweit aus dem System sprangen. Erst als der Träger das letzte verbliebene Schiff war, wandte A'baht sich von den Bildschirmen ab und ging mit unsicheren Schritten auf die Hauptbrücke hinunter.

»Captain Morano«, sagte er. »Bringen Sie uns hier weg.«

Behn-kihl-nahm ging mit langen ungeduldigen Schritten durch den leeren Gedächtniskorridor. Zwei Wartungstechniker, die beide dieses Tempo nicht gewöhnt waren, hatten Mühe, mit ihm Schritt zu halten.

Am Ende des Korridors bog er nach rechts ab und blieb unter der Tafel über dem Eingang zur Senatshalle stehen. Er warf einen kurzen Blick darauf, und beim Lesen entrang sich ihm ein leises Seufzen.

1000 TAGE OHNE DASS
EIN SCHUSS IM ZORN ABGEFEUERT WURDE
Nicht vergessen
Der Frieden ist kein Zufall

Dann drehte der Vorsitzende sich um, blickte nach hinten und wartete, bis die Techniker ihn eingeholt hatten. Dann deutete er auf die Tafel.

»Schalten Sie das ab«, sagte er. »Nehmen Sie es herunter. Schaffen Sie es weg.«

Einer der Ingenieure sah die Tafel mit zusammengekniffenen Augen an. »Soll ich es in den Lagerraum des Senats bringen?«

Behn-kihl-nahm schüttelte den Kopf. »Nein. Schaffen Sie es bloß hier weg. Wir werden es nicht mehr brauchen.«

Dann eilte er davon, hinterließ seinen zerbrochenen Traum und begab sich zum Sitzungssaal des Verteidigungsrates. Die Sondersitzung über die Lage im Koornacht-Sternhaufen erwartete ihn.

14

Die Entschlossenheit des Senatsboten, sich am Tor der Präsidentenresidenz Zugang zu verschaffen, war ebenso groß wie die des Sicherheitsdroiden, der ihn daran hindern wollte.

»Mir ist völlig gleichgültig, was Ihre Protokolle dazu sagen – ich befinde mich mit der Vollmacht des amtierenden Vorsitzenden des Leitungsrates des Senats hier, und meine Instruktionen sind eindeutig«, sagte der Bote gerade, als Leia sich auf dem inneren Weg dem Tor näherte. »Ich *muss* diese Botschaft übergeben und darf sie *ausschließlich* persönlich der Prinzessin aushändigen.«

»Ist ja gut. Hier bin ich«, sagte Leia.

»Prinzessin«, sagte der Bote, drehte sich zu ihr herum und verneigte sich leicht. »Ich bitte um Entschuldigung für die Störung …«

»Das ist nicht Ihre Schuld«, sagte sie und griff an S-EP1 vorbei durch das Tor nach dem Aktendeckel mit dem blauen Wappen. »Sleepys Programmierung sieht die Möglichkeit einer Vorladung nicht vor. Allem Anschein nach wird sich jemand darum kümmern müssen.«

Der Bote machte erneut eine leichte Verneigung. »Ich bitte noch einmal um Entschuldigung, Prinzessin«, sagte er und entfernte sich.

Leia öffnete den Aktendeckel erst, als sie wieder zum Haus unterwegs war. Von den vielen Körperschaften – Ausschüssen, Räten, Kommissionen und Kontraktoren –, aus denen sich die komplizierte Organisationsstruktur des Senats der Neuen Republik zusammensetzte, war lediglich eine dazu befugt, die Präsidentin vorzuladen.

Und diese Körperschaft war der Leitungsrat.

Die Bezeichnung, die noch auf die Zeit der provisorischen Regierung zurückging, entsprach nicht mehr ganz seiner Funktion. Ein Großteil der Zuständigkeiten und damit auch der Macht des Interimsleitungsrates war inzwischen auf andere Organe des Senats und des Generalministeriums oder des Flottenamtes übergegangen. Die Neue Republik hatte sich für Demokratie statt Effizienz entschieden und damit die Oligarchie gegen die Bürokratie eingetauscht – und das mit voller Absicht und in Kenntnis der Folgen. Einige wenige selbst ins Amt gewählte Führungspersönlichkeiten waren einfach nicht imstande, eine Konföderation aus mehr als zehntausend Systemen gerecht zu regieren.

Aber ein Element seiner alten Macht, das der Leitungsrat behalten hatte, verlieh ihm hinsichtlich der Person des Präsidenten eine besondere Verantwortung. Die Väter der Verfassungscharta waren von der Sorge erfüllt gewesen, das Amt des Präsidenten nicht mit einer zu großen Machtfülle zu versehen – einer Macht, die, wenn es keine Gegengewichte dafür gab, imstande sein könnte, dem Amtsinhaber im Lauf der Zeit immer mehr persönliche Macht zuwachsen zu lassen und ihn schließlich – wenn nicht dem Namen, so doch den Tatsachen nach – zum Diktator zu machen. Die historische Tatsache, dass Palpatines Regierung nicht etwa mit einem Staatsstreich begonnen hatte, sondern damit, dass er auf weitgehend legitimem Wege immer mehr Macht an sich gezogen hatte, war den Vätern der Verfassung sehr genau bewusst gewesen.

Und um sicherzustellen, dass die Geschichte sich nicht wiederholte, erhielt die Charta den Leitungsrat in Form eines Superausschusses, der aus den Vorsitzenden der einzelnen Senatsausschüsse bestand. Die Gründungsväter gaben diesem Rat die Macht, sowohl die Wahl eines Präsidenten für ungültig zu erklären als auch einen Amtsinhaber abzuberufen. Ackbar hatte für den Leitungsrat einmal den Begriff »die Notbremse des Staatschefs« geprägt. Aber so oft er auch erwähnt wurde, so selten trat der Leitungsrat zusammen, und bis jetzt hatte er sich noch nie mit dem Ziel befasst, für das man ihn ins Leben gerufen hatte.

Bis zu diesem Augenblick.

Der Rat hatte bereits seine Plätze eingenommen und, wie es schien, schon fast eine Stunde lang hinter verschlossenen Türen getagt, ehe Leia ihm vorgeführt wurde. Obwohl man ihr einen Sessel bereitgestellt hatte, entschied Leia sich dafür, im Stehen mit den sieben Senatoren an der kreisrunden Tafel zu sprechen, und auch das brachte sie nur auf Augenhöhe mit ihnen. In der Mitte vor der Kristallpyramide hatte Doman Beruss Platz genommen. Behn-kihl-nahm saß links von ihm, sah sie aber nicht an.

»Präsidentin – Prinzessin Leia – gemäß der normalen Amtsfolge würde der Vorsitz dieser Sitzung bei Senator Praget liegen«, sagte Beruss. »Die augenblicklichen Umstände haben den Rat aber dazu veranlasst, Senator Praget zur Vermeidung von Verfahrensproblemen zu überspringen. Haben Sie irgendwelche Einwände dagegen, dass ich den Vorsitz in dieser Sitzung führe?«

Deshalb also die Verzögerung, dachte Leia. »Ich habe keinen Einwand.«

»Sehr wohl«, sagte Beruss. »Präsidentin Leia Organa Solo, Sie sind vor den Leitungsrat geladen worden, um über einen Antrag auf Amtsenthebung zu diskutieren.

Ein ordentliches Mitglied dieser Körperschaft hat einen folgendermaßen begründeten Antrag auf ein Misstrauensvotum eingebracht: Punkt Eins, Überschreitung Ihrer verfassungsmäßigen Vollmachten. Punkt Zwei, leichtfertige Gefährdung des Friedens und des Lebens von Bürgern der Republik. Punkt Drei, Erteilung ungesetzlicher Anweisungen zur Einleitung von Feindseligkeiten gegen einen souveränen Staat. Punkt Vier, Unfähigkeit, in angemessener Weise die Amtspflichten zu erfüllen.

Sind Ihnen Ihre Rechte und Pflichten in Hinblick auf einen Antrag auf Amtsenthebung bekannt? Wenn ja, dann bitte ich Sie, sie mit Ihren eigenen Worten vorzutragen.«

»Ich habe das Recht, eine genaue Darlegung der Begründung zu hören. Ich habe das Recht, zur Rechtfertigung meiner Handlungen und meiner Amtsführung Zeugen nach freier Wahl zu präsentieren«, sagte Leia. »Ich bin verpflichtet, alle mir gestellten Fragen ausführlich und wahrheitsgemäß zu beantworten und habe die Pflicht, vor einer Plenarsitzung des Senats zu erscheinen, für den Fall, dass dieser Rat den Beschluss fassen sollte, den Antrag zu unterstützen.«

»Sehr wohl«, sagte Beruss. »Senator Praget hat den Antrag eingebracht und wird die einzelnen Punkte darlegen.«

Das überraschte Leia – sie hatte erwartet, dass der Antrag von Borsk Fey'lya ausgehen würde. »Senator«, sagte sie mit einem Nicken.

Krall Praget musterte sie kurz, ehe er begann. Sein Blick nahm Maß an ihr, fällte ein Urteil und traf am Ende seine Entscheidung. Für die Dauer seiner Präsentation sah er von seinem Platz am rechten Ende der halbmondförmigen Tafel nur Beruss und die anderen Ratsmitglieder an und vermied jeden Blickkontakt mit Leia.

Praget sprach nicht ganz eine Stunde und übergab dann das Wort wieder an Senator Beruss, ohne Leia eine einzige Frage zu stellen. Ihr war unklar, ob er für sich zu dem Schluss gelangt war, dass er sie mit hoher Wahrscheinlichkeit nicht dazu bringen könnte, sich selbst zu verraten, oder ob er seine Argumente für so überwältigend hielt, dass dies unnötig war.

Im Gegensatz dazu hatte Senator Rattagagech eine lange Reihe höchst detaillierter Fragen, die allerdings im Ton wesentlich weniger anklagend als Pragets Vortrag oder auch nur seine Blicke waren. Der Elomin machte den Versuch, die hinter Leias Entscheidungen stehenden Überlegungen in so qualvollem Detail zu rekonstruieren, dass selbst Praget ungeduldig wurde.

»Entweder wissen Sie, wofür Sie stehen, oder Sie wissen es nicht«, sagte Praget. »Ich vermisse die Relevanz, Herr Vorsitzender, die Relevanz – bitte, weisen Sie den Senator an, relevante Punkte vorzutragen oder das Wort abzugeben. Der Antrag basiert auf Maßnahmen und Resultaten, nicht auf Motiven und Absichten.«

Rattagagech sah ihn überrascht an. »Senator Praget, Ihr vierter Anklagepunkt, der, der der Präsidentin Unfähigkeit vorwirft, erfordert eine gründliche Bewertung der Urteilskraft …«

»Herr Vorsitzender, gestatten Sie, dass ich den Antrag modifiziere?«

Beruss nickte. »Wie Sie wünschen.«

»Ich streiche meinen vierten Punkt und ziehe ihn zurück«, sagte Praget und sah dann Rattagagech an. »Sind Sie jetzt fertig?«

Die Gesichtszüge des Elomin wurden verdrießlich. »In Anbetracht dieser Modifikation habe ich keine weiteren Fragen an Prinzessin Leia.«

»Sehr wohl«, sagte Beruss. »Senator Fey'lya.«

Leia hatte die ganze Zeit damit gerechnet, dass der brutale Angriff, der tödliche Schlag von Borsk Fey'lya kommen würde. Pragets nicht zu übersehender Eifer, dem Bothaner das Wort erteilen zu lassen, bestätigte diese Erwartung nur. Aber Fey'lya wechselte abrupt die Richtung und ließ ihre Erwartungen zu Staub zerfallen.

»Präsident Organa Solo«, sagte Fey'lya mit einem höflichen Lächeln. »Es tut mir leid, dass wir an einem so krisenhaften Punkt Ihre Zeit in solchem Maße in Anspruch nehmen mussten. Ich habe hier und jetzt nur eine Frage an Sie. Wenn Sie irgendeine der Entscheidungen der letzten paar Tage noch einmal treffen könnten, mit dem gleichen Wissen, das Ihnen beim ersten Mal zur Verfügung stand, würden Sie dann irgendetwas anders machen?«

Leias Augen weiteten sich überrascht – ebenso gut hätte Fey'lya wie das Jahrtausende früher ein Höfling für eine Königin auf einem kleinen Planeten namens Erde getan hatte, seinen Mantel für sie über eine Pfütze legen können. Praget stockte der Atem, dann packte ihn ein Hustenanfall.

»Nein, Senator«, sagte Leia, die in der Frage keine Falle erkennen konnte. »Ich glaube, unsere Forderung an die Yevethaner, sich zurückzuziehen, war richtig, und ich bin auch der Meinung, dass ich, bevor ich die entsprechenden Weisungen erteilt habe, in angemessener Weise den Verteidigungsrat konsultiert habe. Ich glaube, wir haben richtig gehandelt, indem wir versuchten, unser Ultimatum mit einer Blockade zu erzwingen, und ich habe vor Erteilung des Blockadebefehls den Oberbefehlshaber in angemessener Weise konsultiert. Ich glaube, wir haben richtig gehandelt, indem wir sofort mit den uns zur Verfügung stehenden Streitkräften auf den yevethanischen Angriff reagiert haben, und bin auch der Ansicht, dass General A'baht damit im Rahmen seiner Vollmachten gehandelt hat. Das Ergebnis war nicht so, wie wir es uns gewünscht haben, aber nicht aus Gründen, mit denen wir hätten rechnen müssen.«

Bei ihrem letzten Satz schnaubte Praget geringschätzig, aber Fey'lya akzeptierte ihre Antwort mit einem Kopfnicken. »Ich danke Ihnen, Prinzessin. Vorsitzender Beruss?«

Der Rest der Diskussion war kurz und ohne Belang, und die Ausschussvorsitzenden gaben ihre Stimmen in Leias Anwesenheit ab. Das Ergebnis war zwei zu fünf dagegen, wobei lediglich Rattagagech Pragets Partei ergriff.

»Der Antrag ist abgelehnt«, sagte Beruss. »Da dies der einzige Tagesordnungspunkt des Rates ist, ist die Sitzung hiermit beendet.«

Mit vorgeschobenem Kinn und einem bösen Blick ging Praget geradewegs auf Fey'lya zu. Leia strebte erleichtert dem Korridor zu, und Behn-kihl-nahm trat, noch ehe sie die Tür erreicht hatte, neben sie, worauf sie ihren Weg gemeinsam fortsetzten.

»Ich dachte, es würde Fey'lya sein«, sagte sie.

»Das wird es auch«, sagte Behn-kihl-nahm. »Krall Praget ist ihm nur zuvorgekommen.«

»Warum?«

»Revierneid«, erklärte Behn-kihl-nahm. »Sie haben Praget nicht konsultiert. Und die nachrichtendienstlichen Erkenntnisse, auf die Sie Ihre Entscheidung gestützt haben, kamen nicht von ihm.«

»Warum hat Fey'lya ihn dann nicht unterstützt? Hat jemand vergessen, den Strick mitzubringen, um mich daran aufzuhängen?«

»Weil es dafür noch zu früh ist. Weil er wusste, dass der Antrag nicht durchkommen würde, auch mit seiner Stimme nicht«, sagte Behn-kihl-nahm. »Das Ergebnis stand schon lange, bevor man Sie vorgeladen hat, fest.«

»Wieso?«

»Durch das Abstimmungsergebnis über den Vorsitz. Als Fey'lya sah, dass Praget die Sitzung nicht leiten würde, wusste er, dass dies nicht der richtige Tag war.«

»Würde es den vertraulichen Charakter der vorbereitenden Sitzung beeinträchtigen, wenn Sie mir sagen würden, wer dafür verantwortlich war?«

Die Andeutung eines verräterischen Lächelns huschte über Behn-kihl-nahms Züge. »Ich fürchte, das darf ich nicht.«

Das Lächeln, mit dem Leia darauf reagierte, war beinahe liebevoll. »Wer auch immer es war, Bennie, bitte bestellen Sie ihm meinen Dank.«

»Ich bin sicher, dass er das nicht für nötig halten würde. Ich bin sicher, er würde antworten, dass er nur zum Wohle der Republik gehandelt hat.«

»Bestellen Sie es ihm trotzdem«, sagte Leia. »Und wie geht es jetzt weiter?«

»Sie haben ein wenig Zeit. Aber nicht so viel, wie Sie gerne hätten, und wahrscheinlich auch nicht so viel, wie Sie brauchen«, sagte der Vorsitzende. »Wenn so viel Angst in der Luft hängt, dass sie fast damit gesättigt ist, braucht es nur einen winzigen Anstoß, dass diese Angst Gestalt annimmt. Das Gleiche gilt für Ehrgeiz. Dies ist erst der Anfang der Herausforderungen, Leia. Und wenn sich nichts grundlegend ändert, könnte es sein, dass Sie das nächste Mal nicht überleben.«

Die vor kurzem erweiterte Brutstätte von Vizekönig Nil Spaar im obersten Geschoss des Palastes umfasste jetzt sechzehn Alkoven. Mit Ausnahme eines einzigen enthielten sie alle entweder eine geschmeidige und geburtsfähige Kapsel oder einen heranreifenden Nestling.

Früher hatte der leere Raum der *Maranas* von Kei gehört, seiner Ersten. Ihre Geburtskapsel hatte zwei hübsche *Nitakka* und eine kräftige *Marasi* hervorgebracht, ehe sie dem grauen Tod erlegen war. Er hatte jenen Alkoven freigelassen, um damit Kei als *Darna* seiner Familie Respekt und zugleich auch als Trost zu erweisen, damit ihr Neid auf seine jüngeren Gefährtinnen nicht übermächtig wurde.

Nach Sitte und Brauch war die Brutstätte ein nur der engsten Familie vorbehaltener Raum. Dennoch hatte Nil Spaar sich bewusst dafür entschieden, seinen Besucher dorthin führen zu lassen.

»Sie sind also Tal Fraan«, sagte er.

»Ja, *Darama*«, sagte der junge Bevollmächtigte und kniete ehrerbietig nieder.

»Stehen Sie auf«, sagte Nil Spaar. »Man berichtet mir, dass Sie der Architekt der völligen Vernichtung des Ungeziefers in Preza sind.«

»Es ehrt mich, dass der *Darama* sich dafür interessiert«, sagte Tal Fraan, und sein Blick huschte am Vizekönig vorbei zu den Alkoven dahinter. »Aber der Dank für diesen Erfolg gebührt dem *Darama* und unseren Schiffskonstrukteuren, die uns so hervorragende Waffen gegeben haben.«

»Ein Übermaß an Bescheidenheit verrät Berechnung und verlangt übermäßige Aufmerksamkeit«, sagte Nil Spaar. »Merken Sie sich das, und lassen Sie sich davon leiten, wenn Sie hoffen, Ihren schnellen Aufstieg fortzusetzen.«

»Mein einziger Wunsch ist es, dem *Darama* zu dienen und mitzuhelfen, das All für die Reinen zurückzugewinnen ...« begann Tal Fraan.

Nil Spaar hob warnend den Finger. »Sie hatten es weniger eilig, Lob von sich zu weisen, als der Primat der *Glory* Sie zu Ihrem neuen Rang befördert hat. Glauben Sie, ich umgebe mich mit Schmeichlern ohne Talent? Ich brauche Leute um mich, die schlau und geschickt sind. Sie *sind* doch schlau und geschickt, oder nicht, Bevollmächtigter Tal Fraan?«

»Ich gebe mir Mühe, die Chancen wahrzunehmen, die sich mir bieten, Vizekönig.«

Nil Spaar nickte leicht, um damit seine Befriedigung darüber zu zeigen, dass der andere ihn direkt angesprochen hatte, wandte sich dann ab und ging langsam an der Reihe von Nischen entlang. Die Witterung von Blut und der scharfe Brutgeruch hingen in der Luft. »Was hat Sie auf den Trick gebracht, der uns so gute Dienste gegen das Ungeziefer geleistet hat?«

»In der Anweisung, die das Ungeziefer aussandte, war die Rede von Gefangenen«, sagte Tal Fraan und ging ein oder zwei Schritte hinter dem Vizekönig her. »Das gab mir Grund zu der Annahme, dass man ihre Maßnahmen beeinflussen könnte, indem man auf diese Besorgnis eingeht.«

»Sie haben viel riskiert, indem Sie Ihren Vorteil, den Sie gegenüber den Blockadeschiffen hatten, preisgaben, in der Hoffnung, die Reserven des Ungeziefers anzulocken«, sagte Nil Spaar. Er blieb stehen und strich mit zwei Fingern sanft über einen fast ausgereiften Nestling. »Dieser Trick, diese Sorge um das Schicksal von Gefangenen – Yevethaner hätte man damit nicht aufhalten können. Wenn Ihr Vorhaben gescheitert wäre, wäre Ihre ganze Streitmacht verloren gewesen.«

»Das Ungeziefer ist nicht stark, wenn es um den Tod geht«, sagte Tal Fraan. »Ich wusste, es würde nicht scheitern.«

»Ah! Dann glauben Sie wohl, dass Sie die Gewohnheiten unserer Feinde so gut erfasst haben, dass Sie zehntausend Leben dafür riskieren?«

»Die hat der Primat riskiert, Vizekönig.«

»Eine unvorsichtige Antwort, Tal Fraan«, sagte der Vizekönig und drehte sich um. »Würden Sie *Ihr* Leben für Ihre Zuversicht riskieren?«

Der junge Bevollmächtigte zuckte und schüttelte dann den Kopf, um seine Kämme zu heben. »Ja, Vizekönig.«

»Gut«, sagte Nil Spaar. »Ich kann für jemanden, der sein eigenes Blut nicht aufs Spiel setzt, keinen Respekt haben.«

Ein Bruthelfer hatte sich während des ganzen Wortwechsels diskret im Hintergrund gehalten. Jetzt gab Nil Spaar ihm ein Zeichen, worauf er in den Vorraum verschwand und Augenblicke später mit einem für das Opfer vorbereiteten *Nitakka* zurückkam.

»Warten Sie«, sagte Nil Spaar zu Tal Fraan und ging auf den *Nitakka* zu, der bereits auf dem Gitter über dem Abflussschacht stand.

Der junge Mann begegnete Nil Spaars Blick furchtlos. »Ich bitte um dein Blut für meine Kinder«, sagte der Vizekönig mit leiser Stimme.

»Der *Darama* erweist mir Ehre«, sagte der *Nitakka* und sank auf die Knie. »Ich biete mein Blut als Geschenk an.«

»Ich nehme dein Geschenk an«, sagte Nil Spaar. Seine Klauen schoben sich vor und schlitzten mit lautloser Präzision durch sein Fleisch. Als das Opfer über dem Gitter zusammensank, drehte der Vizekönig sich um und wandte sich wieder seinem jetzt bleich gewordenen Besucher zu.

»Ich habe Ihre Gewohnheiten durchschaut, Tal Fraan«, sagte er. »Sie sind mir vertraut. Sie sehen das an, was ich habe, und Sie sehen sich. Nein, ich habe Sie bereits gewarnt – leugnen Sie nicht. Ich habe Respekt für Klugheit und Mut und am meisten für Erfolg. Ich werde Sie hier behalten, in meiner Nähe, damit Sie mir dienen. Wenn Sie die Chance begreifen, die Ihnen das bietet, dann können Sie daraus Nutzen ziehen.« Nil Spaar lächelte. »Und wenn Sie auf Abwege geraten, dann dürfen Sie damit rechnen, dass Sie statt dessen meinen neuen Kindern dienen.«

»Ja«, nickte Lieutenant Davith Sconn und blies eine Rauchwolke von seinem Hoatstab. Die frische Brise, die über den nördlichen Hof des Inselgefängnisses von Jagg wehte, trug den scharfen Duft davon. »Ich war auf N'zoth.«

»Ich habe die Aussage gelesen, die Sie vor ein paar Monaten gegenüber dem Offizier des Nachrichtendienstes gemacht haben«, sagte Leia. »In seiner Auswertung steht, dass Sie nach seiner Ansicht lediglich versucht haben, sich Vergünstigungen zu verschaffen, indem Sie irgendetwas erfinden – dass Sie also wussten, dass wir nicht über die Möglichkeit verfügen, Ihre Aussage zu bestätigen oder zu widerlegen.«

»Dann zweifle ich an der Intelligenz unseres Nachrichtendienstes«, sagte Sconn und drehte sich herum, so dass er Leia jetzt voll vor sich hatte. Dann wanderte sein Blick weiter und erfasste den Schnüffler und den Schießer. »Sie müssen ziemlich wichtig sein. Ich habe bisher noch nie erlebt, dass die hier eine Waffe reingelassen haben. Was wäre denn, wenn einer von uns gefährlichen Kriegsverbrechern ihm diesen Feuerstock entreißen und Sie als Geisel nehmen würde?«

Leia lächelte strahlend. »Ich glaube, denen würde es Spaß machen, wenn das jemand versuchen würde. Es liegt jetzt über ein Jahr zurück, dass zum letzten Mal jemand so verrückt war, meinen Leibwächtern die Chance zu verschaffen, tödliche Gewalt anzuwenden.«

»Es gibt keine Gerechtigkeit in dieser Galaxis«, sagte Sconn und setzte sich ihr gegenüber. »Die werden für das Gleiche bezahlt, wofür man mich bestraft. Wer sind Sie also? Sie sehen fast wie Prinzessin Leia aus, nur älter.«

Sie ignorierte seine Bemerkung. »Lieutenant Sconn ...«

»Davith«, korrigierte er sie. »Man hat mich aus der imperialen Marine ausgestoßen, wissen Sie.«

»Ihre Prozessakte habe ich mir auch angesehen, *Davith* Sconn«, sagte Leia ungerührt. »Sie waren leitender Offizier des Sternzerstörers *Forger*, als dieser einen Aufstand auf Gra Ploven dadurch unterdrückte, dass er Dampfwolken erzeugte, durch die zweihunderttausend Ploven in drei Küstenstädten lebend gekocht wurden.«

»Auf Anweisung von Großmufti Dureya«, sagte Sconn. »Aus irgendeinem Grund lassen das die Leute immer aus. Glaubt Ihr Rebellen eigentlich nicht an Disziplin? Ich begreife immer noch nicht, wie Ihr es fertig gebracht habt, uns zu besiegen.«

Sie ließ sich, ohne das eigentlich zu wollen, von ihm zu einer Antwort hinreißen. »Vielleicht hat es damit zu tun, dass es so etwas wie das Recht auf Ablehnung unmoralischer Befehle gibt.«

»Unmoralisch? Diese kleinen Finnwale hatten es abgelehnt, ihre Verteidigungsauflagen zu bezahlen, und das hat den Großmufti ziemlich geärgert.« Sconn nahm einen langen Zug an seinem Hoatstab und hielt den Rauch sekundenlang in den Lungen. »Aber das war in den letzten Tagen des Imperiums, und Großmufti Dureya war die meiste Zeit ziemlich sauer.«

»Haben Sie N'zoth mit der *Forger* besucht?«

»Oh, nein. Ich war damals auf der *Mufti Weblin* – Brückenkommandant der zweiten Wache eines Flottentenders«, sagte er und schlug ein Bein über das andere. »Warum soll ich eigentlich mit Ihnen über N'zoth reden?«

»Warum haben Sie mit dem NRN geredet?«

»Weil es nicht wichtig war«, meinte Sconn und zuckte die Achseln. »Weil es einmal etwas Neues war, Abwechslung. Weil Agent Ralls ein so dämlicher junger Knirps war, dass ich mir dachte, es müsste eigentlich Spaß machen, ihn ein wenig mit Geschichten von meinen Reisen mit Papa Vader zu schockieren.« Er lehnte sich in seinem Stuhl nach vorne. »Sie sind anders. Irgendwie scheint Ihnen das, was ich weiß, wirklich wichtig zu sein. Und ich glaube auch nicht, dass man Ihnen so leicht Angst einjagen oder Sie schockieren kann. Also werden Sie mir schon ein wenig mehr entgegenkommen müssen, als Ralls das brauchte.«

»Dabei vergessen Sie eine Kleinigkeit, Sconn – ich habe Ihre Aussage bereits«, meinte Leia. »Sie haben nicht mehr viel anzubieten.«

»Oh, aber Sie wissen ja nicht, was ich weggelassen habe …«

»Sconn, ich sollte Sie vielleicht warnen und Ihnen sagen, dass ich mir für dieses Jahr schon genug Lügen angehört habe«, sagte Leia ohne den Blick von ihm zu wenden. »Wenn Sie möchten, dass ich Ihnen entgegenkomme, müssen Sie schon in Vorleistung gehen. Ich habe ein paar Fragen über N'zoth – über das, was Sie Agent Ralls gesagt haben. Beantworten Sie meine Fragen ehrlich und nach bestem Wissen und ohne irgendwelche Tricks, dann sage ich Ihnen, wie viel mir das wert ist, was Sie mir gesagt haben.«

Sconn lehnte sich auf seinem Stuhl zurück. »Ich habe keinen Anlass, Ihnen zu vertrauen«, sagte er. »Und im Übrigen auch keinen Anlass, Ihnen zu helfen.«

Leia musste an sich halten, um nicht ihre Gedanken zu ihm zu schicken und mit der ganzen Kraft der Macht nach einer Schwachstelle hinter seiner selbstgefälligen Fassade zu suchen und zuzupacken, bis irgendetwas zerbrach. Statt dessen griff sie in die Falten ihres Gewandes und stand auf.

»Selbst im Gefängnis hat man immer die Wahl, Sconn«, sagte sie. »Und wenn Sie sich so entscheiden, dann soll mir das recht sein.«

Sie drehte sich um und schickte sich zum Gehen an, rechnete damit, dass er es dabei bewenden lassen würde.

»Warten Sie«, sagte Sconn schnell. »Hören Sie, können Sie nicht irgendwo eine Stelle finden, wo uns nicht jeder sieht? Irgendwo anders. Wir sind hier mitten im Gefängnishof, und ich will nicht, dass jemand sieht, dass ich mit den Wärtern zusammenarbeite. Und ganz besonders nicht mit Ihnen.«

»Der Krieg ist vorbei, haben Sie das vergessen?«

»Hier drinnen nicht«, widersprach er ihr. »Hier drinnen ist er nie zu Ende. Die sollen mich in eine Isolierzelle stecken, so als ob ich dafür bestraft würde, weil ich es Ihnen schwer gemacht habe. Von dort können die mich dann wegholen, ohne dass jemand etwas erfährt.«

»Sie wollen, dass wir Sie von der Insel Jagg wegbringen?«, fragte Leia und schob skeptisch die rechte Braue hoch. »Sagen Sie, wirke ich denn heute besonders leichtgläubig?«

»Das ist alles, was ich mir wirklich wünsche. Mehr wollte ich sowieso nicht verlangen. Bloß ein paar Stunden hier raus.«

»Damit Sie Ihren Fluchtplan ausprobieren können, an dem Sie zweifellos schon eine ganze Weile arbeiten.«

»Ich sage das ja ungern, aber Ihre Blaumützen verlieren uns nicht so leicht aus den Augen«, sagte Sconn. »Verdammt, die können mich meinetwegen sogar in einer Lähmkiste rausschaffen, wenn Sie das wollen, mir ist das egal.«

»Hatten Sie einen bestimmten Ort im Sinn?«

»Wenn Sie schon fragen …« Sconn legte den Kopf etwas zur Seite und sah nach oben. »Wie wär's mit dreihundert Kilometern senkrecht nach oben mit entsprechender Aussicht?«

»Halt – bitte.«

Mit über der Brust gefesseltem Handgelenk stand Davith Sconn an der Sichtluke des Kutters und starrte auf den Sonnenaufgang hinaus, der ihnen entgegenraste.

»In den vierundzwanzig Jahren, die ich bei der Marine war, war die längste Zeit, die ich jemals unten war, vierzig Tage Zwangsurlaub auf Trif«, sagte er und kämpfte mit den Tränen, die ihm in den Augen standen. »Ich hatte nie Anlass, nicht sofort wieder hinaus zu wollen. Und jetzt sitze ich seit zwölf Jahren auf diesem Steinbrocken fest, und dabei bin ich fast verrückt geworden. Ich hätte nie geglaubt, dass man das vergessen kann, aber fast wäre es soweit gekommen. Ich hätte fast alles vergessen, nur das Gefühl nicht – dieses Gefühl.«

Sconn wandte sich wieder Leia zu. »Setzen Sie mich so, dass ich hinaussehen kann. Fragen Sie nur, ich sage Ihnen alles, was ich weiß.«

Mit einer weit ausholenden Handbewegung forderte Leia Admiral Ackbar auf, in ihrem Besprechungszimmer Platz zu nehmen.

»Das ist die Stelle, die ich Ihnen zeigen wollte«, sagte sie und schaltete den Holoprojektor ein.

»Schwarz Fünfzehn wurde hauptsächlich für Neubauten und Abschlussarbeiten benutzt, nicht so sehr als Reparaturdock. Aber es hatte auch den Ruf, die beste Arbeit im ganzen Sektor zu leisten. Jeder Captain, der die Wahl hatte, ging dorthin. Wir haben die *Mufti Weblin* hingebracht, damit die uns eine Viererenergiezelle ersetzten, die hochgegangen war.

Das schafft kein Reparaturdock über Nacht. Also hat der Captain mir den Auftrag gegeben, Landurlaub zu organisieren. Der für die Truppenmoral zuständige Offizier hat die Regeln festgelegt: Die Mannschaftsdienstgrade sollten auf die Dockanlagen und die Station beschränkt bleiben, den Offizieren sollte freigestellt werden, den Planeten aufzusuchen, aber wir sollten versuchen, es ihnen auszureden.

Ich fragte ihn, was das solle. Schließlich bestand Schwarz Fünfzehn damals bereits seit drei Jahren, und gewöhnlich brauchten die Sturmtruppen nicht so lange, um die Eingeborenen auf Vordermann zu bringen. Darauf antwortete er, dass fünfzig Prozent des imperialen Personals auf dem Planeten Sturmtruppler seien.

›In den letzten paar Monaten hat es nicht sehr viel Ärger gegeben, aber ich vertraue denen einfach nicht‹, sagte er. ›Die sind verrückt‹ fuhr er dann fort. ›Ehe wir hierher kamen, floss in den Rinnsteinen der Straßen mehr Blut als Regen, und wenn wir wieder weggehen, wird es wieder dazu kommen.‹«

Leia hörte ihre eigene Stimme mit der Frage: »Was hat er damit gemeint?«

»Das habe ich ihn auch gefragt. Aber dann wurde mir klar, dass er nicht bloß blumige Reden führen wollte. Er hat das ganz wörtlich gemeint. Mehr Blut als Regen.«

»Die Yevethaner kämpfen also die ganze Zeit untereinander?«

»Nein, sie kämpfen fast überhaupt nicht untereinander – jedenfalls nicht in dem Sinn, in dem wir kämpfen verstehen. Ich habe mich mit einem Kapitän von der Sicherheit unterhalten, der Xenobiologie studiert hatte und ziemlich oft unten gewesen war. Er hat mir von Dominanztötungen erzählt und Blutopfern, und dann kam er mir mit ein paar verrückten Ideen über Blut und die Fortpflanzung der Yevethaner, die er sich zusammengereimt hatte.«

»Dominanztötung?«

»So wie er es dargestellt hat, betrachten die Yevethaner eine Tötung nur dann als Mord, wenn ein Mann von niedrigerem Status einen von höherem Status tötet. Anders herum erwartet man das geradezu. Man bietet jedesmal seinen Hals an, wenn man sich jemandem nähert, der auf der Hierarchieleiter höher steht als man selbst, und man muss das auch ernst meinen; die haben jederzeit das Recht, das Angebot anzunehmen und einen mit ihren Klauen aufzureißen. Und wenn man das tut, dann steigert das den eigenen Status.«

»Klauen?« Leia zuckte zusammen, als sie die Überraschung in ihrer Stimme hörte. »Wovon reden Sie da? Nil Spaar hatte keine Klauen ...«

Sconn rieb seine Handgelenke aneinander. »Hier, an dieser Stelle. Eine große gebogene Klaue über jeder Hand, an der Innenseite. Ich habe das mit eigenen Augen gesehen – alle Männer haben sie. Sie lassen sich ganz einziehen – man sieht dann nur einen kleinen Buckel – und kommen rückwärts heraus – so hat es auf mich jedenfalls gewirkt – und damit schlitzen sie sich gegenseitig auf oder krallen sich fest. Deshalb tragen die Männer nie lange Ärmel, denke ich. Das würde sie behindern.«

»Nil Spaar hat bei unseren Besprechungen einen Uniformrock mit langen Ärmeln getragen«, erinnerte sich Leia. »Und Handschuhe.«

»Da haben Sie es«, sagte Sconn. »Nachdem ich das alles gehört hatte, musste ich einfach runter auf den Planeten und es mit eigenen Augen sehen. Auf dem Werftgelände wimmelte es von Yevethanern, aber keine Spur von all dem. Der Werftleiter hat dem Captain gesagt, es seien gute Arbeiter – ganz besonders seit sie sich zusammengereimt hatten, dass wir nicht so bald wieder weggehen würden.«

»Dann haben Sie also einige Zeit auf N'zoth verbracht?«

»Vielleicht fünf Tage, alles zusammengerechnet, bei drei Einsätzen.« Sconn senkte den Blick und atmete tief durch. »Ich habe gesehen, wie ein Mann einen anderen an den Schultern gepackt, ihm die Klauen ins Fleisch getrieben und diesen schreienden Teufel dann einfach hochgehoben hat. Ich habe gesehen, wie der Bevollmächtigte – das ist so etwas wie ein Bürgermeister, glaube ich – von Giat Nor einem *Nitakka*, der sich beim Niederknien ein wenig Zeit gelassen hat, fast den Kopf damit abgeschnitten hat. Es müssen wenigstens fünfzig Yevethaner dabeigestanden haben, doch keiner von ihnen hat ein Wort gesagt oder auch nur Überraschung gezeigt.«

Sconn schüttelte den Kopf. »Als die Reparaturwerft anfing, durch diesen Unfug yevethanische Arbeiter zu verlieren und die ganze Zeit neue ausbilden musste, hat der imperiale Gouverneur, denke ich, den Sturmtrupplern gesagt, sie sollten dem ein Ende machen. Aber ganz haben sie das nie geschafft, es sei denn, es ist dann dazu gekommen, nachdem die *Mufti Weblin* wieder weitergezogen war. Und ich war der Einzige von meiner Crew, der unten war. Nachdem der Captain meinen Bericht gehört hatte, hat er Anweisung erteilt, dass die Offiziere den Stützpunkt nicht verlassen dürfen.«

»So, und jetzt passen Sie gut auf, dass Sie das mitbekommen«, sagte Leia zu Ackbar.

»Gibt es sonst noch etwas, das Ihrer Meinung nach nützlich sein könnte?«, fragte sie Sconn.

»Bloß noch diese andere Geschichte, die der Offizier für Truppenmoral mir bei meinem ersten Ausflug eingeschärft hat«, sagte Sconn. »›Die sind verrückt, aber schlau. Zeigen Sie denen bloß nichts, von dem Sie nicht wollen, dass sie es nicht sofort für sich nachbauen.‹

Wissen Sie, die Qualitätseinstufung von Schwarz Fünfzehn hatte nämlich überhaupt nichts mit dem Ingenieurstab oder den Vorarbeitern zu tun, sondern ausschließlich mit den yevethanischen Arbeitern. Die haben ein besonderes Talent, das sie praktisch auf den ersten Blick begreifen lässt, wie irgendein Ding zusammengesetzt ist. Und dann zeichnen sie es am nächsten Tag aus dem Gedächtnis, und am dritten Tag haben sie sich bereits zusammengereimt, was daran nicht stimmt, und fangen an, es zu verbessern.«

Meine Sterne, dachte Leia, als sie es das zweite Mal hörte. *Die Droiden in der imperialen Fabrikfarm ...*

»Haben Sie das auch mit eigenen Augen gesehen?«

Sconn nickte. »Diese Energiezelle Nummer vier, wegen der wir gekommen waren. Sie ist durch eine ersetzt worden, die die Yevethaner nachgebaut hatten – und die Ersatzzelle hat bei hundert Grad unter der roten Linie zwanzig Prozent mehr Leistung gebracht, ohne die geringste Stoßspannung beim Einschalten. Der Chefingenieur hat immer gesagt, die würde wahrscheinlich noch laufen, wenn der Rest des Schiffes bereits zu Staub zerfallen ist.«

»Haben die yevethanischen Zwangsarbeiter in der Werft an allen Bereichen der Schiffe gearbeitet?«

»Nein, selbstverständlich nicht«, sagte Sconn. »Das Imperium hat immer sehr großen Wert auf Geheimhaltung gelegt. Verdammt, an Bord der *Mufti Weblin* gab es Systeme, deren Einzelheiten nicht einmal *ich* kennen durfte. Zwangsarbeiter hat man nie an irgendetwas auf der geheimen Liste herangelassen – das galt überall. Und der Werftchef von Schwarz Fünfzehn hat besonders darauf geachtet, dass die Yevethaner nicht an die wirklich geheimen Sachen rankamen – Hyperantriebe, Turbolaser, Schildgeneratoren, Reaktoren.«

Dann grinste Sconn verschmitzt. »Wenigstens sollten Sie hoffen, dass er das tat. Wenn Sie am Ende gegen die Yevethaner kämpfen müssen, und das, was Sie haben, so aussieht wie das, was wir hatten – nun, dann kann ich nur sagen, dass ich da gerne dabei wäre. Das geht nicht gegen Sie persönlich, wissen Sie«, fügte er hinzu. »Das ist nur ein altes Loyalitätsgefühl, das ich noch nicht ganz abgelegt habe.«

»General A'baht.«

Der Dorneaner sah ihr gerade in die Augen. »Präsidentin.«

»General, ehe Sie starten, muss ich Ihnen etwas mitteilen. Binnen einer Stunde werden die *Gol Storn* und die *Thackery* nach Galantos ablegen. Die *Jantol* und die *Farlight* werden spätestens um zweiundzwanzig Uhr von der Dritten Flotte zum Einsatz bei Wehttam abkommandiert. Und um Mitternacht wird die Vierte Flotte zwei Kreuzer nach Nanta-Ri schicken.«

»Das sind alles willkommene Nachrichten, Präsidentin. Bis jetzt habe ich noch keine Berichte über irgendwelche yevethanischen Vorstöße in diese Systeme. Ich kann nur hoffen, dass wir das auch in Zukunft verhindern können.«

»Ja«, sagte Leia. »General, was brauchen Sie von uns?«

»Das hängt voll und ganz davon ab, was ich hier erreichen soll. Aber ehe wir weitere Maßnahmen planen können, *muss* ich bessere Informationen über den Feind haben. Darf ich davon ausgehen, dass Admiral Drayson nicht in der Lage ist, seine Unterstützung für uns auszuweiten?«

»Ich fürchte, das ist richtig. Drayson hat mich wissen lassen, dass seine Objekte im Koornacht-Sternhaufen ›ausgelöscht‹ worden sind«, sagte Leia.

»Dann brauche ich die Vollmacht, meine eigenen dorthin zu schicken«, sagte A'baht.

»Sagen Sie, was Sie damit bezwecken.«

»Die Duskhan-Liga hat elf Mitglieder. Uns sind dreizehn bewohnbare Welten bekannt, die die Yevethaner möglicherweise angegriffen haben. Ich möchte zu jeder dieser Welten ein Schiff für einen Blitzdurchgang in tausend Kilometer Distanz schicken.«

»Verfügen Sie über genügend Drohnen?« Die von Droiden gesteuerten Scouts waren die erste Wahl für Vorstöße in feindliches Territorium.

»Nein«, erwiderte A'baht. »Ich muss zusätzlich meine sämtlichen Streifenboote einsetzen – und X-Flügler-Jagdaufklärer auf Patrouille schicken, um sie zu ersetzen. Oder ich könnte die Jagdaufklärer selbst in den Sternhaufen schicken. Ich würde Letzteres vorziehen.«

»Und warum?«

»Ein X-Jagdaufklärer ist etwas schneller als ein Streifenboot, und ich hoffe, dass das ihre Überlebenschancen steigert. Außerdem hat ein X-Jagdaufklärer eine kleinere Mannschaft als ein Streifenboot, was die Verluste reduzieren würde.«

»Offensichtlich haben Sie Ihren taktischen Stab bereits daran arbeiten lassen«, sagte Leia. »Gibt es irgendwelche Ergebnisprojektionen?«

»Die einzig vernünftige Vorgehensweise ist, alle Kontakte zu synchronisieren. Das heißt also, die Abflüge so zu staffeln, dass alle zum gleichen Zeitpunkt in das jeweilige System einspringen – und fünf Minuten später springen alle wieder heraus ...«

»Fünf Minuten! Das ist für einen Blitzdurchgang lang.«

»Das ist notwendig, um maximale Erkenntnisse zu gewinnen«, sagte A'baht. »Wir müssen auch erfassen, was auf der Rückseite der Primärwelten im Orbit lauert.«

»Wie sieht also die Schätzung aus?«

»Fünfundsiebzig Prozent mit wenigstens einem einminütigen Teilbericht. Vierzig Prozent Gesamtüberleben.«

»Das ist ja ...«

»Das ist die Schätzung unter Zugrundelegung des risikoärmsten Einsatzprofils ohne direkte Rückkehr. Die meisten Scouts würden ihren Weg mehr oder weniger gerade durch die andere Seite des Sternhaufens fortsetzen und über die lange Distanz zurückkehren. Das ist ein weiterer Grund, der für den Einsatz von X-Flügler-Jagdaufklärern anstelle von Streifenbooten spricht – weniger Stunden ohne diese Detektorkapazität an *unserer* Randzone.«

»Sie planen also vierundzwanzig Scouts auszuschicken und rechnen damit, vierzehn oder fünfzehn davon zu verlieren.«

»Auf der Grundlage dessen, was wir bei Doornik Drei Neunzehn erlebt haben – ja. Die Verluste werden wahrscheinlich bei den X-Jagdaufklärern höher sein als bei den Drohnen, das liegt an Geschwindigkeit und Größe«, sagte A'baht. »Habe ich Ihre Genehmigung, Präsidentin?«

»Haben Sie in Erwägung gezogen, das aufzuschieben, bis wir ein paar zusätzliche Drohnen zu Ihnen hinausschicken können?«

»Das haben wir in Erwägung gezogen. Mir wäre nicht wohl, wenn wir warten müssten, Präsidentin. Wir brauchen jetzt Informationen. Sonst sind wir verletzbar.«

Leia atmete bei dem Gedanken an die Piloten jener X-Jagdaufklärer tief durch und stieß die Luft langsam wieder aus. »Also gut. Sie haben meine Genehmigung, General«, sagte sie. »Was brauchen Sie sonst noch von uns?«

»Ersatzjäger«, sagte er ohne Zögern. »Wie steht es mit dem ersten Fährengeschwader?«

»Sammelt sich augenblicklich in Zone Neunzig Ost«, erklärte Leia nach einem Blick auf den Bericht, den Ackbar ihr geliefert hatte. »Vierundzwanzig E-Flügler, X-Flügler und B-Flügler, um die bei Doornik Drei Neunzehn erlittenen Verluste auszugleichen.«

»Halten Sie sie nicht auf – ich wünschte, wir hätten sie jetzt schon hier«, sagte General A'baht. »Aber Sie können sich schon darauf vorbereiten, uns noch mehr zu schicken.«

»Wie lange noch?«

»Ich habe mir die Freiheit genommen, vorab bereits einige Drohnen in Position zu bringen«, sagte A'baht. »Wir werden den ersten Scout innerhalb von neunzig Minuten nach Koornacht starten.«

Der yevethanische Deltajäger kippte schärfer zur Seite, als Plat Mallar erwartet hatte, und näherte sich der Backbordseite seines X-Flüglers. Damit saß er in der Falle. Keines der ihm bekannten Manöver – weder eine Rolle noch ein schnelles Wegtauchen – konnte ihn aus der Feuerzone des Yevethaners retten.

In seiner Verzweiflung wandte er sich ab und versuchte zu fliehen. Zwanzig Sekunden später zuckte ein scharf gebündelter Laserstrahl durch die Panzerung an seinem Heck. Die hintere Leitwerkspartie explodierte, und alle vier Stabilisatoren wurden abgerissen. Augenblicke später wurden Mallars Displays schwarz.

Mallar riss sich den Helm herunter und wischte sich den Schweiß von der Stirn, als das Ergebnis aufleuchtete.

SIMULATORMODUL 82Y – EINZELKAMPF
T-65 GEG. YEVETHANISCHER D-TYP
PILOT: MALLAR, PLAT 9938
DAUER 02:07
LASERKANONENSCHÜSSE ABGEFEUERT: 0 TREFFER: 0
PROTONENTORPEDOS ABGEFEUERT: 0 TREFFER: 0
GEGNERISCHE SCHÜSSE ABGEFEUERT: 6 TREFFER: 3
KAMPFRESULTAT: YEVETHANISCHER SIEG

Als Mallar verärgert aus dem Simulator kletterte, erwartete ihn Admiral Ackbar unten an der Leiter.

»Ich sehe, Sie haben die neue Simulation ausprobiert.«

Mallars Gesichtsausdruck ließ erkennen, dass ihm die Frage peinlich war. »Haben Sie zugesehen?«

Ackbar nickte. »Die letzten drei Durchgänge. Sie sind nicht alleine. Einige unserer Piloten haben bei Doornik Drei Neunzehn dieselben Fehlkalkulationen gemacht«, sagte er. »Allem Anschein nach halten die Yevethaner größere Andruckkräfte aus als die Piloten, für die die Jäger der Neuen Republik konstruiert sind.«

»Als *menschliche* Piloten, meinen Sie«, sagte Mallar.

In Ackbars Gesicht arbeitete es. »Ja. Gelegentlich kann es recht ärgerlich sein, wenn man dadurch behindert wird.« Er deutete mit einer Kopfbewegung auf den Simulator. »Steigen Sie wieder ein?«

»Nein«, sagte Mallar und fing an, die Leiter herunterzuklettern.

»Ich verstehe …«

»Es hat einfach keinen Sinn, nicht mit einem X-Flügler.« Sein Tonfall klang verärgert und zugleich entmutigt. »Die sind gegen einen Delta einfach nicht schnell genug. Und an einen E-Flügler lässt mich der Ausbilder noch nicht ran.«

Ackbar schnaubte. »Das muss einer von diesen alten Sturköpfen sein, die glauben, dass man zuerst eine Lektion abschließen muss, ehe man an die nächste rangelassen wird.«

Er hielt Mallar eine Datacard hin. »Ich war im Einsatzbüro und habe gesehen, dass das da für Sie hochkam«, sagte er. »Da ich sowieso hierher unterwegs war, habe ich für Sie unterschrieben. Ich glaube, Sie sollten sich das jetzt ansehen.«

»Was ist das?«

»Ihre Befehle«, sagte Ackbar. »Sie sind in Alarmzustand versetzt worden.«

»Ich? Warum?« Er fummelte an dem Kartenlesegerät herum. »Fährenpilot?«

»Haben Sie damit Probleme?«

»Probleme – nein! Das ist ja prima. Ich habe bloß nicht damit gerechnet …«

»Die meisten verfügbaren Piloten sind mit dem letzten Fährenflug geflogen. Warum glauben Sie denn, dass es hier so ruhig ist? Aber innerhalb der nächsten fünfzig Stunden ist der nächste Flug dran. Sie werden als Letzter aufgerufen werden – aber es kann dazu kommen, dass Sie den Auftrag bekommen, einen X-Jagdaufklärer zur Fünften Flotte zu überführen.«

»Aber gerne. Das ist schon etwas«, sagte Mallar. »Das zählt auch. Vielen Dank, Sir.«

Ackbar runzelte verärgert die Stirn. »Airman Mallar, falls Sie aufgerufen werden, wird das sein, weil jemand mit wesentlich mehr Erfahrung als Sie dort draußen gegen einen echten Feind auch nicht besser war als Sie hier gegen den Simulator. Macht das Ihre Einsatzbefehle klarer?«

Mallar wurde blass. »Ja, Sir.« Er steckte die Datacard und das Lesegerät wieder ein, griff nach dem Geländer und kletterte eilig wieder in den Simulator.

»Zweiundachtzig Y, bitte«, rief er dem Trainer zu, als er die Cockpitklappe öffnete. »Aber diesmal setzen Sie mich bitte in einen X-Jagdaufklärer«.

15

Lieutenant Rone Taggar saß sicher angeschnallt im Cockpit seines Jagdaufklärers und ging seine Startcheckliste mit ungewöhnlich großer Sorgfalt durch.

Sein Ziel war N'zoth, die Hauptwelt der Duskhan-Liga – das wichtigste Ziel der 21. Aufklärungsgruppe und mit hoher Wahrscheinlichkeit auch das am besten geschützte. Aber was ihn so beschäftigte, war nicht die Gefährlichkeit des bevorstehenden Einsatzes auf der anderen Seite der Hyperraummauer. Wichtig war vielmehr, die Informationen zu sammeln, um deretwillen man ihn ausschickte, und sie sicher vor feindlichen Störungen an die Hyperkommempfänger und Datenrekorder abzusetzen, die in der Flotte warteten.

Die konisch zulaufende Spitze seines X-Flügler-Jagdaufklärers barg sechs voneinander unabhängige Scannersysteme, von denen jedes für Panorama- und Zoomaufnahmen eingesetzt werden konnte. Die Radarscanner, das ER-Abbildungssystem und die Stereobildsysteme waren so programmiert, dass der ganze Planet stets voll erfasst wurde und den jeweiligen Bildschirm bis zu den Rändern füllte. Die beiden anderen Systeme wurden von einem R2-R-Aufklärungsdroiden gesteuert, der die Bilder in Echtzeit auswerten und spezielle Ziele und die für ihre Erfassung am besten geeignete Scanwellenlänge auswählen konnte.

Alle sechs Systeme waren mit dem Steuermechanismus des Hyperantriebs gekoppelt und würden in dem Augenblick anlaufen, in dem die *Jennie Lee* wieder in den Echtraum eintrat. Auch die Hyperkommdatenübermittlung war vollautomatisiert und zwar in solchem Maße, dass die Anlage selbsttätig alternative Kanäle auswählte, falls Störsignale entdeckt wurden. Die Überflugbahn war in den Autopiloten einprogrammiert, der die Steuerung übernehmen würde, falls es zu einer Kursabweichung von mehr als einem Prozent ohne erkennbare Piloteninputs kam.

Böse Zungen behaupteten, ein X-Flügler-Jagdaufklärer benötige eigentlich nur deshalb einen Piloten, um der R2-Einheit Gesellschaft zu leisten, und einige gingen so weit und behaupteten, ein Pilot könne ohne weiteres im Hyperraum einen Herzanfall haben und trotzdem noch einen perfekten Einsatz fliegen. Der stellvertretende Kommandeur der Einheit, Schlafmütze Nagelson – er war für den Wakizaüberflug eingeteilt – hatte seinen Spitznamen bekommen, als die Black Box in seinem Cockpit registriert hatte, dass er während eines Einsatzes im Kampf gegen Thrawn in seiner Pilotenliege geschlafen hatte.

Aber Taggar tat das alles mit einem Achselzucken ab. Er war mit Herz und Verstand von dem überzeugt, was er seinen Piloten gesagt hatte, ehe diese ihre Einsätze angetreten hatten: dass die eine unersetzliche Eigenschaft, die der Pilot mit ins Cockpit brachte, die war, dass ihm das Ergebnis seines Einsatzes etwas bedeutete. Ein Pilot konnte sich weiter bemühen, wenn eine Maschine schon aufgegeben hatte, weil er den Begriff des Scheiterns kannte und die Folgen ihm etwas bedeuteten.

»Es gibt keine Geschichten von Drohnen, die sich, beladen mit lebenswichtigen Informationen, den Weg nach Hause freigekämpft haben, oder die über sich hinausgewachsen sind, um einen gefährlichen Einsatz zu Ende zu führen«, hatte er ihnen erklärt. »Ihr seid da, weil das, wozu ihr fähig seid, den entscheidenden Unterschied bedeuten kann. Den Unterschied zwischen Erfolg und Scheitern. Und das ist es, worum ich euch bitte – sorgt für diesen Unterschied, sorgt dafür, dass der Auftrag erfüllt wird. Nur deshalb gibt es ein 21. Aufklärergeschwader. Piloten – zu euren Maschinen! Wir sehen uns alle auf der anderen Seite.«

Die Einsatzsynchronuhr tickte ihren Countdown herunter. Einen Augenblick lang hielt Taggar inne und machte sich ein Bild von den anderen Piloten in anderen engen Cockpits, wie sie sich ihren über den ganzen Sternhaufen verteilten Zielen näherten. Obwohl das 21. neu gebildet worden war, um der Fünften Flotte zu dienen, war er mit einigen von ihnen schon früher in anderen Einheiten und anderen Kriegen geflogen.

Er konnte sich jedes einzelne Gesicht vorstellen, ahnte, was sie im Augenblick bewegte.

00:15

Macht's gut, dachte er, als könne er damit diesen Wunsch zu ihnen hinausschicken. *Und viel Glück.*

Taggars Nase hatte zu jucken begonnen, und er verzog sie jetzt, als könne er den Juckreiz damit loswerden. Seine Zunge leckte über trocken gewordene Lippen, dann bewegte er seine steif gewordenen Hände und überprüfte Systeme, die er bereits dreimal überprüft hatte.

00:05

Taggars Mutter, Pilotin eines Y-Flüglers, war in der schrecklichen Schlacht bei Endor beim Angriff auf einen Sternzerstörer gefallen. Sein eigenes Glückszeremoniell, das er vor dem Beginn jeder Mission zelebrierte, bestand darin, mit dem Daumen von links nach rechts über die Pilotenabzeichen seiner Mutter zu streichen, die über dem Navikomm an die Kabinenwand geklebt waren.

Mutter, ich hoffe, du kannst heute stolz auf mich sein.

00:00

Plötzlich weitete sich das Universum rings um Taggars Jagdaufklärer aus. Vor ihm hing eine graugrüne Murmel mit fahlgelben Wolkenfetzen im Weltraum. Der Einsatztimer fing an aufwärts zu zählen, während die Bildsysteme sich in ihren Halterungen regten. Taggar flog einen geraden Kurs und las dabei die Berichte von R2-R auf seinem Cockpitdisplay.

IDENTIFIZIERT:SCHUBSCHIFF *ARAMADIA*-KLASSE
IDENTIFIZIERT:SCHUBSCHIFF *ARAMADIA*-KLASSE
IDENTIFIZIERT:STERNZERSTÖRER *VICTORY*-KLASSE
IDENTIFIZIERT:SCHUBSCHIFF *ARAMADIA*-KLASSE
IDENTIFIZIERT:STERNZERSTÖRER *IMPERIUMS*-KLASSE
IDENTIFIZIERT:STERNZERSTÖRER *EXECUTOR*-KLASSE

Die Liste wurde immer länger, während N'zoth vor ihm auf dem Bildschirm anschwoll. Rone Taggar wollte Angst haben, aber das war ein Luxus, den er sich nicht leisten konnte. Er redete sich ein, dass er imstande war, noch weitere fünf Minuten tapfer zu sein. In fünf Minuten – vielleicht auch in weniger – würde es vorbei sein.

Taggar versuchte, beim Gang über den Friedhof zu pfeifen, aber sein Mund war plötzlich zu trocken dafür.

Zwischen Leia und Ackbar hatte es eine Auseinandersetzung darüber gegeben, wer in die Einsatzzentrale im Flottenhauptquartier eingeladen werden sollte, wenn die Daten von dem Koornacht-Aufklärungseinsatz hereinkamen.

»Dies ist nicht die Zeit, um jemandem gefällig zu sein oder sich für empfangene Gefälligkeiten dankbar zu erweisen«, hatte Ackbar gesagt, der die Teilnehmerzahl so gering wie möglich halten wollte. »Wenn Informationen einmal zu breit verteilt worden sind, kann man sie nicht mehr unter Kontrolle halten. Wir werden Zeit brauchen, um die Daten auszuwerten und sie mit den vorhandenen Kenntnissen abzugleichen.«

»Jeder Einzelne auf dieser Liste hat das legitime Recht zu erfahren, was in Farlax abläuft«, hatte sie dagegen argumentiert. »Sie werden alle an den künftigen Entscheidungen beteiligt sein müssen – der Verteidigungsrat, der Sicherheitsrat, der Rest des regierenden Rates, Rieekan vom NRN. Es ist ja schließlich nicht so, dass ich Außenseiter hereinbringen möchte.«

»Nein«, sagte Ackbar. »Sie bringen lediglich einen Senator herein, der gerade versucht hat, Sie Ihres Amtes entheben zu lassen, und einen weiteren, der das wahrscheinlich in unmittelbarer Zukunft versuchen wird. Sie gehören alle derselben Regierung an wie Sie, Leia, aber Sie sind nicht Ihre Verbündeten.«

Behn-kihl-nahms Meinung hatte schließlich den Ausschlag gegeben, dass die Frage im Sinne Leias entschieden wurde. Als der Zeitpunkt der Übertragung näher rückte, war der ganze Saal voll, und es gab mehr als genug, um sie zu beschäftigen.

Das riesige, eine ganze Wand der Zentrale einnehmende Display war in vierundzwanzig identische Rechtecke aufgeteilt worden. Jedes enthielt eine Abschnittskarte, wobei ein leerer Kreis den Zielplaneten und eine rote Linie die geplante Flugbahn des Aufklärers darstellte. Mit Fortschreiten der Kontakte würden die Karten sich ändern und die Position der Schiffe und den Fortschritt der Scanaufnahmen zeigen.

Neben jeder Karte war Raum für einen Flachbildinput von den Bildsystemen des Scouts. Im Augenblick waren dort jeweils der Name der Zielwelt und der Typ des dieser Welt zugewiesenen Scoutfahrzeugs angegeben.

Ackbar, Leia und Han standen hinten im Saal auf das Geländer der leicht erhöhten Beobachterplattform gestützt und sahen zu, wie vierundzwanzig Timer synchron ihren Countdown vollzogen.

»Mich erinnert das irgendwie an ein Display von einem Spielsalon auf Bragkis, wo ich einmal war«, sagte Han. »Da standen alle rum und warteten darauf, dass das Rennen beginnt. ›Wer hat einen Favoriten?‹ ›Welche Quote bekomme ich auf Wakiza?‹«

Gewöhnlich fand Leia Hans Unbekümmertheit erfrischend. Aber im Augenblick ging sie ihr eher auf die Nerven, weshalb sie ihm einen finsteren Blick zuwarf und sich ein paar Schritte entfernte. Han wollte ihr instinktiv folgen, aber Ackbar hielt ihn mit einer knappen Handbewegung auf.

»Lassen Sie sie«, sagte er. »Das ist sehr schwer für sie. Sie hat kaum Wasser unter sich.«

In den letzten Sekunden war es in dem großen Saal atemlos still geworden, als alle mit der Betreuung der Displays Beschäftigten sich ihren Konsolen zuwandten und die Zuschauer verstummten und auf die Displaywand blickten. Als sich die Null dann in Plus 1 verwandelte und die ersten Bilder eintrafen, erwachte die ganze Wand plötzlich zum Leben.

Han hatte fast den Eindruck, als wäre die Wand ein einziges Gewimmel aus winzigen Geschöpfen aus Licht. Wenn man sich nicht ganz konzentriert mit nur einer Fläche beschäftigte, konnte einem dabei übel werden und ein Flimmern in den Augen hervorrufen.

Ackbar hob eine Hand und deutete auf die linke untere

Ecke der Wand. »Bereits ein Ausfall«, sagte er. Nummer Dreiundzwanzig, ein pilotenloser Scout, hatte seinen Rendezvouspunkt bei Doornik Zweihundertsieben verpasst, das nach letzten Berichten ein Nest von Corasgh enthielt. Alle anderen Displays hingegen begannen sich zu füllen – die Flugbahnen wechselten von Rot nach Grün, die leeren Kreise füllten sich mit Ansichten von Planeten.

Die ersten Bilder von N'zoth führten zu einem erregten Raunen im Saal. Da waren die unverkennbaren Silhouetten von Sternzerstörern zu erkennen, die die Abbildungssysteme auf Rone Taggars *Jennie Lee* herausgepickt hatten. Nachdem Leia Han verlassen hatte, war sie neben Ayddar Nylykerka getreten, der eifrig damit beschäftigt war, einzelne Aufnahmen aus dem Datenfluss zu kopieren und sie in eine Collage von Schiffsbildern einzuspeisen. Der kleine Analytiker aus dem Amt für Anlagenerfassung redete dabei halblaut vor sich hin.

»Das könnte die *Redoubtable* sein«, murmelte er nach einem Blick auf seine Listen. »Eindeutig frühe Imperiumsklasse trotz der Umbauten vorne ...«

Das Raunen im Saal ging in ein unruhiges Murmeln über, als wenige Sekunden später das Bild von Nummer 1 sich änderte und eine schlankere dolchförmige Silhouette auftauchte, die immer klarere Konturen annahm. Fast jeder im Saal Anwesende konnte das Profil identifizieren, und die wenigen, die nicht dazu imstande waren, erfuhren es schnell von ihren Nachbarn: Es handelte sich um einen Supersternzerstörer im Orbit um N'zoth.

Die Neue Republik hatte sich von Anfang an dazu entschlossen, eine größere Zahl kleinerer Schiffe zu bauen – Flottenträger, Sternzerstörer der *Republic*-Klasse, Schlachtkreuzer – und hatte damit von der Flottendoktrin des Imperiums Abstand genommen. Mon Mothma hatte Anweisung erteilt, den einzigen vom Imperium erbeuteten SSZ zu verschrotten, anstatt ihn zu reparieren oder ein Museumsstück daraus zu machen. Demzufolge war das acht Kilometer lange Monstrum, das N'zoth umkreiste, jedem Schiff der Neuen Republik an Kampfstärke und Feuerkraft weit überlegen.

»Also das, das kann nur die *Intimidator* sein«, verkündete Nylykerka. »Alles, was am Ende in der *Super*-Klasse produziert wurde, hatte diesen zusätzlichen Schildturm in der Mitte …«

So erschütternd diese Entdeckung auch war, richtete sich doch das Interesse der Zuschauer in der Operationszentrale schnell etwas anderem zu. Als der Countdown sich der Zweiminutenmarke näherte und die Scouts dem Mittelpunkt und damit der größten Annäherung ihres Durchflugs entgegenrasten, füllte sich die Displaywand mit Bildern von Kriegsschiffen, bis die ganze Wand einer vergrößerten Version der Collage ähnelte, die Nylykerka auf seiner Konsole aufgerufen hatte.

Es gab Sternzerstörer bei Wakiza, bei Zhina, bei New Brigia und Doornik 881, wo sich früher die imperiale Fabrikfarm befunden hatte. Die yevethanische Flotte bei Morning Bell zählte jetzt wenigstens sechzehn Schiffe, darunter vier Sternzerstörer, sechs Schubschiffe der *Aramadia*-Klasse und ein seltsam aussehendes Schiff etwa von der Größe eines Dreadnaught, welches Nylykerka erregt als ein lange verschollenes imperiales Erprobungsschiff, die *EX-F*, identifizierte. Und überall tauchten weitere Schubschiffe auf – im Orbit um alle anderen Welten der Duskhan-Liga, bei Polneye und bei den ehemaligen Bergwerksanlagen auf Kojash.

Die drei imperialen Werften in Lieutenant Sconns Aussage fehlten hingegen: Schwarz Fünfzehn, die sich im Orbit um N'zoth befunden hatte, Schwarz Elf, die bei Zhina stationiert gewesen war, und Schwarz Acht bei Wakiza. Ackbar äußerte sich Han gegenüber in diesem Sinne und fügte dann hinzu: »Ich glaube nicht, dass wir sie finden werden – mich würde gar nicht wundern, wenn die Yevethaner die Werften irgendwo versteckt hätten. Vielleicht ist es das, worauf die *Astrolabe* bei Doornik Elf Zweiundvierzig gestoßen ist.«

Um 02:05 endete das Signal von Nummer 16 bei Polneye abrupt, und die Karte auf dem Wandschirm erstarrte mit lediglich zweiundvierzig Prozent der Scanneraufzeichnung des Planeten. Augenblicke später fielen Nummer 19 bei Morning Bell und Nummer 5 bei der Duskhan-Welt Tizon ebenfalls aus.

Doch damit war noch kein Ende der Verluste erreicht. Über die ganze Wand verteilt, verloschen die einzelnen Displays fast ebenso schnell, wie sie vorher zum Leben erwacht waren. Nur die Hälfte der Scouts erreichte den Mittelpunkt ihrer Durchflüge. Drei weitere verloschen fast gleichzeitig, als Leia ihren Platz neben Nylykerka verließ und sich auf die Mitte der Halle zubewegte.

»Was geht dort draußen vor?«, hauchte sie, ohne damit eine bestimmte Person anzusprechen. Dabei starrte sie wie gebannt auf die Displays.

Die Signale von Z'fell, Wakiza, Faz, N'zoth – alle den X-Flüglern der 21. Aufklärergruppe zugeteilt – gehörten zu den Letzten, die verloschen. Aber auch sie verschwanden. Kein Scout schaffte es, mehr als drei Viertel eines Ziels in der Duskhan-Liga zu scannen, ehe er zerstört wurde.

Als schließlich der Fünfminutentimer abgelaufen war, war im ganzen Saal kein Laut zu hören, sah man einmal von einem halberstickten Räuspern oder dem Ächzen eines Möbelstücks ab. Nur vier Scouts überlebten und schafften den Sprung zurück aus ihren Zielsystemen – alles Drohnen. Keine davon hatte während des Durchflugs – von toten Welten abgesehen – etwas gefunden.

Langsam lösten sich die Augen von den erstarrten Bildern an der Wand und richteten sich auf die Frau, die alleine mitten im Saal stand.

»Jetzt wissen wir es«, erklärte Leia mit ausdrucksloser Stimme. »Controller, rufen Sie die Video-IDs der Piloten auf, während Sie die Daten von Nummer 1 aufbereiten. Ich möchte, dass wir uns alle daran erinnern, in wessen Schuld wir für das hier stehen.«

Der Treffer, der Rone Taggars X-Flügler manövrierunfähig machte, kam ohne jede Warnung von hinten und unten. Bereits bevor das Cockpit dunkel wurde, verrieten ihm die blauen Blitze, die über die Sichtkuppel tanzten, dass die Schilde des Jägers von einem kräftigen Strahlenschuss aus einer Ionenkanone aufgerissen worden waren. Er wand sich in seinen Gurten und versuchte, nach hinten zu sehen und den

Angreifer zu entdecken. Während des Anfluges hatte er kein Feuer vom Boden bekommen und befand sich jetzt für eine gewöhnliche Boden-Luft-Batterie außer Reichweite.

»Komm schon, wo bist du?«, murmelte er. »Wo kommst du her?«

Er war von Dutzenden von Sternen umgeben, die so hell strahlten, dass Taggar die Augen zusammenkneifen musste – also mehr als genug Blendung, um einen Abfangjäger oder eine Verteidigungsboje zu verstecken. Aber er begriff nicht, warum seine Zielerfassung nichts bemerkt hatte. Der tote Winkel des X-Flügler-Jagdaufklärers im hinteren Bereich war kleiner, als ihn irgendeine Jagdmaschine der Neuen Republik hatte. Auch bei normaler Erfassung – auf fünfzigtausend Meter oder mehr – hätte er einen Monatslohn darauf verwettet, dass er jeden Gegner von gleicher Kampfstärke lange genug hätte fern halten können, um den Durchflug zu beenden.

Taggar zählte stumm die Sekunden für das Startintervall, wobei er insgeheim damit rechnete, dass der tödliche Schuss kommen würde, ehe er hundert erreicht hatte. Die Absorber arbeiteten passiv, nahmen die überschüssige Oberflächenladung auf und speisten damit die Zellen für den Neustart. Sein Fahrtimpuls war von dem Treffer nicht beeinträchtigt, und sein X-Flügler entfernte sich daher nach wie vor mit hoher Geschwindigkeit von N'zoth. Wenn der Neustart gelang, konnte er die letzten dreißig Sekunden Daten auf der nichterfassten, abgewandten Seite des Planeten schnappen und in Sicherheit springen.

Er war bei siebenundachtzig angelangt, als er den Ruck spürte, mit dem der Traktorstrahl sein Schiff packte. Während das Klappern des Leitwerks in seinen Ohren tönte und der ganze Jäger zu zittern begann, griff Taggar nach dem Löschstock, den er in seiner Brusttasche verwahrt hatte. Ein Schiff von Korvettengröße war vor ihm sichtbar, als er den Stock in den Sockel am Armaturenbrett rammte.

Die Löschladung, die von dem Stock ausging, raste durch die Computerspeicher des X-Flüglers und löschte jedes kohärente Bild. Am Ende erreichte sie das R2-Interface und sprang dort auf eine Hohlladung unter der Sensorkuppel des Droiden über. Die kleine Explosion, die daraufhin erfolgte, war erstaunlich laut und erhellte kurzzeitig das Innere des Cockpits. Taggar sah sich um und vergewisserte sich, dass die Ladung den Droiden gründlich geköpft hatte.

Jetzt blieb nur noch eine Pflicht – die Selbstmordnadel am anderen Ende des Löschstocks und der Tote-Mann-Griff am Selbstzerstörungsauslöser des Schiffes. Taggar sah zu dem yevethanischen Kriegsschiff hinaus und schätzte die Entfernung ab. Er wusste, dass er ein Risiko einging, wenn er noch wartete, vor allem, nachdem der Gegner ja gesehen haben musste, dass R2-R explodiert war. Aber er wusste auch, dass die Korvette ihre Schilde würde öffnen müssen, um ihn längsseits zu bringen.

Als das Schiff nahe genug herangerückt war, dass der X-Flügler daneben zwergenhaft wirkte, schloss Taggar die linke Hand über dem Abzug und ließ den Kopf zur Seite fallen, als ob er bewusstlos wäre. Durch zusammengekniffene Augen sah er, wie aus der Unterseite der Korvette, wo sich die Tore der Andockkammer öffneten, Licht strömte. Er konnte kein Beiboot erkennen – die Andockkammer war für seinen X-Flügler gedacht.

Er riskierte es, noch ein wenig länger zu warten, bis die Kupplungstaue seine Spoiler erfassten und den X-Flügler nach oben zogen und die Tore sich wieder unter ihm zu schließen begannen. Dann hob er den Kopf, strich mit dem Daumen über die Pilotenabzeichen, die an seinem Armaturenbrett klebten und presste die rechte Handfläche gegen das Ende des Löschstockes.

Ein paar Augenblicke später sackte ihm der Kopf auf die Brust, und seine Hand, die bis jetzt den Drücker fest umschlossen hatte, begann sich zu lockern. Seine schlaff werdenden Finger ließen die Druckplatte los. Taggar war schon friedlich ins Jenseits eingegangen, als die Ladung den Bauch der Korvette entlang der Mittelnaht auffetzte, und eine heiße Wolke mit den Überresten beider Schiffe den Weltraum erfüllte.

Als die *Beauty of Yevetha* sich in einen leuchtenden Feuerball verwandelte, wandte Nil Spaar sich ab, und sein Blick suchte den Bevollmächtigten für die Verteidigung der Brutwelt.

»Kol Attan!«, brüllte er.

Die Kampfkämme des Bevollmächtigten waren so eingeschrumpft, dass man sie kaum sehen konnte, als er widerstrebend vortrat. »Vizekönig, ich …«

Nil Spaar brachte ihn mit einem flammenden Blick zum Schweigen und deutete auf den Boden. Der Bevollmächtigte ging zitternd auf die Knie, schloss die Augen und legte seinen Hals frei. Der Vizekönig ging langsam um ihn herum und ließ dabei die Muskeln seiner rechten Hand spielen, so dass seine Klaue in ihrer ganzen Länge ausfuhr.

»Sie sind ein Feigling und unfähig obendrein«, flüsterte Nil Spaar schließlich. »Ihr Blut ist es nicht wert, vergossen zu werden. Es wäre unter meiner Würde, Sie zu berühren. Ich erkläre Sie zum *To-mara,* einem Schändlichen. Gehen Sie nach Hause, und bitten Sie Ihre *Darna* um den Tod.«

Als der Bevollmächtigte keine Anstalten machte, sich zu bewegen, atmete Nil Spaar tief durch, so dass seine Kämme sich röteten, dann versetzte er Kol Attan einen Tritt, der diesen umwarf. »Ich werde mich nicht dazu provozieren lassen, Ihnen einen ehrenvollen Abgang zu verschaffen«, stieß er zwischen zusammengepressten Zähnen hervor. »Hinaus!«

Während der Bevollmächtigte sich auf allen vieren entfernte, wandte Nil Spaar ihm den Rücken zu. »Tal Fraan«, sagte er.

Der *Nitakka* trat vor. Seine Haltung und sein Schritt ließen den Stolz und die Kraft ahnen, die ihn erfüllten. »Sir.«

»Sie haben erwartet, dass das Ungeziefer versuchen würde, uns auszuforschen und dabei das All beschmutzen würde. Woher nehmen Sie Ihr Wissen?«

»Ich habe einige Zeit bei ihnen gelebt, in den Lagern auf Pa'aal und an Bord der *Devotion of Yevetha,* wo sie uns dienen«, sagte Tal Fraan. »Ich habe miterlebt, wie sie danach hungern, auch die kleinsten Geheimnisse zu entwürdigen, anstatt die Geheimnisse zu umfassen, so wie sie sich darstellen. Besonders die Blassen scheinen mir dazu veranlagt.«

Nil Spaar nickte langsam. »Sie haben nicht vorhergesehen, dass das Ungeziefer, das zu uns kam, den Tod der Gefangenschaft vorziehen würde. Dieser Fehler hat mich ein wertvolles Schiff meiner Flotte gekostet und zur Vergeudung yevethanischen Blutes geführt.«

Tal Fraan atmete tief durch und sank sofort auf die Knie. »Ja, *Darama*. Ich erkenne meinen Irrtum.«

»Stehen Sie auf«, sagte Nil Spaar, und der jüngere Yevethaner gehorchte. »Ich werde Sie nicht dafür zur Verantwortung ziehen, dass Kol Attan es nicht geschafft hat, die Geisel zu ergreifen, die Sie ihm gebracht haben. Und auch nicht dafür, dass das Ungeziefer Lebewesen von höherem Wert getötet hat.«

»Sie sind großzügig, Vizekönig.«

»Es gibt viele Arten von Ungeziefer«, meinte Nil Spaar lässig. »Vielleicht sind die, die man hierher geschickt hat, mehr wie Commander Paret, der wenigstens den Mut hatte, sich mir zu widersetzen, als ich ihm sein Schiff wegnahm, und ähneln weniger denen, die uns dienen. Wenn es nicht so wäre, hätte ich sie ebenso eingeschätzt wie Sie.«

»Ich verdiene Ihre Gnade nicht, *Darama*.«

»Nein«, sagte Nil Spaar. »Aber Sie werden mir bei der Überlegung helfen, wie auf die Anmaßung des Ungeziefers zu reagieren ist, und wie wir diese Leia dafür bestrafen können, dass sie ein solches Sakrileg angeordnet hat. Vielleicht vergesse ich das andere nach einer Weile, falls Sie mir eine lustvolle Rache empfehlen.«

Mit einer Hand hinter dem Rücken stand Ackbar vor dem Bildschirm und zeigte mit der anderen darauf.

»Das scheint mir durchführbar«, sagte er. »Wenn wir die Einsatzgruppen Apex und Summer von der Vierten Flotte, die Einsatzgruppen Bellbright und Token von der Zweiten und Gemstone von der Dritten abziehen, sollten wir imstande sein, die augenblicklichen Patrouillenflüge im Rest der Neuen Republik aufrechtzuerhalten und unterdessen die Streitkräfte in Farlax auf die Kampfstärke von zwei Schlachtgruppen aufzubauen.«

»Dann können wir die Heimatflotte zur Verteidigung von Coruscant in voller Einsatzstärke belassen«, meinte Leia. »Das wird zwar in den Grenzbereichen zu Verstimmungen führen, aber mir scheint es klug.«

»Nun – General A'baht wird sich freuen«, sagte Han und lehnte sich in seinem Sessel zurück. »Er verlangt das ja, seit er dorthin gekommen ist.«

Ackbar wandte sich halb vom Bildschirm ab und wechselte Blicke mit Leia. »General A'baht wird die vereinigten Streitkräfte nicht befehligen«, sagte Ackbar und wandte sich wieder ab.

»Nein? Nun ja – vielleicht wird ihm das gar nicht so unangenehm sein«, sagte Han und faltete die Hände im Schoß. »Ein vereinigtes Kommando von dieser Art ist so, als würde man einen Zoo leiten müssen. Wen werden Sie denn dafür abkommandieren? Admiral Nantz ist augenblicklich dienstältester Flaggoffizier, stimmt das?«

Ackbar wandte sich wieder dem Bildschirm zu und hielt jetzt beide Hände hinter dem Rücken verschränkt. »Nein«, sagte er. »Nicht Nantz.«

Jetzt zog ein breites Grinsen über Hans Gesicht. »Sie werden das prima machen, Admiral«, sagte er. »Das ist wie – also ich meine, so etwas vergisst man einfach nicht.«

»Han, Admiral Ackbar wird hier bei mir bleiben«, sagte Leia mit leiser Stimme. »Ich übergebe dir das Kommando der Streitkräfte in Farlax.«

Das Lächeln war plötzlich wie weggewischt. »Hatten wir das nicht schon hinter uns?«, fragte er, lehnte sich vor und ließ beide Arme auf den Tisch fallen. »Ich bin nicht der Typ für einen Großadmiral. Und außerdem würde das so aussehen, als ob du dich nicht entscheiden könntest – zuerst Etahn, dann ich, dann wieder Etahn, und dann wieder ich ...«

»Han, sie hat keine andere Wahl«, sagte Ackbar ohne sich umzudrehen. »Der Verteidigungsrat hat unter Führung von Senator Fey'lya darauf bestanden, sein Vetorecht auszuüben. Und Fey'lya hat das Vertrauen in General A'baht verloren.«

»Aber warum dann ich?«

»Weil du schon eine Weile bei der Fünften warst. Weil du bereits mit der Geographie und der Logistik dort draußen vertraut bist. Aber in erster Linie einfach, weil dir noch kein Makel anhaftet«, sagte Leia. »Fey'lya wollte Admiral Jid'yda ...«

»Ein Bothaner – natürlich.«

»... und Bennie hat dich als Kompromiss vorgeschlagen. So wie er es mir erklärt hat, sehen die Pro-Leia-Senatoren in dir jemanden, der mich unterstützt, und die Anti-Leia-Senatoren halten dich für unabhängig genug, um dich von mir nicht unterkriegen zu lassen.«

Han schüttelte den Kopf. »Ich sehe schon, das war eine Diskussion auf höchstem Niveau.«

»Sie haben ja keine Ahnung, wie absurd diese Auseinandersetzung teilweise war«, sagte Ackbar und wandte sich erneut vom Bildschirm ab und ging auf den Tisch zu. »Senator Cundertol hat sich tatsächlich mit der Begründung für Sie ausgesprochen – und ich zitiere den großen Mann jetzt wörtlich – ›er hat ja nichts anderes zu tun, oder?‹«

»Wirklich eine Empfehlung, bei der einem warm ums Herz wird«, sagte Han. »Erinnern Sie mich daran, dass ich mich bei dem Schwachkopf bedanke.« Er zog Ackbars Datapad zu sich heran und studierte die Liste der Flottenbewegungen. »Ich nehme an, im Augenblick ist es ein wenig spät, um noch in Erwägung zu ziehen, Waffenstillstandsverhandlungen zu führen.«

»Ich kann mir nicht vorstellen, dass die Yevethaner auch nur in Betracht ziehen würden, uns als Gleichberechtigte zu betrachten«, sagte Leia.

»Nein, wahrscheinlich nicht«, bestätigte Han und schob das Datapad weg. »Weißt du, Leia, Schatz, eine Weile hatte ich mir tatsächlich eingebildet, wir würden eine Chance bekommen, das normale Leben zu führen, von dem du Luke immer vorgeschwärmt hast. Ich habe tatsächlich geglaubt, dass wir diese Dinge hinter uns hätten. Und ich muss dir sagen – mir hat es wirklich gut getan, die Uniform im Schrank zu lassen.«

Leia und Han wechselten betrübte Blicke. »Na schön – fangen wir eben wieder an wie bei Yavin«, meinte er dann.

»Diesmal brauchst du mich nicht einmal zu überreden oder mich sonstwie auszutricksen, dass ich den Auftrag übernehme. Ehrlich gesagt, mich widern die Yevethaner an – und eine Heidenangst jagen sie mir auch ein. Wenn wir sie jetzt nicht unter Kontrolle bekommen, könnte das die schlimmsten Folgen haben. Also – ich übernehme den Job, weil es einfach notwendig ist.«

»Die schwierigsten Aufgaben sind gewöhnlich die, die auch notwendig sind«, sinnierte Ackbar.

»Schwierig ist das gar nicht«, sagte Han. »Diese Piloten, die in den Sternhaufen geflogen sind und ganz genau wussten, welche Chance sie hatten – das ist schwierig. *Ich* muss doch bloß solchen Männern einen Grund dafür liefern, in den Kampf zu ziehen. Wie sieht der Zeitplan aus, Admiral?«

»In fünfzehn Stunden startet ein Geschwader X-Flügler-Jagdaufklärer zur Fünften Flotte. Die werden Geleitschutz für Ihr Shuttle fliegen«, erklärte Ackbar. »Sie sollten nicht zu lange nach dem Eintreffen der Einsatztruppen der Vierten Flotte in Farlax dort eintreffen. Oh, und für die Dauer dieses Einsatzes stehen Sie im Rang eines Commodore.«

»Commodore, hm?« Er versuchte sich an einem fröhlichen Lächeln, aber Leia ließ sich davon ebenso wenig überzeugen wie er. »Bekommt man da eine Mütze?«

Obwohl sein Status formal gesehen nicht ganz eindeutig war – er war nicht ganz Vollmitglied des Senates, aber auch kein ehemaliger Senator –, behielt Tig Peramis von Walalla einige Privilegien seines Amtes. Behn-kihl-nahm hatte ihm das Rederecht in der Vollversammlung ebenso wie das Recht auf Stimmabgabe entzogen und ihn auch aus dem Verteidigungsrat entfernt. Aber mit Ausnahme der Ratsräume und der Geheimakten waren seine Schlüssel nicht gesperrt, und das bedeutete, dass er weiterhin Zugang zu den anderen Senatoren hatte, von denen er im Gespräch fast ebenso viel erfahren konnte, als wenn er eine Aktenabfrage gestartet hätte.

Vor Monaten hatte er die Fünfte Flotte als eine Waffe der Eroberung und der Tyrannei hingestellt und den Verteidigungsrat vor dem Ehrgeiz der Tochter Darth Vaders gewarnt. Behn-kihl-nahm hatte ihn dafür getadelt, und Tolik Yar hatte sich über ihn lustig gemacht, aber die Ereignisse hatten seine schlimmsten Ängste bestätigt und ihn zum Propheten gemacht. Und die blitzschnelle Annexion – unter fadenscheinigsten Gründen – von achtzehn ehemals unabhängigen Welten in Farlax schien Peramis Vorbote einer dramatischen Eskalation zu sein.

Die nächtlichen Treffen in den Räumen des Verteidigungsrates, Leias Geheimtreffen mit dem Regierenden Rat, der »verpatzte« Blockadeversuch, die emotionsgeladenen Appelle für winzige Gruppen von Aliens und die offene und bewusste Provozierung der Yevethaner – für Peramis waren das alles Teile eines ausgefeilten Plans, der die Annexion von Koornacht selbst rechtfertigen sollte. Selbst die periodischen Ausbrüche von Kritik im Senat schienen ihm bestellt, da die Kritiker selbst mit so unvernünftigen Argumenten aufwarteten, dass sie damit ihre eigene Sache mehr in Misskredit brachten, als sie der Prinzessin Schaden zufügten.

Aber etwas, das Senator Cundertol in angeheitertem Zustand beiläufig ihm gegenüber erwähnte, beunruhigte Peramis in solchem Maße, dass er sich einfach nicht mehr länger mit Klatsch und Gerüchten zufrieden geben wollte.

»Ein corellianischer Pirat, der zwei Schlachtgeschwader befehligen soll«, hatte Cundertol kichernd von sich gegeben. »Der wird euch schon zeigen, wie man kämpft. Der alte Etahn hatte keine Lust mehr, andere Froschgesichter umzubringen, also hat er einfach den Krempel hingeworfen ...«

In der Hoffnung, Cundertol dazu bewegen zu können, ihm noch mehr zu erzählen, schenkte Peramis ihm Wein nach, aber der Bakuraner war bereits zu angetrunken und genoss es sichtlich, seine Überlegenheit auszuspielen.

»Sie hätten eben ein braver Junge sein müssen«, sagte Cundertol schwankend und deutete mit zitterndem Finger auf ihn. »Sie dürfen jetzt nicht mehr mitspielen.«

Eine halbe Stunde später waren Cundertols Augen vom zu vielen Wein glasig, und Peramis betrat das Senatsgebäude mit seinem eigenen Schlüssel und dem Cundertols in der Hand.

Cundertols Schlüssel alleine hätte nicht ausgereicht, um Peramis Zugang zu den Akten des Verteidigungsrates zu verschaffen, aber Peramis wusste aus Erfahrung, dass die Sicherheitsvorkehrungen hinsichtlich der persönlichen Aufzeichnungen von Senatoren mehr als lasch waren. Das erforderte die Bequemlichkeit. Ein persönliches Logbuch, zu dem der Zugang mit zu vielen Sperren gesichert war, würde nie benutzt werden. Es widersprach natürlich den Vorschriften, als Verschlusssache klassifizierte Unterlagen in persönlichen Logbüchern zu speichern, aber Peramis hielt Cundertol für jemanden, dem die Bequemlichkeit wichtiger war als die Vertraulichkeit.

Der Schlüssel des Bakuraners öffnete jede erforderliche Tür und jede Akte. Und da war es tatsächlich – ein von Fremdenhass und Fremdenfurcht gezeichnetes Gewinsel, das die erstaunliche Erkenntnis lieferte, dass der Senator in der Öffentlichkeit *tatsächlich* seine Worte zügelte.

Ein Einsatzkommando in der Stärke einer Schlachtgruppe war nach Farlax unterwegs, um die Fünfte Flotte zu verstärken – aber stückchenweise, ein geschicktes Manöver, um die Schwächung der anderen Schlachtgruppen nicht sichtbar werden zu lassen. Und der Corellianer, der das Kommando der Kriegsflotte übernehmen sollte, war, wie Peramis vermutet hatte, der Mann von Prinzessin Leia, Han Solo.

Peramis hielt sich nur so lange in Cundertols Büro auf, um sich die Aufzeichnung einmal anzusehen und sie auf eine Datacard zu kopieren. Dann kehrte er in den privaten Speisesaal zurück, wo er Cundertol verlassen hatte, verwahrte den Schlüssel wieder in der Tasche des Senators und ließ ihn dann alleine seinen Rausch ausschlafen.

Anschließend holte er in seinen Gemächern in der walallanischen Botschaft das schwarze Kästchen, das Nil Spaar ihm gegeben hatte, aus seinem Versteck zwischen den Spielsachen seines ältesten Sohnes. Es gab niemanden, der ihn hätte beobachten können – seine Familie hatte er schon vor Monaten nach Hause geschickt, und der bescheidene Stab, der ihm hier zu Diensten war, würde ihn mitten in der Nacht nicht stören.

An einem Tisch in seinem Büro verband Peramis die schwarze Kassette und sein Datapad mit dem Hyperkomm. Dann hielt er kurz inne. Was er jetzt tat, das Einschalten der Geräte, das Verstohlene seiner Handlungen, bereitete ihm großes Unbehagen. Dies war das erste Mal, dass er das schwarze Kästchen benutzte. Er hatte sich sogar fest vorgenommen, das nie zu tun, denn Peramis sah sich nicht als Spion, geschweige denn als Verräter.

Trotzdem hatte er das Kästchen behalten.

Er redete sich ein, dass er ein Ehrenmann mit ehrenwerten Zielen war – er wollte doch schließlich nichts anderes, als dem Militarismus Einhalt gebieten, der eine Bedrohung für alles war, was die Rebellion gewonnen hatte. Aber wenn das Abenteuer in Farlax Erfolg hatte, würde Leia unangreifbar sein. Die Yevethaner mussten gewarnt werden.

Und dass Senator Cundertol derjenige sein würde, der sie warnte, mit seinen eigenen Worten, tat Peramis Vorstellung einer kosmischen Ironie gut.

Als Peramis dann das Hyperkomm aktivierte, verließ er sein Büro, um jene Worte nicht noch einmal hören zu müssen.

Drei Stunden, bevor sie die *Intrepid* erreichten, stürzten das Flottenshuttle *Tampion* mit dem Commodore und seiner Eskorte abrupt aus dem Hyperraum. Ein halbes Dutzend yevethanische Schiffe erwartete sie – der Interdiktor des Dreadnaughts, der sie aus dem Hyperraum gerissen hatte, zwei Schubschiffe und drei weitere kleinere Fahrzeuge.

Es war ein perfekt geplanter Hinterhalt. Ehe die vor sich hin dösenden Piloten der X-Flügler-Jagdaufklärer und die verblüfften Passagiere des Shuttle richtig begriffen hatten, wie ihnen geschah, fanden sich ihre Schiffe inmitten eines wütenden Sperrfeuers von Ionenkanonen. Die X-Flügler waren Augenblicke später gefechtsunfähig, worauf der Gegner sie ignorierte und treiben ließ. Das unbewaffnete, aber mit besseren Schilden ausgestattete Shuttle konnte dem Beschuss etwas länger standhalten, hing aber nur wenig später manövrierunfähig im Weltraum.

Kurz darauf entfernte sich die *Tampion* auf neuem Kurs von ihrer Eskorte, längsseits von einem der kugelförmigen Schubschiffe geschleppt. Plat Mallar musste, wütend über seine Ohnmacht und außerstande, auch nur den anderen Piloten Signale zu geben, zusehen, wie das ungleiche Paar in Richtung auf Koornacht in den Hyperraum sprang. Der Sternhaufen füllte auf der Steuerbordseite seines Schiffes den gesamten Himmel wie ein Gemälde eines Schwarms von Nachtfunken.

Mallar war sich noch nie seines Todes so sicher gewesen wie in dem Augenblick, in dem das Shuttle verschwand. Hilflos, wie die X-Flügler jetzt waren, hätte jedes einzelne der fünf zurückgebliebenen feindlichen Schiffe sie mühelos erledigen können.

Stattdessen formierten sich die fünf Schiffe elegant zu einem V mit dem Interdiktor an der Spitze. Augenblicke später entfernten sie sich mit einem Simultansprung vom Ort des Überfalls, ohne, wie es schien, ihren Auftrag völlig zu erledigen.

Warum haben die uns am Leben gelassen? fragte sich Mallar.

Doch kaum dass er die Frage im Geiste formuliert hatte, war ihm die Antwort auch schon klar und verursachte ihm beinahe einen Brechreiz. *Damit wir der Flotte und Coruscant berichten können, was mit dem Commodore passiert ist. Damit wir wissen, dass sie ihn haben.*

Han wurde Nil Spaar vorgeführt, nicht als Trophäe, sondern als Objekt seiner Neugierde.

Die Begegnung fand fast ohne Zeugen statt, lediglich Hans Wachen waren anwesend – zwei kraftstrotzende männliche Yevethaner, die keinerlei Waffen trugen, und, wenn man bedachte, wie Han gefesselt war, vermutlich auch keine brauchen würden. Die Umgebung, in der die Begegnung stattfand, war einigermaßen verblüffend – kein Thronsaal und auch keine Arena, um den Besiegten zu demütigen, sondern ein Raum mit gefließten Wänden, Abflüssen im Boden und ein paar Duschköpfen hoch oben an den Wänden. Han musste unwillkürlich an eine Duschkabine oder ein Schlachthaus denken – und dann wünschte er sich, dass ihm die zweite Möglichkeit nicht in den Kopf gekommen wäre.

Als der yevethanische Vizekönig langsam um seinen Gefangenen herumging, erregten die Verbrennungen und Quetschwunden, die Han sich beim Widerstand gegen die Soldaten beim Entern der *Tampion* zugezogen hatte, sein besonderes Interesse. Nil Spaar beugte sich dicht über ihn, um die Spuren zu studieren, war aber sorgsam darauf bedacht, Han nicht zu berühren, nicht einmal mit behandschuhten Händen.

»Sie sind der Gefährte von Leia.«

»Ja, das lässt sich wohl nicht verheimlichen«, sagte Han und beschloss in diesem Augenblick, an seinem Gegenüber Maß zu nehmen. »Und Sie sind Nil Spaar. Ich habe eine Menge über Sie gehört, und alles, was ich gehört habe, klingt ziemlich übel. Sie stehen jetzt ganz oben auf der Liste der Leute, die ich nicht mag. Ich musste dazu sogar Jabba den Hutt streichen, um Platz für Sie zu machen. Fairerweise sollte ich Ihnen sagen, dass es mein oberstes Ziel ist, alle auf der Liste zu überleben. Ich hatte das zur Hälfte geschafft, ehe Sie an Jabbas Stelle getreten sind.«

Der yevethanische Herrscher schien überhaupt nicht zur Kenntnis zu nehmen, dass Han ihn herausforderte. »Was für eine Art Ungeziefer sind Sie?«

»Ich nehme an, das Wort, das Sie suchen, lautet ›Schurke‹, wie in ›corellianischer Schurke‹«, sagte Han. »Man hat mich auch schon als ›Schuft‹, ›Pirat‹, ›Schmuggler‹, ›Kotzbrocken‹, ›Krötenfresser‹ und noch einiges andere bezeichnet. Wo ich herkomme, sind das alles keine sonderlich höflichen Bezeichnungen – ich antworte also auch nicht immer höflich darauf. Bloß damit Sie es wissen, ›Ungeziefer‹ fällt wahrscheinlich auch in die Gattung unhöflich.«

»Sie sind stärker als sie«, sagte Nil Spaar und legte den Kopf etwas zur Seite. »Warum folgen Sie ihr? Warum sind Sie nicht derjenige, der führt?«

Hans Antwort war ein verächtlicher Blick und dann ein Kopfschütteln. »Jetzt wollte ich Ihnen gerade sagen, dass es vermutlich der größte Fehler war, den Sie je gemacht haben, dass Sie mich geschnappt haben«, sagte er. »Jetzt sehe ich, dass es der zweitgrößte ist. Sie haben Leia von Anfang an falsch eingeschätzt. Für mich gibt es niemanden, der stärker ist als sie. Und Sie werden das jetzt auch noch lernen – und zwar auf die harte Tour.«

Nil Spaar gab darauf keine Antwort, sondern ging auf das andere Ende des Raums zu, als ob er Han allein lassen wollte. Dann gab er den Wachen mit einer Handbewegung einen Befehl und setzte noch ein paar Worte in einer Han unbekannten Sprache hinzu. Eine der Wachen entfernte sich von Han und trat an die Wand. Der andere baute sich vor Han auf, die Kämme an seinen Schläfen schwollen an, und dann schlug er so schnell zu, dass Han sich nicht wegducken konnte.

Der Schlag traf ihn am rechten Arm unmittelbar über der Blasterverbrennung von Captain Sreas in Panik abgefeuertem Schuss. Ein stechender Schmerz schoss ihm ins Schultergelenk, und dann war sein Arm plötzlich taub. Der nächste Schlag war für sein Gesicht bestimmt, und Han konnte seine Wucht etwas mildern, indem er sich zur Seite drehte. Trotzdem zuckte ein brennender Schmerz durch seine Wange.

Die Schläge, die auf ihn niederregneten, wirkten ungeübt, als würde der Mann experimentieren. Nil Spaar stand ruhig dabei und sah zu, als warte er auf etwas – eine beinahe klinisch wirkende Neugierde ohne eine Spur von Triumph. Han fragte sich, ob der Wächter je zuvor einen Menschen zu Gesicht bekommen hatte, und versuchte dabei zu registrieren, wie und wo er getroffen wurde, in der Hoffnung, damit vielleicht Hinweise darauf zu bekommen, wo Yevethaner verletzbar waren.

Das Ganze dauerte so lange, bis ein Schlag an den Kopf Han aus Mund und Nase blutend zu Boden gehen ließ. Dann erteilte Nil Spaar dem Wachmann mit scharfer Stimme einen Befehl, woraufhin dieser sich sofort zurückzog. Der Vizekönig ging auf Han zu, kauerte sich neben ihm nieder und musterte neugierig seine Verletzungen. Dann streckte er seine behandschuhte Hand aus und tauchte die Fingerspitzen in die kleine Pfütze Blut, die sich neben Hans Kopf gesammelt hatte. Er hob die Hand an sein Gesicht und zog die blutigen Fingerspitzen an den Vorsprüngen seines Gesichts vorbei, als würde er daran riechen.

»Ihr Blut ist schwach – so schwach, wie bei jedem Ungeziefer«, sagte Nil Spaar. »Dabei steigt einem das Herz nicht hoch. Damit kann man die *Maranas* nicht füttern. Es bringt auch die Geburtskapseln nicht zum Reifen. Ich begreife nicht, weshalb sie sich Ihnen hingegeben hat. Ich kann nicht erkennen, weshalb Sie nicht ungepaart gestorben sind.«

Dann richtete er sich auf, streifte die Handschuhe ab und ließ sie auf den Fliesenboden fallen. »*Tar makara*«, sagte er zu den Wachen. »*Talbran.*«

Beide knieten nieder und boten dem Vizekönig den Hals. »*Ko, Darama*«, murmelten sie.

Als Nil Spaar den Raum verlassen hatte, schrubbten die Wachen Han und den Boden mit gleicher Hingabe sauber und brachten ihn dann weg, zurück in die Zelle, wo Lieutenant Barth und die Leiche von Captain Sreas ihn erwarteten.

Admiral Ackbar kehrte in den Wohnraum zurück. Sein Gesicht war jetzt länger als vor ein paar Augenblicken, als er den Raum verlassen hatte. Er sah Leia an, die mitten im Raum auf dem Boden saß, die Arme um Jaina geschlungen, und ihr beruhigende Worte zuflüsterte. In diesem Augenblick wusste er, welche Qual Leia selbst empfinden musste.

»Leia«, sagte Ackbar und räusperte sich. »Würden Sie bitte mitkommen? Sie müssen etwas tun, das leider keinen Aufschub duldet.«

Sie sah ihn an, und ihr von Leid zerfurchtes Gesicht sagte: *Bitte. Nicht noch mehr.* Aber sie ließ zu, dass Winter ihr Jaina abnahm und folgte Ackbar nach draußen in den Hof.

»Haben Sie noch etwas über Han erfahren? Etwas von den Yevethanern?«

Ackbar schüttelte den Kopf und deutete den Weg hinunter zum Tor, vor dem draußen ein Bote wartete.

Leia warf Ackbar einen ungläubigen Blick zu und ging dann den Weg hinunter, wo S-EP1 den Zugang bewachte.

»Prinzessin Leia, der amtierende Vorsitzende des Regierenden Rates des Senats hat mich zu Ihnen geschickt, um Ihnen diese Vorladung zu übergeben.«

Sie nahm sie ihm ab. Dabei sah sie Behn-kihl-nahm ein paar Schritte hinter dem Boten stehen, dicht am Rande der Schatten.

»Es tut mir leid«, sagte er und trat vor. »Ich konnte nichts dagegen unternehmen.«

»Lass Bennie ein, Sleepy«, sagte Leia und trat zur Seite, um auf dem Weg Platz zu machen. »Wer? Wer tut mir das in diesem Augenblick an?«

Behn-kihl-nahms Gesicht verzog sich und ließ erkennen, wie schwer ihm die Antwort fiel. »Die Vorladung erfolgt auf Initiative des Vorsitzenden Beruss.«

Bail Organas alter Freund und ihr bester Verbündeter gleich nach Bennie. Der Name traf sie wie ein Schlag in die Magengrube. »Warum?«, fragte sie mit kaum hörbarer Stimme.

»Doman ist der Ansicht, dass jemand, der persönlich weniger betroffen ist, jetzt die Entscheidungen treffen muss«, sagte Behn-kihl-nahm sanft. »Er hofft, dass Sie das verstehen und freiwillig zurücktreten werden. Er hat Angst, Sie könnten – übereilt – handeln.«

»Übereilt!« Ihr Lachen klang bitter. »Oh, er kennt mich – ich würde jetzt nichts lieber tun, als der Fünften Befehl zu erteilen, die Yevethaner vom Antlitz von N'zoth wegzubrennen. Aber wie kann ich das? Wie kann ich *irgendetwas* tun, Bennie?«, fragte sie, und ihre Stimme flehte um eine Antwort. »Die Yevethaner haben meinen Mann. Der Vater meiner Kinder befindet sich in der Hand von Nil Spaar.«

Über den Autor

Michael P. Kube-McDowell ist das Pseudonym des in Philadelphia geborenen Michael Paul McDowell. Zu seinen von der Kritik hochgelobten Werken gehört *Emprise,* das 1985 in die Endausscheidung des Philip K. Dick Award gelangte und das 1991 für den Hugo Award nominierte *The Quiet Pools.*

Neben seinen bisher acht veröffentlichten Romanen hat Michael mehr als zwei Dutzend Kurzgeschichten in führenden Magazinen und Anthologien veröffentlicht, darunter *Analog, The Magazine of Fantasy & Science Fiction, After the Flames* und *Alternate Warriors.*

Drei seiner Stories sind als Episoden in der Horrorfernsehserie *Tales from the Darkside* adaptiert worden. Außerhalb der Science Fiction hat er mehr als fünfhundert Artikel über Themen von »wissenschaftlichem Kreationismus« bis zum Weltraumprogramm der Vereinigten Staaten veröffentlicht.

Michael ist häufiger Gast bei Science Fiction Conventions und gehört der Amateur Folk-Rockgruppe *The Black Book Band* an, in der er Gitarre, Tasteninstrumente und Viola spielt.

Dodeka Records hat im Jahre 1995 ein Album mit Lifeaufzeichnungen unter dem Titel *First Contact* herausgebracht.

Michael lebt mit der Künstlerin und Modellmacherin Gwen Zak, ihren Kindern Matt und Amanda, den Katzen Doc und Captain und »entschieden zu vielen Büchern« in Zentralmichigan. Er hat auch schon in Fairview Village (Camden), New Jersey, East Lansing, Sturgis, Lansing, Michigan, und Goshen, Indiana, gewohnt.